Canción de antiguos amantes

Laura Restrepo

Canción de antiguos amantes

ALFAGUARA

Papel certificado por el Forest Stewardship Council®

Penguin
Random House
Grupo Editorial

Primera edición: mayo de 2022

© 2022, Laura Restrepo
© 2022, Penguin Random House Grupo Editorial, S.A.U.
Travessera de Gràcia, 47-49. 08021 Barcelona

© Diseño: Penguin Random House Grupo Editorial, inspirado en un diseño original de Enric Satué

Printed in Spain – Impreso en España

ISBN: 978-84-204-3239-7
Depósito legal: B-5369-2022

Compuesto en MT Color & Diseño, S.L.
Impreso en Unigraf, Móstoles (Madrid)

A L 3 2 3 9 7

A Payán, siempre y aún después

¿Pero eres tú, Reina, la primera o la última?
¿Y eres tú, Rey, el único amante, o el postrero?
GÉRARD DE NERVAL

Hay un código mítico
bajo el código genético.
GUIDO CERONETTI

Esa mujer, digo, que con gracia y elegancia
cruzaba dos, diez y hasta cien siglos
sin proponérselo, sólo mirando el horizonte.
SANTIAGO MUTIS

I. Apariciones

Forma, aparición, visión, fantasma y, por tanto, presagio. [...] Pequeña cosa que aparece.
GEORGES DIDI-HUBERMAN

Es una imagen lo que persigo, nada más.
GÉRARD DE NERVAL

Pequeña cosa que aparece

—Sopla duro este viento —digo.

—Déjalo soplar —dice Zahra Bayda, que recela mi inclinación ansiosa.

Me ha traído hasta acá para que yo pueda mirar desde lo alto y asumir que he llegado al fin del mundo. Observo alrededor y no veo nada, mejor dicho, veo la nada.

—Ánimo, muchacho, como te llames —me apura Zahra Bayda—, dale, mueve tus dos metros de estatura.

—Me llamo Bos Mutas —le recuerdo. Ya se lo he dicho varias veces.

—De acuerdo, Bos, o Mutas, o como te llames.

Nos encaramamos a la duna más alta. El viento es tan fuerte que amenaza con arrancarme la camisa. Éste debe ser el desierto más recio del planeta, el más cercano a Dios y más plagado de demonios, al menos eso dice ella, y asegura que por acá todavía viven eremitas recluidos en cuevas. Una ráfaga de viento le arrebata el turbante, que sale volando y haciendo cabriolas en el cielo, como un enloquecido pájaro de muchos colores.

—¡Mi turbante! ¡Atrápalo, muchacho! —me ordena.

—Atrápalo tú.

—Maldito viento —reniega.

—Déjalo soplar —me desquito.

Ahora Zahra Bayda lucha contra su pelo, que al liberarse se ha vuelto un remolino loco. Yo ando en las nubes y no logro aterrizar, me anonadan estas inmensidades de arena amarilla que todo lo devoran. Deben devorar incluso sus propias orillas, haciendo que por mucho que andes, siempre estés en el centro. Se me refunden las coordenadas; ya me habían advertido que aquí iba a ver visiones y a aturdirme con los ecos.

Medio que cae la noche y medio que no se anima a caer; copos de oscuridad van bajando lentamente del cielo.

—Mira —le señalo a Zahra Bayda un punto de luz que titila y se mueve al fondo, allá lejos, como una pequeña reverberación en el paisaje—. Mira, algo sube hacia nosotros.

—Déjalo subir.

Más abajo, en la vaguada, una mancha inmensa se extiende sobre la piel del vacío. Es el campamento de refugiados, con sus cientos de carpas amontonadas y parduzcas.

Zahra Bayda me da explicaciones, datos, cifras, fechas. Pretende que yo entienda y esté al tanto. No le falta razón, más vale que me entere. Pero la cabeza me da vueltas, no me repongo del cansancio tras el larguísimo viaje. Sólo logro concentrarme en ese punto de luz que viene subiendo.

—¡Despierta, como te llames! —Zahra Bayda chasquea los dedos a ver si espabilo.

Así me dice, *como te llames*. No la culpo, comprendo que mi nombre no es fácil, ¿y qué decir del suyo? Zahra Bayda. Suena bien, pero según ella lo pronuncio mal.

—También yo te diré como te llames —le aviso, y contesta que le da igual.

Sólo unas pocas carpas se van iluminando allá abajo, en el campamento, como si los habitantes de las demás estuvieran conformes con la oscuridad y no quisieran ocuparse de prender la lámpara de aceite. Los llaman «los invisibles» y los mantienen segregados. Zahra Bayda dice que desconfían de los campamentos, prefieren andar por los caminos a la buena de Dios, porque es mejor eso que hacinarse y esperar en cuclillas mirando hacia ninguna parte. Del campamento no sale una columna de humo, ni un ruido, ni siquiera un grito o un llanto de niño. Nada.

—Parece la ciudad de los muertos —digo.

—Y sin embargo ahí viven más de cien mil personas.

Todo permanece inmóvil, salvo el revuelo del viento en el pelo de ella. Siempre me asombra el pelo de la gente; tiene vida propia y se rebela contra la voluntad del dueño. La melena de Zahra Bayda anda sin control, le azota la cara, se le mete en la boca, le tapa los ojos.

Insisto en señalar a Zahra Bayda la lucecita solitaria y movediza que veo en la distancia y que se empeña en seguir subiendo, como un reflejo flotante. ¿Alguien que viene del campamento con una linterna? Me pregunto cómo habrá podido traspasar la alambrada. Tal vez aprovechó la hora de más calor, cuando los guardias se amodorran en las garitas.

Este desierto debe ser el ombligo de la sequía incontenible que está arrasando el planeta y hará que los humanos nos volvamos litófagos y acabemos comiendo piedras, como la cacatúa de cresta amarilla y el lagarto blanco.

Zahra Bayda habla con dolor; nació en esta parte del mundo y ésta es su querencia. Estudió por fuera, pero se apega a estas gentes. Busca palabras para explicarme la tragedia. Ella misma no acaba de comprenderla y sospecha que tampoco la comprenden quienes la padecen, solamente quienes la promueven, pero ésos la manejan desde lejos.

Zahra Bayda dice que se han vuelto permanentes los campamentos provisionales como ése, convertidos en prisiones de facto y enormes arrabales de miseria. Ya no son lugares de paso. Quienes llegan buscando refugio acaban atrapados en las alambradas.

—A la larga se resignan, echan raíces en el aire y esperan —dice ella.

—¿Qué esperan?

—Algo. El aceite y la harina de su ración semanal. Una vacuna contra la peste, o una cura milagrosa.

Esperan algo que no va a llegar. Un salvoconducto, o un visado imposible. La carta de un conocido, noticias de su familia, lo que sea. En realidad, cualquier cosa. Una manta tal vez, o una medicina, un litro de agua embotellada, alguna señal.

El desierto murmura. Dice sus cosas en una vibración seseante, y me hace ilusión pensar que se trate de la música de las dunas. Me han contado que las dunas cantan como ballenas, o como flautas, y que a veces rugen como choque de armas, o aúllan como lobos. Me parece escucharlas... Siento que la arena me habla, pero su mensaje es cruel, como un último suspiro del tiempo.

—No es ninguna música de dunas, es el zumbido de los drones —dice Zahra Bayda.

De nuevo tiene razón. Según el principio de simplificación de Ockham, si a tus espaldas suena un galope, no pienses que es una cebra, piensa que es un caballo. Y si lo que escuchas es un zumbido, no creas que son músicas: son drones.

La lucecita aquella que viene subiendo es un ser de carne y hueso, más hueso que carne. Un personajito menudo y nervioso, rápido de movimientos, que aparece y desaparece por las ondulaciones de la cuesta. Es una muchacha y viene rengueando. Tiene el pie izquierdo volteado hacia adentro. Pie zambo, que llaman.

—Equino varo. Pie equino varo —precisa Zahra Bayda, que sabe de esas cosas; al fin y al cabo, ella es personal médico, tiene experiencia como *midwife*, es partera graduada.

Vale: pie equino varo. La chica que viene adolece de pie equino varo. Es muy joven, casi una niña, tan delgada que el vendaval podría elevarla. No habrá nacido aquí, porque viste con trapos de colores y trae la cara descubierta. Tiene la piel oscura y las facciones finas, y lleva sobre los hombros una improbable capa dorada.

La capa dorada revuela al viento centelleando con los últimos rayos de sol y le da a la niña un aire de quimera. Destellos de su capa inverosímil: ése es el pequeño fulgor que he visto venir.

Una chica con una capa dorada en el corazón del desierto, quién lo creyera. Como un espejismo. *Una visibilidad flotante, una pequeña cosa que aparece, [...] tentadora y misteriosa.*[1] Me pregunto si habrá llegado a esta tierra por mar, junto con la gente de las pateras. Puede ser. Trae la cara embarrada de arena y la melena revuelta, oscura en las raíces y roja en las puntas, como teñida con alheña o requemada por el sol.

Su capa reluciente la convierte en hada o princesa, aunque a fin de cuentas no es ninguna capa ni vellocino de oro. Zahra Bayda me explica que sólo se trata de uno de esos cortes de dos metros de plástico térmico y resistente, con la faz interna aluminizada y la externa dorada. Retiene el calor corporal y lo reparten los rescatistas entre los náufragos con hipotermia.

Así que no es manto de reina lo que arropa a la flaquita esta, ya ves, no todo lo que reluce es oro. Pero como si lo fuera: ella se envuelve con arrogancia imperial en su plástico térmico. Maneja con agilidad su pierna baldada y es muy inquieta; una hormiga atómica en medio de la parálisis general. Hay bravuconería en ella y actitud soberbia, agrandada, como si el infortunio la rodeara, pero no se atreviera a tocarla.

Otras mujeres, salidas de no sé dónde, también se han percatado de nuestra presencia y empiezan a llegar. Aprietan un círculo en torno a nosotros, agitando unas hojas escritas a mano. Zahra Bayda me explica que son peticiones de auxilio. Las desplazadas las redactan en esos trozos de papel con la esperanza de entregarlas a alguien que pueda ayudar.

La chica de la capa dorada no se las va bien con las recién llegadas, las aparta a codazos, maldiciendo y gesticulando.

—¡Coja! —las otras le gritan y se apartan—. ¡Vete! Vuelve a tu lugar.

Ella no se intimida, al contrario, revira como esas gitanitas de la Via del Corso, en Roma, que te acosan para robarte. Me descoloca esta criatura de malas pulgas que por cuenta de nada me encara y me fulmina con unos ojos que no son implorantes, sino exigentes. Para colmo tiene en los ojos un brillo afiebrado y resulta difícil sostenerle la mirada. Alúmbrame, niña, con la luz de tus ojos, le digo sin que me entienda, y ella hace un mohín. Con el pie choneto dibuja sobre la arena un garabato que el viento enseguida borra. ¿Ojos con luz interior, como los de un gato? La comparación es manida pero inevitable.

Y, a propósito de gatos, me cuenta Zahra Bayda que por aquí la gente los anda matando, por creer que son los portadores de la peste.

Esta niña lisiada me conmueve y bajo la guardia. Me pongo de su parte, quisiera ampararla, ¿por qué recelar de ella, tan alevosa pero tan vulnerable, apenas una más entre las damnificadas de la hecatombe, otra de las condenadas de la tierra?

Error de mi parte. La niña se comporta como araña acorralada y arroja manotadas de arena a la cara de la gente. Es una bellaca, esta aprendiz de Imperator Furiosa. Se las arregla para apartar a las demás rompiendo el círculo y aquí me cae y se protege tras mis piernas, usándolas de mampara.

—¿Vienes por mí, pendenciera?

Desde que la vi, supe que esta niña insufrible tenía algo que ver con mi destino. Me sujeta por la camisa y no me suelta, me puya el brazo con un dedo afilado de uña larga. Altanera, la nena, de barbilla echada hacia delante y bonita boca torcida en un gesto displicente. Y maraña rojinegra de pelo ensortijado que se bate al viento como una bandera anarquista, de las que rezan *no hay rendición*. Medio me fascina y medio me aterra, la nena, no sé qué hacer con ella, se pega a mí como una lapa. ¿Qué será lo que quiere, cuál es su bronca?

—¡Ey! Tú, mini Cassius Clay, deja de revolotearme alrededor como una jodida mariposa —le digo, pero sólo logro darle cuerda.

Es endemoniadamente bonita, la morena esta, bella y oscura como las tiendas de Q'dar.

—*Macchiato* —me corrige Zahra Bayda.

—¿Qué cosa?

—Así llaman por acá al tono de piel de esta muchacha.

—¿*Macchiato*, como el café? ¿Así, en italiano?

Zahra Bayda explica algo sobre el Ejército italiano, que vino a colonizar y luego se largó, dejando como legado la exacerbación de los odios, cerros de armas rotas y unas cuantas palabras como ésa, *macchiato*.

Y las ojeras de esta morena, sus pestañas de avestruz, la cicatriz que le marca la frente ¿tienen nombre en italiano o en alguna otra lengua? ¿Cómo se le dice a su agilidad endiablada y a su salvaje mata de pelo? ¿Y a esos aires suyos de criatura bíblica, y al hechizo que sobre mí ejerce? Todo eso ¿cómo se llama? Porque es bella, ella, bella y tremenda, inquietante atadito de huesos que se ha colocado detrás de mí y no me suelta, me utiliza como escudo para protegerse de las otras, que la amenazan y le gritan. Huele a humo, esta chica, y a sahumerio y a mar.

Realmente notable, su olor: fuerte y secreto. Un olor desterrado de Occidente a punta de desodorantes, detergentes y dentífricos. Olor a gente que pese a todo vive y se las arregla, y sacrifica el último camello para asar su carne, o pasa grandes hambres y camina enormes distancias y quema varitas de incienso, y orina y caga y sangra, se asea con aceite de lavanda, tirita de frío, se reconforta junto al fuego, ordeña una cabra y se toma la leche y cuando no hay que comer sacrifica la cabra. Mujeres que se cepillan el pelo hasta sacarle brillo y luego lo ocultan para que nadie lo vea. Y roban manzanas y granadas en huertos ajenos. Y copulan o duermen dejando en la estera el calor de su cuerpo, y sobrellevan la noche como buenamente pueden para llegar hasta la madrugada. A todo eso huele esta pequeña reina del manto esplendente, *y el olor que exhala me enamora.*[2] Todo eso pienso, tal vez no en el

21

momento, pero sí después, y en todo caso no lo digo en voz alta.

Frente a esta pequeña fiera me debato en sensaciones encontradas: la lástima, la compasión, el embeleso, el fastidio. Y ella entretanto se dedica a atosigarme. Yo le gano en edad, dignidad y estatura, a su lado parezco un Goliat, y sin embargo ella sale triunfante. Ya Zahra Bayda me ha hablado de ese rasgo común a toda víctima, a todo sobreviviente de la tragedia: cuando los demás vamos de ida, ellos ya vienen de vuelta. Debe ser porque poseen eso que algunos llaman el coraje de la desesperanza. O lo que viene siendo lo mismo, *nec spe, nec metu*, un latinajo que me gusta y traigo tatuado en el antebrazo: *nec spe, nec metu*, sin esperanza ni temor. Pero ya, nena, vete, que me desesperas. No hallo cómo sacármela de encima, y al mismo tiempo el roce de su piel me estremece.

—¿Dinero? ¿Es eso lo que quiere esta chica? —le pregunto a Zahra Bayda, que intercambia unas palabras con ella.

—Dice que nació en Erigabo —traduce Zahra Bayda.

—Qué más dice —pregunto, porque veo que la nena va soltando retahílas de palabras.

Erigabo, en la otra orilla del golfo. He leído sobre ese lugar, un territorio inhóspito y yermo, de donde todos huyen para escapar de la hambruna y la matanza. En un pasado mítico, Erigabo debió hacer parte del próspero reino de Saba, pero en la irrealidad de hoy es terreno sembrado de espanto.

—Pregúntale cómo se llama —le pido a Zahra Bayda—. Pregúntale cuántos años tiene, ¿catorce?, ¿quince?

—Ya le pregunté, pero no lo dice. Se mosquean si te ven averiguando demasiado, les da por creer que eres agente del enemigo.

Está claro que esta niña huraña no va a responder y que yo no voy a enterarme. Era de esperar. Todo lo sobrecogedor que la vida me trae me llega de esta manera, de repente y sin nombre. Para apaciguarla, le doy una moneda. Ella me la rapa y se retira a examinarla aparte, donde no puedan arrebatársela. La mira por cara y cruz con profesionalismo de comerciante que calcula las ganancias del día. Le hinca el diente por si fuera falsa.

Ya está. Santo remedio. Creo que me libré de la nena. Pero no. Vuelve a caerme con más arrestos que antes, y ahora tira del pañuelo que llevo atado al cuello.

—Quiere que se lo des —me dice Zahra Bayda.

—¿Esto? —pregunto desatando la tira de tela tuareg de color azul intenso con tres rayas negras que siempre llevo conmigo y que ya es como parte de mí; dicen que no me la quito ni para bañarme—. ¿Quieres mi pañuelo, niña? ¿Tanto agite por tan chico pleito? Si te lo doy, pequeña, ¿quedamos en paz? Vale. ¿Te gusta el regalito? Tómalo. Te lo dejo de recuerdo.

Me desprendo con pena de mi vieja mascada tuareg, y la niña enseguida la utiliza para recogerse el pelo. Se ve graciosa con ese trapo tan bárbaramente azul en la cabeza. Parece dar por cumplida su misión aquí en la cima, pierde todo interés en mí y se va corriendo por donde vino, llevándose mi pañuelo. Aparición que se desvanece.

Contra un cielo crepuscular rayado en negro, naranja y granate, veo cómo la niña se aleja sin que la disimetría de sus piernas le impida bajar a toda carrera. La capa dorada centellea tras ella como cola llameante de un pequeño cometa.

Alumbrar, potente verbo que viene de *ad umbra*, salir de la sombra, mismo origen de asombrar. La muchacha de Erigabo alumbra y asombra, entra y sale de las sombras a medida que se aleja cuesta abajo a brincos, esbelta y arisca como esas gacelas dorcas que son originarias de su tierra.

—¡Oye! —le grito cuando ya no me escucha—. ¿No serás tú la reina de Saba?

El llamado del deseo

En cuanto a mí, Bos Mutas, en realidad no sabría decir por qué me inquieta tanto la reina de Saba. Gérard de Nerval creía que la fascinación por ella es propia de un cierto grupo de elegidos, gentes excepcionales a las que la reina escoge para marcarlas con un beso en la frente, convirtiéndolas así en séquito de incondicionales. Desde luego no es mi caso, no soy quién para alcanzar ese señalamiento. Ni genio ni estúpido, ni guerrero ni santo, soy más bien de una normalidad aplastante; no hay en mí nada que amerite posar de elegido o recibir una marca de fuego en la frente, salvo, quizá, alguna tuerca suelta en la cabeza: es sabido que la reina escoge también a los lunáticos, será por eso que me persigue y que yo sigo enredado, prendado, pendiente de ella. A veces me pregunto si esa fascinación mía no será una forma de religión. Y por qué no, si al fin y al cabo la religión consiste en clavar obsesivamente la mirada en una imagen que está fuera de nuestro alcance.

—No eres el primero que se emboba con la reina de Saba, Bos Mutas —me dice Zahra Bayda—, y no serás el último. Es una manifestación de locura, ¿sabes? Incurable, además. Y peligrosa, puede llegar a ser suicida.

—Sí, sí, estoy al tanto. Las alaleishos dicen que...

—Las alaleishos son unas viejas chismosas, juegan a mentir y a fabular —me interrumpe Zahra Bayda—, mantente lejos, hay algo oscuro en ellas. Y no tomes en serio lo que digan.

—Pues yo les creo —me animo a contradecirla—. El propio Platón habló de los cuentos de nodrizas, dijo que mantenían viva la memoria del pasado.

25

—Pues créele a Platón, pero no a las nodrizas —Zahra Bayda es hábil enredando la lógica.

Le he dicho que vengo a escribir mi tesis de grado sobre la reina de Saba y eso no le interesa, se burla aconsejándome que empiece la disertación como los cuentos de hadas, érase una vez, ¡oh!, érase una vez lo que era y también lo que no era.

Arrastro la obsesión por la reina de Saba desde los ocho o nueve años, cuando mis padres me llevaron en un crucero por el Nilo, allá por los tiempos en que nuestra familia aún tenía dinero y los barcos de lujo no iban como ahora, cargados de pasajeros infectados que portan la peste de puerto en puerto.

Sucedió una noche, en el compartimento de segunda clase de ese crucero por el Nilo de línea convencional. Después de la cena, presentaron en el salón de fiestas un espectáculo típico con elenco completo: música de cítara y tambores, antorchas y saltimbanquis. De pronto atenuaron las luces y el presentador pidió un fuerte aplauso para recibir a la reina de Saba, que ejecutaría para nosotros el sortilegio de los siete velos o danza del vientre. Era la primera vez que yo oía mencionar ese nombre, reina de Saba, y debí imaginar una abuela con corona, algo así como la reina Isabel envuelta en velos. Por eso quedé fulminado de rayo cuando vi aparecer a una mujerona más o menos joven y con una abundancia de carnes destapadas que fueron para mí como un continente desconocido. La música se aceleró y la mujer se soltó a bailar de una manera provocadora y extraña, con sacudidas espasmódicas, como una gran araña obscena y posesa.

Yo nunca había imaginado que podía existir algo así; tal vez lo único que me había causado un impacto semejante había sido la boa constrictora que un par de años antes un domador de serpientes me había enroscado al cuello, o el cráter en ebullición de un volcán que visitamos en Nicaragua. Pero ni siquiera eso; esto me conmocionaba todavía más. La acojonante entrada en escena de la reina de Saba me dejó pálido y clavado al sofá. La desnudez femenina me caía como descubrimiento sacro. Era de otro mundo ese personaje que mostraba unas partes anatómicas impresionantes, inimaginables, en medio de un revuelo de tules con brillo de lentejuelas. Todo como de circo, supongo, pero a mí debió parecerme costoso y suntuoso, propio de reina oriental. Al ritmo de una música cardíaca, ella sacudía todo ese montón de curvas y de carnes, toda esa tentación de vibrante piel morena con un desparpajo y una sensualidad que al niño que yo era lo dejaron marcado hasta el día de hoy.

Recuerdo el instante en que ella levantó un brazo y yo vi en su axila un poco de pelo; aquélla no era una axila como la de mi madre, lisa y rosada, sino ruda, cruda, peluda, más bien como la de mi padre. Y hasta mí llegó su olor.

Aquella mujer exhalaba un olor denso y salado, revoltura de misa, calzoncillo usado y paella valenciana. Lo interpreté como un llamado. O más bien una orden. Desde el primer instante supe que ella era un ser poderoso y que poseía una intensidad de terremoto o de incendio, o de película de hiperacción. Supe que si ella quisiera, podría destruir el universo. Quedé asustado y cautivado, ésas son las palabras exactas: yo, cautivado por ella; yo, su cautivo aterrorizado; yo, inerme y rendido ante ella, y más aún cuando se largó a ulular batiendo la lengua como una víbora y produciendo una algarabía aguda que debió sonar en mis oídos como el llamado del deseo: el canto irresistible y temible de las sirenas en los oídos de Ulises.

La mujer hacía tremolar sus carnes brillantes de sudor y de aceite. Sus pechos cobraban vida y yo no podía quitar los ojos de las ondulaciones de su panza prominente. Me parecía que estaba ante una diosa o ante una loca y me atrincheraba entre mi padre y mi madre, hundiéndome en el sofá y tragándome con los ojos a esa belleza venida de algún desierto, ella allí, llenando con su presencia mi vida, y yo enfrente, en un estado no sé si de éxtasis o de pánico, poseído por aquella mujerona apetecible y a la vez pavorosa, tan expuesta y entregada pero tan prohibida. Experimenté un ardor interno parecido al hambre, a la furia, a la ansiedad quemante, algo que de repente bullía en mí y que yo no reconocía ni le sabía el nombre, o digamos más bien que *reina de Saba* fue el primer nombre que pude ponerle al rapto sexual y caníbal, al fervor religioso, a la feroz apetencia.

No supe en qué momento se fijó ella en mí, el niño paralizado de espanto y maravilla. La cosa es que, sin parar de bailar, aquel monumento se vino directamente hacia donde yo estaba, extendiendo hacia mí su mano llena de anillos y de uñas rojas, mirándome de frente como con compasión, como con sorna, y había un cariño maternal en sus ojos que ofendió a mi ser masculino y me hizo sentir impotente y diminuto frente a ella. Pero enseguida me echó encima su cabellera de mechones negros y rojos, algo así como el asalto de Medusa sobre un pobre Perseo.

En mis oídos retumbaba mi propio corazón, pero alcanzaba a escuchar a mi padre que me decía, ánimo, hijo, baila con ella, compórtate como un caballero, ¿no ves que ella quiere bailar contigo? Sí, yo sí veía, claro que yo veía y claro que ella quería, ella insistía, ella me agarraba de la mano y me jalaba y yo no hallaba cómo zafarme. Yo sólo quería escapar, ponerme a salvo, protegerme de aquel embate. No quería ser un caballero y odié a mi padre, por muchas cosas pasadas, como obligarme a montar un caballo a pelo, o ganarme en todos los juegos, o llamarme flojo e inepto, o burlarse de mis notas en el colegio. Pero lo odié con toda el alma sobre todo por traicionarme entregándome a la bailarina de los velos mientras los demás espectadores se desternillaban de risa. Busqué la protección de mi madre y no comprendí por qué ella no salía en mi defensa. Mi último recurso fue el sofá, me parapeté entre sus cojines y me agarré de sus patas como el ahogado a la tabla.

Cerré los ojos y me encomendé a Dios, diosito lindo, supliqué, ¡sálvame, perdóname, sálvame! Pero diosito no respondía y yo sólo escuchaba la risa del traidor de mi padre, y haciéndole cuarto, la risa de la bailarina aquella, áspera, desafiante, mística, mítica, irresistiblemente femenina. Hasta que ella se dio media vuelta y siguió con su show, sacando a bailar a otro turista menos reacio que hizo el papelón en la pista, como muñeco descoyuntado que trataba de imitar las ondulaciones del cuerpo de ella. Yo mientras tanto seguía encogido en el sofá, haciéndome el invisible, para que a ella no le diera por regresar a insistirme.

Luego su voz y su olor se fueron apagando a medida que se alejaba, ya olvidada de mí, para cerrar su número con un vibrato de toda su carnal persona y un revuelo de tules de todos los colores, hasta esconderse para siempre tras una cortina roja. Aparición que se desvanece.

Tengo borrado cualquier otro recuerdo de ese viaje a Egipto; creo que anduve como un zombi por entre momias, templos y pirámides, sin registrar mucho de todo aquello y poseído por una sola presencia: la de ella. ¿Así que ésa era la reina de Saba?

Un par de años más tarde, cuando mi padre ya nos había abandonado, dejándonos a mi madre y a mí en la pobreza, volví a ver a la reina de Saba. Este segundo develamiento tuvo lugar en una plaza de azulejos, en el momento en que mi madre y yo estábamos a punto de montarnos a un carro tirado por un caballo que nos pasearía por la parte antigua de esa ciudad. De pronto sentí una presencia inquietante y la reconocí enseguida: era ella, sin duda, aunque traía un aspecto distinto al de la primera vez, el de ahora era siniestro, como marcado por un signo nocivo. Siempre ha sucedido igual, tanto en esta segunda aparición como en la primera y también en las que vendrían después, siempre lo mismo. Obsesivamente, aunque con ligeras variaciones, la reina de Saba se manifiesta ante mí como amenaza y al mismo tiempo como tentación.

En esta segunda ocasión, la reina tenía el pelo canoso y ensortijado y los ojos pintarrajeados. Me pareció mal encarada, aunque según el ángulo mejoraba bastante. Andaba vestida de rojo y mi sobresalto me llevó a verla semejante a Dana, o sea, Dana envuelta en velos rojos, siendo Dana en realidad Sigourney Weaver en el papel de Dana, esa fantasma ninfómana de *Cazafantasmas* que en un arrebato de erotismo caníbal empuja a la cama a Bill Murray y le ordena, quiero tenerte dentro de mí, y Bill Murray, más desparpajado que yo, le contesta, no puedo, no quepo, ya tienes al menos otros dos o tres ahí dentro.

Enseguida até cabos, Dana era una de las muchas caras de la reina de Saba, Dana era uno de sus muchos nombres, Saba resucitaba en esta Dana que se me iba acercando toda melindrosa y relamida en esa plaza de azulejos a ofrecerme un ramito de romero cuando mi madre y yo estábamos a punto de encaramarnos a un carro tirado por un caballo.

—Tómalo —me decía esta reina de Saba con apariencia de bruja, agarrándome tan fuerte del brazo que yo no lograba zafarme—. Es para ti, niño guapo, es un regalo que yo te hago.

A mí me sonó bien lo de niño guapo; por entonces era alto y desgarbado y tenía serias dudas sobre mi atractivo físico. ¿Niño guapo, yo? Caramba, muchas gracias. Susceptible al halago, y más si venía de Dana/Saba, lo asumí como un mandato y le recibí el ramito de romero, aunque en el fondo me daba cuenta de que ella me estaba tendiendo algún tipo de trampa; nadie, a menos que tenga doble intención, le dice niño guapo a un preadolescente flacuchento, de piel dañada y cero sexapil.

—¿Tú a mí no me regalas nada? —me dijo la reina, pellizcándome el brazo.

—¿Qué quieres? —le pregunté, supongo que con un hilo de voz.

—Dame tu reloj.

Sentí que tenía que obedecer y empecé a soltarme la correa de la muñeca cuando mi madre, que andaba pendiente, intervino haciéndome a un lado y acusando a Dana de estar abusando de un niño pequeño. Yo, el pequeño niño abusado, le jalaba la manga a mi madre tratando de impedir el disparate que estaba cometiendo al insultar a esa mujer.

¡Cuidado, es la reina de Saba!, quise advertirle, pero mi madre no comprendió el peligro que eso entrañaba.

—¡Vete, zorra, lárgate, ladrona! —le gritaba a Dana, sacándose del bolsillo una moneda que le arrojó con desprecio.

La reina Dana escupió en la moneda, la tiró lejos y me fulminó con la mirada, señalándome con el dedo y pronunciando una maldición que me cayó literalmente encima, como si hubieran volcado sobre mí un baldado de agua sucia.

—Eres un niño estúpido —me gritó, ya alejándose—, yo te maldigo y nadie te va a amar.

Supuse que mi madre y yo habíamos ganado la batalla cuando nuestra enemiga se retiró humillada, pero a fin de cuentas el triunfo no fue tan completo. A mí me había afectado la rudeza de su augurio, eso de que nadie me iba a amar. Mi madre tuvo que abrazarme y consolarme.

—Yo te voy a amar por siempre —me aseguró, creyendo que con eso neutralizaría el conjuro.

Al parecer no lo logró, porque tres o cuatro años después, antes de que yo cumpliera los quince, todas las desgracias y las tristezas cayeron sobre mí, cuando un cáncer que desde hacía un tiempo atormentaba a mi madre, y que ella lograba mantener a raya combatiéndolo con tenacidad, al final le tomó ventaja, la derrotó y la mató.

Mi madre nunca lloró, ni siquiera en lo peor de la enfermedad, cuando padecía dolores insoportables. Recia y retrechera, no se permitía ablandarse ni aflojar, salvo ante un recuerdo que la atormentaba: el de una cierta niña pequeña de un país lejano.

—Era una nena preciosa —me contaba mi madre—, muy menudita...

Menudita pero con unos ojos inmensos, demasiado grandes para el tamaño de la cabeza, demasiado oscuros para ser inocentes, ojazos de fuego negro que la niña abría con ansiedad, como si comprendiera lo que estaba sucediendo, o tal vez porque no comprendía. No tendría más de cuatro años, tal vez cinco, y era una muñeca morena y delicada, de rasgos tan finos que parecía pintada con pincel, pero con una melena abundante y enmarañada que debía acaparar todas las energías de su personita.

Así la describía mi madre entre hipos y lágrimas. Mi dulce y aguerrida madre, que de joven había sido medio misionera, medio voluntaria, en todo caso siempre atraída por viajes a lugares emproblemados y empobrecidos, siempre comprometida en arranques redentores y caritativos. Mi madre lloraba hablándome de esa niñita. Decía que pese al paso del tiempo no podía olvidarla, por el contrario, cada vez se le volvía más corpórea y era como si la llevara adentro, y el sentimiento de culpa la perseguía desde ese día, en no sé qué paraje de este mundo desolado, en medio de una gran hambruna, en que se le acercó una madre con su pequeña hija, que se aferraba a su mano. La madre le dio a la niña una orden en su idioma, una orden que nadie entendió salvo la propia niña, que enseguida la acató con un valor impensable en alguien tan pequeño. Con una resolución de recluta que marcha a la guerra, se soltó de la mano de su madre y agarró la mano de la mía, que aún no era mi madre pero que algún día lo sería.

—Tómala, quédate con la niña, te la regalo —dijo la mujer echando a correr ante el asombro de mi madre, que seguía asiendo la mano de la pequeña sin acabar de entender lo que estaba pasando.

La mujer se escabullía con rapidez y cuando se hubo colocado fuera del alcance se volteó hacia mi madre y le gritó, llévatela, yo no puedo alimentarla, aquí se va a morir de hambre, llévatela, que está enferma, le rogó, tú puedes curarla, tú vives lejos, donde hay comida, tú puedes alimentarla, puedes educarla, es una buena niña, llévatela y cúrala, que está enferma.

Entonces mi madre reaccionó, comprendió la magnitud de lo que estaba en juego e intentó devolver a la niña persiguiendo a la mujer, pero ésta ya se refundía entre una masa de gente que se abrió como las aguas de un mar y enseguida volvió a cerrarse, engulléndola.

La niña no lloraba, sólo miraba alrededor con una seriedad de adulto, una suerte de solemnidad que no daba lugar a lágrimas, una decidida y rígida resignación de soldadito de plomo.

Había algo misterioso y sagrado en esa niña silenciosa. Durante todo el día mi madre permaneció con ella, las dos unidas en una especie de pacto de sobrevivencia, o complicidad y mutuo apoyo en ese instante de sumo desgarramiento y expectación. Cuántas veces no me habrá contado mi madre que la niñita era circunspecta, asombrosamente entera y compuesta en medio de semejante drama. Sólo delataba su perturbación esa mirada demasiado atenta que se detenía en cada ser, en cada objeto, como radiografiándolo todo. No quiso recibir comida ni decir nada, ni siquiera respondía cuando le preguntaban el nombre, y si le ofrecían juguetes, los recibía como por educación con su manita morena y enseguida los hacía a un lado, con esa delicadeza y suavidad de modales que sólo tienen los seres indefensos.

La mujer había gritado que la niña estaba enferma. ¿Pero de qué? Fiebre no tenía, salvo en la mirada. Según el examen clínico que enseguida le hicieron, mostraba algún grado de desnutrición y una palidez rara en pieles cobrizas como la suya. En general parecía bastante sana, aunque había en ella una manera de no intervenir, dejando pasar la vida sin pretender alterarla, como sin pedirle a la realidad más de lo que estuviera dispuesta a darle, y mi madre, sin ser médico y ni siquiera enfermera, supo enseguida que si de algo padecía esa nena era de incurable dolencia de melancolía.

—No voy a decir que la nena me mirara con cariño —me confesaba mi madre—, pero sí con tolerancia, con una especie de aceptación, como si en el fondo confiara en mí y en mi capacidad de asumir el compromiso que un fiero azar había casado entre ella y yo. Y yo la defraudé.

Habían permanecido largo rato la una frente a la otra, la pequeña paralizada como un venado ante las luces de un auto, sin protestar ni pedir, sólo ahí, aterida como un pájaro que acaba de golpearse contra un vidrio, sentadita muy quieta como si no supiera o, por el contrario, como si supiera demasiado bien. De pronto estiró la mano, rozó con la punta de los dedos el fular de seda azul que mi madre llevaba al cuello, atraída por la viveza de ese color intenso, y soltó por fin una palabra, la única que pronunciaría durante las horas que pasaron juntas. *Azraq*, murmuró, azul. Sólo eso, azul. Entonces mi madre se quitó el fular para pasárselo a la nena por los hombros y envolverla en él, y le dijo, te voy a llamar Azul, para mí, tú siempre serás Azul.

Entretanto, las otras personas que estaban allí adelantaban averiguaciones, procuraban una salida posible al *impasse*, buscaban infructuosamente a la madre de la criatura. Nadie sabía qué hacer.

Por fin, agotada, la niña cerró los ojos de pronto, *como en el súbito adormecer de las golondrinas*,[3] y ya era bien entrada la noche cuando se presentaron funcionarios de una organización humanitaria que ofrecieron hacerse cargo. Se llevaron a la niña, medio dormida y envuelta en la seda azul, y dejando a mi madre enferma de apego y de culpa.

Nunca volvió a saber de la chiquita y nunca se perdonó a sí misma. Yo intentaba tranquilizarla señalándole lo obvio, no puedes llevarte a una criatura así como así, hay controles, te lo impiden en el aeropuerto, rigen leyes de protección al menor, hubiera sido inadmisible, no puedes alzar de buenas a primeras con una niña que no es tuya...

Mi madre intentaba autojustificarse, pero fracasaba. Al punto de que la pequeña ausente convivía con nosotros en su extraña forma de inexistencia a través del vivo y lacerante recuerdo que de ella guardábamos, y que yo he conservado como herencia. Aunque mi madre siempre se refirió a ella como Azul, yo, fiel a mi obsesión, la llamé Sabita, imaginándola como una delicada y mínima reinita de Saba, frágil como un suspiro, irreal como un recuerdo, difusa como una vieja culpa. Vaga como el eco de un dolor.

Pata de Cabra

—¿Yo? Ni reina de Saba ni reina de nada —me dice Zahra Bayda y se ríe—, pero mi primerísima abuela a lo mejor sí lo fue. Quién sabe. La abuela de la abuela, de la abuela, de la abuela, de la abuela de mi propia abuela, ésa sí, a lo mejor; al menos es lo que dicen todos, por aquí no hay quien no se crea descendiente del personaje.

Se podrían contar una a una hacia atrás las ciento veinte abuelas que han pasado por el mundo entre la abuela de Zahra Bayda y esa otra antepasada perdida en la noche del tiempo. ¿Sólo ciento veinte abuelas? En realidad, poca cosa. Es como decir ayer.

Zahra Bayda es partera graduada y trabaja en el Yemen como parte del equipo de Médicos Sin Fronteras. No le cae bien la reina de Saba, ni siquiera cree que haya existido, me dice que no le venga con cuentos, anda demasiado ocupada con gente de carne y hueso como para pensar en fantasmas. Aunque me confiesa que un par de veces ha soñado con ella.

—¿Ves? —le digo.

—Qué.

—Tú también sueñas con ella.

—No fueron sueños, fueron pesadillas.

En cambio, las viejas alaleishos reverencian el legado de su célebre antepasada cuando se apiñan en la cocina y deliran mascando khat. Mascan y tascan y, a falta de muelas, trituran con las encías las hojas verdísimas hasta volverlas una gran bola de pasta, que almacenan en el moflete como turupe de infección molar. Las historias que cuentan nunca terminan y siempre empiezan igual: sucedió una vez, o tal vez nunca...

Tras horas mascando khat, ya al filo de la mañana, las viejas sienten llegar una presencia que les eriza la piel y les entibia el alma. Es una como perturbación del aire que les trae un atisbo de felicidad, o un amparo de gran poder, o un alumbramiento de hermosura sobrenatural. Enseguida lo detectan: es el beso de la reina. El beso antropófago, largo y profundo, ponzoñoso o perfumado. Debe ser como el beso venenoso de Rimbaud en el infierno, digo yo, que por primera vez pruebo el khat y sólo logro que me sepa amargo. Las abuelas dicen que el beso de la reina afiebra: hiela por fuera y quema por dentro. Me advierten que para algunos es beso bendito y para otros es beso maldito, y que nunca se sabe cuál te va a tocar.

Posesas, las alaleishos anuncian: es ella.

Es ella, ya habita entre nosotras, ya regresó. Es la reina de Saba. Y como Saba significa *mañana*, ella es Señora del Amanecer, Lucero del Alba, Dueña de la Nada. Las abuelas repiten los muchos títulos de su santa antecesora y sonríen beatíficas. Es ella, ya está aquí, dicen, y se regocijan ante el esplendor de la visita.

La mítica reina de Saba, ¿cómo habrá sido en vida, cuando habitó en la tierra? Vital, imperiosa, viril y seductora, como describe Citati a las protagonistas de *Las mil y una noches*. Y también iracunda, montaraz y llevada de su parecer, engendro que fue de un mundo crudo y sangriento. Mujer de armas tomar, violentada y violenta: encarajinada. Bella como Jerusalén y temible como ejércitos en combate. Y con una herida por siempre abierta: el repudio de su madre y la expulsión del reino.

Ni femenina ni masculina. Algunos textos antiguos la describen como ídolo de ambos sexos, con senos y barba, pene y vagina. ¿Pudo haber sido la reina de Saba un ser doble y prodigioso, dotado de magnetismo indeterminado y descarga fulminante? A lo mejor, quién quita. Tal vez poseía el poder de toda la gama sexual.

¿Habrá sido tan bella como aseguran? Horriblemente hermosa, como toda criatura mitológica. Según el Cantar de los Cantares —donde la llaman Sulamita—, tiene ojos como palomas; vientre como gavilla de trigo o valle de lirios; melena como rebaño de cabras que brincan por la sierra; frente como una granada; senos como racimos de vid o gacelas gemelas. El juego de metáforas cobra sentido en el contexto del Cantar, pero resulta difícil de imaginar si lo consideras el retrato fiel de una mujer que ondula como el trigo y los lirios, brinca como las cabras y las gacelas, se ofrece como las uvas y las granadas. ¿Puede ser? Sí, puede ser, al menos así es para mí, Bos Mutas, que en el dislate de mi amor por ella la asocio a una alegre y loca manada de cabras, o de ninfas, que trepa por una ladera escarpada y brumosa. Creo que la reina de Saba se parece más a una cabra o a una ninfa que a la Gina Lollobrigida que la representa en *Solomon and Sheba*, la superproducción en tecnicolor de United Artists. Aunque me vale una Lollobrigida libre y loca como las ninfas y las cabras.

Princesa de la Mañana, Señora del Viento Sur, Balkis, Aurora Consurgens, Makeda, Leona Negra en cuya melena se enredan los siglos, Regina Sabae, y tal y tal... Pese a sus muchos títulos, no tuvo un nombre; según las alaleishos, porque te sobra el nombre cuando no tienes quien te llame con afecto. Aunque también dicen que nombre sí tenía, pero tan secreto que ni siquiera su propia madre estaba al tanto, gesto de descuido y desamor, doloroso como una espina en el corazón de la hija, pero que a fin de cuentas le resultó favorable, porque no puede doblegarte quien no conoce las letras de tu nombre.

Por acá las viejas creen que si la reina de Saba no tuvo nombre, no fue por privación sino por proliferación, y que en vez de uno tuvo muchos, como les sucede a los seres que se transforman y no son únicos sino múltiples. Ella es todas y ninguna y al mismo tiempo ella es ella, la legendaria reina coja, y también es Sulamita, la obsesiva y sensual amante del Cantar.

Escondida tras sus muchos nombres, ha sido musa de poetas, de sonámbulos, de místicos y punkeros; diosa de drogadictos, de agonizantes, genios e iluminados; profetisa entre orates y sabios; bilis negra de melancólicos y artistas. Mujer entre todas las mujeres, pero no pura, ni virgen, ni bendita, sino ligada *al eros, a los demonios, a los fantasmas y a las lenguas secretas,* [...] *naciendo de la noche y viviendo de la noche, pero triunfando sobre las tinieblas.*[4] Concebida en tiempos de monstruos y gigantas, *creció libremente entre juegos terribles*[5] y quedó marcada por aquel defecto variable que según unas abuelas fue simple cojera y, según otras, síntoma más severo, como pie izquierdo palmípedo de ganso, o pezuña hendida. Pata de Cabra: hay dualidad en el mito de esa mujer que es a la vez caminante y coja, nómada y baldada. Cabe la posibilidad de que el pie dañado fuera imaginario: representación corporal de ese daño irreparable, o herida por siempre abierta, que eran sus afectos truncados. Aunque sus seguidoras más devotas le bajan volumen al asunto y aseguran que se trató simplemente de excesiva pilosidad en las extremidades. O sea: una reina peluda, dotada de naturaleza híbrida entre humano y animal, viva encarnación de la leona de melena negra que mantienen enjaulada en el zoológico de Addis Abeba.

Mujer cubierta de pelo, ¿don divino o vergüenza, *shame*? ¿Signo excelente o desmerecimiento que acarrea castigo? La princesa de Saba produce sentimientos encontrados.

En el extremo opuesto a ella está su señora madre, la reina titular, a quien llaman la Doncella porque es cautivadora en su eterna juventud sin estrenar. No hay en la Doncella abismo ni hondura, todo su ser asoma a la superficie. Cada día contempla durante largas horas su rostro en el espejo, extasiada ante el brillo de su piel libre de vello y su pureza lampiña, lisa y pelada como cáscara de huevo, lo cual podría ser secreta frustración, porque *nadie tiene más sed de sexualidad feroz que las criaturas que habitan los espejos... De nervios desequilibrados, de exasperado narcisismo, de cuerpo a un tiempo glacial y atormentado, andan siempre tras algo, no se sabe qué.*[6]

La Doncella: epidermis de nácar, a salvo de imperfecciones o arrugas, con el brillo satinado de las pompas de jabón. Se precia de ser inmaculada y gloriosa porque no ha conocido varón, manteniendo frente a ellos la arrogante distancia de una diva. A todos los seduce con su esplendor, pero se somete con disciplina militar a sus propias rutinas de abstinencia y no accede a acostarse con ninguno. De la Doncella se dice que lucha contra el despertar de los sentidos con la misma bravura con que los varones combaten a las fieras durante la cacería. Y aquí viene el meollo del misterio: la Doncella rechaza toda actividad sexual, y aun así ha sido madre. Sin mediación de varón y por obra y gracia de birlibirloque, ella es la madre de Pata de Cabra. Si les preguntas a las alaleishos sobre lo inusitado de ese embarazo, te lo explican en pocas palabras.

Así fue, dicen, así pasó, la Doncella quedó preñada siendo virgen y sin ayuda de hombre. Así sucedió, y por eso hay que creerlo.

O: hay que creerlo, porque así sucedió.

Pero los auspicios para su preñez no fueron favorables. Unos caracteres enigmáticos aparecieron en la noche del parto sobre los altos muros de piedra de Mamlakat Aldam, el palacio rojo de la Doncella, escritos por la mano de Dios, por la mano del destino o por la mano del mismísimo Banksy. No se sabe. Perturbadora aparición; algo así como el MANE, TEKEL, FARES que dedos invisibles trazaron en caracteres invertidos ante Baltasar, rey de Babilonia, durante una de sus orgías de lujuria y despilfarro, anunciándole el derrumbe de su imperio. O como el HELTER SKELTER que Charles Manson y su secta asesina garrapatearon en la puerta de una nevera tras la degollina con sangre de las víctimas.

Las palabras premonitorias de Mamlakat Aldam, el Palacio Rojo, no estaban escritas en safaítico ni en dadanítico, en arameo o árabe coránico, sino en el dialecto de los muertos. La propia Doncella no entendió lo que decían. Ni ella, ni nadie; tampoco los sabios que fueron consultados. Aquí las viejas aseguran que ese mensaje mural que tanto atemorizó a la Doncella decía NO TÚ, SINO ELLA: no la madre, sino la hija. O sea: tu hija será recordada por los siglos de los siglos y tú serás olvidada; sentencia tan dolorosa como la que le reveló el espejo mágico a la madrastra de Blancanieves, verdad de a puño que las desquició de envidia a ambas. En fin, sea lo que sea. Aunque nadie descifró los caracteres aparecidos en el Palacio Rojo, no por eso dejaron de surtir efecto, marcando con mal fario el nacimiento de la niña y predisponiendo a su madre contra ella. Así pasa con la letra escrita: aunque nadie la lea, basta con que esté ahí para que gravite como ley de bendición o condena.

Pata de Cabra, o Sheba, primogénita del reino de Saba, vino al mundo mediante parto sin dolor, sin coito ni fecundación, como simple suceso esterilizado y perfecto. ¿Perfecto? Perfecto hasta que su madre, la Doncella, contempló al ser recién salido de sus entrañas y se llevó el disgusto de la vida al ver que, pese a su rostro angelical, aquel bebé pegaba aullidos y adolecía de pie retorcido y piernitas cubiertas de pelo. Aparición desagradable. En ese pequeño ser de actitud desafiante, cuerpecillo velludo y pie cabruno, la Doncella creyó ver un castigo de involución del tipo cola de cerdo. Un regreso al caos primigenio.

—Pata de Cabra —respondió secamente cuando le preguntaron qué nombre le pondría a la niña—. Que se llame Pata de Cabra.

Preciándose de ser ella misma limpísima, delicadísima e inmaculada, la Doncella, llevada por un sentimiento de piedad y repulsión —más lo segundo que lo primero—, concluyó que la recién nacida era por naturaleza sucia y manchada, o maculada, y que ofendía la vista, el olfato y el decoro. Se negó a cogerla en brazos o darle pecho, y ordenó que las esclavas la lavaran todos los días en agua con vinagre y la frotaran con estropajo.

Cada vez que la pequeña Pata de Cabra buscó en su madre dulzura de contacto, o calor humano, encontró en cambio una fría lisura de piel enteramente depilada, un pulcro y neutro olor a lavandina, una dolorosa ausencia de sonrisas y una privación del suave y narcótico efecto de las caricias. La Doncella se negó a familiarizar a su criatura con sus propios y estrictos hábitos de higiene. No la entrenó en el uso de la bacinica ni le inculcó el disgusto ante sus excrementos, que todo ser civilizado debe mantener lejos de sí, aunque sean producto de sus propias tripas. Tampoco le enseñó a peinarse, ni a sonarse las narices, a jugar con muñecas o a taparse la boca al toser. No se ocupó de que la nena asumiera actitudes femeninas o modales de mesa, o adquiriera aptitudes musicales, habilidad para los juegos de azar o gracia en los bailes de salón. Ni siquiera la acostumbró a llevar rutinas diurnas y nocturnas, relegándola a la buena de Dios y dejándola hacer y deshacer a cualquier hora y como le viniera en gana.

De ahí que Pata de Cabra se iniciara en la vida como criatura sin límites, combinando en sí los opuestos. Asumió la pluralidad sin renunciar a nada, en una espléndida mezcla de lo humano y lo animal, lo sucio y lo limpio, lo vivo y lo muerto, lo pasado y lo futuro, lo blanco y lo negro. Tal como hace la propia naturaleza, Pata de Cabra acogía y fusionaba esto y aquello dentro de una gran unidad donde todo cabe y encuentra su lugar. Porque ella, pequeña princesa de Saba, siempre tuvo claro que en la mermelada del cosmos, el alfa y el omega se muerden la cola.

Siete años después del primer parto, la Doncella quedó embarazada de nuevo, pero esta vez los altos muros de piedra no amanecieron emborronados con ningún grafiti agorero. El cielo mandó señales amables y nació una niña amparada por toda suerte de bienaventuranzas, a quien la Doncella acogió en su helado seno, bautizó con el nombre de Alegría, o Alfarah, y la designó como heredera única y legítima de sus dominios. Si les preguntas a las alaleishos si lo hizo como estocada mortal a su primogénita, te responden afirmativamente. Si les preguntas si es verosímil ese caso de doble concepción en una virgen, te responden con desparpajo.

—Si la Doncella pudo quedar preñada una vez, por qué no dos veces.

La pequeña Alfarah hizo honor a su nombre y creció como niña feliz. Pero no había sucedido lo mismo con su hermana mayor, Pata de Cabra. Muy al contrario. La Doncella no había querido que cundiera la voz de alarma ni se ofuscara el real cortejo con la noticia del deplorable resultado de su primer parto. Envolvió a la primogénita en una manta teñida con tres líneas negras sobre un fondo azul de saturación intensa, el color del éter luminífero, y ordenó que la enterraran viva a una hondura de diez codos, en un lugar distante de Mamlakat Aldam.

—Sáquenla de mi vista —sentenció—, sepúltenla en una fosa tan profunda que el hambre de las hienas no pueda desenterrarla.

Se refería, por supuesto, a las hienas anhelosas y carroñeras, poseedoras de grandes clítoris erectos como penes. La Doncella ¿mala persona?

—Mala, mala como la leche —responden las alaleishos.

Tan mala que no conviene mencionarla. Cabe preguntarse qué crueldades pronuncia la Doncella con esos labios suyos, tan rojos y carnosos que parecen manifestación externa de una herida interna que le exige andar hiriendo a los demás. ¿Qué oculta tras la máscara de su belleza? Porque posee una hermosura sobrehumana, nadie lo niega. Aunque las alaleishos aseguran que su máscara es doble: por delante, facciones perfectas y, por detrás, horríficas en grado insoportable. Dicen también que va envuelta en un manto de humo blanco, o de alba espuma, y que lleva en la siniestra una palma verde y en la diestra una copa de agua del olvido.

La Doncella se aseguró de que fueran cumplidas sus órdenes: para Pata de Cabra, la niña indeseada, no habría fiestas o banquetes, ni campos de estelas, tinajas de agua perfumada o estancias con colgaduras de seda. Bajo tierra sólo la esperaban una lúgubre luz de pozo, ejércitos de hormigas y un eterno desasosiego.

—Tus alaleishos son unas viejas locas —me dice Zahra Bayda—, y tu reina de Saba debió ser peor que ellas.

Mi desjarretada adolescencia

Con mi padre evaporado y mi madre muerta, a los catorce años quedé solo y perdido en el mundo, yo, Bos Mutas, sin casa donde vivir, sin poder pagarme los estudios y demasiado joven para sostenerme trabajando. Entonces tuve la suerte de que me recibieran como postulante en un monasterio dominico, donde acabé de educarme. Ciertamente no ingresé por vocación. Yo no era rezandero, como tampoco lo había sido mi madre, de quien había heredado una relación con Dios más o menos cordial, pero no estrecha. Digamos más bien que sin imponer condiciones, los frailes dominicos me brindaron techo, comida, estudios y acceso a una biblioteca. Como quien dice, una ganga, o un billete ganador de la lotería, que en aquel momento de extrema necesidad y a falta de otro horizonte me permitió abrazar la vida monacal, como medida fortuita; igual hubiera podido ingresar al Ejército, o convertirme en el borracho mendicante de la esquina.

En las noches demasiado largas y silenciosas del dormitorio colectivo de los novicios, tuve tiempo de sobra para cultivar mis encuentros de tercera fase con la reina de Saba, que a veces se me aparecía como halo benéfico que me acompañaba, otras como íncubo que me atormentaba. Reconozco que no faltaron crisis en las que yo me dejaba llevar por arranques de celos o reproches contra ella. Pero ella me perdonaba y, en mis momentos de mayor tristeza, surgía de la niebla ondulando los brazos y cantando: dime, niño solitario, por qué tanto dolor.

Supongo que, como aspirante a la vida religiosa, me correspondía adorar al Padre, al Hijo y al Espíritu Santo.

Pero yo adoraba en cambio a la reina de Saba. A fin de cuentas, por qué iba a confiar en dioses masculinos si no guardaba recuerdos paternos demasiado gratos; digamos que a mi padre le producía mal genio todo lo que yo hacía, como perder en los juegos, ser tímido con las mujeres, escribir con la mano izquierda, no saber chiflar y, sobre todo, usar piyama. A mi padre le molestaba que yo durmiera en piyama y no como hombre, o sea en calzoncillos, como él. Todo lo que tenía que ver conmigo lo desalentaba y lo desilusionaba, más en la línea de la desazón que de la rabia, pero en todo caso bastaba para hacerme la vida miserable.

La cosa es que ahora que estaba en el monasterio obligatoriamente tenía que rezar, y me sentía más seguro adorando a una deidad femenina; en eso emulaba a Gérard de Nerval, mi guía espiritual. Nerval, nervioso poeta, se dedicó a perseguir amantes imposibles, mujeres ilusorias del mundo del artificio, como divas de ópera, diosas orientales, actrices de teatro y toda clase de identidades lejanas y extravagantes. Enchufado en la misma neurosis, también yo me fui por esa línea, y así fue como Patti Smith se convirtió en la reina de Saba de mi desjarretada adolescencia.

Llevaba yo meses buscando, en los libros de arte de la biblioteca del monasterio, las reproducciones de los muchos cuadros que a lo largo de los siglos se han pintado de la reina de Saba, pero ninguno me convencía. Ni los que la retratan postrada de rodillas ante un rey más poderoso que ella, ni los que la pintan como prostituta oriental o santa penitente, o la cubren de castas vestimentas, o la desvisten y le adornan los tobillos con ajorcas y las narices con aros. Esas apariencias no me servían: simplemente no eran ella, en ninguna encontraba el aspecto real y verdadero, a la vez bello y extraño, fresco y arcaico, amable y temible, que la representaba, y me frustraba no poder ponerle cara a mi quimera. Hasta que me topé, por casualidad y en una revista cualquiera, con una fotografía de Patti Smith.

Apenas la vi, en mi cabeza sonó una voz pequeña que me dijo: es ella. Tuve el alucinado convencimiento de que Patti Smith, la diosa rockera del punk, era la nueva reina de Saba, *novae reinae Sabae!* Por fin lograba yo capturar la imagen de mi delirio místico y erótico. Lo tenía ante mis ojos: era una mujer agresiva y tentadora, de ambiguo atractivo andrógino, mirada fría y serena, loca melena negra, piernas kilométricas, torso delgado con pechos opulentos y un halo secreto que decía, nadie puede detenerme, nadie.

Me apegué a esa foto de Patti Smith como a un relicario, la recorté cuidadosamente y la guardé entre las páginas de mi ejemplar de *La imitación de Cristo*. Los demás postulantes también conservaban sus estampitas predilectas en misales y breviarios, pero en su caso eran motivos píos, como la *Virgen del jilguero*, pintada por Rafael. O *El Buen Pastor*, de Murillo, que mostraba a un niño sonriente abrazado a una oveja que también sonreía. Ésas estaban bien y eran simpáticas, pero había otras que no. Recuerdo en particular una llamada *Niño del Dolor*. Representaba a un chico de unos siete años que llevaba a cuestas la cruz de su martirio. ¡Yo, que me creía el auténtico niño del dolor, y éste me superaba ampliamente!

Regina Sabae. Casi treinta años después de su primera irrupción en mi vida durante aquel crucero por el Nilo, ella me seguía inquietando. Ella, o ello, o eso, o lo que fuera, anciana o niña, monstruo o diosa, leyenda o historia. De una manera u otra, ella era la clave de algo muy arraigado en mí, que sin embargo yo no podría conocer hasta que no lograra encontrarlo. No sabía a dónde me llevaría esa obsesión, pero estaba seguro de que me estaba llevando a algún lado.

No es que yo pensara permanentemente en ello. La aparición iba y venía, más intensa o difuminada, y por temporadas incluso se desvanecía por completo. Lo que quiero decir es que hay obsesiones que perseveran. Aunque se alejen, se las arreglan para regresar y a la larga no te abandonan. Alguien podría creer que para mí la reina de Saba ha sido una presencia fantasmagórica, como son los amigos imaginarios para un niño. Pero no. No es eso. Es más que eso, ella existe como persona *clara y visible en mi ensueño constante, como realidad exactamente humana.*[7]

Si cuando yo muera alguien me recuerda, podrá decir de mí: Bos Mutas fue el hombre que amó a la reina de Saba.

Más no sabría explicar, espero que por ahora baste.

El encierro fecundo

Todo habría sido distinto si la Doncella hubiera comprendido que el lanugo que cubría a la recién nacida Pata de Cabra era apenas dulce piel aduraznada, pelusa de bebé, suave y taheña. Pero no. No fue así.

El primer hecho decisivo en la vida de Pata de Cabra es el de haber sido punida por tener aspecto de criaturilla inconveniente y peluda. Vello abundante en la hembra humana: ¿defecto abominable? ¿Vergüenza, *shame*? Para la Doncella sí.

Todo lo referente al pelo es tabú de interpretación difícil; lo único cierto es que la Doncella repudió a su primogénita y decretó que no gozaría de terciopelos o tersuras de seda, ciruelas o sandías, ni siquiera dátiles o cualquier otra forma de consuelo.

Se llevaron de noche a la niña en procesión clandestina, envuelta en ese paño intensamente azul con rayas negras que aludían a su destino trágico. Una comparsa de plañideras a sueldo iba rompiendo el aire con su llanto frío. Tras ellas venían las demacradas basturias, que acuden a todo entierro y ofrecen su cuerpo en los cementerios. En el centro del cortejo marchaba el eunuco que cargaba a Pata de Cabra, destinada a morir antes de morir, o a conocer la muerte en vida, *no la buena muerte ya muerta que no hace daño a nadie, sino el vivo y continuo morir.*[8] Ése sería el castigo que tendría que pagar por un crimen ignorado, o la expiación impuesta, pese a que toda criatura nace inocente. Detrás del eunuco que la llevaba alzada, venían arrastrando los pies dos viejas criadas, Angustias y Dolores, a quienes la Doncella había encargado mortificar a su hija allá abajo, en el inframundo, con una dosis diaria de pequeñas muertes, humillantes y fastidiosas. Cerraba el cortejo una escuadra de esclavos con azadones y palas para cavar el hueco de diez codos bajo la superficie.

—¿Y si la historia no fue así? ¿Si no fue la madre la que odió a Pata de Cabra, sino al contrario? —a veces las alaleishos dudan, pese a su fe inquebrantable—. Pudo ser. Y pudo no ser. Toda cara tiene muchas caras, todo mito tiene mil lecturas y todo odio es de ida y vuelta —se responden ellas mismas.

En el foso húmedo donde la ha hecho enterrar su señora madre, Pata de Cabra, la princesa repudiada, sólo cuenta con unas pocas pertenencias regadas por el suelo o embutidas en un par de cofres, y con un pequeño altar que ha montado al fondo de su cueva.

—¡Descender requiere un valor tremendo! —exclaman admiradas las alaleishos.

Alejarse de lo conocido, penetrar en lo temido y buscar claridad en la oscuridad: Pata de Cabra fue capaz de hacerlo. Se hizo catecúmena en el vientre de la tierra y allí aprendió a tallar las piedras preciosas; desarrolló la inteligencia oblicua que interpreta oráculos, adivina acertijos y descifra sueños; veneró los misterios; bordó a mano la camisa del millón de puntadas; descubrió paliativos para la viruela, los virus de corona y el cáncer; se bañó en las aguas sulfurosas de la eterna juventud.

Van pasando las épocas y ella sigue allí, enterrada. Ya han muerto Dolores y Angustias y Pata de Cabra no cuenta siquiera con la compañía insidiosa de ese par de harpías. Está cansada de soportar el correteo de cucarachas por su almohada y ansía la caricia del sol en su piel, que ya verdea de humedad. Ha aprendido todo lo que el universo de abajo podía enseñarle, está saciada de la mucha eternidad y echa de menos el instante.

Cierta vez escucha algo que proviene del mundo de arriba, donde brilla la luz del día. Es la queja de una niña que sufre de desengaño.

—Como si fueses hijito ajeno —llora la niña—, ya no te duermes más en mi seno.

—Ay, ay, ay —chillan las alaleishos—, ¡cómo se acongoja Pata de Cabra cuando escucha ese lamento que le trae recuerdos de algo, o de nada, de lo que nunca tuvo o lo que quisiera tener!

De tanto en tanto le llegan de arriba otras señales que antes no habría notado, pero que ahora capturan su atención. Son rumores confusos, palabras que el viento lleva y trae, frases sueltas. Aullar de perros salvajes, rezos de eremitas, ulular de búhos, silbos de pastores, suspiros de cansancio de algún viajero, voces de mujeres que cierran las ventanas. A Pata de Cabra le entra añoranza de una casa con puertas y ventanas. Se sobresalta al escuchar un retumbar en tierra de muchas pisadas: son los guerreros malencoii, que marchan con sus máscaras de chivo hacia la batalla. Oye un poema marinero: si alguien me diera una barca... Hasta sus oídos baja una conversación entre caminantes:

—¿Y después? —pregunta el padre.

—Volveremos a nuestra casa —responde el hijo.

—¿Conoces el camino, hijo?

—Sí, padre.

Pata de Cabra queda pensativa, ¿y ella a qué casa podría regresar, si nunca tuvo una? Sobre su cabeza la noche se curva y ondula, pero ella, enterrada, no puede verla.

—Bésame con besos de tu boca, que tus amores son más dulces que el vino —resuena vagamente una canción—, ven, amor mío, salgamos al campo, pasemos la noche entre la alheña y que el alba nos encuentre en las viñas.

¿Quién puede ser que así murmura? Extraño balbuceo, que siembra en Pata de Cabra un anhelo. La princesa sepultada se adormece y entresueña con una noche secreta en la que recibe la visita de un hombre muy alto —se diría monumental—, con capa de oro líquido y melena retinta que cae sobre sus hombros en rizos vivos y móviles. Es el cuarto

Rey Mago, llamado el Hereje, y viene contrariando la ruta de la estrella. Su rostro está en llamas, tiene los ojos voraces del lynx y los cuernos invertidos de la clarividencia. Pata de Cabra percibe la admirable perdurabilidad del personaje, que es huérfano de padre y madre y no tiene genealogía ni fin para sus días, de ahí que lleve un sombrero con ala en forma de ocho o de infinito. Hay algo seductoramente femenino en sus pestañas de seda y en el suave ondular de su capa dorada. Es una bestia enorme que inspira fascinación y pavor, y que despierta en ella la atracción hacia lo temido. Está parado ante una mesa pequeña sobre la que ha dispuesto objetos amarillos que parecen esferas, o platos, o piedras de alumbre. Pata de Cabra comprende que también aquel gigante es criatura desterrada y castigada, como ella, y que los une un nudo invisible. Pese a su apariencia, el mago gigante es un ser amable. Ella lo mira de frente y se reconoce en él; ambos viven al margen, son lo marginado, son la demostración de que el verdadero poder reside en lo que ha quedado por afuera. El personaje juega con ella, la divierte con trucos de magia, la hace reír. Le regala uno de aquellos objetos amarillos, y ella lo guarda en el bolsillo. Comprende que el cuarto mago la está iniciando en un saber heterodoxo, o ciencia oculta de la herejía, acerca del cual ella desea indagar.

—¿Cómo se llama tu Dios? —le pregunta.

—Mi Dios se llama Abismo.

—¿Y dónde está escrita su palabra?

—Su palabra se llama Silencio.

—¿Y ese Dios tuyo podría protegerme y escuchar mis oraciones?

—Mi Dios no escucha, ni ve, ni protege. No tiene deseos ni odios, no piensa ni recuerda, no se mueve ni está quieto, no vive ni carece de vida.

—¿Qué hace tu Dios, entonces?

—No mucho. Yace sereno y solitario en las inmensas llanuras de un tiempo sin tiempo.

Cuando la princesa despierte, el Hereje se habrá esfumado, alejándose en contravía por la ruta de la estrella y perdiéndose tras cortinas de luz y de tinieblas. El objeto amarillo o cristal de alumbre habrá desaparecido también. Pata de Cabra no recordará nada del encuentro, salvo el terror y el fervor que le inspiraron esos ojos ávidos, que habrá de reconocer más adelante, cuando vuelva a verlos.

—¿Acaso existe eso que llaman amor y que es tan fuerte o más que la muerte? —se preguntan las alaleishos.

—Existe, existe, y aunque Pata de Cabra aún no lo conoce, lo conocerá algún día.

—¿Cómo va a conocerlo, si sigue enterrada?

—Saldrá, saldrá, pronto saldrá de su entierro.

Acurrucada al fondo del fondo, la princesa siente una desazón que sólo puede calmar devorándose a sí misma, empezando por el pie siniestro, siguiendo por el derecho y luego subiendo para tragarse su propio estómago, su corazón, su lengua, su boca, hasta que ya no le queda nada por ingerir. La sed la está matando y tiene que conformarse con beber sus propias lágrimas. Se va alimentando con su dolor hasta que no puede llorar más, y entonces se convierte en nada. Una nada ansiosa y palpitante, una nada viva, enterrada: como el petróleo, pura energía a punto de estallar. Así, libre de todo lastre y gracias a su desahucio, Pata de Cabra se vuelve más poderosa que todos los soberanos de la tierra, porque aprende a ser reina de sí misma.

La muerte en vida ha sido su encierro fecundo, como lo fue el manicomio del doctor Blanche para Gérard de Nerval. O el pequeño laboratorio hirviente de radioactividad para Marie Curie. La prisión de Fresner para Jean Genet, y la celda del monasterio de Medina del Campo para Teresa de Ávila. Juan de la Cruz produjo su prodigioso *Cántico espiritual* mientras permanecía encarcelado a pan y agua en una oquedad oscura, y Fernando Pessoa escribió toda su obra en el cuarto piso de la casa número cuatro.

Emily Dickinson vivió el encierro florido en su secreto jardín de helechos; Burroughs, en un sótano claustrofóbico del Bowery; Elvis Presley, ante un retrete, recibiendo en la frente el beso revelador de la mierda, y Patti Smith, vislumbrando otros mundos por el ojo de la cerradura de un cuartucho del Hotel Chelsea. Cada uno de ellos recluido en su propio lugar fuera del mundo, o agujero de compactísima materia donde el universo esconde sus datos. Baño en aguas de tinieblas. Tumba que propicia algún tipo de resurrección. Agujero donde a cada quien le es revelado el llamado que profundamente le concierne, y le es concedida la obstinación necesaria para seguirlo. El agujero como umbral. La quemadura que un cigarrillo deja en la seda. La boca de la madriguera por donde penetra Alicia.

Así también Pata de Cabra, princesa de Saba, Leona de Melena Negra, durante su entierro en vida en una esquina del desierto, hasta que da por concluida la prueba iniciática y siente, por fin, deseos de ver el ancho mundo que se extiende arriba. Lo cual significa que la hora ha llegado. Si antes ella se conformaba con estar muerta, ahora quiere renacer. Y, según se dice, querer es poder. Sólo resucita quien quiere resucitar. Ella lo desea intensamente, por tanto, ya está lista para subir a flote y brillar en Oriente como el sol de la mañana. Ya puede vivir la vida entre las mujeres y los hombres.

—¡Sí! —gritan las alaleishos y aplauden y ríen, porque su reina y protectora regresará pronto.

Una secuencia de catorce tolvaneras con vientos arremolinados de gran potencia arrastra suficiente polvo y arena como para oscurecer los cielos y prolongar la noche, obligando a las gentes y los animales del reino a dormir horas extras. Se produce una parálisis generalizada. Nadie está despierto cuando el ventisquero pasa ululando sobre la tumba de Pata de Cabra, removiendo las capas geológicas y arrancándola a ella de las profundidades. Por sus venas empieza a correr la vida como un chorro de luz, a veces intenso, otras veces disminuido hasta casi desaparecer, no como flujo constante sino todavía incierto, o intermitente.

Pata de Cabra asoma a la superficie y mira el mundo. Ve el desierto y la gran ausencia que lo habita, hecha de *imágenes rotas* y *escombros pétreos*.[9] Sale de su tumba tan demudada como Lázaro, y hubiera causado fascinación y espanto entre los testigos de su milagro, porque al halo de ultratumba le suma el impacto de su gran belleza. Resurgida y rediviva, podría decirse que es llena de gracia, aunque impura: tocada por la muerte. Si Pata de Cabra se ha vuelto inmortal, como los mitos, se debe a que la muerte no puede llevarse lo que ya se llevó y tuvo que devolver.

Las alaleishos juran que ahora sí pueden verla, ¡ya venía siendo hora!, o al menos entreverla. Se les aparece a distancia, cuando pasa galopando por el cielo en un caballo negro, tiesa y ausente y enarbolando una bandera pálida, como el Cid Campeador sobre Babieca.

—¿Cuál caballo negro? —protesta una de las viejas—. Pata de Cabra no tiene ningún caballo, negro, bayo o alazán.

—No tiene, pero lo tendrá.

No acaba la princesa resucitada de sacudirse la tierra de encima, reponiéndose del *rigor mortis*, cuando ya circula el rumor de que al regresar del inframundo ha pronunciado ciertas palabras no escuchadas por nadie salvo por el viento. ¿Cuáles son? Nadie lo sabe.

La cosa es complicada y al mismo tiempo sencilla: a partir de ahora, Pata de Cabra empieza a recorrer la tierra convertida en una muchacha bonita. Morena cobriza, ágil y delgada, con ojos de inusitado color amarillo cadmio. Greñas negras de puntas teñidas con alheña. En cara y brazos, curiosos tatuajes azules. Criatura bella y salvaje. Ángel oscuro. Carajín del monte. Aparte del pie volteado, que ya de por sí es rareza, hay en ella otro rasgo poco común, su condición de prófuga de la muerte, extraña forma de vida que tiene que ver con la sensación de que, aunque salgas a flote, siempre estás en el fondo de algo.

La princesa rediviva experimenta ansiedad estomacal, con retorcijones y punzadas: conoce por segunda vez el hambre. Siente erizamiento de piel, urgencia de cobijo y castañeteo de dientes: reconoce el frío. Ve que un hilo de sangre sale de su entrepierna sin que medie herida y escurre muslo abajo: comprende que es mujer y que ya tiene trece años. Buscando techo, cariño y comida, atraviesa a pie desiertos de sed y muerte.

Ya se han aplacado los diluvios ancestrales, las grandes aguas se han retirado y la superficie de la tierra es el fondo extendido y expuesto de un océano. Los restos del arca de Noé, maderamen petrificado, yacen semienterrados en la arena con las cuadernas peladas al aire, como costillar de dinosaurio. Pata de Cabra lleva por dentro un vacío.

—Eso se llama soledad —diagnostican las abuelas—. Es un hueco en el pecho y se llama soledad.

Yo, el buey mudo

Hasta las soledades de mi monasterio en la montaña, hasta allá fue a buscarme la reina de Saba tres años después de mi ingreso, pese a que por entonces yo ya me consideraba adulto y empeñaba todo mi entusiasmo en la obra de Tomás de Aquino, estudiándola tan obsesivamente que creía haber olvidado a mi reina mora, la señora de Saba. Pero resultó que ella no me había olvidado a mí.

Lo primero es aclarar que nunca he sido un tipo combativo, más bien echado para atrás, como achicado por la timidez, o ensimismado. Hablaba tan poco que los otros novicios me decían Bos Mutas, Buey Mudo, apodo que acepté de buen grado, porque es cierto que casi no abría la boca y porque además trabajaba mi tesina en Teología sobre la *Summa Theologiae* del de Aquino, a quien apodaban así, Bos Mutas, cuando era adolescente, acababa de ingresar a un monasterio del Lacio, tenía un corpachón grande y pesado y andaba tan callado y absorto que al principio lo creyeron medio tonto. Yo, su discípulo apocado, asumí su sobrenombre como discretísimo homenaje a él, enorme Maestro, siendo mi cabeza apenas una nanofracción de la suya, yo, un pobre buey común de los que van uncidos al yugo, mientras que él es el majestuoso buey alado de los asirios.

Por ese entonces yo pasaba los días en la biblioteca, un refugio cargado de silencios, manuscritos antiguos y olor rancio a queso de cabra, porque la nuestra no era una biblioteca imponente como la borgiana, ni memorable como la alejandrina, tampoco laberíntica como la de *El nombre de la rosa*. No. La nuestra había sido acomodada a la brava en los antiguos galpones de una planta artesanal de elaboración de queso de oveja a partir de leche cruda que los frailes manejaban años atrás. Los burdos anaqueles donde ahora reposaban los libros eran los mismos que antaño habían sostenido pilas de quesos en maduración. A pesar de lo inadecuado de esas instalaciones, allí se respiraba una atmósfera cálida, de alguna manera acogedora, más de lechería que de librería. Contribuían al efecto la madera tosca, el piso irregular y el persistente olor animal, que empataba bien con el cuero de los pergaminos. A mí me bastaba con cruzar sus puertas para caer de cabeza en el Medioevo, como deslizándome por un túnel de gusano.

Cierto día me encontraba allí a la hora que llamábamos de misericordia, después de comer en el refectorio el cocido de legumbres que para el mediodía recomienda la dieta dominica, y mis compañeros seminaristas paseaban por los jardines, apacibles como vacas mientras digerían la pitanza. Pitanza, así le decíamos a la ración de esa comida vegetal, insípida y hervida que debía ser la misma que ocho siglos antes le servían a Tomás; me consolaba pensar que también él la aborrecería. Entretanto yo, instalado en la biblioteca casi vacía, estudiaba la versión latina de la *Summa Theologiae* de Tomás. Me había detenido en sus reflexiones sobre cómo el hombre y la mujer serán dos en una sola carne, y me preguntaba cómo haría él para alimentar esa intuición profunda si ni siquiera tenía trato con mujeres, peor aún, si las temía como al demonio, según el retrato que le hizo Velázquez al óleo.

En ese cuadro aparece Tomás demudado y desfallecido, pero con su virtud intacta, después de espantar con un leño encendido a una prostituta que intenta seducirlo. A mí ese cuadro siempre me había parecido patético, por muy Velázquez que fuera. No me convencía la representación lamentable del inmenso Tomás cayendo casi desmayado en brazos de un frágil ángel después de amenazar con quemar a la pobre mujer, que huye asustada en el fondo del lienzo. ¡Patrañas, ésa como tantas! Distorsión misógina maquinada por la Iglesia, que quiere hacer creer que sus santos varones son asexuales e inmunes al deseo. ¿El apacible Tomás, de suaves modales, noble educación y mansedumbre de cordero, tratando de chamuscar a una mujer con un leño ardiente, o de reducirla a cenizas, como se liquida a un vampiro? No, no sonaba convincente.

Andaba yo pensando en ese asunto, ahí sentado frente a mi libraco, cuando se me acercó por la espalda fray Cirio, el bibliotecario.

Se llamaba fray Silvio pero le decíamos fray Cirio por su tez cerúlea, que le daba un aspecto reptiliano. Todo fraile es un poco medieval y reptiliano, basta con notar su burdo hábito pardo, su tonsura rodeada por un motilado en totuma, su palidez y su aliento a sopa de ajo. No así este fray Cirio, que iba de laico, con sweater de lana, pantalón gris, zapatos tenis y aliento a enjuague bucal. Aun así, la blancura enfermiza, el naso en gancho, las mejillas hundidas y la prominente manzana de Adán lo hacían descendiente directo de Savonarola. Acorde con su aspecto, fray Cirio se mostraba severo y distante, draconiano a la hora de exigir devolución puntual de los libros y de imponer silencio en sus dominios. Y sin embargo había algo en él que yo no detectaba en los demás monjes, digamos que, para mí, este fray Cirio era un hombre con saberes secretos que lo mantenían vivo. Por eso no me extrañó del todo que esa tarde se me acercara por la espalda y me susurrara al oído un chisme demoledor.

—Tú, que te quemas las pestañas con esa lectura —me dijo asperjando sobre mí su aliento a Listerine y dando golpecitos con el mango del cortapapeles en la página que yo tenía abierta—. Tú, Bos Mutas, debes saber que cuando Tomás de Aquino estaba por terminar su *Summa Theologiae*, de repente paró en seco, tiró la pluma y dijo que todo lo que había escrito hasta entonces era paja barata y palabrerío sin ton ni son.

Yo no podía entender lo que estaba escuchando.

—¿Cómo dice? —le pedí a fray Cirio que repitiera.

—Lo que oyes. He dicho que Tomás se negó a seguir escribiendo. Dijo que todo lo que había escrito era un montón de paja.

Qué pretendía fray Cirio con ese golpe bajo, ¿desmoronarme o desmoralizarme? ¿Qué ganaba con hacerme creer que Tomás había renegado de su obra, desencantado con ella y declarándola inútil?

—¿Por qué me dice eso, hermano? —atiné a preguntarle, alterado y al borde de la rabia.

—Te lo digo para que lo pienses. También debes saber que tu famosa reina de Saba tuvo que ver en eso —remató con la satisfacción de quien da la estocada.

Fray Cirio conocía mi debilidad por la reina de Saba porque muchas veces me había visto allí mismo, sentado en ese exacto escaño, frente a esa misma mesa, rebuscando en los libros información sobre ella.

¡Fuera, bicho!, le dije. Bueno, fuera bicho no le dije, pero lo pensé, les resté importancia a sus palabras y me desentendí del asunto. Aunque no del todo. Mejor dicho, en absoluto. La verdad es que quedé timbrado, la cosa me siguió zumbando en el oído y el gusanillo de la curiosidad empezó a corroerme por dentro. ¿La reina de Saba había forzado a Tomás a abandonar la escritura? Qué cuento más absurdo. Aunque sin ser probable, tampoco era imposible; ya sabía yo que en determinadas circunstancias el influjo de ella podía ser nefasto y su beso venenoso.

No sería Tomás el primero ni el último sabio prudente que llega a dudar de sus propias verdades. Sí. Tras darle muchas vueltas al asunto, empecé a verlo no sólo factible, sino también probable. Ante la renuncia del de Aquino a seguir escribiendo, los jerarcas de la Iglesia lo habrían amonestado. ¡Déjate de sandeces, Tomás, termina de una buena vez tu *Summa* interminable! Y él, sonriente y discreto, habría respondido, como Bartleby: preferiría no hacerlo. O como el Sócrates del sólo sé que nada sé; el César Vallejo del quiero escribir, pero me sale espuma. El gran matemático Alexander Grothendieck, que prohibió la reimpresión de sus libros aduciendo que eran poco más que garabatos. Gérard de Nerval, que sugirió para su epitafio: quería saberlo todo, pero no supo nada. O Jackson Pollock ante uno de sus propios cuadros abstractos de pintura chorreada: ¿crees que si yo supiera dibujar una mano pintaría esta mierda?

Fray Cirio me enseñó varios manuscritos donde se aseguraba que, al tiempo con el mutismo de Tomás, había ocurrido una cierta revelación, iluminación, fenómeno *poltergeist* o ampliación de la visión que deslumbró al santo y lo dejó sin palabras. Y esa aparición sobrenatural había sido una mujer. No cualquier mujer, sino una joven, morena, laica, inteligente y enamorada del conocimiento, de espíritu libre, líder de multitudes, proverbialmente hermosa, dotada de inmenso poder y soberanía sobre un riquísimo imperio, y, por si fuera poco, la más pagana de las figuras bíblicas: la reina de Saba.

Si a mí, que no soy nadie —una cagarruta, una mota de polvo—, la visión de la reina me trastorna, cómo sería su impacto en el gran Tomás, y qué altísimo conocimiento o erótico estremecimiento debió sacudir al santo al verla a ella, enteramente bella y vestida como Aurora Consurgens, envuelta en espirales y ondulaciones y despidiendo luminiscencias y rayos en verde neón o luz azulada, con la larguísima cabellera flotando en ráfagas de viento solar hasta tocar el horizonte. Así debió verla Tomás, imaginaba yo, y el impacto de esa visión fue tan grande que no volvió a escribir nunca más.

—¿Otra vez tú, Pata de Cabra? —le dije a ella—. ¿Hasta este monasterio perdido en la montaña has venido a buscarme? ¿Acaso quieres enloquecerme, como hiciste con Tomás?

Viudas, putas, mendigas

Buscando atenuante para su soledad, la princesa de Saba asoma al mundo y, pese a su pie dañado, se larga a caminar. Renguea y avanza, avanza, avanza sin descanso hasta llegar a las ciudades.

—¡Te equivocas, Pata de Cabra! —le gritan las alaleishos—. ¡Ten cuidado! ¡Corrige tu rumbo antes de que sea tarde!

Ella no las escucha. Traspasa los muros y se arrima a los arrabales, donde las mujeres de la miseria sobreviven hacinadas en colmena, ganándose la vida como mendigas, ladronas o prostitutas.

Pata de Cabra deambula sin hallar asidero durante días y al decimoquinto, cuando ya el cansancio y la sed la agobian y los pies le sangran, llega a las inmensas barriadas de Al-Bassateen, en las goteras del puerto de Adén. Al-Bassateen, nombre maldito. Vividero y moridero de las más pobres entre las pobres, sean somalíes o *half-castes*: yemeníes con sangre somalí. En los callejones zumban afrentas, filos de cuchillos, nubes de olor a cardamomo y canela, a basura, incienso y orines. Hay caca de perro en los portales. Alguien sigue a Pata de Cabra, tirándole de la manga. Es una *alyawm*, o limosnera, y lleva una criatura recién nacida en brazos.

—Vete a casa —le aconseja Pata de Cabra—, tu niño sufre, es demasiado pequeño, ¿cuándo nació?

—Hace cuatro días lo parí en la calle. Duermo con mi niño en esta esquina. A veces las viudas me dejan pernoctar en su patio, pero no siempre, porque mi niño llora de hambre y les perturba el sueño.

—Llévame a la casa de las viudas —le pide Pata de Cabra.

—Por lo que más quieras, donde las viudas no —se inquietan las alaleishos—. ¡Las viudas llevan una existencia desgraciada!

Doce o trece viudas comparten un pequeño patio de tierra a medio techar. Algunas se ven descarnadas y enfermas, y una de ellas no se mueve ya: espera acurrucada en un rincón, con la boca abierta y los ojos atónitos, a que le llegue la muerte. La más saludable se llama Syrad; aún le quedan fuerzas, unos cuantos dientes y una sombra de antigua belleza. Syrad simpatiza a primera vista con Sheba, la muchacha de la pierna chueca, le permite entrar y le ofrece té.

—Aquí, en Al-Bassateen —le dice—, las viudas no podemos trabajar ni unirnos a un hombre so pena de lapidación. Debemos cubrirnos cabeza y rostro y andar ataviadas en paño oscuro. Mendigar es para nosotras el único oficio permitido. Si le pides limosna a un hombre yemení, se siente en la obligación de dártela, su religión se lo ordena, pero si es muy negociante te puede decir, toma estas monedas, mujer, tómalas, y si me la chupas, te daré el triple.

Pata de Cabra agradece el té y se aleja de allí. Atraída por una larga hilera de puertas amarillas, se acerca a la zona de Hayi Esahira, donde pululan las *dhillos*, o prostitutas. El color amarillo es el distintivo de sus puertas. Una de las puertas amarillas se abre.

—No entres —le advierten las alaleishos—, triste destino te espera entre las dhillos. Al principio serán amables, pero es sabido que pierden fácilmente los estribos y agreden.

La guarida de las lobas es un patio casi igual al de las viudas, pero sus muros han sido decorados con pinturas eróticas. Esparcidas en torno hay colchonetas rellenas de plumas de gallina y cojines tubulares de diversos tamaños. Aquí las mujeres son más jóvenes, se envuelven el cuerpo con futas coloridas y llevan los brazos tatuados con henna.

Usan anillos en los dedos de las manos y los pies, ajorcas en los tobillos y brazaletes en las muñecas. Al fondo, sobre un desvencijado sofá verde, permanecen sentadas dos apáticas matronas que cabecean bajo sus turbantes, blancas y blandas, perdidas en ensoñaciones de khat. Son las dueñas del lupanar.

Para las mujeres decentes de Al-Bassateen, el coito debe ser nocturno, a oscuras y con el pecho tapado, y deben recibir o entregar caricias sólo con la mano izquierda y sin que se entere la derecha. El castigo para la que incumpla es la muerte por agua o por fuego. Esa reglamentación no rige para las dhillos, que pueden ofrecer sus servicios a la luz del día y con la anatomía al aire, y practicar caricias con la mano derecha, con la izquierda y con la lengua. A diferencia de una mujer decente, la dhillo puede montar al hombre si éste está cansado y prefiere que ella haga el trabajo.

En casa de las dhillos, Pata de Cabra recibe el té de un muchacho depilado y maquillado, que por toda vestimenta lleva cadenas atadas al cuello y la cintura. Se llama Zanabaq, se ha puesto flores en el pelo y se contonea como una chica. Se ve que es de inferior rango porque las dhillos lo tratan sin consideración, dándole órdenes que él cumple con diligencia. Zanabaq canta suavemente mientras zangolotea un pequeño botafumeiro para refrescar con sahumerio el ambiente. Las dhillos sienten curiosidad por Sheba, esta extranjera con una pata de cabra, la rodean y le ponen conversación.

—No quieren nada bueno para ti, son groseras y ladronas, sólo esperan el momento para robarte —le advierten desde lejos las alaleishos, pero sus voces no le llegan.

—Tú eres joven y bella, podrías trabajar con nosotras —le proponen las dhillos—. Te afea un poco ese pie torcido que arrastras lastimeramente, pero podrías esconderlo bajo una abaya tan larga que rozara el suelo. Además, no faltan los que encuentran más estimulantes a las cojas y las amputadas. En cuanto a la mucha pilosidad de tus pantorrillas y axilas, ningún hombre querrá estar contigo si no la remueves, pero nosotras podríamos encargarnos de eso, a bajo costo y sin causarte dolor, con una concha de mejillón bien afilada.

Pata de Cabra quiere saber cuáles son las normas del oficio.

—Por aquí es costumbre que te paguen con comida —le advierten—. Si lo que esperas es recibir monedas de oro y plata, mejor aléjate de una vez. Nuestros clientes nos invitan a cenar, y salimos con el estómago lleno y las manos vacías. Otros nos enciman el khat.

Las dhillos de Al-Bassateen consiguen suficiente khat para estar alegres y suficiente comida para mantenerse vivas, pero rara vez alcanzan a juntar dinero para mandarles a sus familias. A veces los clientes sólo piden que los dejen pasar la noche junto a ellas.

—Algunos se acuestan a tu lado y no hacen nada, salvo mascar khat —le cuentan a Pata de Cabra—. A la larga el khat los deja impotentes. No les importa, lo siguen mascando, y nosotras también. Aquí, el khat es el único cariño y el solo paraíso.

A la que ejerce la profesión en casa se la llama *dhillo*. Y *lupa* si la practica en la calle. *Moza*, si en posadas o albergues, y si en el cementerio, *basturia*.

Licia, basturia de oficio, polilla nocturna, pálida como la muerte, se ofrece para enseñarle a la muchacha de Saba el arte de balbucir cantos llorosos mientras merodea por los cementerios.

—Con dulces gemidos y lamentos —le dice—, ejerces un encantamiento lacrimoso sobre algún viudo triste que acabe de enterrar a su amada esposa, y lo consuelas ahí mismo, en la propia tumba, sobre la tierra recién removida. Cuando ganes experiencia, podrás hacerte la muerta. Basta con que aguantes inmóvil y desnuda, con dos monedas de cobre sobre tus ojos cerrados; los hay que pagarán bien por fornicar con tu tibio cadáver en un mausoleo.

—Yo podría hacer eso —dice Pata de Cabra—, todavía tengo presente el color de la muerte y siento en la boca su sabor amargo, y ya que vivo en duelo por mi propia vida, no me sería difícil contentar a un aficionado a los falsos cadáveres.

—No lo hagas, Pata de Cabra, amada Sheba —suplica el coro de las alaleishos—, no lo hagas, es un juego peligroso y sucio, te picarán los escorpiones y habrá hombres que quieran matarte para poder violar a una muerta verdadera.

Pata de Cabra sopesa las diversas opciones. De todas ellas, la menos exigida y más conveniente parece ser trabajar para comerciantes o viajeros en las posadas del centro de la ciudad o en los albergues que abundan a orillas de los transitados caminos.

—Ven con nosotras —le dicen las mozas—, eres bonita y, salvo por ese pie, pareces bastante sana. Podrás trabajar en Los Tres Cuervos, la más concurrida de las posadas.

—¿Queda lejos de aquí? —quiere saber Pata de Cabra.

—Un poco lejos, sí, pero a cambio de una mamada, los muleros nos transportan hasta allá en ancas de su animal, y lo mismo al regreso.

—¿También en esa posada pagan en especie?

—Tienes que hacer las veces de mucama. Renuevas la paja de los jergones, ventilas las mantas, sacas las bacinicas para vaciarlas, llenas las jofainas con agua limpia, trapeas los pasillos, te ocupas de los caballos y estás pendiente de cumplir la voluntad del huésped. Te va mejor si te adornas el pelo con flores y te perfumas con agua de alhucema. ¿Eres virgen? —le preguntan, y ella responde que sí—. Entonces tienes un tesoro entre las piernas.

Las vírgenes son solicitadas por ricos comerciantes que vienen de las altas montañas del norte y traen oro en la faltriquera. Si además de virgen la muchacha no es fea y sabe complacerlos, puede ganar unas migajas de oro y mandarlas a casa. Una vez perdida la virginidad, pasa a valer lo mismo que las otras.

Cada tanto, el dueño del albergue las obliga a lavarse las partes con agua y vinagre para remediar infecciones, y les revisa el pelo y la ropa para asegurarse de que no estén infestadas de piojos o pulgas. Ellas prefieren a los clientes extranjeros, que tienen fama de generosos y practican el coito en retromodo, favorable a la hora de evitar el embarazo.

De repente se enciende la algarabía en Hayi Esahira. Hay trifulca en la calle, la barriada se enciende en ira y de todas las puertas amarillas salen mujeres dando gritos. Un cliente quiso volarse sin pagar, la damnificada dio la voz de alarma y ahora todas corren tras él, lo alcanzan y le propinan una paliza. Aparentemente sólo le cae encima una lluvia de puños, pero en realidad los brazaletes de metal que las dhillos llevan en las muñecas le causan al hombre heridas profundas. La muchacha de Saba aprovecha la confusión para escapar. Éste no es mi lugar, dice, y se aleja.

El hedor que invade el camino viene acompañado por tintineo de campanillas. Proviene de los sombreros rojos que llevan puestos dos personajes que se acercan, uno de ellos muy alto, el otro casi enano. Sus sombreros son cómicos, exagerados, se diría que circenses o propios de carnaval, con el ala bordeada por una ristra de campanitas que suenan a cada paso. Las gentes se alejan, temerosas. Sólo Pata de Cabra se queda quieta, porque no entiende. El par de personajes ocultan sus llagas con trapos y envoltorios, y un olor a podrido emana de ellos.

—Yo soy Marcabrún y ella es Marcabruna —dice el alto con voz áspera, señalando a su compañera—. ¿No tienes miedo de mí?

—¿Por qué habría de tenerlo?

—Porque yo soy la lepra.

Pata de Cabra camina un rato con ellos. Las gentes murmuran, ¡los muertos vivientes!, y se apartan a su paso.

—¿Quieres vivir con nosotros? —le pregunta Marcabruna—. Te ofrecemos techo y comida si te comprometes a lavar nuestras llagas, a cocinar nuestra sopa y a consolar nuestras largas noches de sufrimiento.

Los tres caminantes se han detenido para protegerse del sol a la sombra de un árbol llamado sangre de dragón, con forma de alta sombrilla invertida. La niña de Saba considera la viabilidad de la propuesta que acaba de recibir.

—Sí, yo sería capaz de hacer eso —responde—. Entre muertos vivientes me sentiría en casa.

—Pero hay otros requisitos, quizá más duros —le advierte Marcabruna—. Al andar por las calles tendrás que usar un gorro rojo con campanas, como el nuestro, y la gente se apartará de ti con asco. Los niños te tirarán piedras.

—Yo puedo usar un gorro rojo con campanas y alejar a los niños a pedradas.

—Eso no es todo. Para nosotros, los leprosos, está prohibido llevar ropa teñida, sólo burdas túnicas de lana cruda. No podrás andar sola por los caminos, como haces ahora; de aquí en adelante irás en pares. Y tienes que saber que tarde o temprano tu sangre se volverá *substantia nigra* de consistencia fangosa, y las llagas carcomerán tu piel. Querrá decir que también tú has sucumbido al contagio. Aunque quizá eso sucedió ya. ¿Acaso no es lepra lo que deforma tu pie?

Pata de Cabra aclara que es defecto de nacimiento. Ya no quiere saber más de Marcabrún y Marcabruna y se despide de ellos evitando tocarlos y deseándoles perseverancia y paciencia para sobrellevar su mal.

Al-Bassateen va quedando atrás, como una aparición que se desvanece.

Tras la quimera

Te desprendes, te elevas, te escapas, y yo, Bos Mutas, quedo enamorado del aire. Dime quién eres, Señora de Saba. Tú, la de *grandes ojos negros más sombríos que las cavernas místicas.*[10] ¿Por qué iluminas a otros mientras tú misma permaneces a oscuras, y te haces visible a la luz de la mente, pero invisible a la luz del día? Eres un sueño sin alguien que lo sueñe. Todo en ti es mensaje, pero no logro descifrarlo.

Consulté con el pálido fray Cirio —o habrá sido solamente con la almohada— acerca de una determinación tan drástica como era la de abandonar la vida monacal, escapar del claustro y salir al mundo. Aunque en realidad las cosas no se dieron tan así. La decisión no fue del todo mía. El padre superior sospechaba que no podría hacer de mí un buen religioso: me encontraba muy dado a la ensoñación y al delirio. O, según los términos más rudos que consignó por escrito para justificar mi exclusión, sentía que yo era un buen muchacho, pero aquejado de un cierto desorden de psicosis paranoide.

Diagnóstico errado. Se equivocaba el padre superior; mi locura era otra, más rara, más desconocida. Sólo afecta a una persona de cada diez millones, y se la conoce como síndrome del beso, o el beso de la reina. ¿Pero quién le explica al padre superior algo tan único y complicado? No había caso. Me iría, pues; no quedaba otro remedio.

Regresar al mundo de afuera me hacía una ilusión enorme y al mismo tiempo no tanto. Abandonar el monasterio me daba miedo; llevaba tiempo allí dentro, amparado en la burbuja de sus altos muros, sus jardines y su huerto, flotando como en líquido amniótico y protegido de las acechanzas que zumbaban del otro lado: la pobreza, el hambre, la peste, la guerra, los estragos del amor... En tres palabras, la realidad real.

—Ve a buscar a tu reina de Saba —me alentó fray Cirio—, ve a buscarla allá afuera, en el mundo abierto. Persíguela por mar y tierra, montaña y desierto; recuerda que ella es la reina nómada. No se queda quieta en un solo lugar, y menos en uno tan enclaustrado como éste.

Di muchas vueltas tras mi salida del monasterio, mochila al hombro y sin saber para dónde picar, flaco como una gata, agobiado por una crisis de fe, atormentado por las dudas e intentando echar raíces donde me brindaran alguna acogida. Empezando por el burdel.

Las prostitutas pobres, esas reinas del arroyo, tan rezanderas y confiadas en redenciones milagrosas, ellas, con sus veladoras, sus altarcitos cutres y sus estampitas pías, ellas, benditas sean, las más devotas de la Virgen del Carmen y la Guadalupana, ellas me liberaron de mi virginidad. En sus tristes catres me fui acercando a mi Grial. Con sus caricias y consuelos y tremendas borracheras, ellas fueron las reinas de Saba de mis noches rojas.

Entré a la universidad y conocí a Diana, una alumna de Antropología a quien le parecí objeto atípico y digno de estudio, yo, el enorme exseminarista que andaba perdido, con ropa pasada de moda y sin conversar con nadie, como un abominable hombre de las nieves en plena ciudad. Diana era una nena bonitica, de pelo rubio y modales suburbanos, que se metía al bolsillo el suero antiofídico, se calzaba las botas de caucho, desafiaba la malaria y penetraba selva adentro por entre andurriales para ir a tomar chicha y guarapo con las tribus indígenas que investigaba. Con la bella Diana llegamos casi a pensar en formar alguna vez una familia y tener hijos. Pero no se nos dio. Al final ella me abandonó. Aunque quizá yo me había alejado ya, al sentir que ese noble proyecto mataría mis sueños; no era eso lo que desde siempre andaba yo buscando.

Tras la ruptura, me salvó del despecho la generosa beca que me otorgó la Facultad de Estudios Étnicos y Raciales, que al término del postgrado me ofreció además financiación para trabajar sobre el terreno en una tesis cuyo tema era mi gran obsesión. Aprovechando esa oportunidad única, y siguiendo el consejo que unos años antes me diera fray Cirio, me animé a salir en busca de la reina de Saba por los territorios de su antiguo reino. Y así, así. Así empezó mi propio viaje a Oriente en busca de la quimera.

Estaba decidido a ponerle carne y hueso a ese espectro que desde pequeño me perseguía, y me preparé a conciencia para emprender el recorrido. Alguien me pasó el nombre de un contacto que podría orientarme a la llegada. Tenía el dato de los museos a los que debía ir, los textos que tendría que buscar, los eruditos a los que entrevistaría y las ruinas que visitaría. Había peinado toda la bibliografía, subrayado las guías Michelin y devorado a Malraux, Flaubert y Nerval, reconocidos integrantes del culto de Sheba.

Aparentemente todo estaba bien planeado y bajo control, pero ya de entrada vi que no iba a ser fácil. Los problemas empezaron desde el propio momento en que aterricé en Sana'a, la capital del Yemen, cuando el oficial de migración me preguntó cuál era el motivo de mi visita.

—Vengo a buscar a la reina de Saba —le respondí, y él me miró con unos ojos que decían en árabe: pásate de listo, hijo de puta, y verás como te detengo por desacato a la autoridad.

Me zafé del brete presentando certificados y explicaciones académicas, pero ahí no terminó el enredo; apenas comenzaba.

El aeropuerto estaba militarizado y abarrotado de gente. Unos dormían en los bancos, otros se habían instalado en los baños, familias enteras se organizaban con colchonetas y mantas, los niños correteaban por ahí y las mujeres abrían sus maletas y desperdigaban sus pertenencias por el piso, como si los broncos galpones de ese aeropuerto se hubieran convertido en campamento de refugiados.

No acababa yo de pasar por migración cuando una súbita sensación física de vacío me encogió las entrañas. Un apretón violento en las costillas me sacó el aire. La impresión de asfixia vino acompañada por un ruido seco pero ensordecedor, una vibración subsónica y un fuerte olor a amoníaco y a pólvora.

Una bomba.

Estalló una bomba que hizo vibrar y bramar las estructuras del edificio. Los vidrios tronaron y cayó mucho polvo del techo. La gente se tiraba al suelo y se escuchó una suerte de lamento colectivo. Cuando se apagaron los ecos, se hizo un gran silencio y cundió un comprensible olor a cagazo. Por los agujeros de los tragaluces se veían humaredas en el cielo enrojecido.

Pasado el primer instante de estupefacción, sobrevino una ola de pánico y la gente echó a correr, quién sabe hacia dónde. Todo era agitación, como en un hormiguero recién fumigado. Comprobé que nada me dolía; no estaba herido, ni siquiera golpeado, sólo aturdido. Ocurría algo serio y yo no sabía qué era. Me había venido para acá desoyendo advertencias sobre el recrudecimiento de una guerra que ahora me asaltaba por sorpresa.

Por los altoparlantes llamaban a la calma en varios idiomas. Informaban que no había víctimas humanas. Al parecer un misil había caído cerca, sin causar daños demasiado graves en el aeropuerto. El susto me había dejado las piernas de gelatina. Supe que había recibido una especie de bautizo, si no de sangre, al menos de polvo. Aquella detonación había sido un anuncio que me decía: has llegado por fin. Ya estás aquí.

¿O todo lo contrario?

—*Sorry*, no puede entrar, usted no tiene visa —me trancó el paso otro oficial, éste en traje de camuflaje.

—¡Sí tengo visa! Mire, aquí está, y mire, ya me pusieron el sello...

—No sirve.

—¡¿No sirve!? ¿Qué no sirve, la visa o el sello?

—La visa.

—Pero si me la dieron en el consulado de su país, tuve que esperar siete meses a que la expidieran...

—No puede entrar.

—Haga el favor de expli...

—Devuélvase, señor. No puede entrar. Son órdenes.

—Tiene que haber una equivocación, quiero hablar con un superior.

—Yo soy el superior. Por motivos de seguridad, usted no entra. *Go back home* —me dijo sin mirarme siquiera.

—*Go back home?* ¡Pero si acabo de llegar!

El hombre, uniformado a manchas verdes y marrones y con ramas entreveradas en el casco, no demostraba ningún interés en escuchar mi caso. Imperturbable, cortaba mis reclamos con monosílabos.

Vi a viajeros extranjeros en mi misma situación: acababan de llegar y no podían entrar. Otros querían salir y tampoco los dejaban. Intenté llamar por el móvil a mi agencia de viajes para avisar, pero por supuesto no había cobertura. ¿En qué lío me había metido, en pleno territorio comanche, sin conocer a nadie ni tener a quien recurrir? Hacía meses le había enviado un e-mail a mi único contacto en el Yemen, una doctora de Médicos Sin Fronteras a quien sólo conocía por referencias y que se llamaba..., ¿cómo se llamaba? No lograba recordarlo. ¡Ay, por favor! ¿Cómo se llamaba? Algo así como Fátima, o Amira, o Zahra. ¡Zahra Bayda! Se llamaba Zahra Bayda. Le había escrito a esta médica llamada Zahra Bayda diciéndole que vendría y explicándole mi propósito. Ahora, en medio de aquel limbo, se me ocurría que a lo mejor algo podría hacer ella por mí; supuse que su organización debía gozar de algún tipo de estatus diplomático..., pero para qué, si yo no había anotado su teléfono ni su apellido, y sin señal de Internet no tenía manera de anunciarle mi llegada ni explicarle el lío en que me encontraba. En ésas andaba, más varado que sirena en tierra y estúpidamente desconectado. Si al menos lograra llamar a la sede en Sana'a de Médicos Sin Fronteras a preguntar por ella, o por cualquiera, para mandar un S. O. S....

Había un teléfono público, pero por supuesto yo no tenía monedas del país. En una ventanilla me cambiaron euros por riales en billetes, y en inglés pude explicarle al hombre que necesitaba monedas.

—De las unificadas no me quedan —dijo.

—De cuáles le quedan.

—Las que prefiera, del norte o del sur. Las hacían distintas cuando el país estaba dividido.

—Deme las que sirvan para el teléfono público.

—Ninguna le sirve. Mejor dicho, lo que no sirve es el teléfono público. Busque a alguien que le alquile minutos de móvil.

Allí los celulares eran plaga, hasta los niños tenían el propio. Pero ¿quién querría prestarme el suyo? Vi a un hombre sentado en una butaca con un letrerito que anunciaba CELL PHONE FOR RENT, 2 EUROS PER MINUTE. El hombre me dijo que se llamaba Laith y que su nombre significaba león poderoso. Como pude le expliqué mi caso, él marcó un número y me pasó el móvil, que en su viejo forrito color violeta conservaba el calor pegajoso de muchas manos.

—*Hello?* ¿Médicos Sin Fronteras?

—Habla con Información.

—Ah, OK, ¿podría darme el número de Médicos Sin Fronteras?

—*What?*

—Médicos Sin Fronteras, MSF, Médicins Sans Frontières...

—*Médecins?* Espere un momento.

Le pedí ayuda a León Poderoso, él escuchó el número que le dictaron, lo marcó y me devolvió el móvil violeta.

—Quiero hablar con Zahra Bayda —pedí.

—Cuál Zahra Bayda.

—Zahra Bayda, de Médicos Sin Fronteras.

—Esto no es Médicos Sin Fronteras, es urgencias del Sanda Al Thawra Hospital.

El tipo de Información me había escuchado decir *médecins* y me había remitido a un hospital; había hecho lo que le había pedido, no podía culparlo, pero desde luego la cosa no iba bien.

—¿Podría darme entonces el teléfono de MSF?

—No lo tengo —dijo la voz desde el hospital, y cortó.

Afuera seguían los estallidos, pero ya difusos y lejanos, como si fueran fuegos artificiales en las fiestas de un pueblo vecino. Adentro las familias permanecían a la espera, rogando que los montaran en algún avión hacia algún lado, cualquier avión, hacia cualquier lado. Los últimos extranjeros estaban siendo evacuados en naves especialmente fletadas para ellos. El cerco militar sólo dejaba pasar a aquellos escogidos que se salvarían en algún arca de Noé. Y, a propósito, me había enterado de que aquí, en el Yemen, dormían el sueño de los siglos los restos petrificados del arca de Noé, la originaria, y también del ara donde Caín mató a Abel. Por lo visto aquí la Biblia estaba viva, empezando por el Apocalipsis.

Esto es la guerra, señores, pensé, yo me largo. Tenía razón el oficial que me había advertido *Go home*.

Yes, sir, I'm going home, right now.

Corrí a buscar un vuelo de regreso. Así como había llegado, así me iría, sin traspasar siquiera las puertas del aeropuerto. Vaya fracaso. Avanzar por donde vine, cosa ridícula. Adiós, investigación. Allá tú, reina de Saba, escóndete si quieres, arrópate en tu misterio, conmigo no cuentes más, consíguete otro fan, yo me largo.

Frente a los mostradores de las aerolíneas se agolpaban multitudes que exigían atención. Hacia la pista iban saliendo ya los forasteros y yo en cambio me quedaba. Traté de abrirme paso entre el gentío que empujaba y forcejeaba.

Ante todo, calma, me dije. También yo me iría de allí, aunque fuera un fiasco marcharme sin haber llegado siquiera. Aquel drama era momentáneo, pronto se arreglaría, si no era hoy sería mañana, bastaría con pisar fuerte y exigir lo mío, tenía que haber un avión que despegara conmigo sentado adentro y con el cinturón de seguridad bien amarrado para que nadie me quitara el puesto.

Por fin me llegó el turno y desde el mostrador me atendió una muchacha con la cara enteramente cubierta salvo los ojos, que me miraban a través de una ranura en el velo negro, como quien escudriña por una cerradura. Era la primera vez que yo trataba de comunicarme con un rostro velado y la experiencia me desconcertó, como cuando en el monasterio tenía que contarle mis pecados a un ser oculto tras la rejilla del confesionario. Así también ahora ante esta empleada de rostro inescrutable: tener que suplicarle a ella era un poco como rezarle a un Dios invisible.

—Necesito una conexión por Barcelona o por Damasco. Para hoy, por favor.

—Para hoy no hay conexiones por Barcelona ni Damasco.

—¿Y para mañana?

—Tampoco.

—Entonces móntame en el primer vuelo que salga hacia Estambul.

—No hay vuelos a Estambul.

—Mire, señorita, *please*, véndame un vuelo a cualquier lado.

—No hay vuelos a ningún lado.

¿Cómo luchar contra esos ojazos almendrados que a través de una ranura me miraban con indiferencia? Yo insistía, suplicaba, exigía, pero la diosa velada del *counter* no se compadecía.

—Cómo así, señora, o señorita, ¿y todos esos aviones que veo allá, en la pista?

—No son de pasajeros, son militares.

Y ahí murió el asunto. La muchacha del mostrador dio por terminado el diálogo y se refugió en el hermetismo de su velo tupido, como cuando cae el telón y se acaba el espectáculo.

—*Next, please* —dijo, atendió a otro ser tan desesperado como yo, y a mí me dejó convertido en náufrago del aire.

Se me cayó el alma a los pies. No podía entrar ni podía salir, había quedado atrapado en medio de un confuso desastre. Me alejé del mostrador rumiando mi derrota y echándole la culpa de todo a la reina de Saba.

—Ya sabía yo que no debía meterme contigo —la increpé—, porque contigo nunca se sabe.

Oración al Santo Azul

... aquéllos eran tiempos oscuros en los que un hombre sabio debía pensar cosas que se contradecían entre sí.

UMBERTO ECO

La Edad Media retumba con el latir de ocho corazones portentosos: Ricardo Corazón de León; Federico Barbarroja, corazón del Imperio Romano Germánico; Salah ad-Din, corazón del mundo islámico; Gengis Khan, corazón del Imperio mongol; Francisco de Asís, corazón de corazones; Dante Alighieri, corazón de la lengua italiana; Marco Polo, corazón de seda. Y Tomás de Aquino, corazón a dos aguas entre la razón y la fe.

A la sombra de estas ocho lumbreras, desempeña un discreto papel un muchacho de quien me gusta pensar que soy yo mismo. Yo, Bos Mutas en mi preexistencia medieval, o algo por el estilo. Imagino que he nacido en esa época y que soy un joven medianamente inteligente y bien dispuesto, pero tímido y pálido como las inflorescencias del algarrobo negro que se propagan por las laderas del que sería mi Lacio natal, donde, según mi ensoñación, escucho tempranamente un llamado de las alturas.

Supongamos que en esa mi previa encarnación yo entro como fraile y estudiante de Teología a la orden de los dominicos. Y me sucede lo que más anhelo en la vida: soy elegido entre muchos candidatos como discípulo y confidente, escribano y secretario del gran Tomás de Aquino, quien me toma cariño y me bendice con su confianza y su amistad.

Una de mis tareas, como joven aprendiz y ayudante de cabecera, es la de acompañar a mi Maestro en los viajes, atenderlo con esmero y ocuparme de su alimentación, porque en las faenas cotidianas Tomás se comporta como un niño, y por descuido o desmemoria puede pasarse sin comer cuatro y hasta cinco días seguidos. Luego, en compensación, se atraganta con los manjares que le hace llegar al monasterio su querida hermana, la condesa Teodora, que lo mima con sus platos predilectos: la lengua de buey adobada con trufas y cocinada con puerros y salsa sarracena bien picante, o la carne de cangrejo frita en aceite de oliva y revuelta con huevos, o los mejillones al vapor de vino blanco sazonados con cebollas, jengibre, una pizca de azafrán y una cucharada de nata. Porque desde luego a Tomás no le baja por el gaznate la desabrida pitanza del monasterio; su espíritu de sacrificio no llega hasta allá, digamos que sus vicios de clase —él es, al fin y al cabo, un aristócrata— se agudizan ante platos suculentos como los que probó de niño en el palacio familiar. De ahí que, olvidando por momentos el voto de templanza y a riesgo de sufrir hinchazón de abdomen o súbita cagalera, Tomás disfruta con estos refinamientos culinarios que le traen recuerdos de sus primeros años. Dada su procedencia de noble cuna, nació y creció en el lujo. Su padre, el conde de Aquino, primo del Emperador, es amo y señor del castillo-fortaleza de Roccasecca, que se yergue con orgullo en medio del Lacio y en lo alto de un peñasco, desafiando el poderío de otras familias acaudaladas y aun el del propio Emperador, con quien los Aquino mantienen tensión constante y frecuentes escaramuzas.

Tomás abandonó desde joven los aires de soberbia y opulencia, optando en cambio por la vida de humildad y pobreza de los frailes predicadores. Ingresó a esta orden de los Domini Canis, o Perros de Dios, pese a las amenazas de su familia, que soñaba con verlo administrando la fortuna heredada y rugiendo como un león desde la cumbre, y no abrazando la pobreza y contentándose con mendrugos, como perro callejero. A todo bien terrenal y gloria pasajera renunció Tomás de Aquino, hecha la salvedad de los mejillones aquellos al vapor de vino blanco y la lengua trufada en salsa picante.

A primera hora del día, tras maitines y laudes, yo, su devotísimo ayudante y discípulo, debo tener todo listo para la extenuante jornada de escritura que nos espera. Empiezo mi trabajo preparando el *quadratio*, o corte del pergamino con estilete y regla para luego satinar su superficie y rayar las hojas, indicando previamente en el borde la distancia entre las líneas con mínimos agujeros hechos con un punzón fino. Ya dispuestos los pergaminos, tomo asiento ante un pupitre inclinado y coloco al alcance de mi mano las plumas, el raspador y dos tinteros de cuerno, uno con tinta negra para las cuestiones generales y el otro con tinta roja, para destacar las más relevantes. Llegado a ese punto, respiro hondo, estiro los músculos y, con buena voluntad y espíritu abierto, me consagro a registrar para la posteridad todas y cada una de las sabias palabras de mi Maestro.

Tomás de Aquino dicta de pie, paseando por la estancia a grandes zancadas. Es un hombrón tan alto y ancho que el sastre del pueblo debe confeccionarle el hábito sobre medidas, porque en el vestuario del monasterio no hay ninguno suficientemente grande. Aunque pesa mucho, el colosal Tomás no logra quedarse quieto. Le impiden reposar un exceso de energía y un hervidero de ideas en la cabeza. Mantiene un ritmo sostenido y cadencioso de pensamiento, y una vez que empieza a dictar, ya no para. Su proveniencia de la nobleza le ha enseñado a hacer el trabajo por pasión, y no para ganarse el pan con el sudor de la frente. Quizá por eso le rinde el triple sin llegar al agotamiento ni aborrecer la faena, sino todo lo contrario: Tomás filosofa al son de su propia alegría exuberante. No se retira en la noche a dormir sin antes dejar escritos y revisados al menos doce o trece folios, cada uno de un pie carolingio de largo. En los raptos de mayor inspiración, puede dictarme hasta cuatro textos distintos a un mismo tiempo, haciendo un despliegue de poder mental suprahumano. Yo debo seguirle el paso sin que él me conceda un alto para retomar el aliento o para soltar la pluma y estirar los dedos encalambrados. No importa, lo dejo pasar, no pongo atención a esas incomodidades, las soporto estoicamente y cumplo a pie juntillas con las exigencias del Maestro, y a él le complace comprobar que soy incansable y doy la talla.

Las dificultades aumentan durante las frecuentes caminatas por el campo, tan amadas por él. Las Colli Albani, estas colinas de origen volcánico que ondulan en nuestra tierra natal, parecen insuflarle a Tomás el fulgor de un antiguo fuego interno, haciendo que la filosofía brote a borbotones de su clara inteligencia.

Durante esos dictados por la campiña, mi obligación es ir registrándolo todo pese a no tener a mano los debidos pergaminos ni instrumentos. Debo entonces retener en la memoria sus doctas exposiciones y sus alegatos interminables. En caso de olvidar algún fragmento, me doy la libertad de suplirlo después, reponiendo lo perdido según mi comprensión y entendimiento. Día tras día, mes tras mes, cumplo gustoso con mi exigida tarea de escribano, por siempre agradecido por el privilegio de ser el primero en escuchar las verdades directamente de la boca del gran sabio. Podría decirse que nunca ha habido discípulo más devoto y diligente que yo, siempre y cuando se señale que adolezco de un defecto, uno solo, pero grave. Ese defecto tan antipático tiene que ver con el vicio de abusar de mi propia iniciativa para añadirle al dictado, sin consultarle al Maestro, ciertas observaciones y precisiones salidas de mi cacumen. Supongo que Tomás no se da cuenta, o al menos no me lo reprocha.

Sabe hacer que el mundo transcurra sosegadamente en torno a él. Su presencia irradia una paz que alcanza a arroparme, y no hay ni sombra de recelo o diferencia entre mi

Maestro y yo, pues ambos estamos compenetrados y comprometidos como un solo hombre en la titánica tarea de construir, piedra a piedra, la gran mole doctrinaria de la Iglesia.

El primer destello de extrañeza entre mi Maestro y yo ocurre durante una visita que hacemos juntos a la ciudad de Estrasburgo. En esta ocasión, yo intuyo por primera vez el aleteo de una obsesión que empieza a hacer nido en la cabeza de Tomás, quizá al principio como mera curiosidad, pero cada vez más robusta a medida que él la va alimentando secretamente, como quien mantiene un conejo escondido debajo de la cama y le trae trocitos de lechuga y zanahoria para su sustento. Yo, torpe discípulo, soy duro de entendederas, y desafortunadamente no tengo la suficiente claridad y flexibilidad mental como para sintonizar con el entusiasmo que empieza a brotar, como la luz en la mañana, en la cabeza de Tomás.

Tras la llegada a Estrasburgo, nos dirigimos juntos a la iglesia de nuestra orden, sin saber que nos espera una sorpresa que nos quitará el aliento. Estamos acostumbrados a que todo recinto sagrado sea oscuro y ahumado como una antigua cueva donde te mueves casi a ciegas, a duras penas guiado por el tenue resplandor de las velas votivas. Y de pronto en Estrasburgo, al penetrar en esta iglesia de construcción reciente, mi Maestro y yo nos encontramos en medio de un espacio negro pero atravesado por un dulce chorro de luz, como si un retazo de cielo hiciera irrupción en el interior.

Nunca habíamos visto nada igual; hay que tener en cuenta que todavía faltan siglos para que la humanidad construya los fastuosos vitrales de la Sainte-Chapelle en París, o las vidrieras doradas de la Sagrada Familia en Barcelona. En nuestro remoto siglo XIII, Tomás y yo quedamos atónitos ante las motas de luz que flotan alegres en aquellas tinieblas, y giramos sobre nosotros mismos con las cabezas hacia atrás, los ojos muy abiertos y los brazos extendidos, mirando aquello como niños que presencian un milagro.

La magia de esa luz proviene de un gran vitral multicolor encastrado en el muro frontal, sobre la entrada principal. Tiene forma circular y está dividido en ocho pétalos simétricos, como una flor gigante.

—Es un rosetón —nos explica el sacristán—. Rosetón, porque tiene forma de rosa. Estáis ante una innovación arquitectónica formidable. Consiste en sacarle un bocado al muro de piedra macizo para llenar el agujero con una membrana de vidrio coloreado. El vidrio va cortado en trocitos unidos entre sí por una fina cinta de plomo, para conformar todo este complejo universo de luces, formas y figuras.

El de Aquino ha quedado mudo ante tamaño prodigio. El enorme rosetón le parece de una luminosidad y belleza incomparables. No puede creer que el ingenio humano haya podido producir una visión tan semejante a la del propio cielo.

En cambio, yo, pobre de mí, infinitamente ciego en mi ignorancia, tengo una impresión opuesta a la suya; algo en esta vistosa innovación me molesta, aunque de momento no puedo precisar qué. ¿Acaso no es inconveniente y hasta irrespetuosa la intromisión de tamaño artificio en este sagrado recinto? No tengo el espíritu abierto a la maravilla que caracteriza a Tomás y que hace de él un ser excepcional. Consciente de mis limitaciones, no me atrevo a comentarle mis reparos para no desinflarle el rapto de admiración en que anda montado. Me quedo callado, tragándome mi desazón, pero sigo rumiándola por dentro. Está claro que el ostentoso vitral circular resulta escandaloso si se lo compara con los discretos vitralillos de las viejas iglesias de nuestra provincia del Lacio, pequeños rectángulos fabricados en sobrios tonos ocres mediante la técnica ancestral y casi monocromática del vidrio teñido con óxido de uranio.

Según mi propio sentir, nada en esta iglesia estrasburguesa invita al fervor y al recogimiento. Por el contrario, todo aquí propicia el fantaseo, la distracción y aun el delirio. ¿Acaso no cae en la cuenta Tomás de que esta osada novedad linda con el sacrilegio? No, Tomás sigue absorto en la observación de la quimera arquitectónica, y yo tomo nota de la mirada ávida y la sonrisa beatífica que iluminan su rostro.

Cada vez más confundido, me pregunto cómo será posible que las jerarquías de nuestra severa orden dominica hayan permitido la instalación de semejante disparate en el corazón del mundo cristiano. ¿Qué puedo hacer para que el entusiasmo desbordado y un tanto infantil de Tomás no lo haga caer en la trampa?

—Maestro, veo que tienes las pupilas dilatadas, ¿no estarás enfermo? —le pregunto—. Estás sudando mucho, ¿te sientes bien?

En efecto, Tomás de Aquino transpira a chorros bajo su hábito blanquinegro, tal vez por ser estación de verano, o porque su gordura lo inclina a la sudoración excesiva. Sin ánimo de juzgar y menos de ofender, a mí no se me escapaba la marcada diferencia en el porte de los dos santos varones más venerados en la época: la etérea y ascética figura de Francisco de Asís, y el voluminoso corpachón de Tomás de Aquino, de naturaleza sensual y pulposa.

Mi Maestro suda. Pero parece ser no sólo por efecto del calor del verano. Quizá se esconda un brote de fiebre tras su súbito sofoco. ¿Calentura debida a la intensa emoción experimentada? Tanta sudoración no es síntoma bueno, nada nada bueno.

—Cierra un momento los ojos, querido Maestro —le pido y él accede—. ¿Te das cuenta? Todo esto no es más que embuste y artificio, no dejes que la luz te engañe, queridísimo Maestro. ¿Ves? Si cierras los ojos, todo el engaño desaparece. La luz no existe si no la vemos...

—¿Dices que la luz sólo existe porque la vemos? ¡No! ¡Somos nosotros los que no existiríamos si ella no nos viese!

—revira Tomás de Aquino, anticipándose a la célebre frase que tiempo después dirá Goethe.

No puedo evitar notar que el éxtasis del Maestro no proviene tanto del rosetón central cuanto de uno de los vitrales oblongos que lo enmarcan a lado y lado, concretamente el de la izquierda, que representa una figura femenina, en este momento alcanzada de lleno desde atrás por los rayos solares, que han ido variando su ángulo de inclinación.

—¿La ves? —me pregunta Tomás.

—A quién, Maestro.

—A Ella, la mujer del vitral, ¿acaso no la ves? Ahora brilla con luz plena... Parece salida del encantamiento de un sueño.

Un aura muy intensa de relumbre azul rodea a la mujer de vidrio. El sacristán se acerca y nos explica a Tomás y a mí que los vidrieros locales nunca han logrado capturar ese prodigioso tono de azul. En cambio, en Oriente desde hace mucho lo obtienen mediante una antigua técnica de trituración, convirtiendo en polvo la preciosa piedra lapislázuli. Al llegar a Francia, aquel azul de lapislázuli, considerado valiosísimo tesoro, recibió el nombre de *caeruleus ultramarinus*, azul ultramarino, por provenir del otro lado del mar. Es un azul estremecedor y profundo, situado en algún punto entre el azur y el turquesa. Un azul marino que por momentos es más bien un azul cielo, pero no cualquier cielo: *un cielo que es espectáculo cósmico y produce un misterioso bienestar.*[11]

—¿Se trata de alguna santa? —pregunto yo, buscándole justificación al embeleso del Maestro ante la esbelta figura femenina que desde el vitral despide rayos de luz colorida.

—Una santa, sí. A su manera —me responde Tomás, como pensando en otra cosa.

En efecto, Tomás está pensando en otra cosa; ha empezado a darle vueltas a una intuición que Goethe pondrá en palabras dentro de cinco siglos: ¿acaso los colores no son las acciones y los padecimientos de la luz? Ante la visión de esta mujer de asombroso halo azul cobalto, o ultramarino, el de Aquino pronuncia palabras pomposas, asegurando que, al pasar por los colores del vidrio, los rayos del sol pulverizan el tiempo, embellecen lo cotidiano y lo vuelven eterno. Dice también que esta mujer celeste, pese a ser inexistente, cobra realidad gracias a la rara alquimia que amalgama luz, tiempo y color.

—¿Estás sugiriendo, Maestro, que esa mujer existe en carne y hueso?

—Existe, sí. Existe en carne luminosa.

Me fijo bien en la mujer del vitral, y percibo que tiene un rostro adusto —¿contrariado o retador?—, casi fruncido en una mueca, o en todo caso no beatífico ni complaciente, ni tampoco sufrido, como corresponde a la Santísima Virgen, Mater Dolens. Lleva además una túnica demasiado pegada al cuerpo y de poco recatado color amarillo cadmio, tan llamativo que casi se diría dorado. Su piel, visible en el rostro, el cuello y las manos, ha sido hecha en vidrio teñido de azul pálido, a diferencia de otros personajes bíblicos representados en el gran rosetón, cuya piel es de vidrio blanquecino o lechoso, como si el artista hubiese querido advertir que la raza de aquella mujer es distinta y tira hacia lo moreno, sin llegar a negra: una piel mora. La cálida y tentadora piel de una mujer de Oriente. Pienso, disgustado, que la sola presencia de esta extranjera constituye un engorro en un templo de la fe cristiana.

—¡Mira! —grita de repente el de Aquino—, ¡es Regina Sabae! Es ella, muchacho, estoy seguro, ¡la reconocí enseguida! Yo a ti te conozco bien —ahora Tomás le habla directamente a la imagen del vitral—. ¡Tú eres la misma Mujer Azul que se me aparece en sueños!

—Escucha, Maestro, esa dama azul que según dices asoma en tus sueños debe ser la Santísima Virgen, recuerda que María es la única mujer con licencia para ostentar el color del cielo en su manto, y ninguna otra debe aparecerse en los sueños de los frailes... —yo sigo haciendo intentos por llegar a términos con un Tomás tan enajenado que ya ni siquiera me escucha, sino que habla y habla arrastrando las palabras en voz baja, como para sí mismo, o como para que lleguen a oídos de aquella aparición.

—Hasta este momento, Ella sólo había sido un dulce parpadeo de luz azul ante mis ojos —murmura Tomás—, pero ahora está tomando cuerpo... ¡Se está encarnando!

Madre mía, me digo a mí mismo, si así empezamos, cómo iremos a acabar...

Supongo que no tengo la culpa por no comprender lo que está sucediendo, mi cabeza no da para tanto. Mi veneración por el Maestro me lleva a altos niveles de angustia ante lo que considero indicios de que él puede estar confundiéndose, desviándose del recto camino, volviéndose chocho por viejo, o directamente enloqueciendo.

—No te espantes —el de Aquino quiere tranquilizarme—. Aquí no está sucediendo nada demasiado raro, la Regina Sabae no es más que un despertar del alma..., pero eso ya es mucho. Desde luego no se trata de algo maligno, ni siquiera del todo ajeno a la razón, *capisci, ragazzo?* Ella, la reina de Saba, me enseña a percibir vibraciones secretas, ella es ventana abierta hacia inmensidades delicadas pero poderosas...

La cabeza de la dama azul va ceñida por una corona extravagante, no enjoyada con piedras preciosas, como la que lucen las reinas, sino rematada en un par de cuernitos de cervatillo.

—Fíjate, por favor, Maestro —le ruego—, la mujer del vitral lleva cuernos, es una señal nefasta y hasta diabólica, un anuncio que nos advierte que debemos alejarnos...

El de Aquino no me hace caso; por el contrario, se acerca más y más a ella, atraído como las moscas a la miel.

—Estos cuernillos que lleva no son demoníacos, querido discípulo, déjate de sospechas supersticiosas. Los pequeños cuernos en la frente indican que ella posee una naturaleza mística, dual y visionaria. Ya lo dijo Jerónimo de Estridón refiriéndose al profeta Moisés, *cornuta esset facies sua*, su rostro era cornudo, lo que indica don de luz o clarividencia. ¡También ella está coronada por cuernos! Es señal de transformación y poderes extraordinarios.

—¿Qué clase de poderes, Maestro?

—Poder de conjugar dos reinos en uno, el animal y el humano, el femenino y el masculino, el celestial y el terreno.

Yo encuentro aborrecibles esas afirmaciones y empiezo a escandalizarme ahora sí de verdad, sospechando que todo esto es muy grave, y más grave aún el hecho de que el rostro del Maestro brille con un cierto extravío. Miro a Tomás sin reconocerlo, creo que sería muy conveniente alejarlo cuanto antes de este lugar. Pero Tomás de Aquino no se mueve. Permanece largo rato parado frente al vitral, bañado él mismo de pies a cabeza por esa ambigua irradiación que irrumpe a través del vidrio produciendo un simulacro de día en la noche del recinto.

—Una luz suspendida en el vientre de lo oscuro... —farfulla Tomás.

Me voy poniendo más y más nervioso. Es alarmante lo que está sucediendo. ¿Por qué sigue Tomás allí, extático y paralizado? ¿Qué estará pasando por su cabeza, por qué se empeña en comprender algo que supuestamente aquella mujer quiere comunicarle? Mi Maestro me explica que, gracias a los efectos variantes del sol y las nubes fuera de la iglesia, la mujer de vidrio cobra vida y movimiento, se dulcifica su ceño fruncido y parece que el viento meciera sus vestidos.

—¡Pero no, Maestro! No se mueve, es sólo una imagen quieta —me esfuerzo por hacerlo entrar en razón.

—No es imagen, muchacho, es aparición.

—¿No vienen siendo lo mismo, imagen y aparición? ¿Te encuentras bien, Maestro? ¿No convendría que comiéramos algo en un mesón cercano, o que te recostaras a la sombra de algún árbol para descansar un poco? Quizá tu desayuno fue escaso y necesitas recuperar fuerzas...

Pero Tomás no responde, ni siquiera parece registrar mi presencia. Es como si yo no existiera, es como si Tomás ya no me conociera, y por qué lo noto tan ajeno, a él, hasta hoy siempre deferente y cariñoso. No reconozco al gran sabio de Aquino en este personaje alienado y empecinado que ahora tengo delante. ¿Dónde estará mi Maestro, siempre plácido y cortés, de gran corazón y mente generosa, aunque un poco distraída? ¿Dónde habrán ido a parar su mansedumbre de cordero y su paciencia natural, propias de un hombre exquisitamente educado? ¿Por qué, si lo toco, se espanta? ¿Y a qué se debe el cambio en la expresión en su rostro, como si estuviera viendo algo que yo no logro ver? Es como si él fuera vidente y yo ciego, como si él volara a alturas hasta donde yo no llego. Me pasa por la mente un tropel de presagios y me aflige un terror afectivo, una súbita sensación de abandono.

La hora ha ido avanzando. Se hace tarde. El milagro de la luz coloreada se ha ido apagando y la mujer azul ha perdido su halo.

—Te lo advertí, Maestro. ¿Acaso no te dije que todo esto no era más que engaño? ¿Ves? La mujer del vitral va desapareciendo.

—No desaparece, muchacho, no seas empecinado. Ella no desaparece, sólo se entrega a la noche. Se refugia en la noche.

—Pues yo diría que se la tragó la oscuridad.

—No existe la oscuridad, *caro ragazzo*. Lo que parece oscuridad titila con un tipo especial de luz. *Hasta en la sombra más profunda podemos buscar, y tal vez encontrar, una luz oculta.*[12] ¿Acaso no ves el nombre que esta mujer lleva inscrito en la cinta que le cruza el pecho? ¡Su nombre es Aurora Consurgens! ¡Ahí lo dice! Tú, muchacho incrédulo, eres de los que necesitan ver para creer, y pronto lo verás, tú y yo seremos testigos. ¡Ella renacerá mañana a primera hora del día, porque Ella es Aurora Naciente!

—¿Aurora Naciente? ¿No dijiste que se llama Regina Sabae?

—No entiendes o no quieres entender. Las apariciones son criaturas tímidas y espantadizas que no confiesan su verdadero nombre. Ésta se llama Regina Sabae, sí, pero otras veces se llama Sulamita, Sheba o Balkis. Cuando quiere, se llama también Aurora. Las apariciones son así, inasibles. Se ocultan bajo varios nombres, se divierten contigo, juegan a las escondidas, ora están y ora no, van de visibles a invisibles, son ante todo juguetonas.

Dormimos a campo abierto bajo el tibio cielo, y al amanecer mi Maestro y yo emprendemos el regreso en mula por los ardidos caminos del verano. Aunque avanzamos el uno junto al otro, por primera vez la distancia pesa entre nosotros. Tomás parece cada vez más absorto en esa otra realidad que lo llama y que él ya casi toca con la punta de los dedos. Va cantando jovialmente, se diría que con vozarrón operático dado su gran tamaño, y en cambio no; *sus ojos dos palomas, sus pechos tiernos como gacelas gemelas, bella como Jerusalén, temible como ejércitos en batalla...* Con voz clara y nostálgica, de timbre napolitano, Tomás entona una melodía azul, fresca como agua de mayo.

Cada vez más angustiado e inquieto, yo voy mirando de reojo a mi Maestro y desde ya intuyo el abrupto desarrollo de lo que seguirá de aquí en adelante.

Porque algo ha cambiado, algo sutilísimo pero infinitamente peligroso, que incluye mujeres, exaltación sensorial, figuras paganas, pechos como gacelas, luces sospechosas y visiones equívocas. Algo raro ha irrumpido, un íncubo tal vez, o el germen de una impureza, algo que embruja la mente del Maestro. ¿O será la lujuria, malintencionada y sigilosa, que invade a Tomás sin que él caiga en cuenta, como los ladrones que de noche penetran en las casas?

—No creo en la bondad de esa luz que él dice ver —voy murmurando sin que el Maestro me escuche—. Tomás cree que es divina, pero a mi entender es siniestra. Mucho temo que esa luz provenga de un lugar innombrable y hediondo, y que traiga una aviesa intención corruptora...

Al compás del trotecito de mi mula voy mascullando mis temores, ¿acaso no estará aflorando un cierto deterioro en la sabiduría o la santidad de mi Maestro?

—No soy sabio, querido muchacho, sólo soy atento y curioso —me responde Tomás de Aquino, leyéndome el pensamiento—, y tampoco soy un santo, apenas un hombre bueno.

¿Me llaman? ¿A mí?

Fin de la ensoñación.

Estoy otra vez aquí, de vuelta en el presente. La alucinación ha concluido. He dejado a Tomás allá en su Medioevo y me encuentro en el país del Yemen, en el aeropuerto de Sana'a, yo, Bos Mutas, sin poder entrar ni salir, sembrado en medio de la multitud anónima que se agolpa y brega por no morir de calor, de hambre, de peste, de guerra. Tengo que irme de aquí. Me da por pensar que caí acá por carambola, por puro capricho, y que soy ajeno a esta montonera sin futuro. Alguien tiene que haber aquí que me deje pasar, alguien que reconozca mis derechos, me pida disculpas, me diga, siga, señor Bos Mutas, ha habido una confusión. Alguien que tenga en cuenta mi problema y me eche una mano...

¿O no? Evidentemente no. Nada de eso va a pasar. Nadie va a rescatarme. Veo mi propio caso tan perdido que en medio de la desesperanza me da risa. Si mi madre estuviera viva, cómo sería su manera de cantarme el *te lo dije*: te lo dije, mijo, ¿acaso no te dije que no te metieras en problemas?, te advertí que este viaje no te llevaría a ninguna parte, cada vez que te entre la urticaria por largarte, mejor quédate quieto... Hasta cómico resulta recordar ahora cómo mi madre me aconsejaba todo lo contrario de lo que ella misma había practicado en la vida.

Haciendo de tripas corazón, recorro el aeropuerto de funcionario en funcionario, reclamando y rogando, sin que nadie me atienda ni me entienda. Trato de obtener dinero de un cajero automático, sólo para comprobar que aquí mi tarjeta es apenas un trozo de plástico. Pasaporte, móvil, tarjetas de crédito, nuestros preciados objetos imprescindibles: de nada sirven ahora. Hago varios intentos de llamar al exterior para pedir ayuda, tantos que al final León Poderoso se compadece y me presta sin cobrar su móvil violeta. Aun así, no lo logro.

Me doy por vencido, ya agotado, y como todas las sillas están ocupadas, me instalo en el piso. En esos galpones atestados todo es expectativa. Se ha establecido un correo de las brujas que trae y lleva rumores sobre posibles vuelos a punto de partir, y las propias compañías aéreas alborotan las esperanzas transmitiendo por altoparlantes avisos indescifrables que provocan estampidas. Todos corren hacia los mostradores para llegar de primeros, por si los embarcan y se les cumple el milagro.

Nada pasa, y el desánimo vuelve a cundir. Aun así, permanecemos alertas, los cinco sentidos eléctricos, no vaya a ser que algo pase en efecto y te lo pierdas por andar despalomado. En el fondo sé que a estas alturas ya nada va a pasar. O sea que aquí seguiré sentado, en el duro suelo, quién sabe hasta cuándo. Con el tráfico aéreo suspendido y las calles y carreteras bloqueadas por el Ejército —o tal vez por los rebeldes, vaya uno a saber—, Sana'a ha quedado por completo aislada, y yo, por completo aislado en medio de Sana'a. Isla dentro de otra isla, náufrago por partida doble, solitario como un perro, sin conocer a nadie ni hablar el idioma. He dejado de ser yo, soy apenas mi sombra. A mis oídos llega la guerra con un traqueteo constante y neutro. Me sofoca el calor. Cierro los ojos para no ver el agobio de la bola de humanidad que se apiña en torno.

Cerca de mí, un chiquito llora muy quedo. Su madre, una joven de cara descubierta, trata de calmarlo con el último trozo de pan que le resta; en los pocos bares del aeropuerto se han agotado las existencias y, ahora que lo pienso, tampoco yo he comido nada desde... Me acuerdo de un sándwich que traigo en la mochila desde la penúltima escala, pero a estas alturas ya debe estar duro, y además quién se atreve a comer delante de un niño hambriento.

Me acerco a su madre y se lo ofrezco.

—Toma, para tu hijo —le digo en inglés, y ella lo recibe.

Aunque no nos entendemos, logramos comunicarnos. Su expresión es serena y amable. Le sonrío y ella me corresponde, y ver asomar una sonrisa femenina en medio de tanto rostro vedado es como si en una casa cerrada abrieran una ventana.

—Bos Mutas —le digo mi nombre.

—Bosa mute —trata de repetir ella.

—Bos Mutas —la corrijo.

—Bos Mutas —vuelve a intentarlo, ahora correctamente y con tanta dulzura que por primera vez siento que tengo un nombre estupendo.

Trato de explicarle que es un sándwich de queso, y ella se lo va dando al hijo por pedacitos. Luego aparece un hombre que debe ser el marido, o el hermano, y por el súbito nerviosismo de ella comprendo que lo mejor será alejarme y dejar la conversación de ese tamaño. Adiós y suerte, le digo, y ella me responde con voz apenas audible, *good bye and good luck*.

Regreso a mi rincón, me abstraigo de todo y me olvido del reloj. Pienso: ¿y si la eternidad no es un tiempo que dura para siempre, sino un momento sin tiempo? Un momento estático como éste. Dejo pasar las horas pensando en mis cosas: añoranzas, viejas culpas, recuerdos. Ando tan cansado y perdido en mis ensoñaciones que no me entero del bajonazo en la temperatura hasta que mis huesos me avisan que se están helando. El aeropuerto, tan sofocante a la mañana, con la llegada de la noche se ha convertido en una nevera. Noto además que la guerra ya no resuena; se habrá dormido, o se habrá enfriado también ella. Fuego en el aire, ¿de dónde entonces este frío?, dice Adonis. Imito al resto de la gente: saco ropas de mi mochila y me las pongo unas sobre otras, como hojas de alcachofa.

De golpe se rompe el silencio y otra vez se escuchan pasos, revuelos, voces, órdenes: la gente se despercude y se pone en movimiento. Por fin las autoridades han abierto las puertas, y se precipita hacia la calle la multitud que durante horas ha permanecido retenida adentro. Ahora sí, me llegó la hora. Has aguantado como un valiente, me felicito a mí mismo, un poco asustado, eso sí, de pensar en lo que me aguarda afuera. Corro con los demás en dirección a la salida, sólo para llevarme un nuevo desengaño cuando los uniformados que la custodian me trancan y me advierten que sólo hay vía libre para los nacidos en el Yemen o en Somalia.

Los que no seamos yemeníes ni somalíes tendremos que esperar hasta nueva orden. Nada muy alentador. Según queda demostrado, en este lugar esperar hasta nueva orden no da buen resultado. Alcanzo a ver que con el resto del grupo se apresta a salir la madre del niño hambriento, el destinatario de mi sándwich de queso. En un último soplo de esperanza, saco del bolsillo bolígrafo y papel.

Ya se encamina hacia la puerta la mujer con su niño en brazos, ya está a punto de atravesar el umbral, ya casi accede al otro lado, ya va dejando atrás el aeropuerto para entrar a la ciudad, y yo mientras tanto, zarandeado por la avalancha, sólo alcanzo a anotar en el papel lo poco que sé de mi única posibilidad de contacto en Sana'a. Escribo: *Doctora Zahra Bayda, Médecins Sans Frontières.*

Eso es todo. No logro escribir más. Aun así, atravieso la masa de gente como nadando a contracorriente, estiro hacia la mujer la mano con el trozo de papel y le lanzo una mirada implorante, como diciéndole: tómalo, te lo ruego, al menos recibe esta nota que he escrito, aunque luego no puedas hacer nada con ella.

Un pedacito de papel con dos líneas garrapateadas en letra ilegible: un llamado imperceptible y de antemano fracasado. Un improbable acto de fe; apenas un S. O. S. echado al mar en una botella.

Ya a punto del colapso en medio de este aeropuerto, siento que mi mente empieza a despejarse. ¿Será esto lo que llaman tocar fondo? Puede ser. Toda arrogancia está de más, toda certeza perdida. No controlo mi destino, no encuentro mi lugar, mis documentos de nada sirven, mi nombre no significa nada. Me dejo arrullar por las circunstancias y le encuentro ritmo al sinsentido. Supongo que también yo he pasado a hacer parte de la tribu anónima, indocumentada y nómada.

Tras la evacuación del grupo de somalíes y yemeníes, el aeropuerto de Sana'a tiene aspecto de campo de batalla después de la batalla, con plásticos y basuras diseminados. Y zapatos abandonados —chanclas sin compañera, mocasines nonos y botines de bebé—, según esa conducta propia de los zapatos, que suelen quedar rezagados tras las estampidas de los humanos. Al menos ahora podré instalarme en una de las salas con sillas; muchas quedaron libres. Recupero mi mochila, que había dejado tirada, y reacomodo mi equipaje con la parsimonia de quien no va a ningún lado. Asumo que, a partir de ahora, mi única casa es mi propia cabeza. Me refugio en ella y me entretengo con mis especulaciones.

—Mister Bos Mutas. Mister Bos Mutas, favor presentarse en las oficinas de la Policía, en el segundo piso.

¿Me llaman? ¿A mí, me están llamando? Me despierto por fin, sin tener idea de cuántas veces habrá sonado mi nombre por los altavoces. Sí, es a mí, me están llamando... ¿Será para bien o para mal? Peor de lo que estoy, imposible. Cualquier cambio será favorable, así que subo corriendo al segundo piso, con el corazón a mil.

—¿Eres Bos Mutas? Yo soy Zahra Bayda, de Médicos Sin Fronteras.

¡Es Zahra Bayda! Soy Zahra Bayda, eso ha dicho esta mujer que me sale al encuentro en las oficinas de la Policía, pero estoy tan aturdido que no reacciono. Más que una mujer parece un vendaval. Revuela envuelta en una túnica de todos los colores, es bien alta y lleva un turbante como de maga, camina con energía de sargento, reparte indicaciones a diestra y siniestra, parecería que todo se lo lleva por delante.

—Ey, amigo, soy Zahra Bayda, de Médicos Sin Fronteras —repite—, vámonos ya, he venido por ti.

¡Es Zahra Bayda y viene a rescatarme! ¿Debo pellizcarme, para estar seguro de que esto es real? Me froto los ojos, como los monos animados ante visiones inesperadas.

Zahra Bayda tiene los movimientos precisos y resueltos de la gente de acción. Coge mi pasaporte sin más introducciones y me indica que espere mientas ella arregla mi caso con los agentes de Migración.

Yo quedo flotando, como en el limbo de una revelación. Ráfagas de imágenes vuelan por mi mente y se van decantando en la lógica de una composición de lugar. Ha ocurrido el milagro. Zahra Bayda está aquí porque la mujer del niño hambriento logró entregarle la nota que yo le envié. ¿Pero cómo supo Zahra Bayda que yo era yo, si no alcancé a poner mi nombre? Habrá atado cabos, o quién sabe, y al fin y al cabo qué importa, lo maravilloso es que la mujer del niño se las arregló para retribuir mi pequeño gesto del sándwich con otro gesto inmenso, inimaginable. A lo mejor tuvo que escapársele a su marido o a su hermano para poder cumplir, más gracia todavía y más generosidad. Ahora sí. Ahora sé que he llegado a un país mágico y acogedor, donde las cosas más sorprendentes pueden suceder. Qué no daría yo por volver a ver a esa joven madre, encontrármela en algún lugar, agradecerle su ayuda de todo corazón, asegurarle que yo no olvido su sonrisa...

—Hace meses recibí tu e-mail, anunciando que llegabas hoy. Anoté la fecha en el calendario. Hace un rato me enteré de la jarana que había en el aeropuerto y vine por ti —me informa Zahra Bayda cuando regresa con mi pasaporte ya sellado y con la autorización para salir.

—¿Te avisó la mujer del aeropuerto? —le pregunto, todavía sin entender—. ¿Recibiste la nota que te mandé hace unas horas? ¿Te la dio una mujer que traía un niño en brazos?

—¿Cuál nota, cuál niño, cuál mujer?

—No sé cómo se llama, le entregué una nota para ti y le pedí que...

—¿Te refieres a aquel mensaje que me enviaste por e-mail?

—No, a la nota que...

—Sólo recibí tu e-mail, y de eso hace tiempo. Sabía que llegabas hoy y supuse que estarías aquí bloqueado.

II. Sacrificios

Algo infinitamente amable
que sufre infinitamente.

T. S. Eliot

El árbol negro

El proyecto de vida que la Doncella diseñó para su hija no era otro que la muerte. Pero Pata de Cabra decidió otra cosa. Voy a vivir, se dijo; voy a vivir, cueste lo que cueste y aunque ya esté muerta. Aprendió a sobreaguar contra toda evidencia, y si pudo hacerlo la primera vez, también podría la segunda, la tercera y cuantas veces fueran necesarias.

A la Doncella le llegan rumores que reavivan su ira. Su hija, la proscrita Sheba, ha sobrevivido convertida en una muchacha hermosa y alevosa. La madre ordena a sus esbirros seguirla día y noche, pero Pata de Cabra logra rehuir el control materno tapándose enteramente con una tela negra. Cada centímetro de su lustrosa piel desaparece bajo jirones de gasa que camuflan su presencia como niebla, simulando un no estar ahí.

—¿Pata de Cabra tapada y vestida de luto? —se preguntan las alaleishos—. ¿Viuda de sí misma, desdichada, tenebrosa y sin consuelo? ¿Enterrada aún, aunque no esté ya bajo tierra?

—Sólo por poco tiempo —se responden—. Pronto podrá lucir su belleza a plena luz del sol. Pero todavía falta...

Solitaria y anónima, Pata de Cabra intenta refundirse entre las sombras. No lo logra del todo. Aun bajo el ropaje encubridor, siguen siendo evidentes las facciones perfectas y el largo cuello de cisne. Pese a la desproporción entre las dos piernas, salta a la vista la pureza arcaica de su presencia, alargada y esbelta a lo Modigliani o el Greco.

En busca de refugio en el meollo del desierto, viene rengueando por en medio del inmenso mar sin agua. Pese a la cojera, avanza con paso guerrero hasta llegar a Hadramaut, una límpida hondonada lunar, donde las piedras germinan pálidas, peladas, del tamaño y forma de un cráneo. Extendida fosa común o, como dijera Nerval, osario de la historia. *Hadramaut*, o la muerte ha llegado. La muerte ha llegado, ha hecho de esta región su morada y se niega a partir.

La entrada de Pata de Cabra al desierto de piedra marca un punto de ruptura que en un principio pasa desapercibido, especialmente para ella misma, porque no detecta la luminosa señal de bienvenida que le envía Antares, la estrella color rubí, que emite sus fulguraciones más extraordinarias en el domo nocturno.

En intensidad de brillo, con Antares sólo compiten otros dos astros, Aldebarán y Leonis, y en cuanto a rojez, sólo Marte la iguala. Los hadramitas la llaman Kalb al Akrab, Corazón del Alacrán.

Pata de Cabra llega cansada. Se sienta a reposar sobre este suelo ardiente, mira alrededor y se reconoce hermana de esa tierra baldía. Se encuentra bien aquí, fuera del alcance de su madre y al margen de la crueldad de las ciudades. Sin corona, ni trono, ni súbditos, en Hadramaut construirá su reino. Este osario será su inmenso y yermo huerto. Ésta será su casa. Una gran casa abierta y sin techo, hecha de pura luz. La habitan beduinos que nada poseen, salvo la vida desnuda y la inmensidad del tiempo. Con ellos se queda la muchacha de Saba, despojada de nombre o historia y reducida a simple Pata de Cabra, tan plebeya como cualquiera, una más entre estas gentes de piel oscura como la suya.

Hay desavenencia entre las alaleishos sobre qué tan oscura es la piel de Pata de Cabra. ¿Oscura como la noche, como el carbón o el azabache? ¿Morena dorada, como la miel de azufaifo? El Cantar de los Cantares ofrece una pista: dice que ella es morena como las tiendas de Q'dar. Y las tiendas de Q'dar, ¿qué vienen siendo? Toldos portátiles que los nómadas vuelven resistentes al agua untándolos de brea, o tejiéndolos en punto apretado con la lana oscura, y ya de por sí impermeable, de la oveja karakul. A diferencia de su blanquísima madre, Pata de Cabra es decididamente mora, o morena. O mulata, zamba o mestiza, cobriza, broncínea, café con leche, aceitunada, color canela, *macchiata* o cetrina. Se me ocurre preguntarle a Zahra Bayda si no sería por el color de la piel, más que por otra cosa, que la Doncella la repudió de recién nacida.

—El odio racista se cuela donde menos lo esperas —dice Zahra Bayda.

Poco más se sabe acerca de la llegada de Pata de Cabra a aquel pedregal inhóspito. Queda constancia, sí, de que con el tiempo fue bien recibida por los nativos y entre ellos se desarrolló como muchacha silenciosa y desafiante, *combinación de inocente arrogancia, extraña gracia y atrevimiento*.[13] El desierto, que sólo ama a quien se le entrega, la adoptó como hija, enseñándole a venerar el fulgor del Corazón del Alacrán, el azul de los cielos, la música de las dunas, las hogueras en la noche, las plegarias sin respuesta y la obsesión por la errancia. Le insufló deseo de venganza, mañas de autodefensa y don de mando. Le imprimió valor y fiereza, y al mismo tiempo dejó un talón de Aquiles en su pie equino varo: no logró curarle la herida de desamor que llevaría por siempre abierta, debido a la cual los hadramitas le adjudicaron el nombre de Nazif Alkalb, Corazón que Sangra, hija de Antares. Para aquellas gentes, la princesa proscrita y la estrella roja fueron una y la misma: princesa roja y estrella proscrita.

En ese territorio desolado, en medio de su paupérrima gente, Sheba, la extranjera venida de lejos, la bella coja aprende a comer en el suelo sobre una estera, sin añorar tazones de plata ni antorchas que alumbren la cena, y encontrándole el gusto a un alimento magro que se reduce a cebolla cruda y aceite de gutta, también llamado lágrimas de la Virgen, porque más amargo que la gutta, sólo el llanto de una madre ante la tumba del hijo.

Acurrucadas en círculo en la cocina ahumada, las alaleishos tascan sin muelas las hojas de khat y se deleitan contando que, en Hadramaut, Pata de Cabra quiso ser pastora y tuvo un cordero. Un corderito de largas pestañas y mirar confiado, inocente como el primer amanecer, al que le puso por nombre Latif, Suave. Dijo ¡qué tibio es! y lo estrechó contra el pecho muy asombrada, porque hasta entonces no conocía la calidez del cariño. Las viejas imitan a Pata de Cabra, que busca a su cordero, ¡Suaaveeeee!, ¡ven, Suaaaveeee!, y se tapan la boca para ahogar unas risitas taimadas, como gorjeos de paloma. Dicen que cuando su ama lo llama, el cordero aparece enseguida, va tras ella a todos lados, le mordisquea la ropa, le lame las manos.

Pata de Cabra no tarda en caer en cuenta de su propia fuerza. Se deshace de velos negros y demás tapujos y se enfrenta al mundo a cara descubierta. Escoge ir trajeada y armada como varón, con pantalón debajo de la futa, zanna de manga larga, botas de cuero en vez de sandalias, cinturón de pedrería con daga al cinto, aljaba terciada y una amplia kufiya, o mantón de un azul intenso cruzado por tres rayas negras, que ella sabe echarse sobre los hombros como al descuido pero con buscado efecto, o que se enrosca a manera de turbante, y que utiliza contra el calor y el frío, o como toalla para secarse, pañuelito de lágrimas, alfombra para hincarse a rezar, bandera de asalto, trapo para sonarse y cobija en las noches a la intemperie. Según decires de las alaleishos, esa kufiya multiusos es la mismísima manta en que la envolvió su madre cuando se deshizo de ella.

Desde su Palacio Rojo, la Doncella se entera de las andanzas de la hija, la odia todavía más y la repudia con nuevas maldiciones y duras palabras. ¡Eterna vergüenza, *shame*, para la mujer que duerme a cielo abierto, cabalga y viste de hombre! Mujer que camina sola y sale de noche, ¡vergüenza, *shame*!

Aunque se vista como hombre, Pata de Cabra le añade rasgos femeninos a su atuendo. Le gustan las alhajas y lleva veinte anillos, uno en cada dedo, aunque no serán veinte exactos si es cierto lo del pie caprino. Luce pendientes con tintineo de moneditas de cobre; ajorcas en los tobillos; aros que le perforan la nariz, las cejas y el ombligo; profusión de dijes y perlas; ringleras de brazaletes en ambas muñecas, y un collar hecho con los dientes de un antiguo dragón. Se retiñe los ojos con kohl, con henna se dibuja arabescos en las manos, lleva las uñas largas y afiladas. Suelta al viento su pelo negro y rojo, como bandera pidiendo guerra.

Y así, así. Rasgo a rasgo se va perfilando la imagen; la aparición se hace carne y revela su condición intermedia, ¿humana o animal, o combinación de ambas? Y su afición a vestirse de hombre, ¿no habla de revoltijo de género? Podría decirse que su magnetismo reside en la ambigüedad. En ella subyace lo masculino, así como en el fondo de todo macho aletea una mujer. También Patti Smith le hace el juego a una feminidad fálica, según una fotografía que la muestra en un baño de hombres, con la bragueta de los jeans abierta y parada frente a un orinal.[14]

¿Pero acaso Pata de Cabra usa pantalones sólo para montar a caballo, o también para ocultar el pelamen de las piernas? Y aquellas botas de cuero, ¿no encubren una pata palmípeda o casco de borrego? Quién sabe. Lo único cierto es que Pata de Cabra hace lo que le viene en gana. Las alaleishos advierten: ojo con ella, que es maniática, caprichosa y fanática, y cuando le salen mal las cosas, o sus deseos no se cumplen al instante, arma el desmadre y se pone histérica.

Otra rareza digna de mención: su dificultad para hacerse entender. Recién llegada a Hadramaut, Pata de Cabra farfulla un dialecto muy suyo, gutural y prehistórico, más hermético aún que el frigio o el arameo, el chimú, el purépecha o el euskera, y que resulta incomprensible para nosotros por ser una jerga que se emplea solamente en los confines del mundo humano y el inicio del más allá.

Los textos antiguos aseguran que Pata de Cabra, princesa desterrada del reino de Saba, leona del desierto, llegó a ser poseedora de grandísimos tesoros y riquezas sin cuenta. Pero ¿cómo pasa de la extrema pobreza de esos primeros tiempos en Hadramaut al sin límite de riqueza y abundancia que vino después? Ahí está el quid. Un quid que se da por azar y sin que ella lo ande buscando. Sucede durante uno de esos insomnios gélidos en que el Alacrán sangra por sus heridas. Una larga secuencia de sequías ha acabado con el sustento de gentes y animales, se hace interminable la cadena de carencia y necesidad, y cabras y camellos, que no hallan qué comer, no producen el excremento que los beduinos queman para calentarse junto a la hoguera.

Apabullada por el hambre y el frío, Pata de Cabra sale de su tienda, mira de frente al gran vacío y lo increpa.

—Nada nos das —le grita al desierto—. Nos aferramos a ti y en ti depositamos nuestra esperanza, pero nada das a cambio. Somos tus hijos, y no nos alimentas. Tenemos frío, y no nos arropas. No te conmueves si morimos de sed. Nada nos das, sólo este viento que no cesa, el calor fulminante de día y la hipotermia de noche. Nada nos das. Nada.

En los espejismos infinitos hay que mirar mucho para poder ver, y finalmente esa noche Pata de Cabra ve claro. En medio de la oscuridad y como respuesta del desierto a sus reclamos, se dibuja en la distancia la triste figura de un arboluco deshojado. Brota de la arena agarrado a las piedras y crece solitario por barrancos y despeñaderos, desecado, pelado, pétreo, ramificado en forma de coral negro, como restos calcinados de algún incendio. El poeta Bassam Hayyar diría que no es árbol, sino la pena del árbol, y que no da sombra, porque es en sí mismo la sombra del árbol. Aun así, parece tener rasgos humanos. Bajo su corteza requemada palpita un interior tierno y viviente de fibra roja: un músculo ensangrentado con emplastos amarillos de grasa y sustancia blanca de hueso. Como si al brazo de un hombre le arrancas la piel, así son las ramas de este arbusto llamado por los botánicos *Boswellia sacra*, y que, según quién, supura pus o llora lágrimas de leche. Los beduinos lo temen y rehúyen. Le dicen *al lubbán*, el que llora leche.

Al lubbán: olíbano. El que supura y lloriquea. No inspiran confianza sus lágrimas resinosas de sabor repugnante; se cree que transmiten la infección y la tristeza. De la piel para afuera, *al lubbán* es un pobre árbol sin vida ni gracia, apenas el recuerdo de un árbol. Bajo la piel, exhibe su naturaleza de hombre desollado. Siempre ha estado allí, a escasa distancia de Pata de Cabra, pero su insignificancia lo invisibilizaba. Hasta ahora. En esta noche helada, ella se fija y lo ve. Ansiando obtener algo de calor, le quiebra el ramaje, que recoge en un atado para prender fuego y armar una hoguera.

El fuego ejecuta su alquimia. Abrasa la sustancia vegetal liberando su alma, y entonces sucede: sube en espirales un humo narcotizante y aromático que llena la noche, ungiéndola en un bálsamo untuoso, como la mirra o el copal.

Aquello viene como revelación de inesperado potencial.

—Morimos de hambre y miseria y estamos sentados sobre una mina de oro —dice Pata de Cabra.

Les revela a los lugareños el secreto que acaba de descubrir, los convence de las ventajas de cultivar el *Boswellia sacra* y explotar su resina, a la que darán el nombre de olíbano, frankincienso o verdadero incienso.

Poco a poco y a punta de hacer ensayos, Sheba, Pata de Cabra, va encontrándole múltiples utilidades a aquel producto asombroso, que cura hinchazones y diarreas, obtura úlceras, desinfecta heridas, frena vómitos, reactiva la apetencia sexual, promete ser la base de finos perfumes y, por si fuera poco, repele sierpes, arañas, mosquitos y espíritus del mal. Los hadramitas, desde siempre andariegos, ahora se aferran al suelo para cultivar los arbustos redentores, y acorde con la demanda, exigen de éstos cada vez más.

Descubren que al igual que las bestias de carga, los arbolillos responden al castigo y rinden más cuando son ultrajados. Si los lastiman de noche con tandas de azotes, logran que lloren más copiosamente al supurar por las muescas, y basta con rasparles al amanecer el tronco para recoger un buen cargamento de lágrimas de leche coagulada. Hadramaut, la hondonada de las piedras, pasa a convertirse en el Valle de la Balsamera.

Pero aún no ha sucedido todo lo que va a suceder. El negocio se dispara vertiginosamente cuando el frankincienso sube hasta el cielo y complace a los dioses, que lo encuentran más dulce que la miel y más embriagador que el vino. Alucinan al aspirar sus volutas, e incluso enloquecen, entregándose desnudos al mar para deleitarse en baños, juegos y orgías. Gérard de Nerval supo descifrar los resortes de aquel mecanismo: bajo el efluvio del vero incienso, los dioses fusionan lo real con lo ilusorio, ampliando sus dominios y sintiéndose más etéreos, más bellos, más poderosos. E incluso más generosos. Agradecidos por la novedosa ofrenda, se conmueven y disponen que de ahí en adelante dejarán caer sobre la Tierra el agua ingenua y clara que hace florecer los desiertos. Pero ponen condiciones: su respuesta a los halagos es sibilina y elusiva. No concederán el don del agua cuando los hombres lo necesiten y lo soliciten, sino cuando su propio capricho divino así lo decida. Y no en la cantidad deseada, sino muy poca —unas cuantas gotas que la arena se traga enseguida—, o, de lo contrario, en demasía: tanta que el diluvio inunda el mundo. La largueza y la avaricia son características de los dioses, que a la humanidad sólo le conceden el todo o la nada.

Los humanos, por naturaleza pedigüeños y necesitados, deducen que con el olíbano pueden enviciar a los dioses y mantenerlos atrapados. Ya no les pedirán sólo agua, sino también otro beneficio todavía más anhelado: el perdón de los pecados. Para lavar sus culpas, queman en su honor cantidades ingentes de incienso.

Se multiplican las ceremonias de purificación, las libaciones y los ritos iniciáticos. Se construyen altares y templos a lo largo y ancho del desierto y más allá. Los dioses, seres ávidos, cuanto más reciben, más exigen, y cuanto más valiosa la ofrenda, tanto más generoso el perdón. En torno al olíbano empieza a compactarse una concurrencia urgida de salvación, o al menos de consuelo, almas en pena que prefieren echarse a sí mismas la culpa de sus propios males, antes que reconocer que quizá los malos sean más bien esos mismos dioses a quienes humildemente se les pide perdón. Síndrome de Estocolmo, tal vez, eso de honrar a tus verdugos, porque, como dice Bufalino, el pecado fue inventado por los hombres para merecer la condena de vivir, para no ser castigados sin motivo.

El olíbano de Hadramaut se convierte en epicentro de un creciente tráfico de indulgencias y absoluciones. Pasados los siglos, llegará a ser tan apreciado que, junto con el oro y la mirra, será ofrendado por los tres Magos de Oriente al Rey de Reyes poco después de su nacimiento.

Por lo pronto, el frankincienso hace que los hadramitas, con Sheba a la cabeza, se conviertan en el pueblo más rico de la Tierra.

La antiquísima

La ciudad de Sana'a es la más prodigiosa de las apariciones. Un tiempo inmemorial ha pasado a través de ella como la luz a través del cristal, sin tocarla ni mancharla. Su alucinada belleza sale de *Las mil y una noches* para caer sin solución de continuidad en la mira de los aviones Eurofighter Typhoon y los drones Predator y Reaper. De las ciudades secretas, hay tres que se incrustan para siempre en tus sueños. La tercera es Machu Picchu. La segunda, Varanasi.

La primera es Sana'a.

Bab-al-Yaman, la entrada principal a *old city Sana'a*, es el umbral hacia la época perdida que ha echado raíces aquí, un Medioevo musulmán ensimismado y oloroso a alcantarilla, a especias y a incienso, que se niega a partir porque no hay quien le informe que las eras han pasado. Ya no hay cabida en el mundo para sus altas torres de barro delicadamente adornadas con frisos en adobe blanco, ni para el soplo fresco y verde de sus huertos, ni para sus patios con camellos cegados que dan vueltas en torno a molinos de piedra. Y sin embargo todo eso sigue estando, aquí, en medio de Sana'a: el espejismo se niega a desaparecer.

Me apego a esta ciudad con el afán posesivo que suscitan los amores imposibles. Como una mujer milenaria pero eternamente joven gracias a los velos que la esconden, así es Sana'a, la inaccesible. Guerras, pestes, intolerancia religiosa y pleitos de sangre la ponen fuera de mi alcance. Me encuentro aquí gracias a un milagro, y ese milagro no se volverá a repetir. No entiendo cómo es posible que aún exista Sana'a; en cualquier momento la borrarán del mapa una plaga de langosta, una gran tolvanera o un ataque aéreo de las fuerzas de la Coalición.

Pero ella resiste. Sana'a, la antiquísima, se mantiene viva en medio del desastre. Pese a sus heridas de guerra, sigue siendo la más bella. La atravieso de prisa, corriendo detrás de Zahra Bayda, que me ha recogido en el aeropuerto y ahora tiene que hacer aquí algunas compras y un par de gestiones. Me aferro a Zahra Bayda como cualquier Teseo, ella es mi hilo de Ariadna o mi propia Ariadna y la posibilidad de perderla me asusta, sin ella este laberinto me tragaría.

—¿Hace cuánto no comes? —me pregunta, y en una mesita al aire libre, en medio de la multitud de un mercado, nos sirven kebab de cordero y un café con jengibre, pimienta y canela, dulce y caliente. Yo como con hambre de huérfano.

Zahra Bayda camina muy rápido, impone el ritmo, yo no puedo detenerme a mirar y tengo que conformarme con atesorar en la memoria las visiones que cruzan por un instante ante mis ojos. Tiendas y torres, huertos aromáticos, vendedores callejeros que ofrecen por igual hojas de khat o piedras preciosas. Hombres que exhiben al cinto dagas degolladoras. Mujeres finas como sombras que me hacen imaginar la supuesta hermosura que tal vez oculten bajo sus muchos velos.

A 2.350 metros por encima del aire en las montañas de Djebel Ayban, Sana'a es una de las capitales más altas del mundo, después de La Paz boliviana, de la Addis Abeba etíope y de la Bogotá colombiana. Anacronismo viviente, *remake* de los tiempos bíblicos, a Sana'a la fundaron antes de la dispersión de los pueblos y de la multiplicación de las lenguas, y su patriarca fue Sem, hijo de Noé, y fue poblada por los hijos de Sem, que se llamaron Elam, Asur, Arfaxad, Lud y Aram, y luego por sus nietos, Mas, Us, Jul y Guéter, y de ahí en adelante por tantos y tantos más, hasta llegar a estos hombres altivos que hoy cargan bultos o comercian con camellos y cabras, siempre mascando khat y llevando al cinto su cuchillo de matarife de hoja curva. ¿Todos ellos nacidos por generación espontánea o paridos por la nada? ¿De dónde pudo salir tanto varón, si los anales yemeníes no mencionan existencia de mujeres en la Sana'a originaria? ¿Acaso hubo alguna reina, o esclava, madre, prostituta, sacerdotisa o panadera? No, ninguna. Registrar al mujerío no fue preocupación de los escribanos de aquellas crónicas. Con una excepción notable. La tradición habla de una mujer. Una sola: ella.

La que no necesitó ser santa, ni virgen, ni pobre, ni puta para ganarse un lugar en las páginas de los Testamentos. Para ser reconocida no tuvo que decapitar a nadie, como hicieron Salomé o Judith; le bastó con ser ella, la mujer de Saba, en poder y sapiencia. Ella, la escurridiza, la misteriosa.

¿Y si Sana'a era el reino y la Señora de Saba, su reina? Dos en esencia, una sola cabeza y entraña, novia y amante: Sana'a, la ciudad fortificada y su reina inalcanzable. Ella. He venido a averiguar su nombre y las letras de su apellido, para ella voy a componer un bolero, una novela negra o un vals vienés. Quiero contar sus verdades y ventilar sus mentiras. Voy a averiguar si venció a Salomón en el certamen de sabiduría, si lo enamoró en el lecho o lo despreció, y sabré también de sus otros amantes, sus guerras, sus duelos, sus hijos, si es que los tuvo, los dolores que la aquejaban y las alegrías. De qué color era su traje predilecto, qué arma esgrimía, cuáles lenguas conocía, cómo se trenzaba el pelo, si era refinada o salvaje, si abusaba del poder o gozaba del respeto de su pueblo, si montaba a caballo o en camello. Si a su café le ponía pimienta, jengibre y canela, si lo tomaba dulce y caliente en una esquina como ésta.

En el callejón más solitario, una pequeña existencia se sienta en el piso y se arrincona contra el muro, hecha un burujo humano. Es una mendiga que estira la mano hacia los viandantes, que por allí no pasan. Obstinada, esa mano sigue implorando. La mujer apenas respira bajo su maraña

121

de trapos, tan quieta y ausente que parece dormida. Cuentan que en una calle de Turín, un caballo rendido de agotamiento recibía un castigo brutal. Nietzsche se abrazó al cuello del caballo, se soltó a llorar y se derrumbó. Yo no le doy un abrazo a la mendiga de Sana'a. Nietzsche lo hubiera hecho, habría podido quebrar la distancia, habría sabido que no había distancia porque también él era mendiga, también él era caballo. A esta mujer yo sólo le doy unas monedas, que ella agradece llevándose la mano al pecho: a cambio de mis monedas me ofrece su corazón.

La limosnera de Sana'a vuelve a quedar inmóvil, como adormecida bajo sus harapos, y yo le pido a Zahra Bayda que le pregunte qué sueña. Zahra Bayda me mira raro, como pensando ¿qué le pasa a este tipo? Pero accede.

—Dice que no sueña nada —me traduce—. Dice que a esta ciudad llegó llena de sueños, pero ya no le queda ninguno. Dice que le queda uno sólo, un sueño pequeñito, el de cada día: sueña que alguien le da una moneda.

Salimos del *old town Sana'a* por donde entramos, el arco ornamentado de Bab-al-Yaman. Fuera de la muralla nos espera otro cantar: el regreso brusco al presente y la asfixia de una modernidad destartalada, hiperpoblada, sucia e inconexa, de Internet lento y tráfico desbocado. Animales de carga y vehículos añosos avanzan por entre una selva de torres de telecomunicaciones, y en las aceras, arrumes de basura les sirven de alimento a los perros y los cerdos.

Zahra Bayda. Hay algo fascinante en ella, algo del tipo *black magic woman*. Anuncia que aún le queda una vuelta por hacer y me pide que la acompañe.

—Voy con usted a donde sea, señora —le digo.

—No me digas señora.

—Cómo quieres que te diga.

—No me digas nada si no quieres.

Médicos Sin Fronteras quiere montar un puesto de salud por estos lados de la ciudad. Atravesando el adefesio urbanístico llegamos a la barriada de Safía y subimos hasta un quinto piso por la escalera en ruinas de un edificio abandonado. En una habitación sin luz ni muebles espera una gente con la que Zahra Bayda viene a hablar. No puedo ver bien lo que hay entre estas paredes ahumadas. A medida que mis ojos se acostumbran a la oscuridad, se van delineando las siluetas afiladas de un grupo de mujeres. Están de pie. Hablan entre ellas y agitan los brazos con gestos rápidos y nerviosos, como de pájaro. Son quince. Aún no distingo sus facciones, pero percibo su olor, tan denso que es casi táctil; extracto de cuerpos conservados en humo, en cardamomo, en incienso y sudor. Al vernos entrar, hacen silencio y se sientan sobre los talones, formando un semicírculo. Van envueltas en unas telas coloridas con las que se cubren el cuerpo y la cabeza. La cara no: por ser somalíes, llevan el rostro descubierto. Zahra Bayda se acomoda en el suelo como ellas, y yo me pongo en cuclillas como los futbolistas para la foto. Le pregunto al oído a Zahra Bayda si incomoda mi presencia masculina entre tantas mujeres y me dice que no. Pienso en lo lejos que los occidentales vivimos del suelo, que sólo utilizamos para pisar y caminar. Aquí la ausencia de muebles hace que la vida se desempeñe a ras de tierra.

—Son refugiadas somalíes. Sobreviven aquí, en la capital, limpiando casas durante el día. Cada una busca trabajo por su lado, pero en la noche se reúnen y se hacinan en grupo, ellas y sus hijos, en una habitación como ésta.

Zahra Bayda les hace preguntas, ellas responden y yo no entiendo nada. Hay una que se tapa el rostro; las otras la señalan; claramente están hablando de ella. La animan a que se descubra y por fin lo hace: está tan desfigurada que no tiene rostro. Una cara sin cara.

—Esta mujer se llama Hasanana —me explica Zahra Bayda—. Intentó suicidarse rociándose con combustible y prendiendo un fósforo.

Es el medio tradicional de suicidio femenino en estas tierras. Hasanana está viva porque las otras se dieron cuenta y alcanzaron a sofocar el fuego con mantas. Entre todas le reprochan haber hecho semejante cosa, estás loca, le dicen, loca o desesperada, ¡ibas a dejar huérfanos a tus ocho hijos! Ella se defiende, dice que lo hizo porque no tiene cómo alimentarlos. ¿Y qué vas a hacer ahora, Hasanana, tan pobre como siempre y además ciega? ¿Qué va a ser de tus hijos, si ni siquiera se atreven a mirarte a la cara?

Todas le hablan al tiempo a Zahra Bayda, que deja de traducirme por tratar de coordinar la algarabía. Mi cabeza da vueltas. Mis esquemas mentales se vuelven astillas. Imagino a la reina de Saba tal como la describe Flaubert: se va acercando a lomo de elefante bajo su parasol rojo con campanitas de plata y respira por la boca porque le oprime el pecho un corsé de pedrería. Es tal el esplendor que irradia que la multitud deslumbrada se postra en tierra a su paso. ¿Pero qué alucinación te poseía, Flaubert, cuando te dio por escribir semejante disparate? Lo que yo veo aquí es muy otra cosa. Veo a quince harapientas reinas de Safía, de edad indefinible, largas y esbeltas a punta de hambre, con pómulos marcados, manos descarnadas y unos ojos tremendos, intimidantes, rotundamente negros. Nadie se postra ante ellas; a nadie deslumbran. No llevan corsé de pedrería ni parasol con campanitas de plata.

Zahra Bayda me traduce de nuevo, dice que ellas están acostumbradas a soportar el vete al infierno cada vez que llaman a una puerta para preguntar si necesitan quien haga la limpieza.

—Desconfían de nosotras —dice una—. Nos acusan de groseras y ladronas.

—Me quejé ante una señora —dice otra—. Vigila a tu marido, le advertí, quiere violarme. La señora me respondió, y qué problema te haces, dale lo que quiere, ¿acaso no te pagamos en esta casa?

Cada día regresan agotadas a la habitación pasadas las nueve de la noche, después de hacer sus rondas por la ciudad. Devolverse a esa hora no es fácil, ya no hay otras mujeres en la calle, sólo ellas, porque las yemeníes se guardan hacia las cinco de la tarde.

—Para los hombres, la que circula cuando ya está oscuro es una puta cualquiera. Abusan de ti, se descubren las partes viriles y te las muestran, te dicen: mira, mira, esto te gusta. Te manosean. Te violan si se envalentonan o si atraviesas por un lugar despoblado.

—El dueño de una casa donde trabajaba ofreció traerme hasta Safía cuando terminara el oficio. Para volver donde mis hijos tengo que viajar hora y media en bus, y cuando llego están locos de hambre. Por eso acepté. Me dijo que vendríamos con un amigo suyo, y los dos me violaron y me dejaron tirada en una avenida. Ya no pasaban los buses y tuve que regresar a pie. Llegué después de la una de la madrugada.

—Nos arrestan con frecuencia. Nos requisan si algo se pierde en el barrio, creen que lo tenemos nosotras. A veces nos dejan detenidas hasta quince días, aunque no nos encuentren nada.

—Por lo general, en las casas sólo nos pagan con sobras de comida. Lo aceptas, para poder traerles algo a los niños.

Zahra Bayda me traduce: la gran aspiración de estas mujeres es conseguir una cama y un televisor. Y cómo no, pienso, después de semejante jornada, cualquiera quisiera echarse en una cama y poner la mente en blanco frente a una pantalla. Pero no, no se trata de eso. Zahra Bayda me explica: la cama es para encadenar a los niños. Tienen que dejarlos solos durante todo el día y cualquier cosa puede sucederles si se salen a la calle. La única solución es dejarlos atados a las patas de una cama. Cuando ellas regresan a la noche, tienen que lavarlos porque están orinados, cagados, llorando a gritos. Se han peleado entre ellos. En todo el día no han probado bocado. El televisor sirve para que se entretengan mientras esperan a las madres.

—Despídete —comanda Zahra Bayda—, tomaremos la carretera. Vamos hacia el oriente, a dos horas pasando Ma'rib.

—¡Ma'rib! —se me acelera el corazón—. ¡Ma'rib! ¡El prodigioso centro arqueológico del antiguo reino de Saba!

—Pero no vamos a Ma'rib. Vamos a un campamento dos horas más allá.

—¿Y no podemos parar en Ma'rib? Para conocer un poco...

—No, no podemos.

Enseguida comprendo que de nada serviría suplicar. Tendré que pasar de largo por Ma'rib con un nudo en la garganta. Ma'rib, paraíso terrenal según el Corán. Lugar de riquezas infinitas por ser centro del comercio del incienso; deliciosamente fértil gracias a la presa que irriga sus alrededores; eternamente fresco bajo la sombra de sus miles de palmeras... Y hoy, apenas un pueblo polvoriento en la mitad de la nada. Aun así, qué no diera yo por entrar a recorrerlo... Quién quita que lo logre al regreso.

Por lo pronto, docilidad. Sí, señora, sí, señora, lo que diga la señora. Zahra Bayda actúa como una mamá mandona y protectora; debe verme aspecto de hoja al viento y ha decidido adoptarme. Como hipnotizado por sus tremendos ojos reteñidos con kohl, yo dejo que me adopte. Y cómo no, si en medio de mi desamparo ella ha aparecido como chamán protector y ángel de salvación. De acuerdo, señora, no vamos a Ma'rib sino a algún punto que queda dos horas más lejos. Lo que usted diga, señora.

—No me digas señora.

De pronto me cae encima mucho cansancio y aturdimiento, como si me hubiera dado un fuerte golpe y no lograra reponerme. Me marea el tropel de imágenes recientes que centellean en mi mente. Sana'a se me aparece desdoblada como un Jano, el dios de las dos caras; por un lado, la ciudad de inconcebible belleza, deslumbrante como una reina de Saba. Por el otro, la ciudad de la miseria extrema, la que tiene los mismos rasgos inhumanos de Hasanana, la mujer antorcha, desfigurada por el fuego.

Me pellizco para espabilar. Debo volver al aquí y al ahora. Voy en una camioneta con una doctora que se llama Zahra Bayda, a quien conocí hace apenas unas horas. Ella dice que vamos a un campamento que queda pasando Ma'rib. Ya estoy en el Yemen, todavía aturdido por la falta de sueño y el *jet lag*, pero aquí estoy por fin. No sé dónde queda Ma'rib, en realidad no sé dónde queda nada, pero me dejo llevar.

—Es bonito, el lugar a donde vamos —dice Zahra Bayda a modo de consolación—. Ahí están las ruinas de uno de los palacios del sultán Muhafazat.

—Ah, muy bien. ¿Y quién fue Muhafazat?

—Un sultán.

—Obvio.

Como guía de turismo, Zahra Bayda es más bien parca.

—Esas ruinas tienen su gracia —me dice—. El techo parece una bandeja de merengues recién horneados.

Merengues recién horneados, y hacia allá me lleva el destino. Quién lo hubiera creído, merengues recién horneados. Algo es algo, al menos me voy enterando.

Zahra Bayda conduce una Mitsubishi 4×4 de Médicos Sin Fronteras, no muy nueva pero todavía en forma, blanca y con el logotipo MSF en rojo y bien visible sobre el capó y las puertas. Voy sentado a su lado. Me cae bien esta Zahra Bayda; no sólo me rescató en el aeropuerto cuando yo ya me daba por perdido, sino que además conduce a lo Niki Lauda. Me gusta la relación que esta mujer tiene con su máquina. No es de las que se montan al coche, es de las que se ponen el coche como quien se pone un abrigo o una armadura.

Nos vamos acercando a un retén militar y se me tensan los nervios. Lo han montado justo a la salida de las tierras altas y a la entrada del desierto. *Check point*, me dice Zahra Bayda. Me da la impresión de que se inquieta un poco ella también.

—A veces es complicado —dice—, aquí hay toda una cultura del *check point*.

Paramos ante una docena de tipos armados con fusiles de asalto. Fuman mientras suben y bajan una cadena atravesada de lado a lado en la carretera, reteniendo los vehículos o dejándolos pasar. Enseguida imagino detención, requisa, chantaje, culatazos, ¿secuestro? Pero no nos pasa nada, los tipos distinguen el logo de MSF, echan un vistazo rápido hacia el interior de la camioneta y con movimientos de cabeza nos indican que podemos seguir.

Se abre ante mis ojos un doble plano de contraste absoluto, arriba el cielo muy azul y abajo la arena roja, o, como dijera Rimbaud cuando habitó en estas tierras, abismos de azur y pozos de fuego.

A la vista, nadie. Ya no queda nada del ruido urbano; ha empezado a resonar un silencio abovedado, como de iglesia. El mítico reino de Saba debió haberse extendido por estas soledades, o al menos eso pensaba André Malraux, allá por los años treinta, cuando se lanzó a sobrevolarlas en avioneta, empeñado en dar con las célebres ruinas de sus palacios y proclamarse su descubridor.

—Embustes, no encontraste nada —supongo que le reclamo a Malraux en voz alta, porque Zahra Bayda me pregunta de qué se trata.

—No hablaba contigo —le digo.

—Aquí no hay nadie más.

—Siempre hay alguien más.

Aparte de su fama como escritor, Malraux cargaba con otra menos gloriosa, la de saqueador de antiguos monumentos y ladrón de acervo arqueológico. De joven lo pillaron robando, en un templo de Angkor, piedras talladas con la figura tetramand de Vishnú. Aunque sólo estuvo detenido poco tiempo, el escándalo lo acompañó de ahí en adelante. O sea que ya tenía antecedentes cuando abordó la pequeña aeronave para sobrevolar esta región en busca de la reina legendaria y sus tesoros.

Tras algunas peripecias de vuelo más o menos peligrosas, Malraux concluyó infructuosamente su cruzada.

No hubo hallazgo concreto que mostrar o que justificara dar parte de victoria; todo indicaba que a la Señora de Saba la había buscado donde no estaba. No había podido poner pie en su palacio rojo, ni pisar las calles de su reino mítico, ni desenterrar sus riquezas. Para minimizar el fiasco, Malraux anunció que había avistado desde el aire los vestigios perdidos de un imperio rutilante. Los periódicos difundieron la noticia con gran bombo pese a que nada demostraba que fuera cierta, detalle al que no se le dio importancia, quizá porque el verdadero hallazgo era el propio relato de Malraux, que puso a la humanidad a soñar con mundos mágicos y desaparecidos. Luego escribió un librito muy hermoso donde describía el reino de Saba más como fatamorgana que como realidad. En eso no mintió; es sabido que cuando las fatamorganas espejean en el horizonte, adquieren forma de palacio de princesa en un cuento de hadas. Y a ojos del público occidental, la reina de Saba era ante todo eso, un espejismo oriental y una princesa de cuento de hadas.

La pulsión romántica convirtió en triunfo el fracaso de aquella expedición de Malraux. El mundo ha soñado desde siempre con que un galán apasionado encuentre por fin a la Reina de Reinas y la despose, ¿y qué mejor galán para el efecto que el esbelto, narcisista e intrépido Malraux? Verdadero mago para borrar las fronteras entre lo imaginario y lo real, Malraux había inventado a la novia al escribir bellamente sobre ella, y había perseguido en avión a la bella novia que él mismo había inventado.

En el fondo, la culpa no fue suya. Todo el que se mete con la reina de Saba se embrolla, desvaría y no sale con nada. Al evocarla, cantarle, pintarla, novelarla, caemos en cursilería palaciega de inspiración bíblica, o inventamos entornos versallescos en versión salvaje. La obligamos a personificar una María Antonieta del desierto, una Catalina la Grande mesopotámica, una Isabel la Católica de sangre mora. Le afrijolamos corona y cetro y ejércitos de cruzados, húsares o legionarios, y le adjudicamos una sensualidad pecaminosa tipo Lilith, Marilyn Monroe o Mata Hari. La entronizamos entre candelabros, tapices, salas de banquetes, mazmorras con prisioneros, halconeros y bufones. Pero ella se nos escapa.

¿Cómo puede existir un reino de Saba terrenal si ella es la princesa nómada, la eterna caminante, la leona de melena negra, la que no se arraiga ni tiene pertenencias, la que sigue la estrella, la que no conoce punto de partida ni aspira a llegar a ninguna parte? ¿Si el viento borra su huella y su legado es espejismo y sueño? El desengaño de Malraux debería servir de escarmiento, pero somos legión los que insistimos y persistimos, sabiendo de antemano que nadie podrá alcanzarla.

¿Quién es ella, qué reverberaciones tiene su mito, de qué nos habla a través de los siglos? No se sabe. De hecho, no se ha sabido nunca; las únicas referencias, supuestamente históricas, no pasan de unas cuantas líneas imprecisas en textos religiosos. La imagen de esta reina arcaica está recubierta por una pátina, o *sfumatura*, que la hace grácil y misteriosa. Podría decir de sí misma, como la diosa guerrera de un antiguo templo de Sais: *oudiez epon peplon aneile*, nadie ha levantado mi velo.

Nadie ha levantado su velo. ¿Nadie? Quién sabe. De tanto en tanto aparece un joven héroe, como Rimbaud, que desafía el ultimátum y cree develar el mito, *fui quitándole, uno a uno, los velos [...] y palpé levemente su inmenso cuerpo.*[15] Aun así, ¿quién sabe? Dado que *apocalipsis* significa develar, o quitar el velo, quizá resulte mejor no hacerlo. Tal vez sea más saludable dejar que la inmensa reina permanezca velada, secreta y en paz.

—Escucha, como te llames —dice Zahra Bayda, y su voz me pilla tan englobado que me sobresalta.
—Estaba en las nubes —le confieso.

—Ya veo. Pues justamente del cielo me has caído, fíjate que yo andaba necesitando un sacerdote. En tierras musulmanas, eso es como buscar una aguja en un pajar.

—Yo no soy sacerdote ni monje, y ya ni siquiera pichón de monje.

—En tu e-mail decías que anduviste metido a religioso.

—Sí, pero ya no.

Zahra Bayda no escucha o no quiere escuchar, sigue hablando como si nada. Dice que en el campamento hacia donde nos dirigimos hay una mujer católica, paciente suya, que lleva días agonizando y ha pedido confesor. Está en fase terminal, la atormentan los dolores y no hay tratamiento que valga. Pero se niega a morir, se aferra desesperadamente a la vida. Dice que no va a partir de este mundo hasta que no obtenga el perdón.

—Pero yo no soy cura. Dejé el seminario, o el seminario me dejó a mí.

—¿Después de cuántos años?

—Poco más de cuatro.

—Me basta con eso.

—Te digo que no.

—Se llama Yameelah Semela —Zahra Bayda menciona el nombre de la mujer para ponerle cara y comprometerme, conozco esa estratagema—. Ya no tiene remedio, su enfermedad es terminal. Viene de una etnia cristiana de la altiplanicie etíope.

Esta Zahra Bayda, vaya personaje. Médica para empezar. Más africana que árabe, porque no es yemení, como creí en un principio, sino somalí. Eso explica su desparpajo, su cara al aire, su manto colorido, su libertad de movimientos. Conduce la 4×4 a buena velocidad y con estilacho, de ventanilla abierta, brazo izquierdo por fuera y mano derecha al timón, mientras contacta con la base por radiomóvil. No sé cómo hace para adivinar el trazo de la carretera, medio borrada por el viento y las ráfagas de arena. Para colmo, el sol nos pega en los ojos y nos ciega.

—¿Sucede mucho? —le pregunto.

—Qué cosa.

—Lo de Safía. Niños encadenados a un catre.

—Sucede.

La 4×4 empieza a galopar por crestas de arena cada vez más altas y movedizas. Zahra Bayda maniobra como un timonel por la mar bravía. La camioneta se encabrita ante el embate del desierto y pega unas sacudidas violentas que aguanto agarrándome de la manija, como en rodeo. Golpeamos la cabeza contra el techo. Vamos atravesando a cimbronazos estos eriales traicioneros que en la Historia Antigua engulleron de un bocado al general romano Elio Galo y toda su legión de centuriones.

Unos veinte minutos después el viento se aquieta. Como por milagro, la superficie bajo las llantas se nivela, vuelve la calma y otra vez avanzamos a velocidad prudente y en línea recta por un camino más o menos demarcado. Se acabó el zarandeo. Ya era hora, lo del esquí en seco se estaba poniendo feo.

—Vaya manera de divertirte —le digo a Zahra Bayda—, eso de conducir a toda velocidad por arenas movedizas.

—¿Crees que fue a propósito? —revira ella, limpiándose con un pañuelo el sudor que le corre por la cara, le baja por el cuello y se le cuela entre los pechos—. No sé cómo me desvié de la ruta, nos metimos en los arenales y si no hubiera acelerado a fondo, quedábamos enterrados.

—Como Elio Galo y sus legionarios.

El viaje se prolonga otro tanto a través de un paisaje idéntico a sí mismo, trazado en limpias líneas horizontales. Sólo eso. Ya no hay ondas, rizaduras, crestas, valles ni dunas, sólo una pureza de geometría plana y geografía mustia, donde la condición orgánica no encontraría lugar. Y sin embargo las veo venir.

Salen de la nada y caminan a desierto traviesa sin dejar huella. Gustave Flaubert las describió vestidas en brocado de oro con faralaes de perlas, azabaches y zafiros. La leyenda

132

las pinta envueltas en sedas tan sutiles como el aire. Pero ante mis ojos aparecen desharrapadas, descalzas, exhaustas. Traen arena en la boca, la mirada ausente y el cuerpo desollado por el sol y la sal.

¿Irán tras un rey lejano? ¿En alguna parte las esperan un palacio y un amante? ¿En alguna parte serán amadas?

Se nos vienen como marejada y circundan la camioneta. Nos dicen sus nombres, Ashia, Waris Dirie, Dinka, Zulai, añadiendo enseguida: soy descendiente de la reina de Saba.

Soy descendiente de la reina de Saba. Lo que escucho me golpea con la fuerza de una revelación. Soy descendiente de la reina de Saba, lo van diciendo con naturalidad y convicción, como si ése fuera su apellido, su nacionalidad, la impronta de su identidad. El mito y la realidad se juntan de golpe en una sola y misma cosa.

Así que aquí está: la reina de Saba. No en libros, ni en museos, ni en palacios perdidos. Ni siquiera en Ma'rib, sino aquí. Y no es una, sino muchas. Son ellas. Las hijas de Sheba, las que encarnan el mito, las herederas de Pata de Cabra y su tribu inmemorial.

Han emprendido el gran viaje *con las manos vacías, diseminadas sin sistema ni diseño por las cuatro direcciones,* [...] *diciéndose unas a otras: nosotras somos la semilla viva.*[16]

—¿Qué buscan, en la mitad de la nada? —le pregunto a Zahra Bayda.

—Buscan todo o nada. Buscan el lugar imposible donde la vida sea posible.

Vienen subiendo. Desde Somalia y Etiopía, Kenia y Eritrea, Djibuti, Uganda. Cientos de mujeres con sus hijos. ¿Saben que muchas morirán por el camino, y que tendrán que dejar enterradas a las más enfermas, a las ancianas? Zahra Bayda dice que sí, lo saben. Lo saben y lo asumen, la decisión está tomada y no van a parar hasta encontrar una puerta que se abra. No van a parar. Cueste lo que cueste y por encima de quien se interponga, *and there will be nothing we cannot imagine and therefore accomplish* [...] *We are our own house, living architecture*,[17] y no hay nada que no puedan imaginar y por tanto lograr, ellas son su propia casa, arquitectura viviente.

La 4x4 se atasca entre el gentío, no podemos avanzar, el Cuerno de África parece estar subiendo entero, migrante, errante, peregrino. La multitud de mujeres viene de cruzar el golfo de Adén en una de las travesías más arriesgadas e inhumanas que puedan concebirse. Han echado a andar a la buena de Dios, o de la mano de Alá, mendigando por antiguas ciudades que la peste ha arrasado o arrasará. Huyen de las cuatro caras de la muerte: la guerra, el odio, *las serpientes de la locura y las furiosas perras del hambre*.[18]

Son esbeltas y altivas, y hasta podría decirse que nos miran por encima del hombro. Aunque no tienen zapatos, hay un aire imperial en su forma de andar. Las asedian el hambre y la sed, pero avanzan con disciplina de escuadrón y tienen arrojo de batallón.

Bajamos de la camioneta. Zahra Bayda les hace preguntas y me traduce. Dicen que van a Arabia Saudita y que de Arabia Saudita pasarán a Europa, porque quieren estudiar.

—¿Estudiar? —me sorprende esa respuesta. ¿Antes que comida o techo quieren estudios?

—Estudiar, aprender, trabajar, conocer, ése es el sueño de todas ellas.

Andan encandiladas con el saber, igual que su antepasada, la reina de Saba, que atravesó éste y otros desiertos para comprobar la sabiduría del rey Salomón. Alucino al oírlas insistir en que provienen de Saba; encuentro extraordinaria esa poética certeza sobre sus orígenes. Pero Zahra Bayda me advierte que hay que saber leerla.

—Ojo —dice—, ojo, que trae doble filo.

Por un lado, encierra la dignidad de las desposeídas y desterradas, la reivindicación de su propia identidad, la bandera del poder femenino contra toda adversidad. Pero

134

por otro esconde un trasfondo histórico de jerarquías sangrientas y odios ancestrales entre tribus nobles y tribus esclavas. En un cruel y enmarañado escalafón, se consideran castas superiores las que pueden aducir línea directa con la reina de Saba.

—No desestimes el orgullo de esta gente —me dice Zahra Bayda—. Cuando te echan en cara a la reina de Saba, indirectamente te están retando, a ti, que todo lo tienes, pero no eres nadie, mientras que ellas, que no tienen nada, llevan en las venas sangre de reyes. Soy descendiente de la reina de Saba: si te sueltan esa frase, no la tomes a la ligera, que no es sólo folclor. En el fondo significa: hoy tengo que mendigar y me ves en la miseria, pero yo provengo de una dinastía milenaria y mi tradición va a perdurar cuando de la tuya queden cenizas.

Puede ser, Zahra Bayda debe tener razón, y al mismo tiempo no. No será sólo eso. Todo ese mito de la reina de Saba debe ser para estas mujeres un signo, una dimensión épica, una razón de existencia. El arraigo en un pasado glorioso que les permite afrontar con fuerza el negro futuro. La compensación para la tristeza y la fatiga de una vida y una lucha que de otra manera no tendrían explicación ni propósito.

Medio recelosas, medio esperanzadas, las peregrinas se me acercan y me entregan unos papelitos escritos a mano. Hay algo solemne y ritual en ese gesto. Zahra Bayda me explica que es una práctica común entre las desplazadas, eso de repartir papelitos pidiendo ayuda. Los copian varias veces y se los cuelgan al cuello en una bolsa plástica para protegerlos de los elementos.

Una de ellas me muestra un pequeño objeto que lleva en la mano. Quiere que lo agarre; deduzco que su intención es vendérmelo. Malikat Saba, me dice, Malikat Saba. Se trata de una figurita rudimentaria de barro casi negro. Lleva un tocado sobre la cabeza, algo que podría ser una tiara, y carece de brazos o piernas. Sin embargo, las facciones de la cara se conservan bien, en particular los ojos —dos agujeritos en medio de una esclerótica blanca delineada con negro—, que parecen mirarte directo a los tuyos. Malikat Saba, insiste la mujer con apremio.

—¿Reina de Saba? —le pregunto—. ¿Ésta? ¿Reina de Saba?

La estatuilla bien puede ser una reliquia milenaria o una baratija de fabricación reciente. Puede ser la reina de Saba o cualquier monigote; ni siquiera está claro si es hombre o mujer, no hay indicios de género. Supongo que Zahra Bayda me va a reprender si me ve comprándola, así que inicio el regateo con la mujer por debajo de cuerda. Me siento culpable, como si estuviera adquiriendo cocaína en Washington Square. Me imagino a Malraux robando piezas en los templos de Angkor y me pongo colorado de vergüenza. Aun así, me las arreglo para sacar unos euros del bolsillo y se los entrego a la mujer a cambio de la figurita, que en todo caso tiene su encanto y su misterio. Pero Zahra Bayda me ha visto; era de esperarse, no hay nada que a ella se le escape.

—Tira eso —me dice—, esos idolitos son de mal agüero.

No le hago caso y me lo guardo en el bolsillo. Ya veremos si me trae mala suerte, o más bien al contrario. Por lo pronto, ya tengo otra lectura posible: la reina de Saba es sólo un atractivo turístico más, un gancho para esquilmar a viajeros ingenuos como yo. Quién sabe. A lo mejor la muñequita que llevo en el bolsillo es un valioso tesoro.

Me apesadumbra pensar que estas mujeres recurren a mí en busca de ayuda, a mí o a cualquiera que parezca venido de afuera o conectado con el mundo exterior; no tengo cómo explicarles que es una falacia ese mundo exterior del cual esperan una salvación que no vendrá.

Aun así, ellas van a llegar. Adónde, cómo o cuándo, eso no se sabe, no lo saben ni ellas mismas, pero presiento que nadie las detendrá. Caerán muchas, otras seguirán. Cruzarán fronteras con alambradas y retarán ejércitos, redadas, aduanas. Son miles y miles, y van a llegar.

Poco a poco, la nube de mujeres se esfuma desierto adentro, desapareciendo tal como apareció. Salidas de la nada, regresan a la nada como un espejismo o engaño de la imaginación.

A manera de prueba de vida, me han dejado las manos llenas de papelitos, como debe sucederle a todo extranjero que asome por estos eriales. Los repaso uno a uno mientras la camioneta avanza. Están escritos en varios dialectos y traducidos al inglés, al francés o al italiano, lenguas de colonizadores que los colonizados supieron asimilar. Cada uno de estos mensajes va dirigido a todos, o a nadie, o a cualquiera: a quien acepte escuchar, a un hipotético ser que pueda ayudar.

Algunos son escuetas biografías de un par de párrafos. Otros son anuncios de *se busca*: Se busca a un hijo perdido en la guerra, se busca a un esposo que emigró y no da señas de vida. Los hay que piden algo, tal medicina para un hermano que está mal del hígado o para una abuela que sufre de los nervios. Otros son denuncia de una violación en tal barrio, de una matanza en tal pueblo. Los más breves contienen apenas una referencia vaga, una fecha o una ubicación: soy hija de tal, nací en tal lugar y hoy me encuentro aquí.

Son ilusorios anuncios de vida, como el S. O. S. que un náufrago echa al mar en una botella. Señales de humo que alguien manda en medio de la noche, un llamado imperceptible, un improbable acto de fe, como el *aquí estuvo fulano* que un desaparecido rayara con la uña en el muro de una celda clandestina.

Me da por pensar que cada misiva es un pequeño fragmento de lo que me urge averiguar. Algunos traen garabateado un mapa, o una fecha, o una firma que no logro descifrar y que podría decir Abisinia o Asmara, Fátima o Fantomas, Magdala o Marimorena, Mereke o Mekele, Bilkis o Beatriz, Nikaule o Nicolasa, Sheba o Saba: nombres todos ellos femeninos e inquietantes que yo digo uno tras otro, entregado a la magia de la repetición. Cada uno de estos mensajes es íntimo y personal, cada uno distinto a los demás, pero todos podrían ir encabezados por la misma frase: soy la viuda desdichada, la que yerra y no encuentra consuelo.

Alucino con poder unir las piezas y armar un rompecabezas con estas cartas, como quien descifra un enigma. Un enigma más, como todo lo que tiene que ver con ella, la reina de Saba, o habrá que decir con ellas, la mujer que es una y varias, la de las muchas caras y ningún nombre, o los muchos nombres y ninguna cara. De Quincey diría que para buscarla debo aplicar el oído a la tierra y escuchar sus pisadas, refundidas entre las innumerables pisadas del gran éxodo.

Más adelante alcanzamos a un pequeño grupo de mujeres que se ha perdido separándose del resto. Golpean con la palma de la mano en el techo de la camioneta para pedir agua. Zahra Bayda les entrega un botellón lleno y les pregunta dónde pernoctarán. Dicen que en Arabiyah as-Sudiyah, Arabia Saudita. No saben que aquélla es tierra hostil y remota, al otro lado del desierto y las montañas, a miles de jornadas de distancia. Ellas no tienen brújula ni tienen guía, les fallan las fuerzas, no se dan cuenta de que van caminando en la dirección opuesta.

Oración al Tenebroso

Yo soy el tenebroso, el viudo, el sin consuelo.
GÉRARD DE NERVAL

Dice Gautier que en tu bolsillo encontraron las últimas páginas de *Aurélia*, la más agorera de tus novelas, y que en ella anunciabas tu propósito. Madre mía, Gérard, qué nubarrones y tempestades te bullían por dentro. Es curioso, no se te cayó el sombrero. Para ese último rito escogiste un callejón abyecto, el más sucio y lúgubre. Se balancearon tus botines de charol sobre un caño de aguas negras. Los cansabas a todos con anuncios de calamidades, que esto, que lo otro, que la noche eterna había empezado ya, que antes de morir cada uno vería su propia imagen vestida de duelo. Conocían tus manías y te seguían la corriente sin hacerte mucho caso. ¿Te miraste al espejo, te viste de negro y ése fue el anuncio? La señal que te hizo gritar hoy es el día, y salir a la calle de levita gris, pantalón verde oliva y sombrero, aquel sombrero de copa que pese a todo se aferró a tu cabeza. Antes de cerrar la puerta, le dejaste a la buena de tu tía una nota avisándole que no te esperara esa noche. Supongo que al leerla sospechó enseguida lo que te traías entre manos, a fin de cuentas era evidente; en medio de tu rareza habitual, te había visto todavía más raro últimamente. Tal vez desde hacía días, o incluso meses, habías entrado sin vuelta atrás en la espiral de esa fuerza incontrolable que Alvarez llama el dios salvaje.

De tu viaje a Oriente habías regresado loco como una cabra. Con la salud mental deteriorada, dicen tus críticos, que te adulan con eufemismos. Yo diría más bien loco furioso. Loco y furioso. ¿Por qué en mi corazón hay tanta rabia?, preguntabas, y soñabas con rosas blancas que caían del cielo en llamas. Escribías *poseído por una furia y un oscurecimiento. Perdido en ti mismo, alcanzabas una intensidad y una fuerza casi desesperadas.*[19] En los clubes de opio hablabas de un sol negro. El sol negro de la melancolía, astro doliente al que le rendías culto: eras su sacerdote. Entretenías a la secta bohemia haciendo malabares verbales con juguetes oscuros, el cuervo, la tumba, el cuerno, el libro, el pájaro disecado, la flor deshojada, la copa rota. También con relatos delirantes que ellos encontraban inspirados y poéticos, a fin de cuentas la locura estaba en boga, todos se preciaban de ser nizaríes, marihuanos, adictos al láudano. Ellos jugaban a enloquecer y tú eras el crupier. Ellos se limitaban a jugar, tú te desangrabas en el juego. Nadie lo notaba. En medio de tanta exaltación romántica, tenía cabida toda desmesura. No entendieron, no quisieron entender, que era una perturbación real lo que te permitía bucear por zonas inaccesibles de la psique. Te celebraban el ingenio y el disparate sin comprender hasta qué punto habías sobrepasado la raya: tu muerte fue el campanazo. Y fue Gautier quien reconoció, días después, que eras un vaso de cristal con una grieta invisible por donde se te escapaban la razón y el alma.

La melancolía fue tu cuna y tu tumba, tu líquido amniótico y tu mortaja. Pizarnik, también ella habitante del reino sombrío, cree que la melancolía es en últimas un problema musical, *una disonancia, un ritmo trastornado. Mientras afuera todo sucede con un ritmo vertiginoso de cascada, adentro hay una lentitud exhausta de gota de agua cayendo de tanto en tanto [...]. Al melancólico el tiempo se le manifiesta como suspensión del transcurrir. En verdad, hay un transcurrir, pero su lentitud evoca el crecimiento de las uñas de los muertos.*[20] La Pizarnik sabe de qué habla. Quizá te consuele, Gérard, saber que por aquel callejón no caminas solo, hay otros como tú, geniales, tristes y suicidas.

Antes estuvo lo de tu padre, el médico. Tu padre distante y severo que quiso ver en ti al heredero de su oficio, y tú, que por darle gusto estudiaste Medicina y corriste tras él por los albañales de la viruela y la peste, hasta que dijiste basta y contra su autoridad optaste por ser paria y poeta. Pero algo en ti perduró de aquella herencia y al enfermar fuiste tu propio terapeuta, y tu escritura fue la locura que se mira por dentro para mostrarse hacia afuera, tú el orate y tú el analista, tú la curación y la dolencia, el diálogo ardido contigo mismo. Tus amigos, ¿se daban cuenta? Quizá creían —o creen todavía— que en ti había parte de espectáculo: habías aprendido a sacar rédito de tu demencia porque le añadía brillo oscuro a tu poesía y a tu persona, y eras un poco el auténtico fenómeno y un poco el impostor, como quizá también lo fueran todos, más aún, quizá la combinación de lo uno y lo otro marcara la época. Eras uno frente a ellos —charlatán y parrandero— y eras otro por la calle, asustado y perseguido, espantando sombras enfurecidas que gritaban como pájaros.

—¿Qué le pasa a usted? —te preguntaban quienes te veían luchar a manotazos contra el viento.

—No sé —respondías—, estoy perdido.

Cada piedra que recojas habrá sido utilizada para lapidar a una víctima. Tú recogiste la piedra y la tiraste contra ti mismo. Ante tus ojos, las apariciones tomaron la forma del sacrificio. Te bastaba con fijar la vista sobre un punto cualquiera para descubrir enseguida una aparición trágica. Sucedía una y otra vez, con una y otra mujer, en un amor desgraciado tras otro. Ahí entronca la reina de Saba, oscuro objeto de tu deseo —la cosa perdida, lo llama Kristeva, o la cosa arcaica— que se fue desdoblando y multiplicando para encarnar en mil caras y otros tantos nombres.

Todas tus amadas fueron una sola.

La primera y tal vez también última: tu propia madre. La invocabas bajo los diversos nombres de las divinidades antiguas. Pero se llamó Marie Antoinette. No sorprende que tuviera nombre de reina: de reina decapitada. Dicen que el nombre marca el destino y en el caso de tu madre bien pudo ser cierto, porque también ella perdería la cabeza, pero a causa de una infección brutal de las meninges que acabó matándola. Sucedió lejos de ti. Te había abandonado siendo tú bebé de meses, dejándote en manos de una nodriza a quien no quisiste ni te quiso. Podría decirse que desde entonces llevas adentro el noble cadáver de esa madre doblemente ausente, por abandono y por muerte. *You carried the murderous dead thing within you*,[21] te habría dicho Alvarez: llevabas por dentro esa cosa asesina y muerta.

Se gestó en tus entrañas un monstruo bifronte, por un lado la irritación de la pérdida y por el otro la ansiedad del reencuentro. A ese monstruo interior le han atribuido —psicología de manual— tu propensión a la pasión idólatra, ese TNT de amor y rencor que te unió de ahí en más a todas las mujeres a las que adoraste y que no te adoraron. Y te culpaste a ti mismo —fuiste un autoflagelante fiero— por no poder perdonarlas, por andar profanándolas y deseando lo peor para ellas y para ti. Pienso en el niño neurótico que debiste ser y seguiste siendo, y me suelto a imaginar: a eso de la media noche, se te aparece Marie Antoinette —reina de Saba y madre eterna—, con los ojos vendados con un trapo sucio, y descubre ante ti sus senos de mármol, y lleva en las manos su propia cabeza, cercenada en la guillotina o inflamada por la meningitis. Así cualquiera, Gérard, así cualquiera se vuelve loco.

El asunto del muro sucedió por primera vez —después se repetiría— en uno de los tantos manicomios en que te recluyeron. Te había entrado la ventolera y andabas pregonando que la humanidad se deshacía en sangre. Eran melodramáticos tus delirios, Gérard, históricos, cósmicos, siempre apocalípticos. Se sabe que agarrabas un trozo de carbón o de ladrillo y emborronabas las paredes con dibujos macabros. Aseguran haber visto en Montmartre, en la clínica del doctor Blanche, rastros de una escena ya medio borrada que tú habías pintado en la pared. En la escena aparecía el cuerpo gigante de una descuartizada, la reina de Saba, rodeada de una confusión de miembros y una multitud de mujeres de diversas razas, todas heridas y mutiladas porque alguien (¿quién, sino tú mismo?) las había tasajeado de la manera más cruel. Como quien dice, no habías dejado títere con cabeza, Gérard, no perdonaste a emperatrices ni campesinas, a hijas ni madres, todas fueron presas de tu afán de exterminio. Si te leo de noche, saco el libro de mi habitación antes de apagar la luz; en lo que escribes laten un dolor y un horror que me espantan, tus versos son conjuros, prefiero no tenerlos al lado cuando duermo. Hay quien no se da cuenta, eres tan fino como poeta que el veneno pasa desapercibido, pero yo siempre he sabido que tras tu gentileza anida la bestia y que bajo tu dulce modestia se esconde un alma de asesino en serie.

Se te zafa la chaveta y tus avatares proliferan, el Destripador, Hannibal Lecter, Terminator. Amas tan desesperadamente que al final masacras a tus pobres queridas en secuencias imaginarias de lo más escabrosas, carnicerías que entronizan a la reina de Saba como soberana de holocaustos, con ojos devoradores, larga cabellera al viento y rueda espinada que gira bajo sus pies, quizá la misma rueda del martirio que tritura a la bruja o a la santa. Ante aquellos murales te arrodillas y rezas, Gérard, adorando a la reina arcaica, la diosa carnívora y la madre sufriente, todas ellas fundidas en una, que eriges como ídolo supremo: virgen maldita, muerta resucitada, amada imposible. Confiesas que a veces modelas en barro su cuerpo inmenso, y que cada mañana recomienzas el trabajo porque los demás locos, celosos de tu felicidad, se complacen en destruirlo. Eres el amante energúmeno, el que lame sus propias heridas y las inflige a la amada, el que en la hoguera de su pasión se inmola y la inmola a ella. Schopenhauer habría dicho de ti:

en el infierno del mundo, eres a la vez alma atormentada y demonio atormentador.

Luego llega el arrepentimiento. Se apacigua el arrebato, te horrorizas ante lo que has hecho y te sientes culpable, impotente, sumergido en agua helada, dices, mientras un agua más helada aún mana de tu frente. Tras la masacre la propia reina desaparece, también ella mutilada y muerta. Algo has hecho mal, Gérard, lo sabes, algo terriblemente malo, y estás condenado y te deshaces en llanto, y ante el altar de la diosa ofendida te arrojas de hinojos y pides perdón. Ella, inclemente y soberbia, no es ángel de perdones y te condena, aunque quemes tus pertenencias más preciadas como ofrenda de reparación. Nada que hacer. La amada ha escapado y tú la buscas en vano husmeando en los cementerios y persiguiendo cortejos fúnebres de seres ajenos. Creyendo encontrarla en la muerte y no en la vida, acudes a la cita en el callejón.

No debo juzgarte con rudeza, manso y atormentado Gérard, sonrosado como una doncella, el de la voz de amables inflexiones, como aseguran tus compinches de tertulia. A fin de cuentas, las escenas violentas de aquellos murales no eran más que imagen, la verdad es que tus crímenes fueron tan irreales como tus amores; tú sólo perseguías una imagen. Tu reino por una imagen. Fantasmagoría extrema, sublime y suicida. Diste la vida por una imagen.

Y ahora sí, Gérard, vamos al grano, dejemos de lado todo lo demás y háblame de aquello, o aquélla, la que realmente interesa: la reina de Saba. Dime cómo es, tú que la encontraste en el dulce país del Yemen, o en un cierto estado de ánimo cuyo símbolo podría ser el dulce país del Yemen, a donde en realidad nunca fuiste. Descríbeme sus moradas, tú que en sueños visitaste su palacio y regresaste de allá alucinado, hablando hasta por los codos de una torre de simetría inquietante, tan profunda del suelo hacia abajo como alta del suelo hacia arriba, donde ella gobierna en infinita quietud mientras sus cultores se agotan subiendo y bajando por escaleras interminables. Pero no hay tal palacio, Gérard, y tampoco torre simétrica, la reina sólo existe en el fondo de tu alma encantada, habitando asiduamente en ti como posesión satánica.

Dices que ella apareció espejeando y que su imagen latía como un órgano vivo. Pudiste contemplarla sólo un instante. Su melena brillaba con reflejos cambiantes y vestía larga túnica de pliegues antiguos, atada a la cintura con un cordón trenzado en hilos de lana y plata. El ardor de su presencia sobrepasaba al lenguaje y, a falta de otras palabras, lo llamaste el beso de la reina.

El beso de la reina es un don que quema. Deja en la frente la cicatriz roja de los iniciados, los que han de perdurar, inolvidables. El beso de la reina es una herida deseada —un estigma— y tiene que ver con la predisposición de ciertos individuos al sacrificio y la melancolía. Da pero exige, es un llamado inapelable a cumplir con un destino, Edipo está bajo su influjo cuando mata a su padre y desposa a su madre; a Dostoievski lo lleva a escribir y a apostar compulsivamente; a Juana de Arco la convence de liderar una guerra santa; a ti te encaja la máscara bifronte de la lucidez y la demencia. El beso de la reina arcaica es la marca abrasiva de Caín: señala a las razas notables pero desdichadas.

Creo que tú custodias el poder de todos los besos de la historia, privada o pública: el beso de Judas traicionando al Mesías; el beso entre dos desconocidos que se encuentran al azar y celebran el fin de la Segunda Guerra; el último beso que Julieta da a Romeo, sellando la muerte de los amantes. Y ante todo el beso de la reina de Saba, ardoroso y cáustico, impronta de genio, fama, talento, locura o muerte, que puede ser redentor o puede ser letal, pero que en ambos casos es beso enamorado.

¿Cómo selecciona la reina a sus huestes? Imposible decirlo. Prefiere a los alumbrados, aunque a veces se inclina por seres improbables. Otras veces favorece a quienes se lo piden con ahínco, ¿o acaso no dice el Cantar: bésame con el beso de tu boca, que tu amor embriaga más que el vino? El beso de tu boca, ebrio y embriagador, tan rojo como el sol colérico. Rayo interior que fulmina y deslumbra. Fuego de origen desconocido, según Patti Smith; beso de la nada para Teresa de Ávila.

¿Cómo puede alguien saber si ha recibido el beso, cuáles son los síntomas? Rojez y urticaria en la frente, sentimiento de gratitud inmensa, repentina sensación de dicha o temor sin causa aparente, estado permanente de ensoñación, aguda sensibilidad a la luz.

¿Besaste alguna vez a Jenny, Gérard? Me refiero a Jenny Colon, la actriz y cantante de ópera que en algún momento se cruzó en tu vida, no muy avezada, esta Jenny, en el bel canto, pero con cintura de avispa, trajes entallados, sombreros exóticos y melena partida al medio, cayendo en cascada de tirabuzones a lado y lado de una cara de muñeca. Te enamoraste perdidamente aunque no la conocías, Gérard, para ti era lo de menos, no te achicabas ante tan nimio obstáculo. Te atraía el ambiente de teatro con su despliegue de plumas, encajes, pelucas y penachos, y noche tras noche vibrabas contemplando a Jenny desde tu butaca en platea. De ahí salías a escribirle torrenciales cartas que no siempre enviabas, eran tantas que iban a parar entre monedas y pelusa a los bolsillos de tu abrigo negro. Contenían mensajes tan ardientes que a aquella diva de vodevil debían parecerle pavorosos, se llevaría el susto de la vida después de la función y los aplausos, al encontrar en su camerino esas misivas firmadas por un desconocido que le relataba sueños ultramundanos inspirados por ella, en los que el abrazo podía darse, por ejemplo, en la casa de la muerte. Ven a mis brazos, mi bella Jenny, no doy el placer sino la calma eterna..., y así, o por el estilo. Hoy te hubieran acusado de abusador, Gérard, y habrían tachado de acoso tus arrebatos místicos y románticos.

Llegabas al paroxismo al integrar la percepción real con la imaginaria. Te empeñabas en ver a la reina de Saba con ojos terrenales y salías a buscarla en el espacio físico del teatro, la feria, el burdel, hasta en el mercado de esclavas. En esas ocasiones sufrías tus fracasos más estrepitosos, al descubrir que afuera el amor era más irreal, y más real el desengaño. Corren chismes acerca de un lecho monumental que conseguiste, anécdota que podría ser divertida, Gérard, si en ti toda diversión no terminara en espanto. Al parecer metiste a la brava, en la vivienda compartida con amigos, un aparatoso lecho renacentista con baldaquino, sobre el cual, según tus sueños, consumarías el acto de pasión con tu adorada Jenny. Ni siquiera habías logrado saludarla cuando ya dabas por hecho que la tendrías en la cama, ibas tan desbocado como el hidalgo del caballo verde, Gérard, no conoces esa historia y aquí no voy a contártela, sólo te doy el *spoiler*: en cuestión de seducción, la premura es mala consejera. Cuenta Gautier que aquel lecho enorme permanecía atravesado como vaca muerta en medio de la casa, sin que la supuesta amante apareciera nunca. El armatoste se iba cubriendo de polvo y olvido, tú te ibas volviendo más y más sombrío.

Después siguen otras, que sin embargo vienen siendo la misma. Cambia la configuración en cada pliegue o desdoblamiento. Una criatura te llama poderosamente la atención en la feria de Maux, donde la exhiben en una jaula. La llaman la Oveja y es una hermosa mujer que en vez de melena tiene una abundante y suntuosa lana de oveja merina que sale de su cabeza, la cubre por entero y llega hasta sus pies en cascada de guedejas doradas, onduladas y sedosas, tipo vellocino de oro. Escapada del altar del sacrificio, en ella ves a la oveja abrahámica, inverosímil rezago del Viejo Testamento. Por entre barrotes te mira con fiereza y te doblega: en realidad es loba con piel de oveja. Tiene atrás pezuña hendida (¿pata de cabra?) y adelante brazos rematados en manos muy blancas. Exhibe senos de mujer y barbas de macho cabrío. Habla, canta y llora como ser humano, pero bala, gruñe y resopla como ser caprino. ¿Ves en ella a la Esfinge, Gérard? ¿En la mujer merina encuentras a Cirene, la ninfa de los rebaños?

Más tarde te roba el corazón una tal Sophie Dawes, la amazona. Hija bastarda y desterrada del duque de Borbón, prostituta de alcurnia, Sophie se da maña para ser amante de varios príncipes y otros tantos condes. Pasa frente a ti montando a caballo, sólo la ves esa vez —aparición altiva y esquiva— y quedas prendado para siempre.

En una noche de Nápoles, la reina de Saba se te aparece sin anunciar. Te parte en dos el ramalazo. Una cierta vibración del aire te indica que es Ella: de nuevo la tienes delante. Se mueve de extraña manera, más que caminar, se desplaza con ingravidez de araña gracias a muchos pies invisibles bajo las faldas. Va regiamente adornada, como corresponde a una soberana del Yemen o una hechicera de Tesalia. La persigues, te pierdes en las barriadas de la canalla tratando de alcanzarla, por fin logras hablarle y le ofreces tu alma. Ella te responde en un lenguaje nunca antes escuchado, y sus palabras incomprensibles te indican que debes dar media vuelta y alejarte. Te desprendes de ese fantasma que tanto te seduce y te aterra, y deambulas por la ciudad desierta hasta que suenan las primeras campanadas. Llevas a cuestas toda la tristeza del mundo.

En Viena te fulmina una nueva revelación. La reina arcaica se te presenta bajo la apariencia de Marie Pleyel, una pianista de renombre. Virtuosa desde los ocho años, sus conciertos rayan en la perfección. Te cruzas con ella cuando ya es la intérprete más famosa de Europa. Te enamoras enseguida, lloras noches enteras, le escribes cartas ardientes, idénticas a las que enviabas a Jenny: montas otra vez todo el numerito. Pleyel, condescendiente, se refiere a ti como el pequeño Gérard, incapaz de ocasionarle una pena a nadie. A nadie salvo a ti mismo, digo yo, porque has salido de ese embate mortalmente herido, en el corazón y en el orgullo. Sangras por la herida mientras la pianista asegura ante sus fans que *le petit Gérard* no le hace daño a nadie.

Optas por huir, cayendo de nuevo en el círculo vicioso. Ante ti mismo y ante los demás, justificas tu retirada explicando que te equivocaste, en Pleyel sólo amaste el recuerdo de una antigua pasión, por error viste en ella al objeto idolatrado que persigues desde siempre.

No será la última vez que te confundas. Cada una de tus novias tiene los mismos rasgos de las demás, todas han vivido la misma vida: lo dices, lo reconoces, lo repites. Pero es tal tu exaltación febril que lo olvidas enseguida y vuelves a empezar, como disco rayado. Sales de una para caer en otra. Digamos que eres un don juan, pero uno muy ofuscado e insensato. Me pregunto, Gérard, si a fin de cuentas no habrás muerto virgen. No sería raro.

Y ahora, palabras mayores: el momento en que caes en esa especie de tríada que te perturba horrores y te lleva a escribir un par de libros extraordinarios. Me refiero, por supuesto, a Sylvie/Adrienne/Aurélie, intrincado triángulo de las Bermudas donde se ahoga hasta el más valiente.

En un paisaje brumoso y paradisíaco haces aparecer a Sylvie, la tierna y sutil Sylvie, pequeña ninfa de los bosques de la infancia, inocente primer amor, recuerdo de cuando eras tan pequeño que jugabas en el suelo con cristales, conchas y piedritas. Sylvie te trae nostalgia de días felices, allá, en el Valois, la remota campiña con sus fiestas floridas, sus antiguas ruinas, sus parajes embrujados. Sylvie, la novia niña, entusiasmo de otros tiempos. En tus ensoñaciones, subes con ella las escaleras de la casa materna, abren juntos el armario, sacan antiguos trajes de boda, se visten con ellos, se toman de la mano y realizan a manera de juego una especie de casta y sagrada ceremonia de mutua entrega.

Sylvie, o la felicidad posible. Pero no, la cosa no es por ahí, todo lo que es posible te espanta y desencanta. ¿Dónde está Sylvie, acaso se ha ido? Ya no la ves: tú estás ciego o ella es invisible. Sylvie ya no es la novia niña, ya no teje encaje de bolillos ni lleva coronas de flores silvestres en el pelo, así que la olvidas. La abandonas deslumbrado por

Aurélie, la amada muerta que suscita en ti la misma veneración que sentías por Jenny, la cantante de ópera, y por Pleyel, la pianista, y por la enigmática napolitana, y por la mujer oveja, etcétera, etcétera.

Esta Aurélie complica mucho las cosas. Se te presenta bajo la forma de la reina de Saba, la Virgen María y la Venus antigua. Soy la misma que tu madre, te dice: por si no bastara, ahora resulta que también es Marie Antoinette, tu madre. Soy la misma que bajo todas las formas has amado siempre —te asegura—, en cada prueba he abandonado una de las máscaras con las que cubro mi rostro —te confiesa—, y ahora quiero que me veas tal como soy.

¡Aurélie, o el develamiento definitivo! Por fin, el verdadero rostro. ¿Qué más puedes pedir? Pero no es tan sencillo, porque ya lo he dicho, Aurélie está muerta. De todas ellas, es la más fantasmal y escurridiza. La más peligrosa. Se pasea convertida en Llorona por los vericuetos de tu psique enferma, aullando y muriendo, eternamente sufriente, y tú te agotas merodeando ultratumbas al tratar de encontrarla. Será mejor mirar hacia otra parte, dejemos que Aurélie descanse en paz y que los muertos entierren a sus muertos. No te metas con ella, Gérard, esa mujer-cadáver agrava seriamente tu enredo mental. Aurélie, la intocable, la incandescente, el pozo de dolor. Aurélie es el agujero negro donde tu razón se quiebra. Todas las demás resultan inofensivas comparadas con Aurélie, que te tienta ofreciéndote la visión de su rostro. No lo hagas, Gérard, no la mires de frente, ella es Gorgona, ella es el vacío y el vértigo. Para mí, Aurélie encierra la quintaesencia de tu esquizofrenia; cada vez que aparece, tú caes en una depresión pavorosa y arrancas a alucinar. Amar a Aurélie es desear la muerte.

En ésas estás —¿o fue antes?— cuando se atraviesa Adrienne, la religiosa, rubia y noble, negada al sexo, provocadoramente encerrada en un convento de clausura. Su perfecta pureza enciende en ti un fuego de pasión que esta vez se diría carnal y profano. ¿Qué podría ser tan apetecible como escalar los muros de piedra que resguardan a Adrienne? Pero sería profanación aborrecible, jamás te perdonarías semejante oprobio, ¡qué de latigazos te darías!, mejor olvídate de la monja y vámonos.

Despejemos un poco el panorama, dale, Gérard, que me mareas, tus muchos amores parecen matrioskas, cada vez que abres una, de adentro le sale otra. Durante el viaje a Oriente, borracho de inciensos e intoxicado de leyendas, dejas que la sed de amor te enrede en una cadena de disparates. Empezando por Zeynab, la esclava nubia que compras en el mercado de El Cairo y que resulta un desastre, se embadurna el pelo con aceite, cosa que no te agrada, y además es ruidosa, irreverente y glotona. Demasiado defecto: optas por devolver a Zeynab al mercader que te la ha vendido. En Beirut te enamoras de una muchacha llamada tal vez Salerna, a quien olvidas en Siria cuando te entra el embeleco por casarte con Attaké Siti-Salema, hija de un jeque druso, ¿o acaso aquella Salerna de Beirut es la misma que esta Salema de Siria? No me queda claro, sus nombres se parecen. Ya el monto de la dote ha sido acordado, todo está arreglado y se aproximan tus nupcias con la hija del jeque cuando te acecha con renovada intensidad el recuerdo de Jenny. Tu corazón, aún no cicatrizado, vuelve a verter lágrimas rojas, y de tu pluma salen versos escritos en tinta sangre. Al final no te casas con nadie.

Demasiados amores y desamores bajo el signo de un *pathos* obsesivo. Ineluctable, llega el día de la levita gris, el pantalón verde oliva y el sombrero de copa. Los terrores de la vida sobrepasan ya los terrores de la muerte, dice A. Alvarez, y te encaminas hacia el callejón inmundo, Rue de la Vieille Lanterne, así se llama, o se llamaba, porque la ciudad lo devoró. Me pregunto si vas derrotado al cadalso o, por el contrario, como asegura Kristeva, *imbuido por la placidez y la serenidad, por esa especie de felicidad que rodea a ciertos suicidas una vez tomada la decisión fatal.*[22] La voluptuosidad del suicidio para Dostoievski.

Está vivo el debate sobre el tipo de soga que utilizaste para colgarte. Unos dicen que fue cordón de mandil de carnicero, hipótesis tristemente obvia, callejón de las carnicerías, ergo cordón carnicero; no tiene gracia. Otros aseguran que fue cordón de corsé, valiente simpleza inventada por un asiduo a la pornografía barata. Menos mal que contamos con el ingenio de tu amigo Gautier, que se saca de la manga la versión más audaz: dice que te ahorcaste con el cordón tejido en lana y plata que utiliza la reina de Saba para ceñirse la túnica. Debe ser cierto.

Anunciaste que la noche sería blanca y negra: espacio de epifanías, sol negro que alumbra y permite la visión de otros mundos, ante los cuales seríamos ciegos. Pero yo pertenezco a una época yerma en rituales y carente de sellos, lo que Giordano Bruno llama así, sellos, o llaves de las cosas ocultas, puertas para traspasar el umbral. Algo tengo que hacer si quiero presenciar tu sacrificio. Debo encontrar el santo y seña, ¿tal vez derramando un poco de vino rojo sobre un mantel blanco? O usando una corbata negra. Me haré un tajo en la muñeca con una Gillette, o una señal de la cruz en el pecho. Entraré a tu misa negra ejecutando el saludo de la Mara Salvatrucha, pintaré en el muro una escena truculenta, ofreceré en tu honor un siglo de silencio. El callejón de la vieja linterna es terreno sagrado: me descalzaré antes de pisarlo.

Como todo homicida tímido, te mataste a ti mismo. En el último instante parecías agradecido; por fin la muerte tendría para ti una mirada. Lo habría dicho Pavese.

Pata de Cabra vs. el matarife

Se construyen por todo el desierto templos orientados hacia el ocaso, para que la luz roja del Alacrán penetre en ellos y bañe los altares. Son recintos circulares a manera de coliseo o plaza de toros, a veces tan amplios que dan cabida a una multitud, otras veces son oratorios discretos y escondidos, oscuros y estrechos como cuevas. Cabezas de buitre adornan la fachada y depredadores tallados en piedra custodian la entrada. Una vez adentro, el suplicante se encuentra fuera del tiempo y del espacio: ha penetrado en los dominios del dios. Éste es inescrutable y caprichoso, *tan difícil de complacer como una estrella de rock o una malhumorada prima donna.*[23] Al fondo está el altar, u ombligo del mundo. Y al centro, en todos los santuarios, grandes o chicos, cuelga del techo el objeto fundamental, un inmenso pebetero o botafumeiro en el que arde la ofrenda: el incienso de Hadramaut.

Pata de Cabra no cree en nada de esto. Desconfía de reliquias y amuletos y se mantiene alejada de los templos. Busca consejo y enseñanza de filósofos, científicos y poetas, y no traga entero cuando se trata de supersticiones. Nadie le ha enseñado a rezar ni a rogar, y desde hace un tiempo le ronda una sospecha. Las dudas, como pajaritos, le picotean el cerebro. ¿Y si la responsabilidad por la ola reciente de fanatismo religioso recae en el propio olíbano que ella misma cultiva y distribuye? Se rasca la cabeza tratando de entender. Deduce que el humo se les cuela a las gentes en los vericuetos del alma y los vuelve místicos. Ese incienso de aroma salobre y terroso, de fuerte latido animal, parece encerrar un fondo de engaño, como si inundara los cuerpos produciendo una sensación de santa levedad. Pata de Cabra sospecha que debe contener algún gas enervante que induce el trance. Pero ¿cómo puede alterar el oído hasta el punto de hacerles creer a los fieles que están escuchando la voz de Dios? ¿Cómo les confunde el tacto, para hacerles sentir que tocan el cielo con las manos?

Pata de Cabra lo consulta con su hombre de confianza y principal consejero, el Perfumero Mayor.

—Explícame, Gran Maestre Perfumero, cómo es que las gentes ven a Dios cada vez que inhalan nuestro incienso. No acabo de entenderlo.

—No carece de fundamento tu inquietud —le responde el Perfumero—. Algo hay en el olor de esta resina que despierta urgencia de creer en algo purificador que pueda salvarnos.

Ajena a todo el despliegue sacro, descreída de la bondad de los dioses e irónica frente a los intentos humanos por complacerlos, Pata de Cabra se ocupa de los oficios de pie a tierra. No hay empeño que no acometa, organice y dirija, ninguna labor le es extraña. Labriega, soldado, pastora. Cabeza de la poderosa red de caravanas que distribuyen el olíbano por el mundo conocido; constructora de caravasares para la alimentación y el descanso de camelleros y camellos; navegante del desierto nocturno bajo la guía de los astros; jineta en su potro negro con soles en las ancas y en el ojo una centella, dice Aurelio Arturo. Aprendiz de las lenguas de los pueblos con los que entabla comercio. Ingeniera de pozos y sistemas de riego. Avezada en el arte de los números, con los que lleva la contabilidad de su creciente negocio. Fundadora de una industria de perfumes que obtiene macerando y pasando por humo resinas y plantas fragantes, y que sirven para embellecer, seducir, curar enfermos y embalsamar. Aparte de esas mercancías, ha completado el cargamento con productos exóticos que manda traer de otras tierras, como oro en polvo, marfil, mirra, cinamomo, benjuí, ámbar gris, esencias cautivas, maderas olorosas, saquitos con pedrería, púrpura de Sur y gasas de Azur, todo un bazar ambulante de codiciados objetos suntuarios.

Pata de Cabra, la poderosa Sheba, mujer todoterreno y al aire libre, una más entre su gente, viajera desde aquí hasta el horizonte de ida y vuelta. No tiene cetro ni trono, pero habita de cuerpo presente en un mundo visual, táctil, sápido y aromático, no opacado por las cortinas del poder. Es brújula del pueblo nómada y constructora de un imperio sin muros ni reglamentos, nación de mil caminos que ha llegado a ser más opulenta que la patria amurallada de su señora madre.

La competencia con la hija atormenta a la pálida Doncella, que rabia de envidia tras los altos muros de su Palacio Rojo, desde donde gobierna a través de intermediarios: lugartenientes, capataces, jueces, vigilantes, generales, recaudadores de impuestos y demás burócratas que ahogan el reino en corrupción, represión, ineptitud y desidia.

—¡Vergüenza, castigo, *shame*, para la mujer metida a negociante y comprometida con gentes raras, que se rebaja comiendo con sus peones y guerreando codo a codo con sus soldados! ¡Vergüenza, castigo, *shame*! —de la desdeñosa boca de la reina madre llueven maldiciones contra la hija mal amada, la célebre Pata de Cabra.

¿Célebre, Pata de Cabra? Sí, porque célebre no es el gobernante afamado, sino el que da a su pueblo motivos para celebrar.

¿Cuántas veces no habrá sentido Pata de Cabra deseos de venganza, impulso de derrotar de una buena vez a su madre y vencer su odio? ¿Cuántas veces? Muchas veces dormida, muchas veces despierta. Pero no quemando el Palacio Rojo, ni degollando a machete a las hienas adiestradas para matar y comer del muerto, expertas en aparearse como macho y como hembra. No. Pata de Cabra quisiera deshacerse de la Doncella, pero sin lastimar a su hermanita

Alegría. Sin tocarle un pelo a la niña. Para la pequeña Alegría, sólo caricias y regalos, juegos infantiles, frutas maduras, viento suave y dulces sueños. Pata de Cabra quisiera derribar la fortaleza de Mamlakat Aldam sin catapultas ni flechas, sin herir ni asesinar, sólo dando siete vueltas en torno a la ciudad: siete veces siete vueltas. Y después parándose a mirar desde la distancia cómo el bramido del *shofar* y el estrépito de las trompetas derriban esos muros pintados con sangre, sin que se escuche un grito ni un lamento. ¡Cómo quisiera ver, desde lejos, el caer de esas piedras con lentitud detenida de plumas en el aire!

—Sueños pacifistas en tiempos violentos —sacuden la cabeza en desaprobación las alaleishos—. ¿Anhelos de princesas en tiempos guerreros? ¿Cuentos de hadas a estas horas? Haces mal, Pata de Cabra, ¡espabila!, sabes que es imposible. No puedes derrocar a tu madre sin que ella arrastre en su caída a tu hermana.

¿Pero acaso no se odian las dos hermanas, Alfarah y Sheba, la bienamada y la repudiada, la heredera y la desheredada? ¿No se repelen como el día y la noche? Las alaleishos saben que no. Por el contrario. Aunque se ven poco, dada la enorme distancia, se quieren, se respetan y cuidan la una de la otra. Alegría se escabulle de la vigilancia materna para llevarle a Pata de Cabra higos secos, granadas y *fattah*, el dulce de plátano con miel y canela que tanto le gusta. A Pata de Cabra se le derrite el corazón cuando ve llegar a la pequeña Alegría, una cosita perdida en la inmensa litera de plata en que la acarrean las fieles nodrizas que le alcahuetean el encuentro, envuelta toda ella en velos salvo un par de ojos muy negros y ardientes. Ven, Alfarah, su hermana mayor la recibe con besos y abrazos, ven, tengo algo para ti, le dice, y le da piedritas curiosas, fósiles, dijes, amuletos. En una ocasión especial, le regala una de esas joyas únicas que condensan el destino en su interior: un escarabajo de amatista, oro y marfil, muy antiguo, con una inscripción en el abdomen: no tengas temor del universo.

Sólo una vez surgió un altercado entre las hermanas. Aunque ni siquiera podría hablarse de altercado; dados el amor y la delicadeza con que se tratan, sería más propio decir un momento de tensión, o desencuentro pasajero. Sucede cuando Alfarah ya es adolescente y se ha convertido en una amazona experimentada, que no quiere hacer otra cosa en la vida que recorrer grandes extensiones a galope tendido en los purasangres de su madre. En una de las visitas que le hace a Pata de Cabra, le ruega que la deje montar su precioso potro negro, el de soles en las ancas y en el ojo una centella. Sin motivo válido, la mayor se niega de forma tajante, en mal tono, tanto que la dulce Alfarah se suelta a llorar, no por la negativa en sí, sino por la rudeza inesperada por parte de la persona a quien más quiere y admira. Pata de Cabra enseguida retrocede, ensilla al potro negro para Alfarah, una yegua briosa para sí misma, y las dos hermanas galopan juntas hacia el atardecer a través del desierto, que para ellas se extiende suntuoso como una alfombra de seda. El sol del ocaso proyecta sus sombras sobre la arena. Va cayendo una noche toda llena de perfumes y murmullos, diría José Asunción Silva, y ahora sus sombras, proyectadas por la luna, relucen blancas contra el paisaje en negro.

Pero ninguna de las dos olvida el mal momento inicial, quizá por ser único y jamás repetido, y si Alfarah le preguntara a Pata de Cabra el motivo de su brusca negativa, ésta le diría que una imagen atroz cruzó por su mente en ese instante.

—Vi el futuro, hermana, y era criminal.

El Perfumero Mayor anda preocupado. Hombre incondicional de Pata de Cabra, fiel a ella sin reservas, percibe que la acecha una amenaza; hay algo podrido en Hadramaut. El problema principal no es la reina madre, enemiga conocida y previsible. El verdadero contendiente está surgiendo desde las sombras, desalmado y temible. Pata de Cabra no se da cuenta. Está tan atareada dirigiendo sus caravanas que lleva anteojeras frente a lo demás y se le escapa el peligro que se cierne aquí, en casa.

—Escucha, señora mía, presta oído a lo que tengo que decirte —el Maestre Perfumero intenta advertirle.

—Adelante, Maestre Perfumero, habla sin rodeos.

—Esto es lo que tengo que decirte: todo vacío tiende a ser llenado.

—¿Filosofas, cuando lo que urge es actuar? —pregunta ella, y no pone atención a la respuesta.

Inicia al día siguiente la travesía al mando de la larga línea serpenteante de sus caravanas. Supervisa personalmente hasta el último detalle; es responsabilidad suya prevenir los riesgos del camino, sean desvíos, motines o muerte por hambre, por sed o a manos de asaltantes emboscados. Calcula las distancias que hay entre aldeas, aduanas, atalayas y aljibes. Hace listas y más listas de las tareas que ya se hicieron, las que se están haciendo y las que habrá que hacer. Controla la parafernalia que será indispensable durante el viaje, alforjas, alfombras, albardas, aceite, alimento, acémilas, acicates, adargas, aljubas, alabardas.

Así pasan muchas lunas, y Pata de Cabra ya viene regresando. A la distancia vislumbra Hadramaut, el humo de sus hogueras, el ruido de la vida, los primeros toldos de su gente, las grandes rocas mondas y blancas como cráneos, los árboles que lloran lágrimas de incienso. Se le acelera el corazón y aprieta el paso; sus hombres gritan de alegría; los camellos enloquecen ante la promesa del agua.

De repente, Pata de Cabra se detiene y olfatea en derredor: un olor a podredumbre se expande como niebla sobre el territorio familiar.

El Perfumero Mayor le sale al encuentro. Le da la bienvenida y le renueva sus votos de fidelidad lavándose cara y manos con ceniza.

—¿Qué es este olor nauseabundo que sale de Hadramaut? —le pregunta ella.

El Perfumero le comunica las malas noticias. Durante su ausencia, se han inaugurado en el poblado festividades religiosas con grandes degollinas sacrificiales, y la sangre de cientos de animales baja de los altares y sale de los templos para encauzarse hacia los sumideros. Ha cundido la creencia de que las ofrendas de incienso son insuficientes y deben complementarse con derramamiento de sangre. Sangre inocente de mansos animales, un regalo adicional para unos dioses difíciles de complacer. Ha quedado oficializada la forma radical del culto: la sacrificial. Incluye circuncisión de niños, ablación de niñas, degüello masivo de toros y corderos, y, cruzando la línea entre rito y castigo, lapidación de criminales, azotes a adúlteras y mutilación de ladrones. Arroyos de sangre atraviesan el aduar.

—¡Ay del olíbano, señora mía! —se lamenta el Gran Maestre Perfumero—. Lo están usando para disimular el hedor. Queman nuestro incienso para tapar la fetidez de la matanza.

No se sabe con precisión en qué momento, durante la larga ausencia de Pata de Cabra, se ha producido el cambio. Sucede porque así lo requiere la culpa infinita de los hombres, esa imprecisa deuda con lo desconocido que sólo se subsana inmolando el bien más precioso, dulce e inocente que se posea: el cordero lechal. Lo traen atado en medio de cánticos, ungido en perfumes y adornado con guirnaldas de flores: *a los dioses se les da esa pequeña porción de vida, para que en su infinita generosidad nos prodiguen a cambio mucha vida.*[24] Francisco de Zurbarán atrapa el palpitar de la víctima pascual en el más austero y sagrado de sus cuadros: contra un fondo oscuro, el corderito aparece iluminado por la última luz, expuesto y tumbado sobre una superficie gris, todavía vivo, pero con la muerte ya impresa en la mirada. Lleva las patas atadas con cordel, presiente el cuchillo y espera. Suavemente espera el instante en que será inmolado.

El culto sacrificial ya ha puesto a girar en Hadramaut su círculo vicioso, o fijación de nunca acabar, que empieza cuando se mata para pedir perdón, el perdón es negado, la culpa aumenta, se sigue matando y se vuelve a empezar, en un proceso obsesivo, reiterativo, interminable. Quemamos para los dioses el olíbano, degollamos el animal, y los dioses ¿se muestran agradecidos, o al menos satisfechos? No. Nada los complace. Se emborrachan con la sangre que les ofrecemos y quieren beber más. Su desdén multiplica en nosotros los golpes de pecho, la terrible ansiedad, la compulsión de llevar nuevas ofrendas al altar, *una y otra vez, en una dolorosa infinidad de reparaciones frustradas. Todo sacrificio ritual termina en fracaso, y por tanto debe ser repetido sin cesar.*[25]

Pata de Cabra no acaba de asimilar el endemoniado proceso que ella misma ha desatado al momento de quemar por primera vez aquellas ramas de olíbano con la simple intención de obtener un poco de calor. Todo este asunto le repugna y la entristece, y al mismo tiempo la beneficia, porque directamente proporcional es el crecimiento del negocio del incienso.

Ya lo había advertido el Perfumero Mayor, pero ella había puesto oídos sordos: todo vacío tiende a ser llenado. En su ausencia, ha aparecido en el escenario una autoridad sedentaria que se impone y va ganando terreno en detrimento de la alianza libre entre las gentes, única forma de convivencia que Pata de Cabra encuentra justa y necesaria. Pero ¿quién se ha puesto a la cabeza de la naciente autoridad religiosa y estatal? ¿Quién se ha convertido en su alto pontífice? ¿Quién es el gran ejecutor del sacrificio, el Papa negro, el Rasputín del desierto, el profeta de la inmolación, el dador de perdones, el dueño de las conciencias, el que ahora limpia las culpas con sangre?, ¿quién? ¿Quién es el poder detrás del trono, o mejor, quién es el poder detrás del altar? ¿Quién?

Pata de Cabra por poco se cae para atrás al escuchar la respuesta.

—Atru —le informa el Perfumero Mayor.

160

—¡¿Atru el matarife?!

—Atru el matarife. Se ha autoproclamado suma autoridad.

Carnicero de origen humilde, en un principio no tiene otro título que su simple nombre y la referencia a su oficio: Atru, el matarife. Se le conoce una única habilidad: la de degollar animales y descuartizarlos sólo con la zurda. Se dice que se cercenó la diestra con la hachuela al desguazar un costillar. Aun así, con ayuda de pinzas y garfios conservó habilidad en el oficio y siguió siendo bueno para matar y desangrar según la ley, y también para deshuesar, filetear, picar en albóndiga, calcular el peso al ojo y separar la pulpa de la garra. Incluso desarrolló un ampuloso estilo propio, haciendo de cada estocada un gesto teatral y emitiendo al tiempo una especie de *death growl*, o gruñido gutural de vocalista metalero. Tiene una cara de facciones armoniosas, casi femeninas, que contrasta con su escalofriante aspecto general. Musculoso y peludo el brazo sano, y el muñón del otro encajado en una tosca funda de cuero. Ojitos de capulí y nariz respingona, mandil impregnado en sangre y grasa, pañuelo negro al cuello y en la testa un gorro frigio de comunero. En todo caso el tipo es insignificante; quizá notorio por folclórico, pero nada más. Un matavacas sin pena ni gloria. Nunca ha blandido su cuchilla contra enemigos en un campo de batalla, apenas contra seres inermes en el matadero. Tiene un arma y mata, pero no por ello es héroe de ninguna clase.

Cuando se inaugura y cunde por el territorio el culto sacrificial, este Atru, el matarife, empieza a colaborar en las ceremonias con el modesto encargo de pasar a cuchillo a la víctima. Bajo el agarre de su fuerte mano, el animalillo se rinde sin forcejear, esperando que el tajo instantáneo y preciso le traiga un final sin dolor. Una vez ejecutado su acto de carnicería, Atru se retira sin más ni más; así de anodina es inicialmente su figuración. Los rezos, alabanzas, súplicas y balanceo del botafumeiro corren por cuenta de una nueva y poderosa casta de sacerdotes consagrados, para la cual Atru es una presencia invisible y colateral, a la que sólo le corresponde el sucio detalle práctico. Pero poco a poco el hombre se las arregla para hacerse notar. Llaman la atención de los fieles su estilo manierista, sus movimientos exagerados y su gruñido metalero, que se van asumiendo como parte importante y vistosa del ritual, hasta que se convierten en el espectáculo central.

Los jerarcas del culto cruento se presentan como legítimos intermediarios entre los dioses y la humanidad, y entre ellos, manda más el que anda armado: Atru, el matarife, poseedor del hacha y los cuchillos más afilados. Atru, el matarife, que además profesa vocación de tirano y pronto se entroniza por derecho propio como capo di mafia. Habla en nombre de la roja Antares, exige que lo llamen Hijo del Alacrán y se proclama gran iluminado por la Luz. Comprende la retorcida función del sacrificio ritual y sabe aprovecharla, explotando sus variantes y extendiendo sus tentáculos. Declara su cargo hereditario y a perpetuidad, y se arroga el derecho a retener para sí mismo y sus sacerdotes la carne magra y las mejores presas del chivo expiatorio, repartiendo entre la multitud los restos: entresijos, vísceras y huesos. Cambia su gorra de sarga roja por un alto tocado púrpura, y el mandil pringoso por una complicada indumentaria compuesta por casulla, cinturón litúrgico, alba y estola. Quiere decir que el carnicero se ha convertido en jerarca, como si en *Gangs of New York*, Scorsese hubiera fundido en un mismo personaje a Will el Carnicero, jefe de los Natives, y a su archirrival, el Cura Vallon, caudillo de los Dead Rabbits.

Pata de Cabra intenta contemplar desde lejos la antigua aldea de su querencia, la de los toldos pardos y los arbustos magros, pero no logra verla. Casi no existe ya; una naciente ciudad de piedra la ha ido suplantando. Atru se ha construido un palacio de doce columnas y altos muros circulares, con sistema de riego y gran vergel, más un templo de caliza al que sólo acceden las familias poderosas. A una distancia prudencial, la multitud se agolpa en santuarios ruidosos y atestados como zocos. Desaguaderos de sangre y montículos de huesos dan fe de los sacrificios que allí se celebran. Palacios menores albergan a los funcionarios y un anillo de chabolas rodea el centro, como arandela deshilachada y gris. La construcción de una muralla empieza a encerrar la ciudad dentro de sí misma y perennes inscripciones perpetúan el nombre de Atru con sus muchos títulos, Atru, Hijo de Antares; Atru, Rey de la Luz; Atru, Supremo Corazón del Alacrán.

¿A qué hora me convertí en la que oculta el hedor de la sangre con el humo del perfume?, se pregunta Pata de Cabra, viendo cómo se yergue un imperio sobre una pirámide de dolor y rabia. Dolor del árbol azotado, de la víctima desangrada, de la humanidad doliente. Y rabia divina, que la gente pretende aplacar con sacrificios.

Pata de Cabra se niega a poner pie en la ciudad engañosa. No entrará en ella, no cruzará su muralla. Si no claudicó ante Mamlakat Aldam, la arrogante fortaleza de su madre, no va a ceder tampoco ante el pretencioso alcázar del matarife. No transigirá con monumentos erigidos en lo que antes fuera paisaje abierto. No regresará a ese lugar, antes libre y ahora sometido, ni admitirá cercas y bardas que encierren su trashumancia. ¿Por segunda vez me destierran del reino?, se pregunta, y enseguida se responde: no, esta segunda vez no podrán expulsarme porque mi reino ya no está adentro, sino afuera. Tampoco podrán arrebatármelo, porque mi reino no es mío ni es de nadie.

Dándole la espalda a la ciudad de piedra, Pata de Cabra monta su campamento en las afueras: un gran caravasar con vigoroso ir y venir por los siete desiertos en rutas cuyos extremos se unen, como cintas de Moebius. Más que un lugar, Pata de Cabra ha fundado una estrella de destinos, porque el error consiste en pensar que *se va hacia alguna parte o se viene de otra. La caravana agota su signifi-*

cado en su mismo desplazamiento. Lo saben las bestias que la componen, lo ignoran los caravaneros.[26]

—Sólo sobrevive lo que es móvil y liviano —dice ya serena la princesa—. Lo que es pesado sucumbe, porque se hunde en la tierra en vez de correr sobre la arena.

La ciudad de piedra no alcanzará su momento de esplendor ni verá su propio cuarto de hora, antes será saqueada por el pillaje y engullida por tolvaneras, sus murallas derribadas por ejércitos invasores y sus diques destruidos por bombas desde los aviones. Pese a tanta inscripción supuestamente perenne, los siglos venideros no conocerán el nombre de Atru, el matarife. Sólo sobrevive lo leve.

Pero la verdad pura y dura, dejando de lado futurologías, es que a partir del aquí y el ahora, la pelea entre Pata de Cabra y el antiguo carnicero va a ser violenta. Una confrontación a muerte entre dos potencias: ella, dueña del olíbano y las caravanas, y él, dueño de los templos y las conciencias. Y una tercera potencia en discordia, como rueda suelta: la Doncella.

Los tres pisos de tu culpa

Mientras recorremos el desierto en la camioneta, Zahra Bayda me explica que una mujer católica, paciente suya, está agonizando y ha pedido confesor. ¿Insinúa que yo confiese a su paciente? No, no lo insinúa, lo propone sin rodeos y parte de la base de que así se hará. Pero eso no va a ser posible.

—Entienda que no soy cura, señora —insisto en llamarla *señora*—, no soy más que un proscrito, un renegado que escapó de la vida monacal.

Se lo digo y se lo repito. Pero a ella esos detalles la tienen sin cuidado, y yo, que empiezo a ceder, empiezo también a entender que lo que Zahra Bayda quiere Zahra Bayda lo obtiene.

Llegamos por fin al campamento y, pese a la fatiga del viaje, nos dirigimos directamente al hospital de campaña, donde nos espera Yameelah Semela, la enferma que ha pedido confesor. Hay pocos cristianos viviendo en el Yemen, pero los hay, muy devotos y muy perseguidos. Yameelah Semela es uno de ellos. Ya le llegó su última hora, pero le está sacando el cuerpo para poder recibir el perdón antes de morir.

Las manos me tiemblan, mis movimientos son eléctricos, hablo demasiado rápido. Voy a completar setenta y dos horas sin dormir y es tal el cansancio que se ha convertido en su contrario, una fogosidad atropellada como de dibujos animados; siento que tengo más baterías que el conejo Duracell. Estoy mareado. ¿Y si la moribunda empieza su confesión diciendo con Nerval: soy la viuda desdichada que anda entre tinieblas, sin consuelo? Pese a mi estado lamentable, Zahra Bayda cree conveniente que vea a la mujer enseguida, porque mañana podría ser tarde.

De acuerdo; ahora o nunca. ¿Se supone que la absuelva? ¿Yo, el peor de todos, el falso cura, el menos indicado?

—Basta con que la acompañes y la escuches —Zahra Bayda me lleva del brazo hasta la camilla donde me espera la enferma.

Me reconforta haber escuchado hace un tiempo al papa Francisco, que dijo por la radio que en casos críticos, y a falta de sacerdote, a un moribundo le bastará con arrepentirse sinceramente de sus pecados. De acuerdo, Francisco, trataré de ayudarla para que ella se perdone a sí misma.

Yameelah Semela está al tanto de la visita; me han dicho que mantiene a raya la muerte esperando mi llegada. Sus ojos brillan en el claroscuro encendidos en fiebre; semeja un animalillo encuevado al fondo de su agonía. Bulto mínimo bajo la sábana, su cuerpo liviano parece levitar. Todavía es joven, pero carga con el peso de una montaña de tiempo, y está a punto de sucumbir ante un cáncer desatendido durante años. Llegó a este campamento de MSF demasiado tarde, cuando la metástasis ya era generalizada. Sobresalen sus pies, azules como sus labios.

—Han caminado mucho —dice ella—, y ya no tendrán que caminar más.

—Éste es Bos Mutas y ha venido a ayudarte —Zahra Bayda me presenta ante ella aclarándole que no soy sacerdote, pero que algo sé de eso.

Yameelah Semela asiente. Toma mi mano entre las suyas con una expectativa que no merezco. Está nerviosa y emocionada. Se cubre hasta el cuello con la sábana, se arregla el pelo, carraspea para recuperar la voz y me mira con un fervor implorante que me desarma.

—Acúsome, padre, porque he pecado.

—Yameelah, yo no soy sacerdote —le insisto.

—Pareces sacerdote —me dice. ¿Lucidez de agonizante? ¿Ojo clínico de quien todo lo ha visto?

Zahra Bayda me ha puesto en antecedentes sobre la vida de esta mujer, que hace unos años se vino de Etiopía huyendo de la desgracia y dejando atrás a su madre y a sus cinco hermanos. Trajo consigo a su único hijo, un bebé de meses que murió poco después, por desnutrición.

—Rece una oración por mí, padre —me pide Yameelah.

No, no voy a recitarle a esta mujer una plegaria de resignación cristiana, no voy a prometerle que en el cielo obtendrá la felicidad que le fue negada en la tierra. No. Ella merece mi respeto. No voy a pedirle que se entregue dócilmente, que olvide las penas pasadas y se rinda a última hora. No voy a hacerlo.

Entre ambos nos comunicamos a través de una intérprete que hace las veces de puente. En lugar de oración, le recito a Dylan Thomas, *though lovers be lost love shall not, / and death shall have no dominion*, aunque los amantes se pierdan quedará el amor, y la muerte no tendrá dominio. Ella canturrea en voz baja y la intérprete, que se llama Kía, la acompaña batiendo palmas. Me explica que lo que cantan es un himno de la Iglesia ortodoxa oriental, a la que ambas pertenecen. Le pido que me traduzca la letra y me dice que no puede, ella misma no la entiende porque no es en amhárico sino en ge'ez, una lengua de tiempos bíblicos.

Yameelah se endereza con dificultad y se recuesta contra la almohada. Toma aliento, bebe unos sorbos de agua y me confiesa que tiene una culpa y un sueño recurrente en el que siempre recibe castigo.

Dice que en las noches un demonio la arrastra hacia una torre de dos pisos, donde la somete a juicio. En el primer piso, la condena por la muerte del hijo, y en el segundo piso, la condena por abandonar a la madre y los hermanos.

—¿Me absuelve con su bendición, padre?

—No soy quién para perdonarte, Yameelah. Tú debes perdonarte a ti misma.

—El demonio no me deja en paz, padre, todas las noches vuelve.

¿Qué puedo yo decirle que no resulte insulso? ¿Cómo encontrar palabras que alivien su culpabilidad? Entra la enfermera para ponerle una inyección y me pide que salga un momento. Yo aprovecho la pausa para pensar. Afuera, el fresco del anochecer me tonifica y desacelera las revoluciones de mi cabeza.

—Ya me contaste el juicio al que te someten —le digo a Yameelah cuando regreso a su lado—. Entonces vamos a preparar tu defensa. ¿Me entiendes?

—Sí. Preparar mi defensa.

—Eso es. Tu defensa contra las acusaciones que te hace ese demonio. La próxima vez, vas a explicarle que viniste a Yemen para trabajar y enviarle dinero a tu madre. Por muy cabeciduro que sea ese demonio, tiene que entender que no abandonaste a tu madre y tampoco a tus hermanos, y que a tu hijo no lo mataste tú, sino la pobreza y el hambre. Háblale duro a ese demonio, hazle ver que no has obrado contra tu familia sino todo lo contrario, has intentado darles mejor vida, aunque esa posibilidad no haya estado en tus manos.

Yameelah Semela me escucha con una atención conmovedora y luego se aletarga sin decir nada, vencida por la conmoción y el esfuerzo físico. Entran un par de enfermeros, anuncian que es suficiente por hoy y la devuelven en camilla a su lugar en el hospital.

Zahra Bayda me avisa que puedo pernoctar en la misión, donde se alojan ella y otros tres médicos. Es una casa pequeña con tres dormitorios, una cocina, un patio y un único baño. Tiene apenas lo indispensable, pero eso ya es mucho comparado con el desabastecimiento generalizado. Todo alrededor arde, pero aquí dentro la cotidianidad hace su nido, aferrada a discretos objetos que hablan del día de antes: sábanas tendidas a secar en el patio; un par de zapatos en la puerta; una nevera pesada y vieja, que ya no funciona y que sirve para almacenar pasta, garbanzos y latas de conservas; un ejemplar leído y releído de *1984*, de Orwell. Lo abro en una página cualquiera y encuentro que alguien ha subrayado con marcador amarillo esta frase: *we shall meet in the place where there is no darkness*, nos encontraremos en el lugar donde no hay oscuridad. Lo interpreto como un anuncio y me hago a la idea de que he venido a parar a un buen lugar.

Me alojan en un cuarto pequeño que da al patio. Pese al cansancio, no logro dormir; por mucho que intento encogerme, no quepo en esta cama, la desbordo a lo largo y a lo ancho. En medio del desvelo, me distraigo revisando mis notas recientes y me detengo en la expresión *el día de antes*. ¿Por qué habré puesto el día de antes? ¿Acaso habrá un día de antes o un día después? Todos los días parecen correr al mismo ritmo, cada uno con su pequeña carga de Armagedón. El desplome es irreversible, pero avanza con calma.

La cosa es que no logro dormir. Las horas se estiran, pero no transcurren. Necesito orinar, y el baño está al otro lado del patio. Le doy largas al asunto hasta que no puedo más. Me levanto sin hacer ruido para no despertar a los otros y atravieso a tientas la oscuridad. Una luna tímida ilumina el patio.

Afuera se está bien. Hay hierbas aromáticas sembradas en tarros y me apacigua este olor, ¿a manzanilla?, ¿a yerbabuena? Mi madre sabría distinguirlo enseguida, también ella sembraba en tarros el tomillo, el romero, la yerbabuena, la albahaca... Quién iba a decir que al otro lado del mundo, bajo una pálida luna musulmana, yo iba a encontrarme en un patio como el de mi niñez. Si pudiera hervirme un té con estas hojas... Pero tendría que encender las luces y la estufa; imposible. Mejor me quedo aquí hasta que el frío me lo impida.

Por los audífonos escucho una vieja canción sefardí, la letra dice: Morenika a mí me llaman, yo blanca nací,

y del sol del enverano yo me hice ansí, morenika graciosika soy...

Morenika. Eso es. Te tengo pillada, reina de Saba. Morenika Graciosika, así voy a llamarte. Nada de señora de la
Puerta de Thula, ni Soberana del desierto de Ramlat o
Dueña de los palacios del Ma'rib y quién sabe qué más.
Nada de eso. No importa que no me confieses tu nombre;
yo te llamaré Morenika. Qué silenciosa eres, y escurridiza.
No es cierto que hayas acumulado tesoros sin cuenta. No
tuviste, como asegura Rubén Darío, un palacio de diamantes, un quiosco de malaquita, cien negros con alabardas y cuatrocientos elefantes a la orilla de la mar. Fuiste
una reina pequeña y salvaje, hoy perdida en la noche del
tiempo. Ay, Graciosika, deja que te ame a mi manera.

—Deja la cantaleta con la reina de Saba, la tal reina de
Saba no existió ni existe —me dijo hace un rato Zahra
Bayda con brusquedad, y yo lo tomé a mal.

Me quedé callado, no le respondí, pero hubiera querido decirle: pues el niño que fui creyó en ella, y yo respeto
las creencias del niño que fui. Y sí, la reina de Saba sí existe, porque esas mujeres a las que nos cruzamos por el camino creen en ella, y yo respeto sus creencias.

A la mierda lo que diga Zahra Bayda, yo creo en ti, señora de Saba. Graciosika, Pata de Cabra o Sheba, como quiera que te llames. ¿Puedo rezarle a tu imagen, cantarte salmos
y prenderte velas? ¿Puedo pedirte que concedas a Yameelah Semela una conciencia tranquila y una muerte serena?

La temperatura cae en picada. La luna se envuelve en
un vaho de hielo y el aire es tan fino que corta. Ya me habían advertido que, aquí, los treinta y cinco o cuarenta
grados del día caen a cero en la noche. Me salí descalzo y
tengo helados los pies. No puedo dejar de pensar en Yameelah Semela, que en el hospital debe estar luchando contra
ese demonio que quiere quebrantarla.

La guerra, que resuena a lo lejos, me dice que hay una
noche más oscura detrás de esta noche del patio. Saco del

cuarto mi chaqueta y una manta, me arropo con ellas y permanezco afuera despierto hasta que Venus desaparece como estrella vespertina y reaparece como estrella de la mañana. Quiere decir que ya está aquí la Aurora Consurgens, el Lucero del Alba, la Regina Sabae.

Con la primera luz del día vuelve Leyla, la mujer yemení que hace el aseo en la casa; ayer me la presentaron. Ha traído de regalo para el desayuno unas fresas del huerto de su madre. Cinco para cada uno, cinco pequeños milagros que la madre de Leyla le ha arrancado con las uñas a la sequía. Guardo las mías para llevárselas a mi enferma.

Yameelah Semela ya está en el lugar de ayer, esperándome. Ha pedido que la envuelvan en una manta de algodón blanco —un *shamma*, me dice Kía—, como preparándose para el final. Me recibe con un asomo de sonrisa y asegura que la fiebre ha bajado un poco, pero yo noto que su respiración se ha vuelto forzada y profunda. A través de Kía, Yameelah confiesa que hubiera querido seguir viva hasta la fecha del Timkat, cuando a Jesús lo bautizan en el río Jordán, pero que no alcanza a llegar. Lleva colgado al cuello un rosario de cuentas azules.

—¿Son de lapislázuli, las pepitas? —le pregunto.

—No son pepitas, son los misterios del rosario. Estos cinco son los misterios gozosos, y estos otros cinco, los gloriosos.

Le señalo que faltan los dolorosos.

—No rezo los dolorosos —dice—, de dolor ya he tenido suficiente.

Una enfermera se acerca con agua, jabón y palangana, y yo espero afuera mientras Yameelah Semela se lava la cara y los dientes. Al regresar, le pregunto si anoche la pesadilla volvió a visitarla. Me responde que sí, pero que esta vez la torre del juicio no tenía dos pisos, sino tres. Ella daba sus explicaciones, tal como habíamos preparado, y en el primer piso el demonio la absolvía por la muerte del hijo. También la absolvía en el segundo, por haber aban-

171

donado a la madre y los hermanos. Pero en el tercer piso la condenaba, sin que ella lograra saber de qué la estaba acusando.

Yameelah se va agitando a medida que habla, le falta el aire y empieza a quejarse de presión en el pecho. Llamo a las enfermeras, que le toman los signos vitales y dicen que deben llevarla enseguida a Urgencias.

—Un momento —pide Yameelah—, padre, se lo ruego, póngame una penitencia...

—No hace falta, Yameelah, ya has pagado más que suficiente.

—Se lo ruego, padre, póngame una penitencia, san Isaac el Sirio dice que no hay salvación sin penitencia...

Como noto mucha ansiedad en su voz, le digo que para darle gusto a Isaac el Sirio debe cantar dos veces el himno de ayer.

—Pero cuál himno, padre, ¡dígame cual!

—*En to stavro pares tosa* —Kía sale en mi ayuda con esas palabras, que según ella quieren decir: de pie junto a la cruz.

—*Ento stavros...* —trato de repetir, pero Yameelah no me escucha, ya se alejan con ella en la camilla.

A Zahra Bayda le hablo del sueño de Yameelah, le cuento lo que le sucede en el primer piso, en el segundo y en ese tercer piso de reciente aparición, donde la condenan sin que ella llegue a saber por qué.

—La culpabilidad de las víctimas es un pozo sin fondo —me dice Zahra Bayda.

—O una torre de incontables pisos —le digo yo.

Me avisan que las horas de Yameelah están contadas y pido que me permitan asistirla hasta el final. Agradecería que me dejaran hacer con ella lo que me impidieron con mi madre, acompañarla a partir.

Mi madre se había ido apocando, y yo creía sentir en carne propia cómo se ralentizaban la circulación de su sangre y la oxigenación de sus tejidos. Hundida en el fondo de sí misma, casi no me hablaba, pero por momentos me miraba, aunque sus ojos vidriosos ya no vieran. Todo su ser era un campo de batalla tras una terrible derrota. La multiplicación de sus células había tomado el control, como un triunfal ejército de invasión. El cáncer que la arrastraba hacia la muerte era una criatura extraña que le había ido creciendo dentro, hecha de sus propias células deformadas. Una criatura extraña que en últimas no era otra que mi propia madre: una versión monstruosa y descontrolada de sí misma. Yo me preguntaba si ese doble monstruoso sabría que moriría junto con mi madre —el cáncer crece y se multiplica hasta que mata al huésped—, y que nada ganaría con su crimen. Su victoria sería pírrica.

He leído en alguna parte que la longevidad de las células malignas no es finita; cultivadas en laboratorio, desarrollan capacidad ilimitada de vivir, crecer y multiplicarse. ¿Será que el cáncer de mi madre sigue vivo y es el mismo que ahora mata a Yameelah? ¿Será que la culpa de mi madre aún gravita y es la misma que atormenta a Yameelah Semela?

Tres días antes de su fallecimiento, a mi madre la aislaron en una sala de cuidados intensivos, donde agonizó y de donde no volvió a salir. Durante esos tres días con sus noches, yo, por entonces adolescente, me mantuve pendiente en una sala de espera amoblada con sillas forradas en plástico y encuadrada entre paredes pintadas de verde. Dormía a ratos juntando dos de las sillas para que me sirvieran de cama. Me alimentaba con las papas fritas y la Coca-Cola que obtenía echando monedas en una máquina dispensadora, y con los sándwiches de jamón y los cartoncitos de leche que me regalaba una enfermera compasiva. Aunque lo que realmente me alimentaba era la desesperada esperanza de ver salir a mi madre de allí con vida. No quería quitar los ojos de la puerta doble tras la cual sabía que ella se encontraba, me daba pánico que la sacaran sin que yo me diera cuenta. Al cabo de los tres días, quien salió fue la enfermera compasiva para informarme de su muerte. El verde aséptico de esas paredes me invade hasta el día de hoy, encubriendo con una niebla mohosa el último recuerdo de mi madre.

Arrimo un taburete al catre donde agoniza Yameelah Semela. Ya no habla, casi ni respira. No registra mi presencia, sus ojos vidriosos ya no miran, o sólo miran hacia la otra orilla. La mantienen muy sedada y está tan quieta que parece ausente, ya más presente en una lejana *terra incognita* que en esta de acá. Su piel, seca y grisácea, revive en mí la sensación fría de los dedos del sacerdote que en el seminario me imponía ceniza húmeda en la frente. Es extraño que ese ritual del Miércoles de Ceniza se siga celebrando en este siglo que pretende ignorar la muerte. Cuando te marcan con la cruz de ceniza, te sobreviene una súbita comprensión de mortalidad: polvo eres y en polvo te convertirás, palabras ciertas si las hay; a lo mejor las únicas ciertas que conocemos.

Polvo eres y en polvo te convertirás. Se las digo a Yameelah a manera de despedida; quizá le abran la puerta que la encierra aquí, a donde ya no pertenece. Se las repito parafraseando *Amor constante más allá de la muerte*, el soneto de Quevedo: serás ceniza, mas tendrá sentido, polvo serás, mas polvo enamorado.

Se va aquietando la respiración de la moribunda, ya de por sí tenue como un soplo de aire que se colara por una fina rendija. Casi no late su pulso y en su frente aparece una doble mancha azul en forma de mariposa. Una mariposa, leve heraldo del fin, al igual que la cruz de ceniza. Yo le recito a Quevedo al oído.

—No te escucha —me dice la enfermera.

—Puede que sí —le respondo.

—Y si te escucha no te entiende, no habla tu idioma.

—A lo mejor sí lo habla.

Le cuento a Yameelah Semela, aunque no me escuche ni me entienda, que en el pueblo español de Villacañas los monjes cartujos siguen saludándose como lo hacían en el Medioevo, hermano, morir habemos, y el otro responde, hermano, ya lo sabemos. Con perdón, pero a mí ese *ya lo sabemos* me suena a OK, OK, de acuerdo, pero hermano, ¿tienes que recordármelo todos los días? Está bien una vez al año, cada Miércoles de Ceniza, ¿pero a toda hora y todos los días? Éstas son cosas, Yameelah, que tú no sabes del cristianismo, mi extraña religión, que es también la tuya. En mi tierra dicen: la vida es un asunto que siempre termina mal. ¿No te divierte? Se ríen de la muerte las gentes de la patria mía, tan inclemente que a todos nos cura de espanto.

De repente Yameelah se mueve, y yo me sobresalto. Sus manos yertas se contraen, buscan algo, se aferran con ansiedad a las sábanas.

—¡Volvió a la vida! —le grito en inglés a la enfermera, asustado yo, y ella me explica que son las contracciones involuntarias que anuncian el final. Yo le pido disculpas por mi aspaviento—. Ya, Yameelah, ya —trato de apaciguarla—. Ya pasó, mujer, vete tranquila, no vuelvas a asustarme de esa manera.

Para serenarla, le cuento que en Santiago de Compostela escuché a un grupo de jóvenes rojos que se apostaron bajo la ventana de Manuel Fraga, un dirigente franquista todavía activo en política, aunque ya nonagenario, para cantarle: hai que ir morrendo, Manolo, hai que ir morrendo. Así, en gallego y con la música de *Guantanamera*.

—¿Quieres que te lo cante? Hay que ir muriendo, Yameelah Semela, hay que ir muriendo. Resucitar es algo que no vale la pena, te lo aseguro. A la muerte habrá que aceptarla, no nos queda más remedio, ¿pero la resurrección? No, por favor, no quieras pasar por eso. Muere para siempre, Yameelah, y que tu angustia culposa muera contigo.

Ahora sí, siento cómo ella se aleja. Todo su ser se va, vuela hacia la serenidad y más lejos todavía. Se silencia el borboteo de aguas que hasta hace un momento le nacía en el pecho, y la enfermera, auscultando por última vez sus signos vitales, le cubre la cabeza con el lienzo blanco.

—*It's over* —me dice—, ya terminó.

Al salir, siento que el espíritu de Yameelah se atomiza en partículas y pasa volando sobre mi cabeza como una bandada de pájaros.

—*Ego te absolvo!* —le grito al aire—. ¡En nombre de tu Dios y el mío, *ego te absolvo*, Yameelah! ¡Estás perdonada, descansa en paz!

Zahra Bayda me acaricia la cabeza, me revuelve el pelo y me dice que no desfallezca; si voy a permanecer aquí, debo saber que estas cosas pasan. Le pregunto si eso significa que puedo quedarme.

Me dice que Pau, el jefe de misión, está de acuerdo con ofrecerme alojamiento mientras yo permanezca en el Yemen, y que podré trabajar para ellos a cambio de cama y comida. Tendré que estar disponible para lo que se ofrezca, desde traer bidones de agua o gasolina y conducir la camioneta, hasta ayudar con la limpieza o la compra de alimentos, y quizá también, poco a poco, con el apoyo psicológico a mujeres y niños; les ha gustado el manejo que le di a la confesión de Yameelah, y supongo que en realidad es por eso que han decidido dejar que me quede y ponerme a prueba. Acepto enseguida, es un buen trueque a cambio de la oportunidad de ir conociendo y tomando notas para mi tesis de grado. Me ofrezco, además, para llevar por escrito un registro de los acontecimientos diarios. A Zahra Bayda eso le suena medio inútil pero en todo caso inofensivo, así que asiente y el trato queda sellado.

Me alojan en el mismo lugar de anoche, en lo que ellos llaman la casa de los *expats*. Expats, o expatriados, son la parte del personal médico que viene del extranjero y se radica aquí para reforzar a los locales en el trabajo de la misión. Me dicen que la labor no siempre es fácil; las tribus islámicas más radicales recelan de todo occidental, sea médico, ingeniero, artista o trabajador humanitario. No faltan los problemas. Hace un par de años fueron secuestrados dos integrantes del equipo y se necesitó el apoyo de gobiernos e instituciones internacionales para lograr el rescate. Hay que andar esquivando amenazas, y transitar por las carreteras es peligroso.

La casa de los expats tiene estrictamente lo necesario y se ve tan limpia y ordenada como la de los Tres Ositos. Ha llegado a albergar hasta diez expats, pero por el momento sólo hay cuatro más o menos permanentes: Zahra Bayda, somalí; Pau, catalán; Olivia, irlandesa, y un médico mexicano que por estos días anda lejos, todos en estrecha convivencia en esta mini Torre de Babel, donde cada uno habla su propia lengua y entre todos se comunican en inglés. A mí me han adjudicado la pequeña habitación que da al patio. Los demás tienen que atravesarla para llegar al baño, y no es como que yo pueda colgar en la puerta un letrero de NO MOLESTAR, como en los hoteles. Pero mis coinquilinos son discretos, se cuidan de no despertarme a mitad de la noche, y a fin de cuentas el asunto resulta más incómodo para ellos que para mí. Hombres y mujeres duermen separados para no escandalizar a la población yemení, que se mantiene muy al tanto de todo lo que sucede adentro.

—Esta forma de vivir no deja de tener su poco de Gran Hermano —me dice Olivia, la pediatra irlandesa, que lleva el pelo tijereteado a mechones violetas.

Van pasando los días y aquí me voy quedando, mecido por esta cotidianidad doméstica en medio del caos. Los expats están acostumbrados a una rutina casi tan ascética como la que conocí en el monasterio, con una diferencia: aquí el infierno no es cuestión de doctrina, aquí el infierno es real y se extiende al otro lado de la puerta. El equipo ayuda en la medida de lo posible a que la gente del lugar sobreviva a la tragedia y sobrelleve el paso de los días. Médicos y enfermeros no dan abasto, y pese a que se quiebran el lomo con jornadas diurnas y nocturnas, por cada herido o enfermo que logran atender se les quedan diez sin atención.

Le pregunto a Zahra Bayda si no la desmoraliza este trabajo de hormiga frente a la magnitud del desastre, y me responde con un cuento. Se trata de un padre y su hijo pequeño que bajan a la playa y ven que la cubre una alfombra formada por los miles de estrellas de mar que la marea ha arrastrado hacia afuera. Se van a secar y van a morir, dice el padre. El niño recoge una de las estrellas, la lanza de nuevo al agua y dice: ésta no.

Después de pensarlo un rato, le confieso a Zahra Bayda que su bonita parábola de las estrellas moribundas no acaba de convencerme.

—En realidad a mí tampoco —dice ella—. Pero es lo que hay.

Es lo que hay: ante las deficiencias o carencias imposibles de solucionar, Zahra Bayda suelta a cada rato esa frase, que es su agarradero para no sucumbir a un escepticismo o un desánimo que le impidan actuar. Es lo que hay, dice Zahra Bayda, pero duplica esfuerzos para tratar de que haya un poco más.

Pau, el jefe de misión, un catalán de unos cuarenta años, especialista en enfermedades infecciosas, es seco y cortante pero no del todo hostil, aunque sí mandón en extremo. Me avisa que mañana será el cumpleaños de Zahra Bayda y que vamos a celebrarlo con una cena preparada por Leyla. El cocinero oficial es el propio Pau —interesante conjunción, jefe y cocinero—, pero, con ocasión de la fiesta, él le ha encargado a Leyla un banquete yemení.

Me llama la atención esta Leyla, su manera de hacer el oficio desplazándose por la casa como una discretísima y silenciosa presencia. No le he visto la cara, aquí nadie se la ha visto porque la trae bajo el velo, salvo los ojos, que parpadean al fondo como un par de prisioneros que atisbaran por la rendija de una celda. Me explican que Leyla pertenece a uno de los clanes que no permiten que las mujeres muestren ni un centímetro de piel, y por eso va cubierta de negro de pies a cabeza, incluyendo las manos, que enfunda en un eterno par de guantes.

—¿No se los quita ni para limpiar? —pregunto.

Son cosas que ella hace cuando no hay varones en casa. Delante de las chicas se desparpaja, según me dicen ellas. Se libera de los guantes, se recoge la abaya hasta las rodillas y trapea el piso descalza. Entre mujeres no tiene problema. Olivia, la pediatra, me cuenta que un día sorprendió a Leyla lavándose la cabeza con la manguera en el patio, y me asegura que no sabía que pudiera existir una cabellera tan extraordinaria, una cortina de seda negra (son sus palabras) nunca vista, literalmente *nunca vista*, siempre oculta bajo el hiyab. A Olivia le parece increíble que una mujer tan menuda y corta de estatura tenga semejante catarata de pelo, que debe consumir todas las energías de su magro cuerpo. Es interesante que la fascinación por el pelo largo y retinto de Leyla provenga precisamente de Olivia, que lo lleva corto y violeta. Si me preguntan a mí, confieso que el pelo femenino es mi debilidad y que me gusta de todas las maneras, sea bíblico, como el de Leyla, o punkero como el de Olivia.

Hoy la silenciosa Leyla aparece por casa con un canasto lleno de tomates, cebollas, perejil y otras hierbas olorosas, y se encierra en la cocina a preparar la cena de mañana. Le insinúo a Pau que será una lástima no tener vino para acompañar.

Ni hablar de vino, en el Yemen está prohibido el alcohol. Los expats hablan con eufemismos; dicen que el ojo avizor de Turbante Negro vigila la casa, y que aunque tolera la presencia de MSF, porque a regañadientes reconoce que la atención médica es indispensable, no aprueba que los doctores extranjeros se muevan fuera de la norma. Fantasmagórico y sombrío, Turbante Negro está en todas partes y su ojo todo lo ve.

Otro personaje que ronda por acá, como parte del folclor local, es el viejo Mirza Hussain, el Abuelo, a quien también llaman el Vendedor de Alfombras. Al contrario de Turbante Negro, su presencia es benéfica y bienvenida. De él se dice que habla todos los idiomas y que en su tiempo fue un rico comerciante. Luego dejó de tener alfombras para ofrecer, pero seguía apareciendo allí y allá con su camello centenario cargado de chucherías *made in China*. A cambio de alfombras valiosas, vendía relojes ordinarios, jabones, trampas para ratas, cosméticos, cortes de tela sintética. Ya no tiene nada de esto tampoco, pero sigue apareciendo por aquí con su viejo camello cargado de nada. El Vendedor de Alfombras ya no tiene mercancías para vender pero aparece de tanto en tanto, sobre todo desde la vez en que se presentó pidiendo que le curaran unos irremediables sabañones de los pies, y las enfermeras lo lograron. Desde entonces, viene y se sienta en silencio sobre una estera a unos metros de la casa, esperando a que alguien asome para conversar un rato. Aquí le brindan un plato de comida y un vaso de agua, le revisan los achaques, le dan medicinas y pomadas.

Por fin se me da la oportunidad de conocerlo personalmente. Es un anciano bruñido por todos los soles y macerado en eternidad, que cada dos frases suelta una cita del Corán. Me lo encuentro sentado sobre su estera, al lado de la puerta de casa. Le ofrezco una taza de café.

—Aquí estoy, esperando —dice.

—¿Qué esperas?

—¿No has escuchado el refrán? Siéntate a tu puerta y verás pasar el cadáver de tu enemigo.

—¿Yo soy tu enemigo?

—Sólo he repetido un viejo refrán. Tú me has brindado café y yo lo he aceptado, hemos demostrado tenernos confianza. La hospitalidad es ejercicio noble —me agradece alzando la taza e inclinando la cabeza—, el Corán dice que los hombres augustos han sido generosos desde tiempos remotos. El gran Soleimán, hospitalario y dadivoso, alojó suntuosamente a la reina de Saba en su palacio.

Salve, señora de Saba, digo para mí, ¿tan pronto apareces? Has salido a recibirme a través de la boca desdentada de este viejo mercader.

—Eres nuevo acá —Mirza Hussain me observa con tremendos ojos ambarinos, mejor no descuidarse o podrían hipnotizarte, tal es su forma de clavar la mirada.

—Llegué hace unos días —le digo.

—He sabido que escapaste de un monasterio. Yo conocí los monasterios de los cristianos, hace mucho, cuando viajé por Andalucía.

Trato de explicarle que no escapé, que simplemente me fui sin que nadie me retuviera, pero él es de los que hablan y no escuchan.

—Extraños lugares, los monasterios de tu tierra.

Trato de explicarle que Andalucía no es mi tierra. No me escucha.

—Yo me llamo Mirza Hussain. Cómo te llamas tú —pregunta.

—Bos Mutas.

—No es un nombre cristiano.

—No. Y sí.

—Los monasterios cristianos son edificios cerrados donde conviven muchos —afirma—, a veces hombres solos, otras veces solas mujeres. Quien entra debe permanecer allí a perpetuidad, practicando la idolatría y llevando siempre un largo traje lúgubre. Me pregunto cómo lograste escapar. Aquí, en esta casa de médicos donde ahora pernoctas, conviven hombres y mujeres sin ser desposados entre sí, ni siquiera familiares. Mala cosa, según enseña Al-Korán. Pero justificamos vuestra conducta o al menos la toleramos, porque pertenecéis a otra cultura muy distinta a la nuestra. Y porque se sabe que dentro de esta casa de médicos, hombres y mujeres permanecen castos, sin yacer unos con otras. No condeno a estas doctoras y cirujanas extranjeras que han venido a curar nuestras heridas y que ante nosotros destapan su rostro con una impudicia inocente y tranquila. Está visto que no sois promiscuos. No sé si los varones que aquí convivís habéis hecho votos de castidad, o si sois eunucos. Dicen que en tu tierra, quienes se enclaustran en monasterios ejercen su misterioso sacerdocio desposándose con tu Dios. Me parece una monstruosidad e ignoro en qué forma se realizará semejante ceremonia nupcial, porque la mantenéis muy en secreto. Al parecer vuestro Dios no tiene predilección por la belleza, porque cuando pregunté si en los conventos, o monasterios de mujeres, que son como un harem, sólo a las jóvenes más hermosas las destinan a ser esposas de vuestro Dios, me respondieron que no, que la edad o la belleza no son para él consideraciones válidas a la hora de elegir. Extraño Dios, el vuestro.

Aparece Pau y me propone que lo acompañe a dar una vuelta. Dejo solo a Mirza Hussain, el Vendedor de Alfombras inexistentes, para que termine su café mientras trata de descifrar lo indescifrable, y salgo a la calle detrás de Pau y nos adentramos en el pueblo vecino. Desde los alminares de las muchas mezquitas los almuédanos pregonan la eterna gloria de Alá, todos a la vez y por altoparlantes, en una polifonía disonante de efecto sobrecogedor. No se ve ni una mujer por estos barrios hundidos en escombros. Hombres sí, pero sumidos en el sopor. Jóvenes y viejos permanecen inmóviles, desgonzados en las aceras o sentados en los antiguos cafés, como en un derruido palacio de la Bella Durmiente.

—Es el khat —dice Pau—, ¿ves la bola que les abulta la mejilla? Es un amasijo de hojas de khat.

—¿Lo has probado?

—No.

Equivocada mi pregunta, tajante su respuesta. Cómo va a mascar khat el fornido y psicorrígido Pau, que no ha parado de hacerme advertencias de seguridad y dictarme normas de comportamiento. Zahra Bayda se ríe cuando lo escucha, me dice que hay que amoldarse a Pau y sus ráfagas de órdenes, comprensibles si se tiene en cuenta que antes de enrolarse con MSF fue cuadro de la Cruz Roja y tiene formación militar.

—Pero no te confundas —me dice Zahra Bayda—, Pau tiene un corazón de oro.

Comprendido. Pau, mi jefe catalán, dispara órdenes como fusil de repetición, pero al parecer tiene un corazón de oro. De acuerdo, lo llamaré Pau Cor d'Or.

Aquí voy detrás de él. Usa un sombrero de fieltro hundido hasta las cejas y me lleva a marchas forzadas por un laberinto de callejones hasta que llegamos —es de no creer— a un restaurante chino. Enquistado en estas ruinas, pero idéntico a cualquier restaurante chino de cualquier parte del mundo, como demostración de que cuando la comida se acabe en el planeta siempre podremos contar con pato laqueado, *chow mein* y *wonton*.

—Vamos a conseguir algo para la cena de mañana —dice Pau.

—¿Y los platos yemeníes de Leyla?

—Ya verás.

Pau cuchichea con un mesero chino de mandil negro y le entrega unos billetes. Nos hacen penetrar hasta el fondo. Alguien trapea el piso, las sillas están montadas sobre las mesas y un mural chabacano muestra dos lánguidos camellos que caminan en fila hacia la derecha, contra un fondo rosa y lila que sugiere un amanecer. Esperamos un rato, hasta que aparece una anciana china y nos entrega dos botellas grandes de salsa de soya.

—Es vino —me confiesa Pau, ya en la calle.

—¿Cómo? ¿No es soya? —no entiendo.

¿Pau, cuadro militar de la Cruz Roja, sumo guardián y protector nuestro, cometiendo infracciones riesgosas?

—Es vino —ratifica—. Los chinos lo fabrican clandestinamente y lo camuflan en botellas de éstas. Escucha, ni se te ocurra hacerlo otra vez, que sea la excepción, y eso porque Zahra Bayda cumple años una sola vez al año.

Pau aprovecha el camino de regreso para explicarme una verdad básica: si quiero permanecer en el Yemen, hay dos palabras que debo aprender, *haram* y *halal*. *Halal* es lo permitido y *haram* es lo prohibido.

Primera lección. *Haram*: el alcohol, la música, el baile. *Halal*: los gatos, la carne de cordero. *Haram*: los perros, la carne de cerdo, especular con dinero, apostar a la lotería, robar, fumar. Para las mujeres, lo *haram* es más extensivo: abarca la piel o el cabello a la vista, la sangre menstrual, las relaciones extramatrimoniales.

—Éste es un mundo dividido entre lo *halal* y lo *haram* —dice Pau—. No hay posibilidades intermedias.

No hay posibilidades intermedias y sin embargo aquí vamos él y yo por la calle, llevando en la mochila nuestras botellas *haram* de falsa soya. Este Cor d'Or es más complejo de lo que parece; sabe encontrarle una pequeña esquina permitida a lo prohibido. Como todo buen dirigente, calcula bien cuándo puede flexibilizar sus propias normas. *Chapeau* por eso, maestro. *Chapeau* también por su segundo cargo, el de cocinero, que lo convierte en un ser particular: por un lado, es el patriarca y mandamás a quien todos obedecen y temen, y por el otro, su alma femenina está pendiente de atender a los demás y procura que se mantengan bien alimentados. Inhumano y humano al mismo tiempo: interesante. La debilidad de Pau es el África. Por lo general frío como un témpano, este catalán psicorrígido pone ojos de enamorado cuando habla del África. Yo ya le había oído decir a Zahra Bayda que Pau tenía un sesgo sentimental que sólo salía a flote con ese tema, y que aquí en el Yemen cumplía al cien por cien y con disciplina espartana, como en todos lados, pero que sus sueños estaban puestos en África.

—La echo de menos —me confirma Cor d'Or mientras caminamos de regreso a la casa—. No veo la hora de volver. De aquí me iré al país que MSF me asigne, cualquiera que sea, pero cruzo los dedos para que sea un país africano. Es donde más me gusta trabajar. Entre su gente me siento bien, qué quieres que haga, yo soy feliz en África.

A la noche íbamos a celebrar el cumpleaños de Zahra Bayda, y unas horas antes, a la media tarde, Zahra Bayda me pidió que la acompañara a la cocina, a preparar escones.

—Qué son escones —le pregunté.

—Un pan danés.

—Ah, ¡*scones*! ¿Y por qué *scones*?

—Porque me gustan y es mi cumpleaños.

—Muy sofisticado, *scones* en el Yemen. ¿Pero no es más bien un pan escocés?

—A mí me lo enseñó a hacer un danés.

—Más que *scones*, me gustaría hacer una tarta de manzana.

—¿Ves manzanas por algún lado?

—No.

—No las ves porque no hay. Si hubiera, hornearíamos una tarta de manzana. Pero no hay, ¿o sí? —Zahra Bayda se puso ríspida, como pasa a veces.

—¿Te enseñó a hacer *scones* un danés en Dinamarca?

—No, un danés aquí.

—Un danés que vino al Yemen a hacer *scones*.

—Vino al Yemen a trabajar un tiempo con nosotros. Un médico danés.

—Y tú hacías *scones* con él.

—Y contigo también —ella remató con un buen revés.

Bésame, bésame mucho, como si fuera esta noche la última vez... Se me vino ese bolero a la cabeza, pero fue Zahra Bayda quien empezó a tararearlo. Con la música pasan esas cosas, como de telepatía: alguien recuerda una canción y es otro quien la canta.

—Así que conoces ese bolero, *Bésame mucho*... —le dije.

—Todo el mundo lo conoce, fue muy popular, yo se lo oí a los Beatles.

185

—Cuáles Beatles, los Beatles no cantaron eso.

—Apuesto a que sí.

—No, señora.

—¿Señora? Sólo un pollo como tú le dice señora a una mujer de treinta y seis, como yo.

—¿Eso cumples, treinta y seis?

—En realidad treinta y siete.

—Toda una señora —le digo y me pega un empujón.

A Zahra Bayda le vengo diciendo señora desde el primer momento en que la vi, cuando fue a recogerme al aeropuerto. Así, a primera vista, me pareció una señora, sencillamente una señora, y no me fijé mucho en su aspecto. Bueno, fijarme sí me fijé, cómo no fijarse si irrumpió en escena hecha un terremoto, hablando fuerte y gesticulando recio y vestida de colores en medio de tanta mujer silenciosa y de negro. O sea, fijarme, claro que me fijé, pero no como miraría un hombre a una mujer, más bien a una tormenta que se avecina. Lo que vi, ahí en el aeropuerto y a ojo de buen cubero, fue una señora enérgica y ejecutiva que daba unas órdenes que todos obedecíamos, los funcionarios, los militares, yo mismo, todos, como si hubiera llegado nuestra madre a poner las cosas en orden. Eso fue lo que vi, una posesiva y alimenticia madre de la humanidad, dueña del par de ojos más fieros y negros del desierto, ojos magnéticos de chamán en trance.

En la cocina, horas antes de su fiesta de cumpleaños, salió el tema de la edad y la estuve observando más detenidamente. Es una mujer alta, de cuerpo macizo que parece libre y cómodo bajo una especie de túnica amplia, estampada en tonos de verde con café y negro, que ella llama abaya y que le da un aire más africano que árabe. Encima se chanta el chaleco distintivo de MSF, blanco con el logo en rojo. También a mí me han dado uno, con instrucciones tajantes de que no salga sin él: pese a ser una simple tela, de alguna manera cumple como escudo de seguridad.

Qué caramba con esta Zahra Bayda. De veras seduce cuando se deja venir con su sonrisa somalí, franca y de dientes grandes, y de veras asusta cuando se enfada; a ratos se le escapa la mala leche, para qué voy a negarlo. Usa unos pendientes pesados que le estiran un poco los lóbulos de las orejas. Su tesoro más ostentoso es una melena indómita y brillante que, salvo en casa, lleva oculta bajo algún gorro o turbante. Yo le digo que a su melena sólo la sueltan de noche, como a los perros bravos. Y luego están sus manos, enormes, que ella mueve con gracia, gesticulando como una gran dama, o como quien sabe que tiene unas manos estupendas. Todo en esta mujer es magno y sólido.

—Eres un monumento inexpugnable —le digo.

—¿Acaso has intentado expugnarlo? —revira ella—. ¿Quieres apostar?

—Qué cosa.

—Que los Beatles cantaron *Bésame mucho*. El que pierda bate los huevos para los *scones*.

—Vas a perder —le advertí—, espero que sepas batir huevos.

Ella bajó por YouTube a Los Beatles cantando... ¿qué? Pues *Bésame mucho*. Tenía razón, esa versión sí existía y además era divertida, con Paul McCartney todavía joven y haciéndose el payaso sacando a relucir una voz vibrante a lo barítono.

Cumpliendo con mi penitencia, batí los huevos en un platón y los mezclé con la leche.

—¡Ay, Paul McCartney! —le decía Zahra Bayda a la imagen que aparecía en la pantalla del laptop—. Qué encantador estabas, de barbita, me gusta cómo cantas *báaaasame musho*. Yo sí te *baaasara*, Paul, yo te *baaasara muusho* si me lo pidieras así, poniendo esos ojos de ternero y esa boquita de caramelo.

Metimos al horno los *scones*. Eran las horas quietas del calor sordo y de ahí hasta la cena no habría tareas pendientes, así que nos sentamos en el patio y nos pusimos a matar el tiempo buscando por Google chismes sobre *Bésame mucho* y las artes del bolero.

—Es de una mexicana, ¿sabías, Bos? Se llama Consuelito Velázquez y tenía dieciséis años cuando lo compuso. *Sweet sixteen.* Dicen los de Wikipedia que ella todavía no había besado a nadie.

—Cómo lo saben.

—Al parecer ella misma lo confesó. Pero no le creo. Nadie se saca un beso así de la nada —Zahra Bayda se reía, relajada y encantadora—. Me gusta esta Consuelito que decreta *bésame mucho* como dando una orden, ¡bésame, o te mato!

—Bésame, o me mato.

—Increíble, a los dieciséis años Consuelito ya sabía que se besa con toda el alma.

—Se besa como quien muerde, o quema, o mata.

—Se besa con la vida en un hilo, la propia Consuelito lo dice: como si fuera la última vez. Como si te fueras a morir, o algo así.

—Como si no hubiera mañana.

—No hay mañana.

—No hay mañana, Consuelito lo predijo a los dieciséis.

—Otra virgen profética, como la sibila de Cumas.

—¿Nadie besó a la sibila de Cumas?

—Tal vez Apolo.

—*She kisses like a machine*, dice una canción de Pink Floyd.

—A cuántas mujeres has besado tú —me preguntó Zahra Bayda.

—¿Yo? A algunas.

—¿Te has acostado con muchas?

—Nada del otro mundo... ¿Y tú? ¿Ostentas récord Guinness en materia sexual?

—Me tomó años reponerme de una violación bastante brutal, pero ya ves, ahí voy. Se hace lo que se puede.

Yo tendría que haberle dicho algo, preguntado algo, expresado mi... ¿mi pena, mi horror, mis disculpas? No supe qué decir, creo que ni siquiera quise saber. Me quedé de piedra. Tendría que haberle hecho la pregunta más elemental, qué te pasó. Pero no lo hice, supongo que por temor a la respuesta.

Siempre me ha asombrado la desenvoltura con que las mujeres hablan entre ellas, sin bochorno ni recato, de tú a tú, intercambiando confidencias en un ronroneo que corre suave y natural, con risas o lágrimas, en conexión inmediata, sin premeditación, como niñas de escuela, como si de adultas siguieran llevando el mismo uniforme, los mismos calcetines desjaretados y zapatos de cordones sueltos, los mismos raspones en las rodillas y mochilas de libros a la espalda. Así fueron siempre las conversaciones de mi madre con sus amigas, y de niño yo las escuchaba encantado no tanto por lo que decían, sino por cómo lo decían.

Ante Zahra Bayda me quedé callado, incapaz de mirarla a la cara y avergonzado por la cobardía de mi silencio, pero sin saber cómo romperlo. Sospecho que un profundo sentimiento de culpa me tapaba la boca, aunque no sé de qué, si jamás he violado a nadie, nada más ajeno a mí. Culpa por ser hombre, culpa por el daño que otros hombres le han hecho, culpa de no haber sufrido como ella, culpa de no haber pasado por el infierno, culpa, culpa, culpa. Me hubiera gustado poder hablar abiertamente con ella, pero no, no pude.

Algo me falla a la hora de entablar relación cercana con la gente. No se me da. Tengo recelo de lo que pueda haber bajo la piel del otro, peor aún, de lo que pueda haber bajo su ropa. Para mí, intentar contacto estrecho es como tirarse al agua sin saber nadar; a qué hora habré caído justamente al Yemen, este mar de humanidad urgida, aislada, en carne viva.

Los *scones* estaban en el horno esperando su momento y entre Zahra Bayda y yo se habían acabado las risas y ahora cuajaba un silencio tristón. Ella cargaba con dolores y secretos que yo no podía ni quería imaginar; éramos habitantes de planetas distintos, el mío leve, de algodón, el de ella grave y denso. Sentí una súbita punzada en el pecho, ese danés que había hecho *scones* con ella se me vino a la mente como un dolor y me vi a mí mismo como un sustituto. De repente yo no era sino la sombra de ese otro, y todo lo que ocurría en esa cocina me pareció irreal.

Zahra Bayda ya tenía la cabeza en otras cosas, y como si nada volvió a Google y a Consuelito. Averiguó que *Bésame mucho* había sido censurado en la España de Franco por la Liga de la Decencia porque iba contra la moral. Sin embargo, se puso tan de moda que lo grabaron en cincuenta idiomas más de cien intérpretes, como Elvis, Plácido Domingo, Mina, Nat King Cole...

—Y los Beatles.

Con *Bésame mucho*, las mujeres despedían a sus hombres cuando partían para la guerra.

—Habrá sido la Segunda Guerra Mundial... —comenté.

—Cualquier guerra, supongo. Bésame ya, Mambrú, o Paul, o como te llames, y lárgate a tu guerra.

—Cómo se llamaba tu danés.

—¿El de los *scones*? Para qué quieres saber.

—Era nórdico y arrebatador como Mads Mikkelsen, confiésalo.

—¡Bésame, Mads Mikkelsen! —Zahra Bayda seguía canturreando—, pero si me besas, bésame mucho, mucho, mucho, porque allá en Dinamarca te mueres de frío, o quizá en la guerra, o te quedas con otra, ¡canalla!, y por aquí no vas a volver.

Consuelito Velázquez no logró componer otro bolero memorable; fue sibila genial a los dieciséis y al año siguiente ya había perdido el don.

—La versión de los Beatles no funciona —dije.

—Pero es divertida.

—Por eso no funciona. Un bolero tiene que ser dolido, lloroso y psicológicamente retorcido.

—¿No hay un bolero bufo?

—El de los Beatles, por eso no es bolero.

Le comenté a Zahra Bayda que el mejor beso de la literatura lo cuenta Stephen Dedalus, el personaje de Joyce, cuando dice que siendo muy niño, los labios suaves de su madre humedecían cada noche su mejilla haciendo un ruido pequeñito, y él dedujo que eso era un beso.

Le conté también que hay un beso dulce y terrible: el beso de la reina, al que alude Gérard de Nerval con letras de sangre, cuando confiesa que le deja una marca roja en la frente.

—¿Como si fuera un mordisco, o una quemadura? —preguntó Zahra Bayda, ya más interesada.

El beso que lastima a Nerval bien podría ser el mismo que figura en el Cantar de los Cantares; ninguno de los dos es el beso occidental, que se figura suave, labial, saboreado, sentimental. El otro, en cambio, es el beso ardiente y rudo del desierto.

En hebreo, lengua original del Cantar, la palabra *nashaq* tiene el doble sentido de amar y morder, y, con una leve variante fonética, también significa pegar fuego, incendiar. El beso y el arma comparten un vocablo casi igual, y besar sería también morder, quemar o herir: amor y violencia que van de la mano. El beso como antropofagia; no *un besar apagado, [sino] un círculo de llamas y de armas desenvainadas.*[27]

Me extendí en explicaciones y perdí la atención de Zahra Bayda, que me dejó hablando solo.

—¿Cómo lograste reponerte? —me atreví a preguntarle de buenas a primeras.

—¿Qué cosa?

—Reponerte, eso dijiste.

—¿Reponerme?

—Fue la palabra que usaste.

—¡Los *scones*! Sácalos del horno, Bos, ¡se van a quemar! —ordenó ella y con eso esquivó mi pregunta. Al parecer no todas las mujeres parecen colegialas ni son proclives a las confidencias. Ciertamente Zahra Bayda no lo es.

Volvimos a vernos a la hora de la cena, cuando se reunieron para celebrar el cumpleaños los diez o doce integrantes del equipo de MSF ampliado. La comida que había preparado Leyla estaba estupenda, los *scones* un poco quemados y el vino chino impotable, pero literalmente embriagador. A la segunda botella ya andábamos chispeados, al menos yo.

La mitad de la gente conversaba, la otra mitad bailaba y yo me senté solo, a mirar. Los CD sonaban bajito, las cortinas estaban cerradas y la luz casi apagada, supuse que en un intento fracasado por lograr un cierto ambiente discotequero, pero me explicaron que era para rehuir la vigilancia del fantasmagórico talibán, Turbante Negro, que prohíbe la música y el baile y se mantiene vigilante a través de sus mil ojos y sus cien espías.

Cuando sonó el infaltable *Despacito*, de Fonsi, Zahra Bayda lo bailó con Pau de una manera francamente sensual. Bueno, sensual ella, que estaba alegre y bonita, ahora sí con un vestido ceñido; la melena suelta; los labios pintados de rojo; los ojos, de por sí bien negros, reteñidos al carbón, y un don natural para el ritmo, el meneo y el desparpajo que me pareció muy africano y muy poco yemení. A su lado estaba Cor d'Or recién bañado, planchado y perfumado, de camisa blanca y luciendo su gran físico de atleta, pero ejecutando la salsa con rigidez de robot o de ex cuadro militar de la Cruz Roja, y tal vez pensando en África cuando miraba a Zahra Bayda.

Y yo, ¿qué velas llevaba en ese entierro? Yo, que odio las fiestas, ¿qué hacía en ésta, de convidado de piedra? No conocía a nadie, nadie me conocía a mí. Permanecía ahí sentado como una plasta, poniendo cara de culo y dejando que me invadiera el malestar. Me asaltaba una duda, ¿serían amantes esos dos, Zahra Bayda y Pau? Y aquel médico danés, el Mads Mikkelsen de la medicina humanitaria, el que no dejaba que los *scones* se quemaran en el horno, ¿amante de Zahra Bayda, ese también? El vitriólico vino chinesco me estaba convirtiendo en un tipo celoso.

En algún momento de la noche Zahra Bayda se me acercó, achispada ella también, y tomó mi cara entre sus grandes manos místicas.

—Para bolero, el de Ravel —me susurró al oído.

Danza con hienas

He visto salir del mar a una mujer muy bella. Ha sobrevivido al naufragio; muchos de los que venían con ella en la patera se han ahogado, aún no sabemos cuántos. La mujer es alta y fuerte y ha logrado nadar hasta la orilla. El oleaje le ha arrancado la ropa y le ha enredado una maraña de algas en el pelo. Está exhausta. Se aleja del agua trastabillando y se desploma en la arena.

La he visto salir del mar, *phantasmata splendida*, vida arrancada a la muerte. Recibe la botella de agua que le entrego y toma a pequeños sorbos. Se envuelve en la manta térmica que le tiendo. Poco a poco he ido aprendiendo a desempeñar estas tareas desde que me trajeron a Adén, en el extremo sur del Yemen, y me incorporaron al equipo de MSF que maneja la red de apoyo que a lo largo de estas costas socorre a la gente de las pateras.

A la mujer salvada de las aguas la llevamos en camilla hasta la carpa donde los compañeros han montado una enfermería ambulatoria. Ahí la hidratan y le hacen curaciones en las quemaduras por el sol y la sal. La dejan descansar. Duerme varias horas y me le acerco cuando despierta. Le traigo unos dátiles que enseguida devora. Le pregunto el nombre y no me lo dice. Al segundo día otra vez, ¿cómo te llamas? No responde.

Trato de seguir con ella el procedimiento habitual en estos casos, esperando que recupere fuerzas por si quiere que la traslademos al campamento para refugiados de ACNUR en Kharaz, y para averiguar cómo podemos avisarles a sus familiares que ha llegado con vida y se encuentra a salvo. Ella se encierra en su silencio y yo me pregunto si será muda, pero las enfermeras comentan que a veces la escuchan murmurar rezos en amhárico. No sé su nombre y le digo la doncella abisinia, como en el poema de Coleridge.

Se diría que la tragedia vivida no penetra en su sueño, porque duerme serena y su cuerpo ondula suavemente al vaivén de la respiración. No se encoge sobre sí misma como protegiéndose, sino que reposa sobre la espalda en lasitud expuesta y confiada, con el antebrazo derecho hacia arriba y apoyado en la cabeza, como la escultura en mármol de la Ariadna yacente.

Al tercer día la encuentro sentada en la litera y desenredándose la melena, que lleva larga y rizada, teñida de rojo intenso con alheña. Habla por fin, dice que en la oscuridad del mar nocturno no se veía la orilla.

—Unos se hundían, otros nadábamos desorientados. Cuando vi la luz, ubiqué la orilla y pude nadar hacia acá —dice.

Se refiere a los faros antiniebla de nuestro jeep de rescate. Cuando hay *landings* nocturnos, los encendemos y los enfocamos hacia el mar. Los *smugglers* (traficantes de gente) tiran a los refugiados al agua antes de llegar a la orilla para poder girar la embarcación y devolverse a toda velocidad, escapando de los guardacostas. En las noches, la costa yemení se hunde en la negrura, y sólo los faros del jeep orientan a quienes intentan sobreaguar. Los faros del jeep, única luz a la vista, son su estrella de Belén.

La doncella abisinia. Los sobrevivientes que compartieron embarcación con ella le tienen miedo, no se le acercan.

—Mató con sus manos al *smuggler* que la azotaba con la correa —me dicen—. Luego se tiró al mar, que estaba muy negro, y los demás seguimos su ejemplo. No la conocemos, embarcó sola, sin familia. No sabemos quién es ni de dónde viene. No es humana —aseguran—, ten cuidado, no es humana.

196

Una madrugada me avisan que por la noche la doncella abisinia abandonó la carpa y echó a andar desierto adentro. No volvemos a saber de ella.

El puerto de Adén, donde me encuentro, está al extremo sur del Yemen. Construido en el cráter de un volcán extinto y asomado al océano Índico, Adén domina el golfo que separa el Cuerno de África de la península arábiga. Tiene una ubicación estratégica como paso obligado de la navegación que del Índico va hacia el Mediterráneo atravesando el mar Rojo y el canal de Suez. En el punto más ancho, el golfo de Adén tiene 237 millas náuticas: 440 kilómetros de aguas incendiadas, donde se cruzan los buques cisterna cargados con petróleo del golfo Pérsico; las lanchas veloces de los piratas somalíes; los botes de los guardacostas; los navíos de guerra de los Estados Unidos... y las pateras en que los migrantes huyen del África para llegar a Arabia, y también al contrario, las pateras con los que huyen del Yemen para alcanzar las costas de Yibuti y Somalia. ¿Dónde encontrar la salvación, de un lado o del otro? Estén donde estén, la salvación espejea al otro lado.

Aquí echó raíces Arthur Rimbaud tras abandonar Francia y atravesar mares y desiertos. Dijo que Adén, sin una brizna de hierba ni una gota de agua potable, no era más que una roca espantosa, asediada por piratas y bandidos y poblada de cerebros requemados por el sol, las malas noticias y los negocios arriesgados. Aquí Rimbaud dejó de ser poeta para convertirse en comerciante o se convirtió en comerciante para dejar de ser poeta, vaya uno a saber. En esta esquina del mundo pululan las multitudes que se desplazan desde todos lados buscando llegar algún día a Europa, mientras Rimbaud, siempre en contravía, huye de Europa persiguiendo su grial por estas tierras alejadas.

Mis compañeros se ocupan de hacer el empate con los equipos locales y entretanto yo me escapo para conocer el lugar donde vivió Rimbaud, el Grand Hôtel de l'Univers, o lo que queda de él.

Es una construcción colonial corroída por el tiempo y el olvido, alguna vez pintada de un verde menta hoy enfermizo y descascarado. El Grand Hôtel de l'Univers ya no es *grand*, sino ruinoso, ni es hotel, sino pensión popular, y tampoco es universal: hace décadas lo abandonaron los últimos europeos. La terraza frontal, con sus arcos y su barandilla, da a una congestionada calle principal que en otros tiempos fue plaza marítima con trajín de camellos y caballos, carga y descarga de mercancías.

Cierro los ojos y puedo verlo. Es él, Arthur Rimbaud. No se parece a sí mismo, su aspecto ya no tiene el aura dorada de otro tiempo. Aun así, sigue siendo él, o al menos su fantasma, tal como se lo ve en los daguerrotipos. Adulto ya, se apoya en la baranda de esta terraza que visito cada vez que puedo, porque aquí Rimbaud se me aparece. Tiene un aire perdido de persona sin importancia. Está flaco y lleva un traje de algodón que le nada. Su famosa mirada azul-cristal se ve apagada, como telón de cine después de la función. ¿Y el don de la gracia que hizo de él un joven dios? Nadie es serio a los diecisiete años, dijo a esa edad, cuando era genio y ángel y poeta y malandrín, y su *vida era una fiesta donde se abrían todos los corazones, donde todos los vinos corrían.*[28] Nadie es serio a los diecisiete. Ahora ya es adulto y es serio por fin, o al menos frunce el ceño.

Un cartelito cutre y una flecha indican que vivió arriba, en el segundo piso de este Grand Hôtel de l'Univers. No hay quien me cobre la entrada, o me impida subir así no más. Los escalones crujen bajo mis pisadas. De las puertas cerradas salen llanto de niños y olor a comida, y hay ropa tendida en los barandales. Ya en el segundo piso, otra flecha me guía hacia el fondo de un corredor oscuro, bordeado por tablones que por las rendijas dejan colar migajas de luz. En una habitación con balcón abierto a la calle, de donde llega mucho ruido y algo de brisa marina, han prendido a la pared con tachuelas una fotografía suya, recortada de una revista y protegida con plástico transparente. Debajo, un frasco con flores artificiales y, al lado, una vitrina cerrada con llave que contiene tres objetos deslucidos que supuestamente le pertenecieron: una libreta, una pluma, una camisa. Nada más. Como santuario es decepcionante.

Aun así, el vértigo me sacude: aquí vivió él, el poeta, aquí, en este cuarto durmió, o padeció sus desvelos, y aquí escribió, o dejó de escribir. Aquí sucedió, no importa que sean plásticas las flores, espuria la libreta, falsa la pluma, un engaño la camisa, no importa, da igual, cada uno de estos objetos mustios me emociona, como también su fotografía, su cruel y hermosa cara adolescente y su mirada de vidrio, no importa que sólo se trate de un recorte de revista, da igual, a fin de cuentas ésta es exactamente la misma foto que enamoró a Patti Smith, como a mí me enamoró la de ella. *Me tropecé con Arthur Rimbaud —escribió Patti— en un quiosco frente a la terminal de autobuses de Filadelfia cuando yo tenía dieciséis años. Su altiva mirada se cruzó con la mía desde la tapa de* Iluminaciones. *Lo adopté [...] como amor secreto. A falta de los noventa y nueve centavos que costaba el libro, me lo metí en el bolsillo. Rimbaud tenía las llaves de un lenguaje místico que yo devoraba pese a no poder descifrarlo del todo.*[29]

He visto. En estas costas de Adén, yo he visto.

He visto naves en llamas más allá de Orión, reza el sonoro *he visto* de *Blade Runner*, que retoma los *he visto* pronunciados por el propio Rimbaud, quien supo ver cielos en brasas estallar en relámpagos, soles coagulados y barcos ebrios en trombas y resacas. Vio el mar hecho eternidad de lágrimas, y escuchó los pensamientos pálidos de los ahogados.

En cuanto a mí, Bos Mutas, también yo he visto. He visto al amanecer hordas de cangrejos mordisqueando los cuerpos que durante la noche el mar arroja a la playa.

He hecho amistad con Nader, un muchacho yemení que trabaja como intérprete para MSF. Además de su árabe nativo, habla inglés, amhárico y somalí, y se siente orgulloso del título rimbombante que le han adjudicado, *humanitarian affairs assistant*. A las cinco de la mañana, Nader y yo salimos a patrullar a lo largo de un trecho de costa en el jeep. Nos toma tres horas ir de un extremo al otro y volver. A un lado del camino está el desierto y al otro el mar. No hay más.

Permanecemos a la espera de *landings* o desembarcos de refugiados. Trabajamos por turnos con otros equipos; la gente que alcanza la orilla viene tan maltrecha que cualquier demora resulta fatal. Nos apresuramos a socorrer a los que llegan vivos. Vivos, pero como zombis, desnudos, demudados, con la expresión en blanco. El personal médico se encarga de darles primeros auxilios; casi todos traen quemaduras de segundo o tercer grado. Nosotros les alcanzamos agua, dátiles, *biscuits* ricos en proteínas, toalla, ropa seca y chanclas de caucho. A los que quieren, los transportamos al campo de refugiados más cercano, donde podrán permanecer mientras se reponen, al menos del cuerpo, porque del horror, la desesperanza y la muerte de los suyos no podrá curarlos nadie.

En las zonas más pobres, los yemeníes celan a los refugiados por considerarlos invasión y competencia laboral. También nos celan a nosotros, por ayudar en los desembarcos. De vez en cuando recibimos amenazas o escuchamos que nos gritan *kafir*, infiel. Neutralizamos la hostilidad de la población local mediante pactos. A algunos de sus *sheiks*, MSF los contrata como choferes, y se hacen acuerdos con las tribus de pescadores para que nos avisen cuando haya una nueva emergencia.

—Es agradable trabajar así, con gente internacional como tú —me dice Nader—. Venimos de culturas diferentes, pero somos un equipo. Conocemos un lenguaje común, nos reímos y nos acompañamos. Lidiar con esta tragedia te va moliendo, pero a la hora del desánimo contamos con los demás. Sin ese apoyo emocional, nuestro trabajo sería insoportable.

—¿No te aburre que por andar conmigo tu gente te grite *kafir*? —le pregunto.

—Te gritan *kafir* a ti —se ríe—. A mí no, yo no soy *kafir*.

¿Qué amarra a Rimbaud al Yemen, y sobre todo a Abisinia, la tierra que hoy es Etiopía? Los analistas que escudriñan cada detalle de su vida y especulan sobre los motivos de sus metamorfosis creen que acá lo mantienen cautivo sus deseos de riqueza, frustrados una y otra vez porque sólo logra concretar pequeñas transacciones; cambalaches insignificantes; un puesto discreto y mal pago en una empresa que comercia café. Y la esperanza puesta en el tráfico de armas: viejos fusiles de resorte, desechados por ejércitos de paso, que él les vende a las tribus locales y que éstas utilizan para destruirse entre sí. Hay quienes lo ven como un *loser*, perdedor, y otros, los indignados, lo señalan como traidor. Para Albert Camus, este Rimbaud que se borra en lejanías es un *alter ego* irreconocible e indeseable del Rimbaud poeta. Lo llama renegado de la poesía y de la rebeldía, saboteador de su propio genio, suicida del espíritu, traficante burgués, ¡qué no le dice! Parece tenerle al Rimbaud adulto una manía sólo proporcional a la admiración que siente por el Rimbaud adolescente.

Por cuanto a mí respecta, o sea, a mí, Bos Mutas, en realidad no sé qué creer, y además no importa lo que yo crea. Pero me pregunto, ¿es realmente traición preocuparse por conseguir trabajo y ganar dinero para poder comer? Sólo a los aristócratas no les angustian esas cosas. Camus encuentra lamentable que Rimbaud lleve faltriquera con oro en la cintura. ¿Y acaso Camus no lleva billetera en el bolsillo?

Yo digo que va más allá de la avaricia ese arrebato que empuja a Rimbaud a jugarse el pellejo en pliegues más oscuros de la realidad, imponiéndose exigencias atléticas y ascéticas rayanas en el aniquilamiento. Recorre cientos de kilómetros diarios a caballo por terrenos intransitables y bajo altas temperaturas, adquiere el hábito de no comer, reta al desierto. Me gustaría conocer la razón de su extremo desafío. Es cierto que éstas son tierras y climas difíciles, pero no todo el que viene se tira a matar de ese modo. Tiene que haber algo adicional, una ansiedad febril que no encuentra destino, una búsqueda ciega o, como diría Carlos Santana, un corazón espinado. Un poeta no se hace de la noche a la mañana, y quien es poeta no deja de serlo de la mañana a la noche. Si Clausewitz ve la guerra como continuación de la política por otros medios, por qué no ver el viaje de Rimbaud como continuación de la poesía por otros medios.

Me cuesta entender. Sólo una cosa sé: vivir y tratar de echar raíces en estos lugares implica de por sí buena dosis de lo que él llamó trastorno de los sentidos. Para mí, su aventura tuvo mucho de novela escrita en el viento. Me gusta el Rimbaud atrabiliario, sarcástico, seguro de sí mismo y temperamental, bello incluso hacia el final, cuando ya está enfermo y va derecho a una temprana muerte. Me gusta el desparpajo con que se zafa de las metáforas que lo adornan. Gloria al poeta que no la persigue. Bendito el santo que abandona el nicho. Valiente quien sabe que se le fue el cuarto de hora y no se empeña en alargarlo a la brava. Salud al artista que sólo da de sí lo que tiene que dar. El Rimbaud que más me llega intuye que no hay peor cárcel que el propio estilo. Habla y después calla. *Chapeau* al *superstar* que se baja del cielo y aterriza en plancha.

Pero...

Tan pronto empiezas a buscar peros, los vas encontrando. No todo son idealismos en el Rimbaud que ronda por aquí, ni su hazaña es siempre la del héroe solitario. No es tan así, no tanto, porque bien que hace parte este señor del andamiaje colonial de dominio y explotación de estas tierras, él, uno de tantos europeos —militares, burócratas, comerciantes o buscafortunas— que vinieron a sacar provecho de la patente de corso para el saqueo. Enid Starkie, biógrafa irlandesa de Rimbaud, encontró prueba —¿válida?— de que incluso se vio comprometido en la trata de esclavos.[30]

¿Vino para hundirse en la perdición? ¿Abandonó el brillo de París para pudrirse en este infierno de abandono y marginalidad? Depende del color del lente, porque otra cosa opinan las amistades etíopes que he hecho por acá, para quienes París no es ningún ombligo del paraíso, y ven a Rimbaud como uno más entre los suyos, lo quieren y lo admiran y se sienten correspondidos, incluso alguno que confunde Rimbaud (Rambó) con Rambo, el de Stallone.

—Entre nosotros, Rimbaud no logró hacer fortuna —me dicen—, pero tuvo el mundo a sus pies. Él es nuestro poeta, nos quiso y lo queremos. Se enamoró de nuestra lengua y nuestros antiguos cantos, y nosotros nos enamoramos de su lengua y de sus versos.

Ante este altarcito chungo en una habitación desvencijada del Grand Hôtel de l'Univers, le rezo a un Rimbaud que para mí viene siendo *the fool*, el Loco del tarot, figura inestable, en pleno furor de fuerzas encontradas, con un pie en el aire y a punto de dar un paso hacia el abismo. ¿Y si Abisinia no fue abismo, sino umbral? Terco y resistente como un camello somalí, Rimbaud atraviesa las colinas del Demonio para llegar a este lugar, donde su experiencia se hace vertiginosa. Sus negocios fueron apenas el hilo visible de una búsqueda más secreta, más complicada. Pero mejor no cantar victoria, ¿acaso la pierna con la que el Loco da el gran paso no es la misma que más adelante tendrán que cortarle al poeta?

Nader y yo no dábamos abasto atendiendo los *landings*, que habían incrementado su frecuencia. *Landings*, *new arrivals*, *smugglers...*, los propios refugiados bautizan su tragedia con estos nombres en inglés. Pasan y pasan los meses, ya estoy lejos de allí, pero sigo escuchando las voces de los náufragos. Resuenan en mi cabeza los pensamientos pálidos de los ahogados. Una y otra vez las mismas historias, las lágrimas en el mar, las mil versiones de un mismo horror.

—Cuando la barca volcó —dicen en mis oídos los ecos—, ya varios habían muerto durante la travesía, sobre todo entre los que venían debajo, en el hueco para el pescado.

—Los *smugglers* tiraron a los muertos al mar, y los demás sentimos lástima por ellos. En ese momento no sospechamos que poco después íbamos a estar en el agua nosotros también. El cielo y el mar eran una sola masa negra, tan oscura arriba como abajo y sin línea divisoria. Había que alcanzar la playa, pero ¿dónde estaba la playa? Cada uno nadaba para un lado. Otros no sabían nadar.

—Veníamos tan hacinados en la patera que no podíamos bajar los brazos, y nos golpeaban con la hebilla de la correa si intentábamos movernos. Permanecimos sentados en la misma posición, a rayo de sol, sin comer ni beber, durante cuatro días con sus noches. Ya íbamos llegando cuando los *smugglers* recibieron aviso de que rondaba la patrulla yemení. El rodeo que dieron para evitarla alargó nuestra agonía.

—No tenían piedad, nos azotaban como a animales.

—Traemos las nalgas y los genitales lacerados por tantas horas entre agua salada y orines.

—La bodega de las barcas es para almacenar pescado, pero ahí vamos nosotros, los etíopes, inmóviles y apretados, las piernas encogidas contra la espalda del que va adelante, y contra tu espalda las piernas del que viene detrás. Así nosotros, los etíopes. No peces sino seres humanos. Abajo en la bodega, como sardinas en lata, hemos muerto asfixiados. Los *smugglers*, que son somalíes, nos discriminan y maltratan, y una vez muertos, echan nuestros cuerpos al mar.

—Una mujer traía en brazos a un niño que lloraba, y le ordenaron que lo callara. Ella les dijo, no puedo callarlo, tiene hambre y sed. Entonces tiraron al niño al agua. Esa mujer se llama Ayanna y llegó con nosotros entre los *new arrivals*.

—Cuando el traficante le arrebató al bebé y lo arrojó al mar, dijo: ahora tiene agua.

—Me obligaban a saltar. Cuando me negué, me arrebataron al bebé y lo tiraron al agua. Salté tras él, dejando en el barco a mis otros dos niños. El agua no era profunda y pude salvar al bebé. ¿Pero qué había sido de los otros dos? ¡Alabado sea Dios! Uno de los migrantes que venían con nosotros los ayudó hasta la playa. Hemos llegado con vida, mis tres hijos y yo. Alguien me da agua para el bebé. Los dos niños comen las galletas que les dan. Hemos llegado, no puedo quejarme.

—Vengo aterido después de tantos días inmóvil, con las piernas encogidas. No puedo moverme y me tiran al muere. Ellos te empujan al agua, no es problema suyo si te ahogas o no.

—En el barco sólo cabían treinta o cuarenta, pero nos metieron a ciento veinte o ciento cincuenta.

—Mi marido y yo llegamos lastimados y exhaustos. Me abracé a él y nos quedamos dormidos ahí mismo, en la playa. Cuando desperté, vi que mi marido había muerto a mi lado.

—Al emprender el viaje, ya sabíamos del sufrimiento y los riesgos que nos esperaban. Familiares que atravesaron antes nos habían advertido. Aun así, estábamos dispuestos a hacerlo, y duramos meses juntando los ochenta dólares por cabeza que cobran por el pasaje. Teníamos una sola idea en mente, la misma idea que rumian todos en mi país: en el mar es posible que mueras, pero si te quedas en Somalia, es seguro que mueres.

Rimbaud, el desconocido. Explorador sin casco y viajero sin equipaje, pierde dinero en cada empresa y arriesga la vida en cada trance. Lejos de Verlaine y la loca parranda, y a salvo de la mojigatería católica de la madre, Rimbaud se manda hacer un sello con la inscripción *Abdo Rimbo*, equivalente a *Absallah Rimbaud*, o *Rimbaud, siervo de Allah*: hay quien cree que puede haber abrazado el islam.[31] Se comunica en árabe, amhárico, harari, somalí y oromo; parece ser cierto que posee el don de lenguas. Guarda silencio, en cambio, durante los recorridos por el desierto. Ha adquirido el hábito de hablar hacia adentro y consigo mismo. Lo ha aprendido de los nómadas, como también a soportar el calor, las carencias, la hostilidad. A no quejarse, a controlar sus instintos, a ignorar la sed. Y si estos nómadas, gentes recias, no lo atracan y lo matan dejando su cuerpo por ahí tirado, es porque él también es recio y se hace respetar; no se muestra ante ellos como el niño llorica de las cartas a mamá.

No soporto al Rimbaud que escribe lastimeramente, estoy muy solo, madre, acabo yendo a donde no quiero y haciendo lo que no quiero, me aburro, no duermo, pierdo el apetito. Tampoco soporto a su madre, *hembra de desastre*, según Pierre Michon, *sufridora y perversa*.[32] El hijo se infantiliza y monta una jeremiada para conmover a esa mujer de hierro, ¿te das cuenta, madre?, yo podría desaparecer en estos andurriales sin que tú te enteraras siquiera. ¿Y ella? Ella se apertrecha en sus creencias religiosas y es incapaz de demostrarle afecto. Fría como el hielo la señora, allá en Charleville, mientras el hijo le ofrece sus lágrimas. Alégrate, madre, con mi dolor, que es señal de arrepentimiento, me aparté del buen camino y ahora lo pago bien caro, yo, tu hijo Arthur, penitente en esta tierra malsana y entre gentes raras. Pero soy bueno, madre, ya verás, voy a juntar dinero para regresar con los míos como hombre de pro, pon oídos sordos a los chismes que te lleguen sobre mis días en París, todo eso quedó atrás, más aún, aquello nunca sucedió.

El Rimbaud que me gusta es árabe y africano y recorre extensamente el Yemen, Somalia y Abisinia, los tres territorios que conformaban el antiguo reino de Saba. Pero ¿qué puede decirme acerca de la mítica reina? Al parecer, nada. Que se sepa, jamás habla o escribe sobre ella. Otros grandes franceses sucumben a su encanto —Flaubert, Nerval, Malraux—, pero no es el caso de él. Aun así, algún tipo de acercamiento sí que tiene, incluso más tangible que los demás: Rimbaud llega a intimar con la nobleza abisinia, seres de carne y hueso que se reclaman descendencia oficial y directa de Salomón y Makeda. Los otros autores juguetean con la leyenda, mientras que él se brinca la leyenda y se mete con la sangre de su sangre: los nietos de los nietos de los nietos de los nietos de Makeda, soberana de Saba.

Uno de estos vástagos es Ras Makonnen, primo hermano del sumo Emperador de Abisinia. Este Makonnen, inmensamente rico, destacado jefe militar y gobernador de la provincia de Harar, es un hombre menudo, refinado y culto, conocedor de la literatura francesa y sin duda al tanto del prestigio de poeta que en secreto arrastra Rimbaud. Llegan a tenerse verdadero afecto y a disfrutar de la mutua compañía, y si Makonnen, viejo zorro, tolera al joven caprichoso, taciturno y temperamental, es porque lo encuentra inteligente y buen conversador, con agudo y cínico sentido del humor.

La antigua muralla de piedra de Harar tiene cinco arcos con grandes puertas que son cerradas al anochecer para proteger a la población del asalto de las tribus enemigas, y también de las hienas y los leones que, según Philipp Paulitschke, explorador y etnógrafo austriaco, abundan en las colinas circundantes y con frecuencia logran colarse a la ciudad, donde encuentran víctimas fáciles en los enfermos, que son sacados a la calle hasta que se curan o se mueren. Tras el cierre de las puertas, las llaves le son ceremoniosamente entregadas al gobernador Makonnen. Éste las mantiene en su poder hasta el alba, cuando las puertas vuelven a abrirse para permitir la entrada de las caravanas que llevan horas esperando afuera. Entre el cierre y la apertura, la noche de la ciudad se sume en la lenta quietud de una gran paz, y los dos amigos, Makonnen y Rimbaud, se sientan junto al fuego. Beben ya no el veneno verde del absinto, sino la leche del paraíso. Escuchan historias de guerreros a caballo y participan en rondas improvisadas de poesía amhárica, sálvame mi amor, sálvame, me pierdo, me pierdo, entré en la casa de la muerte y no logro salir.

Afuera rondan los leones y se escucha —¡iiiyááá, rihiyííí, rihiiihiya!— la carcajada de las hienas. En los ojos de las fieras hay un punto de luz.

Tiempo después, cuando Rimbaud abandone Harar para ir a morir en su Francia natal, Ras Makonnen enviará una nota de su puño y letra a Isabelle, la hermana del poeta, diciendo *estoy enfermo por la muerte de su hermano, siento que mi alma me ha abandonado.*[33]

Rimbaud entabla trato también con el mero mero, el propio, el más directo, notable y memorable miembro de la dinastía salomónica y sabea, encarnación rediviva de los soberanos de Jerusalén y Saba: Menelik II, emperador de Abisinia; negus de Shoa; futuro verdugo del ejército invasor de Italia, al que derrota en la batalla de Adua; prócer de la única nación africana que a lo largo de su historia ha permanecido libre de yugo imperial.

Portentoso personaje, este Menelik II, sobreviviente de la viruela y de innumerables combates y atentados, monarca coronado con tocado de plumas, héroe tachonado de insignias y leyendas, con manto de pieles bordado en pedrería y sombrero de amplia ala que disimula su rostro, agujereado con saña por el *variola virus*. Menelik el horrendo, el poderoso, el auténtico fenómeno originario. Tras derrotar a todos sus rivales, unificar el imperio y modernizarlo, Menelik II el Virulento se sienta en un trono de oro con un león vivo a sus pies, tan espléndido y aburrido el león como el propio emperador. En medio de la abulia del poder, el gran negus sufre accesos de melancolía que se hacen más llevaderos cuando está en compañía de ese joven expoeta extranjero que se empeña en proponerle negocios disparatados. La confianza entre ellos no obsta, sin embargo, para que el negus Negussie, negus de todos los negus, gran Rex Abyssinicus, le haga agachar de un zarpazo el testuz al cachorro francés cuando éste intenta pasarse de listo. Rimbaud —traficante bisoño— padece todas las penurias del infierno durante los meses que tarda en atravesar en caravana el desierto con un cargamento de armas obsoletas que pretende venderle al emperador Menelik. Pero pretende cobrarle demasiado por ellas con la ilusión de hacer fortuna, o al menos de compensar los elevados gastos de la travesía, que han dejado sus ahorros en ceros. Menelik, que cuenta con un ejército poderoso y bien equipado, no demuestra mayor interés en adquirir aquellas antiguallas, y menos por un precio desmedido. Poder para qué te tengo, se dice a sí mismo el monarca, y ordena que le decomisen las armas a Rimbaud, obligándolo así a vendérselas baratas.

Se sabe poco o nada con respecto a la mujer o mujeres que pudieron haber convivido con Rimbaud durante aquellos años. Apenas chismes, especulaciones, alguna fotografía, nada definitivo. Atrapo al vuelo la primera oportunidad que se presenta de cruzar el estrecho y visitar la Harar etíope, la querencia de Rimbaud; me han dicho que allá quizá sepan algo. Parto pues hacia Harar en busca de una reina de Saba altamente improbable y esquiva: la doncella abisinia de Arthur Rimbaud.

Harar, en el corazón de la vieja Etiopía: *hic sunt leones*, aquí hay leones, señalamiento en los mapas de una tierra no pisada por cristianos, a quienes de hecho durante siglos se les prohibió la entrada a la ciudad, que encerraba sus misterios tras una alta muralla circular. A dos mil metros de altura, en una altiplanicie barrida por los vientos y rodeada de montañas que el aire vuelve azules, conviven el pueblo amhara, el oromo, el somalí, el tigray, el musulmán, el cristiano, el harari, el sidama, el gurage y el wolayta. Harar, la ciudad utópica y mística, la de la gnosis, las cien mezquitas, la cruz cristiana, la espiritualidad sufista, la filosofía hermética... A fin de cuentas bien puede ser cierto que el centro del mundo no sea París, sino Harar.

Entro a la medina por la puerta de Shoa y a través del gran mercado, y así, de sopetón, se me inundan los ojos de colores. Cada muro ha sido pintado con un pigmento distinto con cal tinturada; cada mujer va envuelta en cuatro o cinco telas, cada tela estampada en cuatro o cinco tonos; cada canasto repleto de frutas rojas y verduras amarillas, arrumes de café tierno o tostado, brillantes hojas de khat. En los puestos de especias, los olores pican y se vuelven color: pardo el jengibre, naranja la cúrcuma, gualdo el fenogreco, negro el cardamomo, verde tierno la besobela, ocre la nuez moscada, morena la canela, morados los chiles secos, oro rojo el azafrán, rojo fuego el pimentón.

Tan genial sinsentido para combinar gamas al tuntún yo sólo había visto en otros dos lugares, Oaxaca, en México, y Chichicastenango, en Guatemala. Aquí, en Harar, cobran vida todos los colores de la caja de ciento veinte lápices de Faber-Castell, el mejor regalo de mi vida, el que me hizo mi madre cuando cumplí diez años, la caja de ciento veinte lápices de colores de Faber-Castell, como quien dice el Ferrari, el Hermès, el Cartier de las cajas de colores, un estuche de madera negra forrado en fieltro rojo y con doble piso para albergar su preciosa corte, sesenta lápices arriba y sesenta abajo en perfecta secuencia descendente del negro hasta el blanco.

Que recuerde, nunca pinté nada con ellos, total para qué, por sí solos eran ya la obra de arte. Me bastaba con abrir la caja y quedar hipnotizado con tantos matices y nombres, amarillo cadmio, amarillo cromo, rojo escarlata, magenta, geranio rojizo, rosa púrpura, carmín, malva, azul ultramarino, azul cobalto, verde esmeralda, marrón Van Dyck, siena tostado, rojo veneciano, para mencionar apenas unos pocos. Me gustaba esparcir sobre la mesa los ciento veinte como si fueran palitos chinos y observar los maridajes que producía el azar: el azul ultramarino cruzándose en H sobre el siena tostado y el berenjena, o el borravino formando una X con el verde *chartreuse*. También me maravillo ahora en los callejones entorchados de Harar, al ver pasar, contra un muro lavado en óxido de hierro, a una anciana que lleva túnica azul con arabescos en malva y rosa, manto a rayas verdes y púrpuras y tocado de cabeza gris con ribete bordó, para constatar que la imagen resulta perfecta: nada desentona, todo compagina, no falta ni sobra.

Como una de las tantas muchachas esbeltas que trajinan por este mercado cargando grandes bultos en la cabeza, así debió ser la que escogió para sí Arthur Rimbaud.

Ahora sueño con casarme, le escribe a su madre, ser abuela te gustaría, quiero tener un hijo, ser un buen hijo y un buen padre, perdona mis pecados, querida madre, y bla, bla, bla. Detesto esas cartas, ya lo dije pero lo vuelvo a decir. Reconozco en ellas un último recurso de la angustia, que consiste en querer contentar al otro hablándole de la propia infelicidad, y en buscar su perdón exhibiendo penitencia. Si me preguntaran a mí —nadie lo hace—, yo diría que encuentro lamentable que esas cartas sean el testimonio del paso de Rimbaud por Abisinia, y que me habría gustado leer unas cartas de Rimbaud no a su madre o a su hermana, sino a sí mismo; me late que habrían sido totalmente otra cosa, más interesante, menos mojigata, más verdadera.

Al parecer, no es su madre la única que quisiera verlo casado y establecido; también la pequeña comunidad francesa que lo rodea en ultramar, y que se refiere con aprobación a la existencia de una cierta mujer que lo acompaña, supuestamente llamada Myriam. La describen como cristiana, alta, delgada, dócil y tan blanca de piel que parece europea, aunque no demasiado bonita, lo cual no deja de ser, en su opinión, una lástima, habiendo tantas por aquí que sí lo son.

Visito el Museo Rimbaud, en el centro de la medina. Al fondo, un gran ventanal a lo Faber-Castell: cada vidrio teñido de un color, en contraste con los objetos opacos que se exhiben aquí. Al lado de la docena de fotografías borrosas que tomó el propio Rimbaud, aparece una de Myriam en tres cuartos de perfil.

¿Entonces ésta es Myriam, la mujer a la que yo ando buscando? Una primera impresión, sin justificación clara, me dice que no. No creo que sea ella. Aunque quién sabe, uno nunca sabe. ¿Cómo describir a esta Myriam de la foto? Es una morena joven y suave, arropada en blanco como monja teresiana. El iris de sus ojos, de un negro sólido, impide leer su estado de ánimo, que debe andar en algún punto entre el desconcierto y la resignación. En la placa de referencia se lee que probablemente haya sido esclava, lo cual explicaría el aire de ausencia que la envuelve; alguien que ni se ha ido ni acaba de llegar. Alguien con un destino prefijado y lánguido. Nariz fina y recta. Labios llenos que son el único rasgo sensual en su figura, por lo demás candorosa y, sí, casi monacal. Un pañuelo blanco ceñido a la cabeza le oculta media frente y todo el cabello, dejando a la vista parte de la oreja izquierda, con un pequeño aro en el lóbulo. Esta muchacha es alguien a quien le han dicho: quédate quieta, vamos a tomarte una foto, y ella se queda quieta, acostumbrada a obedecer. ¿Es alta y delgada, como la describen? En la foto sólo asoma el torso, pero la anchura de sus hombros indicaría un cuerpo grande. O es de pechos minúsculos, o el amplio ropaje los desdibuja. Su piel desde luego no es blanca, ni ella parece europea. Caucásica no, ni remotamente. Una cosa es clara: si ésta es la esposa a la que Rimbaud pretende que su madre apruebe, va de cabeza al fracaso.

Hay algo dulce y pasivo en esta Myriam esclava, la única harari toda de blanco mientras las demás lucen colorines. ¿Así que ésta es la doncella abisinia de Rimbaud? Cuanto más la miro, menos la descifro, más se me nubla su identidad.

—Es Myriam —un tipo se me acerca por la espalda y me habla en francés.

No es la primera vez que ese mismo tipo trata de abordarme, desde hace rato viene fastidiándome para que lo contrate como guía.

—Ya sé que es Myriam —reviro—, lo dice la placa.

Me incomoda este hombre, derrocha chulería. Además, fuma aquí, dentro del museo, tira las colillas al suelo y las aplasta con un zapato puntudo en falso cuero de cocodrilo.

—Es Myriam, pero no se llama Myriam —dice, y logra capturar mi atención.

—¿Es Myriam pero no se llama Myriam? Suena a disparate.

—No lo es. Si me invita a un café, puedo explicarle.

Quedamos en encontrarnos media hora más tarde.

Entretanto voy juntando piezas para un supuesto rompecabezas. Alfred Bardey, comerciante francés, es el dueño de la compañía exportadora de café que contrata a Arthur Rimbaud. Este Bardey, un buen tipo pese a los reducidos salarios que paga, aprecia a Rimbaud y valora su trabajo, sobre todo porque sabe que en estas latitudes no le encontraría reemplazo, ¿dónde va a conseguir a otro joven europeo que sea aguzado y bien presentado, y tan urgido de chamba que acepte la escasa paga? Es fácil elucubrar sobre el raciocinio de Bardey: desea que su escurridizo empleado, ese joven errante que sueña con partir, se instale lo mejor posible en Adén o Harar, las dos ciudades donde se afinca la empresa. Bardey, el patrón, necesita enraizar a Rimbaud, *l'homme aux semelles de vent*, el hombre de las suelas de viento, como le decía Verlaine, o de las botas de siete leguas, como lo llama Michon. Este propósito, o cálculo empresarial, pasaría por facilitarle una casa, un matrimonio y una vida de familia.

A finales del siglo XIX, ¿cómo conseguía esposa un europeo en Oriente? No hay información al respecto en el caso de Rimbaud, pero Gérard de Nerval narra una peripecia similar, vivida por él cuatro décadas antes en El Cairo, cuando, para cumplir con la ley local, se ve obligado a casarse. Su relato puede servir de referencia.

—No dispongo de una dote suficiente para conseguir una [esposa]... Dicen que las esclavas son mucho menos costosas [...]. Me han aconsejado comprar una e instalarla en mi casa —dice Nerval, consultando el procedimiento con el cónsul francés.

—Es una buena idea —aprueba el cónsul.

Me extraña un poco ese tipo de facilidades que se les otorgan a los cristianos, de adquirir esclavas en (estos) países —comenta textualmente Nerval—. *Me explican que esto sólo se consigue con las mujeres de color, pero que, dentro de esta categoría, se pueden encontrar abisinias casi blancas. La mayoría de los hombres de negocios establecidos en El Cairo poseen alguna.*[34]

Esta costumbre debió ser habitual también en la Harar de la época de Rimbaud, y explicaría tanto la aparición de Myriam como la preferencia por su color de piel. Si bien ella dista de parecer blanca, siendo abisinia es menos oscura que otras, tiene facciones más finas y además es cristiana: de acuerdo con los parámetros abisales de racismo y machismo del siglo XIX —tanto en Oriente como en Occidente—, no habrían podido conseguirle a Rimbaud una candidata mejor. De nuevo es Nerval, de visita en el mercado de esclavas, quien habla del disgusto que le producen las negras, *la especie más alejada del tipo de belleza convencional entre nosotros* [...]. *La prominencia de la mandíbula, la frente deprimida, el labio grueso ponen a estas pobres criaturas en una categoría casi bestial.*[35]

214

Una vez enganchada Myriam, el plan casamentero se pone en marcha. La empresa le ofrece vivienda gratis a la nueva pareja, pero Rimbaud prefiere alquilar por su cuenta. A Myriam la matriculan en la escuela de la misión francesa para que se instruya y aprenda francés. De ahí en adelante, lo que sucede o deja de suceder sólo se conoce por la versión de Françoise Grisard, la criada de los Bardey, a quien encargan visitarlos todos los domingos para entrenar a Myriam en su papel de esposa y ama de casa, enseñándole a coser y a cocinar. Esta señora asegura que todo marcha bien entre ellos. Le encuentra a la chica un único defecto: es lenta para aprender el francés. De resto, se muestra dócil, silenciosa y tímida como un pájaro. Se desplaza sin hacer ruido por la casa, de donde no sale sin la compañía de Rimbaud. No se le conocen amistades o familia y todo su mundo se centra en su amo y señor, a quien atiende sin perderlo de vista un instante, corriendo a satisfacer todas sus necesidades y apetencias. A juicio de la señora Grisard, él es bueno y amable con ella, la trata con afecto, se los ve contentos cuando están juntos y él se mantiene firme en sus intenciones de hacerla su esposa, procrear y formar un hogar.

Françoise Grisard no habla por hablar, es una *insider*, sus observaciones son de primera mano. Sin embargo, su relato auspicioso no se compagina con el rudo final de la convivencia, cuando Rimbaud declara de buenas a primeras que ya es hora de acabar con esa ridícula farsa, y procede a *repatriar convenientemente a Myriam* (palabras de Monsieur Bardey), dándole en compensación una suma de dinero y devolviéndola a su pueblo natal.

A partir de entonces, se diría que la olvida. No la menciona ni de pasada en las cartas a su madre o a su hermana, como sí hace, en cambio, con Djami, su joven criado harari y único amigo, a quien se refiere seguido y con enorme aprecio. Durante su estadía postrera en Francia, ya en delirios de agonía, Rimbaud dice y repite que extraña a este

Djami al que ha dejado en Harar; tanto lo echa de menos que lo confunde con su propia hermana, Isabelle. *Arthur le habló mucho a Isabelle de Djami, de Djami su amigo, su único amigo. En ocasiones mezclaba a las dos personas a las que más quería, su hermana y su criado, y entonces llamaba Djami a Isabelle.*[36]

Y a todas estas, ¿Myriam? Es como si no hubiese existido. O quizá nunca existió.

Como historia de amor, la de Rimbaud y Myriam resulta de lo más desabrida, al pasar sin solución de continuidad del todo a la nada, del empeño al desencanto, de la acogida al repudio, del amor a la farsa. ¿Qué sucedió? Es posible que mienta la buena de la Grisard para disimular el fracaso de su gestión como celestina. Frustrada Corín Tellado, fabularía un desenlace feliz que en realidad no se da.

Me detengo un minuto más ante el retrato de Myriam. Quisiera que sus ojos me confesaran la verdad, ¿regresó a casa humillada y con el corazón roto, o más bien liberada de las excentricidades de su amo-amante, y además contenta de llevarles a los suyos algo de dinero?

En el Abdulwasi Adus Café, donde me había citado, me espera el hombre que fuma y pisa colillas con zapatos puntudos de falso caimán. Me estrecha la mano; reparo en sus dedos tostados por la nicotina. Tiene mirada inquisitiva, abundante cabello retinto y cejas enmarañadas. Dice ser argelino y llamarse Jean-Blaise.

—¿Qué piensa de Myriam? —me pregunta don Zapatos-de-Caimán, invitándome a su mesa y pidiendo dos cafés—. En el museo he notado que usted observaba su fotografía con curiosidad.

—¿Qué pienso? Pienso que Rimbaud se cansó de la farsa de vivir según Dios manda, como hombre casado con una buena mujer. Debió comprender que no iba a lograr que su madre aprobara a Myriam como nuera, porque Myriam no era blanca, ni hablaba francés, ni aprendía a cocinar o a coser.

—Concuerdo con usted. Myriam no sabía francés, ni cocinar ni coser, pero en cambio esgrimía arma blanca como un profesional. Manejaba el sable con deliciosa destreza.

Este tal Jean-Blaise me está tomando el pelo. Estoy a punto de pagar los cafés, levantarme y largarme cuando el hombre abre un libro y me señala la fotografía que trae impresa.

¿Me engañan mis ojos? Es un retrato de Myriam. Reconozco a Myriam, aunque ahora es un muchacho de aire marcial, que empuña un sable en postura desenfundar-para-atacar. Es Myriam y no es ella, sino una especie de samurái abisinio, o espadachín de novela. El parecido entre ambos es impresionante.

—¿Qué opina de esta otra imagen? —el hombre pone ante mis ojos una segunda foto, la reproducción de la que he visto en el museo.

—Ésa es Myriam, como mujer.

—Debió ser el propio Rimbaud quien tomó las dos fotos, fíjese bien, misma cámara, misma técnica, idéntico formato. Y ahora repare en esto, ella y él llevan el mismo pañuelo blanco asido a la cabeza con idéntico cordón. Fíjese en la cara cuadrada y la frente abombada: son las mismas en ella y en él. También la línea clásica de la nariz, la inclinación de las cejas, el contorno sensual de la boca, el abultado labio inferior. Los ojos son idénticos. Y la oreja visible, dato fundamental: ambos tienen el lóbulo adherido a la cara y el hélix prominente que sobresale del pañuelo blanco; tenga en cuenta, amigo mío, que se requiere la interacción de al menos cuarenta y nueve genes para la formación de una oreja, y por esa razón no hay dos seres en el mundo con oreja idéntica. Él y ella sí que la tienen, porque comparten esos cuarenta y nueve genes en exacta conformación. Conclusión elemental: se trata de un mismo ser. O sea, amigo mío, ¿me permite que lo llame amigo? O sea que ha acertado usted. Son dos fotografías de la misma persona. La misma Myriam, aquí como hombre, allí como mujer. Tal como le dije antes, Myriam no se llama Myriam.

—Cómo se llama, entonces.

—Djami. No se llama Myriam, se llama Djami.

—¿Djami, como el sirviente harari de Rimbaud?

—El mismo. Son el mismo.

—¿Me está diciendo que Myriam y Djami son un solo personaje?

—Exactamente. Djami/Myriam, como Djami/Isabelle: a veces hombre, a veces mujer.

—Entonces la farsa no es...

—La farsa que Rimbaud se niega a mantener es la de hacer pasar a Djami por mujer.

—¿Y a quién devuelve entonces a su pueblo?

—A nadie, no devuelve a nadie, sólo asume a un Djami con su atuendo original. Deja que Djami sea quien es. Djami, su sirviente-amante. Djami, el chico de sus amores. Myriam era sólo un disfraz. Un disfraz conveniente para poder convivir sin infringir la ley. Pero es Djami quien amorosamente comparte cama con Rimbaud. Pobre señora Grisard, con razón no lograba enseñarle a ese chico a coser.

Todo esto es muy curioso. Como mujer, Myriam no es bonita, ni atractiva, ni siquiera interesante; en cambio como hombre resulta hermoso, sensual y misterioso, y hasta peligroso y provocador. *Un bel ragazzo*, sin duda.

—Pero es la foto de un muchacho X —digo—, en ninguna parte especifica su nombre. ¿De dónde saca usted que es Djami?

—Lo saco de la aguda observación y de la audacia en la interpretación. Es igual a Myriam, ergo tiene que ser Djami.

Gana él, yo me rindo. Si su cuento no es verídico, al menos está bien fabulado. Dicen que las fotos callan sus propias memorias, pero a este Jean-Blaise las fotos le hablan.

Charlatán visionario, capaz de inventar cualquier cosa con tal de echarse al bolsillo mis diez euros.

—¿Y usted pretende que yo me trague esa historia rebuscada? —me hago el escéptico.

—Si todavía duda, compare bien las dos fotos —me las acerca, una pegada a la otra—. Repare en este detalle incontestable, la graciosa hendidura entre la nariz y el labio superior, el llamado surco nasolabial: es exactamente igual. Mejor dicho, es el mismo. Eso, más el lóbulo pegado, es la marca de fábrica que usted necesita para convencerse. Se trata de un mismo ser.

—Es posible.

—¿Posible o probable?

—Posible y probable.

—¿Probable o seguro?

—Seguro sólo la muerte. De todas formas, su hipótesis parece consistente.

—¿Consistente? El adjetivo se queda corto, amigo; yo diría genial. Tenga en cuenta que, salvo yo, este descubrimiento no lo ha hecho nadie ni está escrito en ningún lado, porque es deducción exclusivamente mía. Y ahora usted, por una módica suma, comparte conmigo el secreto.

—Es un honor.

—Veo que ha quedado impresionado, amigo, y le propongo un trato. Esa primera revelación se la dejo gratis, queda paga con esta ronda de café. Deme diez euros, y le suelto una nueva revelación.

—Cuál sería.

—Puedo contarle acerca de la herencia que Arthur le legó a Djami.

—Esa revelación me interesa menos. Se la cambio por otro café.

—De acuerdo, pero que venga con una pizca de coñac.

—¿Está permitido el alcohol?

—Por supuesto, Etiopía es nación oficialmente cristiana. Todos los vicios están permitidos.

—Y usted quiere un carajillo...

—Aquí le dicen *french coffee*.

Pido dos *french coffees* y Jean-Blaise me cuenta que Rimbaud va en serio y hasta el final cuando, días antes de fallecer, redacta su testamento pensando en Djami, y lo hace heredero de una parte de la pequeña fortuna que ha logrado reunir.

—Lo más interesante —prosigue mi informador— es que a manos de Djami nunca llega ese legado. ¡Ajá! ¡Veo que eres curioso, amigo, te mueres por averiguar!

Jean-Blaise asegura que existe un recibo firmado por el obispo francés en Harar en el cual consta que los familiares de Djami fueron los destinatarios y recibieron el dinero.

—¿Y por qué no el propio Djami?

—Se sabe que murió casi al tiempo con su amo, pero no se sabe cómo. Pudo haber caído entre las muchas víctimas de la hambruna que por entonces asoló Harar. O tal vez falleció en un ataque de las tribus salvajes. También pudo ser que enfermó, fue abandonado en la calle y hordas de hienas lo habrían devorado. Era muy joven y no estaba enfermo, así que debió sufrir alguna de esas muertes trágicas. Las tres eran frecuentes en Harar —me dice don Zapatos-de-Caimán, subiendo los hombros en un gesto de lo siento, amigo, así es la vida, qué le vas a hacer.

A la tercera o cuarta ronda de carajillos, la mezcla explosiva de alcohol y cafeína va haciendo efectos extraños en mi cabeza: medio me adormece y enseguida me despierta las neuronas de un sacudón. A Jean-Blaise le ha alborotado las ganas de arrancarme la propina a como dé lugar, y con ese solo fin suelta más y más historias sobre Rimbaud. Revelaciones, las llama, y vienen en tropel, cada vez más alucinadas. Las ha ido encadenando hasta llegar a la máxima, suma revelación de tercer grado, una vaina que ya es metafísica y me deja pasmado.

Su relato alcanza un giro vertiginoso cuando le digo a Jean-Blaise, para puyarlo, que no pienso darle los diez euros completos, primero porque con carajillos le pagué buena parte, y segundo porque estoy decepcionado.

—Vine buscando una musa y usted me salió con un mozo —le reclamo.

—Ya veo, ya veo. Así que exige musa. Pues vamos a curarle la decepción, si lo que quiere saber es cuál fue la musa femenina de Rimbaud.

—Digamos más bien que quiero saber cuál fue la reina de Saba de Rimbaud.

—Sé dónde podría encontrarla. En los burdeles de Harar.

—¿En los burdeles? Pero si a Rimbaud lo comparan con un monje trapense, dicen que aquí se volvió abstemio, casto y asceta.

—Dicen cualquier cosa, pero la verdad es que Rimbaud fue personaje de los bajos fondos de esta ciudad. Si desea, podemos recorrer juntos la calle de las putas. Pregúntele a cualquiera de ellas, todas conocen la historia, desde la más anciana hasta la más joven. Todavía hoy reverencian su memoria y recuerdan sus anécdotas. ¿Rimbaud abstemio, casto y asceta? Vaya, vaya. Para empezar, debe usted saber que recién llegado a Harar, el poeta Arthur Rimbaud se pilló un *Treponema pallidum* que le sacó chancros en el pene y manchas rojas en la cara. La temible sífilis, la maldición ardiente o mal francés. Se curó de manera espontánea de la primera fase, al menos en apariencia; bajo la piel, el morbo lo siguió invadiendo de a pocos e inadvertidamente, hasta que pudrió su pierna y forzó la amputación. La sífilis inicial pasó por segunda fase, luego por latencia, estalló en terciaria y acabó con él. A los eruditos les place decir que al cáncer se debieron la rodilla deshecha, la parálisis corporal, la confusión mental, la incurable tristeza, los insoportables dolores, la pérdida de apetito, los estallidos de cólera, el llanto profuso, las crisis de arrepentimiento y el alma demencial. Todo se lo achacan al cáncer. Falso de toda falsedad, otra de tantas mentiras encubridoras. A Rimbaud lo mató la sífilis que contrajo en un prostíbulo de Harar. O quizá un poco antes, en uno de Java. Es igual.

—Oiga, Jean-Blaise, no me trastoque el cuento. Dejemos así, la versión Myriam/Djami me estaba gustando. ¿Y ahora me viene con que el verdadero amor de Rimbaud fue una puta?

—Puta sí, amor no. La llamaban la Hiena, y él se apegó locamente a ella, o quizá fuera un él, nunca se sabe con certeza. Llegó a necesitarla como el pez al agua, como el pájaro al aire, como..., qué sé yo como qué. Pero no por interés sexual, sino por sus dotes de bruja y curandera. Curandera y bruja, ella (o él), la Hiena, hetaira amhara de la región de Ankóber.

Al día de hoy nadie conoce su nombre, sólo se sabe que en las tabernas le decían la Hiena, que pasó por la muerte y le perdió el miedo, que recitaba conjuros temerarios, aprendidos en la tierra volcánica de Danakil. Y que sólo ella era capaz de calmarle a Rimbaud los dolores atroces de la pierna enferma. Y si no se los curaba, al menos sabía aliviarlos, y con su pelo enjugaba las gotas de la gran tristeza que lo acongojaba: lágrimas vertidas o diamantes líquidos que quemaban como el ácido.

La Hiena, *ídolo de ojos negros y pelaje amarillo*,[37] esclava, prostituta, partera o curandera, ni hombre ni mujer sino todo lo contrario, él o ella, *la reina, la hechicera que jamás querrá contarnos lo que sabe*.[38] Cuando a él lo doblega el sufrimiento la llama a gritos, la maldice si no viene, la bendice cuando llega. Ella lo seda con té de adormideras. Con hojas de khat lo mantiene en permanente estado de ensoñación. Lo saca al descampado en la noche más negra, lo reza junto a las tumbas. Con voz honda y lenta convoca a las almas, hipnotiza a las hienas: mis hermanas, les dice, mis hermanas, venid, me pierdo, me pierdo, sálvame, mi amor, ven aquí, ven aquí, si no quieres llorar, ven a mí.

Dicen que entonces las hienas se acercan y se quedan mirando a la puta y al poeta con pupilas redondas en las que destella un punto de luz. Las hienas se encorvan, se echan atrás, los observan, ¿con odio, con hambre, con dulzura?

—Curadme, hermanas mías —murmura Jean-Blaise imitando a la Hiena—, entré por la puerta falsa en la casa de la vida y no logro escapar.

La Hiena se adentra en la noche y llama a sus hermanas, la manada salvaje de mandíbula ansiosa, pelambrera hirsuta, hedor a carroña, sexo polivalente y dientes carniceros. Ellas se aproximan, recelosas. La Hiena les brinda pingajos, tripas, bofe, huesos: maternalmente las alimenta. Ella, prostituta y curandera. La llaman la Hiena de Harar, conoce artes antiguas, técnicas del éxtasis, remedios. Se entrega por dinero bajo el arco de los sicomoros. Con voz flexible a veces canta o brama, a veces escupe. Ella le enseña al poeta enfermo a elevarse y a salir de sí mediante la práctica de la contemplación silenciosa. Si a él se le rompe la ropa que usa, barata y de algodón, ella se la cose en una vieja máquina a pedal. Si a él lo mata de dolor la rodilla tumefacta, ella se la venda con emplastos de khat.

De la Hiena se dice que conjura la desdicha y la amansa, y que a la muerte hambrienta le da de comer, para que no mate. Convoca a las hienas junto a la hoguera, Oxi, Calhumi, a cada una le ha puesto un nombre, Tajura, Zeilah, Berbera, Oxi, Alalis, Alalai, así las llama y ellas acuden, Calhumi, Úndor, con voz tibia las va acariciando y ellas encogen el lomo, Adatamur, Tibor, Ebi... Van llegando una a una, recelosas pero mansas, mostrando los dientes pero sin morder. Ella les calma el hambre con tripas de cabra, pingajos de camello, bofe, huesos. Calhumi, Oxi, Alalai, mis hermanas, les dice, curadlo, se pierde, escuchadlo, ha pecado por amor, ha tomado sangre de su propia sangre, entró en la casa del dolor, dadle consuelo, Adatamur, Ebi, Alalai. Su voz sosiega a las fieras y al poeta le alivia el dolor.

Ella lo consuela por la pérdida y hacen juntos el duelo en el hospital de Adén cuando un médico inglés diagnostica cáncer y anuncia la inminente amputación. Ante ella él se queja y llora, *canta en el suplicio*,[39] el sufrimiento me azota, dice, el dolor me derriba, me arrastra, me envuelve en un mar de llamas. Y ella, la Hiena, lo acompaña con sus retahílas, voy perdida, ebria, soy impura. Curaré tu mal, extinguiré el virus de tu malasangre. Te anido en mi seno, a ti, dulce criatura, recién nacida al tormento.

—Está bien, está bien —le ruego a Jean-Blaise que se detenga.

Me tiene trastornado el *french coffee*, o será más bien la cháchara hipnótica de este hombre, sus letanías de culebrero, que me atrapan y me envuelven. Le doy sus diez euros, bien merecidos los tiene. Los agradece con una reverencia.

—Me costó sacártelos, ¿eh? —murmura entre dientes. Ya logrado el cometido, se aleja a grandes pasos con sus zapatos de falso caimán.

De regreso a Adén, interrogo a Zahra Bayda.

—¿También tú, así? ¿También tú llegaste desde Somalia en patera, como todos ellos?

—Pero hace más de veinte años, cuando la aventura todavía no era suicida —contesta—. Atravesé el golfo con los pescadores. Por unas monedas me aceptaron en su barca, una de esas barcas donadas por Naciones Unidas para el fomento de la pesca en la región. Habrás visto que todavía existen, hoy los *smugglers* las utilizan para el tráfico humano. Veinte años son muchos, Bos, Bosi, y al mismo tiempo no son nada. ¿Y tú? Qué tal Harar, ¿encontraste lo que buscas?

—Invertí diez euros en revelaciones y regresé borracho.

El Yemen arde al mediodía. Cerca de la orilla vemos espejear la figura de Rimbaud; también él hace parte de estos paisajes de desolación. No nos extraña encontrarlo avejentado y enfermo. Lleva incontables noches sin dormir. Se apoya en muletas, le falta una pierna. Ha ingresado a la corte de los mutilados, los patas de cabra, la legión pedauque. El caminante incansable, el jinete de grandes distancias, el caravanero, el migrante, ahora adolorido, apesadumbrado, forzado a la inmovilidad. Su voz se confunde con los pensamientos pálidos de los ahogados. Sobre su cabeza se alza un cielo muy blanco y a sus pies se extiende el mar, que hoy asoma dócil y libre de pecado. Al otro lado del golfo, la canícula reverbera en Bosaso y las hienas ríen en Harar, sálvame, amor mío, ven por mí, entré en la casa del dolor y no logro salir.

Pata de Cabra y el rey lejano

Las alaleishos saben distinguir lo que permanece de lo que cambia. Saben que los días van corriendo uno tras otro sin grandes sobresaltos, con la suavidad de una marea de arena, pero que a veces pasan cosas. Sorpresas. Cosas raras, inesperadas, que pueden trastocar la vieja historia.

Puede darse, por ejemplo, que nos llegue una propuesta imprevista. Le sucede una tarde a Pata de Cabra, que duerme la siesta cuando la despiertan para avisarle que se acerca un mensajero montado en un camello albino. Desde lejos se conoce que ese animal es único en su especie, con ojos violetas como el conejo y piel sedosa como el armiño. Sus pezuñas, amplias y blandas como pantuflas, van levantando gran polvareda por el camino. El jinete, rendido de sed y fatiga, es el mensajero de un rey lejano. Trae del cabestro un borrico cargado con un cofre que contiene regalos para la soberana coronada de esas tierras y pueblos, la reina conocida como la Leona Negra del Desierto.

—Dile a ese mensajero que yo no soy ni leona negra ni reina ni nada. Si eso es lo que busca, que se dirija a Mamlakat Aldam, el Palacio Rojo de mi señora madre, a treinta y dos jornadas de aquí. Ella es la verdadera leona, para colmo escapada de la jaula.

Pata de Cabra desdeña regalos y promesas. Que no vengan a impresionarla con camellos blancos y otras rarezas. Está satisfecha con lo que tiene y no quiere más. Alejada de las molicies y crueldades de la corte de su propia madre, no está como para enredarse con delegaciones y ofrendas de reyes de otros lados.

Siguiendo esas indicaciones, el mensajero llega entonces a Mamlakat Aldam, golpea a las puertas del sombrío palacio y cumple con entregar el cofre junto con un recado: el gran Salomón, también conocido como Soleimán, Cacique de las Colinas y portentoso monarca de un lejano y riquísimo reino, manda pedir la mano de la princesa Pata de Cabra.

Los guardias le reciben el cofre y lo hacen esperar afuera. Tras recorrer la inmensidad laberíntica de pasajes y salones, se arrodillan ante el trono de la Doncella y le hacen entrega del obsequio y el recado.

—¿Quién dice que quiere la mano de mi hija? —pregunta ella, recelosa, o habrá que decir celosa.

—Un tal rey Salomón, o Soleimán.

—Mmmm... Y ese mensajero... ¿tiene aspecto imponente?

—En realidad no, viene harapiento y maltrecho después de tan largo viaje a través de los desiertos.

—Si proviene de un reino tan rico, debería ostentar al menos escudo de oro y lanza de plata. ¿Harapiento y maltrecho? No me convence para nada. Que se devuelva por donde vino, y que sepa que aquí desconfiamos de todo extranjero, y que además por estos lados no hay ninguna princesa casadera. Díganle que puede dejar el regalo, que no vale la pena que cargue con eso tan pesado por todo el camino de regreso.

Tras decomisar el cofre, la Doncella ordena romper los candados que lo aseguran y abrirlo delante de ella. Si es cierto que proviene de un gran rey, debe contener oro y joyas preciosas u otro tipo de inimaginables riquezas, tan únicas que aún no tendrán nombre conocido. Su decepción es grande cuando ve que el cofre sólo contiene viejos y mohosos rollos de piel, enteramente rayados con ristras de garabatos hechos a buril.

—Pura basura —dice la Doncella, mirando aquello con asco.

Ni siquiera se anima a tocarlo y ordena que lo tiren al vertedero. De tan cutre regalo deduce que el remitente, un tal Salomón, o Soleimán, debe ser un simple rey pastor de los que se alimentan con queso rancio, cebolla y nabo, y por todo ejército cuentan con un puñado de hombres que lanzan berridos y van armados con palos, y por toda riqueza tienen unos cuantos rebaños de ovejas mansas, y lucen por corona una triste rama de laurel, y llevan por manto una pelleja de carnero. De hecho, su propio mensajero se refiere a aquel Salomón como cacique de las Colinas. ¿Cacique de las Colinas? Suena bastante insignificante.

—Vaya monigote infeliz el que pide la mano de mi hija —dice con desdén, pero tras la desilusión inicial, una idea le ilumina la mirada. Comprende de súbito que en ese camello albino venía montada su oportunidad, no en el cofre con regalos despreciables, sino en propia boca del mensajero y en la propuesta que pronunció—. Las maldiciones no me han servido para destruir a Pata de Cabra —reflexiona en voz alta—, pero quizá las falsas bendiciones sí.

La Doncella tantea terreno a través de sus espías. Le informan que Jerusalén, la ciudad de Salomón y lugar de su trono, es poco más que una aldea sin acueducto, puentes o grandes obras arquitectónicas, y que en vez de edificios públicos amontona viviendas endebles con piso de tierra. Sus habitantes comen con la mano, o en el mejor de los casos con cucharas de palo.

¿Así que un monarca de pacotilla quiere casarse con Pata de Cabra? ¿Un insignificante rey de un remoto país de pastoreo? Tanto mejor. Cuanto más ruin el pretendiente y más humilde su origen, tanto, tantísimo mejor. ¿Casar a Pata de Cabra? Y por qué no. Ese pobre diablo que la pretende podría ser la pareja adecuada para su hija salvaje; estarían tal para cual. Si se la llevara lejos..., sueña despierta la Doncella, que ya se ve a sí misma echándoles mano a las ricas posesiones y comercios que Pata de Cabra tendría que dejar atrás.

Se presentan otra vez ante la reina los informantes con nuevos datos que refuerzan su plan. Se ha sabido que Salomón, el rey de Jerusalén, ya tiene siete esposas y un harem de treinta hermosas concubinas.

—Tanto mejor —repite la Doncella, relamiéndose—. Pata de Cabra ocupará el no muy halagüeño lugar de octava esposa. Tendrá que compartir poder con las otras siete y lecho con las otras treinta, ingrato y extenuante trabajo, suficiente como para bajarle los humos, agotarle las fuerzas y mantenerla por siempre alejada.

»¡Llamen a Pata de Cabra! —ordena—. Que la zarrapastrosa se presente enseguida.

En el albañal, en medio de los detritus, queda tirado el cofre con los obsequios desechados: invaluables rollos de sabiduría profética, verdaderos incunables, tesoros de la futura codicología. De donde se comprueba una vez más que el diablo está en los detalles: la Doncella no era quién para apreciar semejante regalo, que si hubiera llegado a manos de Pata de Cabra, habría hecho esta historia mucho más corta, porque ella, maravillada, habría querido conocer enseguida al dadivoso remitente de los manuscritos, para que la iniciara en su significado.

Siendo avezado lector, Salomón, rey de los judíos, posee una magnífica biblioteca de la cual escogió estos rollos especialísimos para que fueran del agrado de una joven leona como Pata de Cabra. Se ha interesado por ella más que por otras porque hasta él ha llegado su fama de buena cabeza, ávida lectora en varias lenguas y descendiente de la erudita dinastía femenina de las pedauques.

—¿Acaso no me escuchan? —resuena la voz helada de la Doncella—. ¡He dicho que llamen a Pata de Cabra! ¡Que se presente inmediatamente ante mí!

La tiara Nur Ul Ain

Ningún hombre sabe lo que las mujeres conversaron esa tarde durante la despedida de soltera de una de ellas, una psicóloga infantil llamada Hanani. Ningún hombre, salvo yo. Lo sé porque me lo contó Zahra Bayda. Ella estuvo presente en aquella ocasión.

Los hombres no pueden asomar cuando las mujeres se reúnen a solas para festejar en *tafritas*, o celebraciones femeninas de nacimientos, muertes, matrimonios y otros ritos de pasaje como esta despedida de soltera para Hanani, que tuvo lugar, según la costumbre, después de la oración vespertina, cuando los varones ya habían salido de casa.

Hemos regresado a Sana'a y Zahra Bayda me cuenta ciertas cosas que no le dice a nadie más. Me tiene confianza como confidente, supongo, o será más bien como confesor, o al menos como mascota. Todas sus historias me gustan, pero ninguna tanto como ésta. La primera vez que se la escuché, los hechos estaban todavía frescos, recién ocurridos el día anterior. Estábamos ella y yo en el Oasis, el café de un francés, apenas un patio trasero cubierto por un toldo que da sombra a cuatro mesas de latón y varios banquitos, más un cándido mural desvaído, con un camello que camina seguido por medio camello: el artista no calculó las dimensiones de la pared y no cupieron los cuartos traseros del segundo animal. El Oasis se reduce a eso, pero viene siendo el único café del vecindario donde las mujeres no son mal vistas.

Como siempre, Zahra Bayda había pedido un café y yo un *milk tea*: té con leche, clavos, cardamomo, menta y azúcar. Ya se ponía el sol, el viento vespertino refrescaba el patio y nosotros dejábamos correr el tiempo. A veces me inquieta pensar que Zahra Bayda le hace este tipo de confidencias también a Pau, y que también con él se sienta en el Oasis a ver pasar el tiempo. Pau. Pau Cor d'Or, tan recio y tan catalán, tan capaz, prudente y atlético, veterano de la Cruz Roja y ahora responsable de la misión de MSF en el Yemen y jefe nuestro. Digo nuestro porque ya me integraron al equipo, estoy oficialmente contratado para ocuparme de comunicaciones y apoyo logístico. Las crónicas que desde acá he escrito sobre la crisis humanitaria han sido publicadas en algunos medios europeos, a Pau le han gustado y me ha pedido que me ocupe también de redactar los informes que deben pasarse a la dirección general, radicada en Barcelona.

La *tafrita* para despedir de soltera a Hanani se llevó a cabo en una de estas bellas torres de adobe, altas y estrechas, que se aprietan en el perímetro amurallado del *old town Sana'a*. Son imitación de los palacios construidos por los sabeos en el siglo II y pueden tener hasta doce pisos, aunque por lo general son seis o siete. La planta baja se utilizaba en el pasado como establo, y todavía puedes encontrar ovejas o burros resguardados allí. El primer piso es para almacenamiento, y del segundo para arriba viven varias generaciones de una misma familia.

Si subes hasta el último piso, te encuentras con el espacio privilegiado de la casa, una suerte de buhardilla, o nido de las águilas, que los yemeníes llaman *mafraj*. Este lugar, que parece flotar en la región más transparente del aire, abre ante ti una visión extraordinaria: la ciudad de los prodigios rendida a tus pies. El *mafraj* suele estar amoblado con alfombras, mesitas ratonas y almohadones, y allí te recuestas a fumar la pipa de agua, a mascar el khat o a tomar el té con pastelitos de miel mientras esperas que llegue la hora áurea, el instante del atardecer en que la luz se convierte en polvo de oro y hace que las cosas de allá abajo suelten su discreto resplandor. De los huertos emana olor a frescura, se apaga el ajetreo de los zocos y el último sol arranca chispas a las cúpulas. Las voces sobrepuestas de los muchos almuecines llaman al rezo. Llega suave el ulular de las ambulancias, y la detonación de los misiles se vuelve casi irreal. Al fondo, a la distancia y en cámara lenta, las humaredas y fuegos de la guerra se proyectan como en una pantalla.

Horas más tarde, cuando todas las ventanas se han apagado, una noche masiva envuelve la ciudad, y se extiende ese silencio absoluto del que habla Maeterlinck, similar al del aposento en que callas para siempre. Me da por pensar que si tengo que morir, me gustaría que fuera borracho de miel y de khat en uno de estos *mafraj* de Sana'a, ojalá escuchando el *Réquiem* de Fauré, esa dulce canción de cuna para la muerte.

Zahra Bayda y una docena de amigas despiden la soltería de Hanani en uno de estos *mafraj*. Es luminoso y lujoso y pertenece a Abdel, un joyero rico, padre de la novia. A espaldas de ella y contra su voluntad, la familia ha aceptado la propuesta matrimonial de un rico hacendado del norte, y ha entrado en negociaciones para fijar la dote.

—Es costumbre que el novio, antes de dar el paso, mande a su madre y hermanas a que observen a la candidata y le den su opinión —dice Zahra Bayda—, pero en últimas quien dispone es él. A la novia, en cambio, no se le concede arte ni parte en la decisión; se la considera inmadura y sin experiencia y debe atenerse al criterio de sus padres.

Pero Hanani no es tonta, estamos hablando de una mujer hecha y derecha, psicóloga graduada. Sabe que el hombre que la pretende es un viejo volcán, ya durmiente pero todavía iracundo. Un dinosaurio recalcitrante, intolerante, draconiano y guerrero.

Al principio Hanani se opone con bravuconería, monta el número de su desesperación, le suplica a Abdel, su padre. Le ruega a Hannah, su madre. Llora a mares. En las noches escucha el crac, como de vidrio, de su alma al romperse. Pero está sujeta a una tradición que muele y engulle, y ante la severidad de Abdel, el padre, y la ilusión de Hannah, la madre, Hanani va cediendo. Poco a poco entra en el juego: los efluvios del viejo volcán se la van tragando. Se deja arrastrar contra su voluntad y termina convertida en la prometida de ese hombre a quien ni siquiera conoce. Para colmo, tiene que participar y simular entusiasmo en ciertos preparativos, como esta despedida de soltera que se celebra en lo alto de la torre paterna.

Entre las invitadas se cuentan sus vecinas, sus primas y amigas, todas ellas, al igual que Hanani y con excepción de Zahra Bayda, hijas privilegiadas de Sana'a. Son las niñas afortunadas, las joyas de las clases pudientes. Van subiendo en grupos o una por una por la empinada escalera de la torre, enteramente arropadas de cara y cuerpo en trajes y velos negros: esbeltas siluetas en negativo, furtivo desplazamiento de sombras. Invasión de mirlas en un palomar.

Al llegar al *mafraj* ocurre la revelación, cuando las mirlas se deshacen del envoltorio negro. Se quitan *batuts, niqabs* y demás accesorios de su eterno luto, y sale a la luz lo que permanecía encubierto bajo el *black-out* de tanto ropón. Quedan al descubierto coquetos pestañeos de enormes ojos almendrados; profusión de labios carnosos, sonrisas sensuales y cabelleras lustrosas. Pieles nacaradas y literalmente intactas —nunca rozadas por el sol, el viento o la mirada de un extraño—; despliegue de ropas coloridas, ceñidas al cuerpo, lujosas, brillantes, bordadas en pedrería e hilos de plata. Mallas en estampado de leopardo; amplios escotes; medias de seda sujetas con liguero; jeans elásticos que resaltan el contorno de los muslos; altísimos estiletos; profusión de collares y zarcillos, brocados y muselinas; cadenitas de oro con dijes en torno al cuello, la cintura y los tobillos; blusas vaporosas y entreabiertas que dejan ver los encajes de una ropa interior suntuosa. Y uñas y bocas pintadas de rojo subido, pero sólo en las que están menstruando.

¿Sólo en las que están menstruando? ¿Qué tiene que ver una cosa con otra? La respuesta es un silogismo perfecto. Premisa mayor: para orar, las mujeres deben estar limpias de maquillajes y esmaltes. Premisa menor: cuando tienen la menstruación no pueden orar, no está permitido. Ergo, ellas aprovechan la menstruación para pintarse la boca y las uñas.

Cuando Zahra Bayda me las describe así, ya liberadas de su ropaje ocultador, radiantes como princesas de leyenda o chicas disco, yo ato cabos y comprendo por qué existen en los zocos de Sana'a ciertas tiendas que exhiben prendas interiores femeninas como las que verías en boutiques de cualquier gran ciudad occidental, pero que aquí parecen fuera de lugar. ¿Quién usa todo esto?, me preguntaba ante esas vitrinas, ¿para quién y a qué hora? ¿Quién paga por estos lujos para llevarlos ocultos bajo el blindaje del *niqab*? Bueno, pues ya tenía la respuesta: las reinas de Saba de clase alta y media, que en público van recatadas y monjiles hasta la invisibilidad, y en el interior de sus casas se destapan como vistosas y seductoras odaliscas.

Al fondo del *mafraj*, sin volumen y con subtítulos en árabe, una pantalla proyecta capítulos viejos de *Café con aroma de mujer*, la telenovela colombiana; la censura le ha suprimido los besos, los abrazos y demás escenas supuestamente impúdicas, y es muy popular entre las yemeníes.

Quince mesitas bajas han sido organizadas en círculo y tarjetas con nombres escritos indican el lugar de cada cual. Las invitadas se van sentando en el piso donde les corresponde y se estiran sobre los almohadones, plácidas y sensuales como gatas de angora. En la mesita que las invitadas tienen enfrente, cada cual encuentra dispuestos los pequeños regalos que le ofrendan los dueños de casa, como en fiesta infantil: frasquitos con perfumes —agua de rosas, de jazmín, de lavanda—; platito con dátiles; pañuelitos de seda atados con cintas; pebetero con sahumerio y bolsita con hojas de khat.

—¿También las mujeres mascan khat?

—Tanto como los hombres, pero en privado. Mascan khat para olvidarse de sus problemas. De hecho, algunas se olvidan de casi todo, hasta llegar a la negligencia con sus hijos —dice Zahra Bayda.

Sobre las mesitas hay además un surtido de galletas, pastelitos y otras muestras de la delicada *patisserie* yemení, que, para ocasiones como ésta, se prepara con una miel especial y costosa que llaman *honeymoon honey*. Proviene de abejas alimentadas sólo con *ilb*, el árbol del caramelo. Efectivamente tiene el olor, el sabor, la textura y el color del caramelo, y como se la considera afrodisíaca, es muy socorrida en las festividades de la boda y en la luna de miel.

Me encanta escuchar la precisión con que Zahra Bayda cuenta todo esto sin que se le escape detalle, deteniéndose en cada pastelito, cada regalito, cada cinta o rulo de encaje. Ella, que es el terremoto del desierto, el general de los hospitales de campaña, la que hace frente a pestes y bombardeos y a quien he visto romper una tabla de un karatazo y ahuyentar a un acosador con una patada en la rodilla. ¿Ella, Zahra Bayda, la médica de armas tomar, fascinada con estas fruslerías femeninas?

—Bien que te gustan —le digo.

—Qué cosa...

—Todas esas fruslerías femeninas. Bien que te gustan.

—A mí sí. Y a ti bien que te gusta escucharlas.

Es cierto, me gusta, lo reconozco. Me gusta escucharla a ella mientras la imagino allí, ceñida en lencería francesa como las demás mujeres de la *tafrita*, y tendida sobre almohadones en una pose inquietante. Aunque quién sabe, en realidad su metro ochenta de estatura no debe caber en esos cojines tan coquetos, no importa, en todo caso así me gusta imaginarla, y mientras ella sigue con su relato, casi puedo verla en ese *mafraj*, perdida en ensoñaciones de khat. Pero no, nada de eso cuadra. No creo que Zahra Bayda ande por ahí en sostén y braguitas de mucho frufrú, me parece que eso no va con ella. Mejor dicho, sé que eso no va con ella, porque en el patio de casa he visto su ropa interior cuando la cuelga a secar, y son piezas blancas, de algodón, sin primor ni pretensión. No, no puedo imaginar una Zahra Bayda de liguero y corsé. En cambio, últimamente la imagino desnuda.

Mirándola caminar, trabajar o descansar, juego a adivinar lo que hay debajo de su túnica. Presiento firmeza y plenitud de formas, volúmenes apetecibles, compactos, generosos. Que ella me perdone y que nunca se entere. Sin saber a qué hora, me he ido convirtiendo en ávido observador de su cuerpo y detector de sus vibraciones. No debo hacerlo, no corresponde. Me he pasado la vida soñando con mujeres imaginarias a las que convierto en reales, y ahora me dejo llevar por lo mismo pero a la inversa: tengo delante a una mujer real y la convierto en imaginaria. El delirio es superior a mis fuerzas, puedo escuchar a la reina de Saba murmurando, como en el relato de Flaubert, *yo no soy una mujer, soy un mundo, sólo tengo que dejar caer mis ropas y descubrirás en mi persona una sucesión de misterios.*[40] No es que yo quiera fantasear con Zahra Bayda en esos términos, es que no puedo evitarlo, su desnudez me invade, quiere poseerme y yo trato de no dejarme, como Bill Murray defendiéndose del fantasma de Dana-Zuul.

Los murmullos llenan el *mafraj*. Las mujeres intercambian información, el boca a boca las pone al tanto de los sucesos del día, por igual los trágicos y los anodinos. Todo acaba mezclado en el cuchicheo: vida y muerte emparejadas, lujo y miseria de la mano, el hoy igual al ayer. Miel de caramelo para endulzar la tragedia. De todo hablan estas mujeres con sensual indolencia, quién perdió a un hijo en la guerra, qué nombre le pondrán al recién nacido, quién recibió de regalo una pulsera con zafiros. Brotes de cólera en el barrio, condimentos para el *kabsa* de cordero, pueblos arrasados en la noche, crema contra las arrugas, plaga de langosta, desamores de la Gaviota en *Café*, ruina de las cosechas. Un mismo tono vale para todo lo que se junta y se revuelve en el vaivén de su cotidianidad.

—Son gente de dinero, no sufren las calamidades públicas como la gran masa de pobres —intenta explicarme Zahra Bayda—. Lo que no quiere decir que ellas mismas no arrastren su propia carga de pesares.

—Los ricos también lloran —aporto.

El novio no estará presente en ninguna de estas fiestas, ni siquiera en la propia boda. Celebrará por su lado con los hombres mientras la novia festeja en otra parte con las mujeres. Todo esto me pone a pensar. Me pregunto qué tanto añoran las yemeníes la presencia masculina, en estas ocasiones especiales y en general en la vida. Yo diría que no mucho. Toda la sensualidad, la amistad, el apoyo mutuo, el lujo, las confidencias, la libertad y la risa, todo lo bueno y lo grato lo despliegan estando entre ellas y prescindiendo de ellos. Salvo para efectos económicos, reproductivos y de estatus, me late que las mujeres yemeníes necesitan poco a los hombres. Han construido para sí mismas una burbuja autosuficiente. Pasan los momentos agradables del día en su torre de cristal, o habrá que decir torre de adobe, allá arriba, en el último piso, reunidas en las *tafritas* del *mafraj*, donde prenden cigarrillos y fuman, cantan, bailan, conversan.

No hay una que no posea su propio teléfono móvil con forrito tejido en crochet. Chatean con amigos, se sacan fotos unas a otras, se toman *selfies* y los mandan a sus amigas. Y sus amigas los reenvían a sus hermanos, y éstos, a los primos o colegas. Contrabando de fotos por telefonía celular. Tráfico clandestino de imágenes. Basta con apretar una tecla, y desde el *mafraj* vuela la imagen de una muchacha hacia la pantalla de un joven que la mira en algún otro punto de la ciudad. El móvil mina las restricciones. Le permite a una mujer intimar con su prometido o flirtear con un desconocido, y borrarlo todo enseguida para que desaparezca el rastro del delito y no haya castigo para la mujer que descubra su rostro ante un varón, cosa prohibida, prohibidísima, como también fumar y reír, bailar y cantar y escuchar música o usar tacones altos. Sin embargo, ya se ve, las costumbres van cambiando bajo cuerda, aun aquí, en el impenetrable Yemen.

En cuanto a Hanani, ella no tiene contacto virtual con su futuro esposo, a quien eso le parecería un oprobio; al fin y al cabo se trata de un terrateniente chapado a la antigua, que posiblemente desdeñe el uso de telefonía celular incluso para sí mismo. Por lo pronto, la única imagen que Hanani conoce de su pretendiente es una fotografía a color, hecha en estudio y enmarcada en plata. Nunca lo ha visto en persona, ni siquiera la vez de rigor, porque no se llevó a cabo la tradicional reunión de las dos familias para la entrega de la prenda de oro a cambio de la mano de la novia. Un hombre tan poderoso como ése no se mueve de su sitio, y menos para ir a casa de la mujer. Para sellar el acuerdo, fue el padre de Hanani quien debió desplazarse.

Lo que Hanani ve en la fotografía enmarcada es a un adusto patriarca de sesenta años o más; labios herméticos, cejas enmarañadas como nido de gorrión, barbas de profeta. Ojos de lince que fulminan a través del lente. Pañuelo rojo y blanco sujeto a la cabeza por un aro, atuendo formal, con túnica blanca. De los hombros cae un manto en pelo de camello con reborde de oro que se entreabre, dejando asomar la panza prominente y la gran daga *yambiya* curvada en la punta, enjoyada y sujeta por un ancho cinturón de cuero repujado.

—Un ogro...

—Un abuelo energúmeno.

La imagen espanta a Hanani. Todo en ese hombre le inspira miedo: su aspecto, su excesiva riqueza, su poderío, su religiosidad radical, su apego a costumbres arcaicas, los rumores que lo vinculan a matanzas recientes y al tráfico de armas. Más el hecho de que se la llevará a vivir a sus propios dominios, lejos de Sana'a y de la casa familiar.

En el *mafraj* se escuchan comentarios irónicos y risitas solapadas cuando circula entre las amigas el marco de plata con la foto del pretendiente. Demasiado narizón y barrigón. Viejo, gordo, furioso y feo, sí, pero tapado en oro: en el fondo todas envidian un poco a Hanani. Lo malo es que ha sido solicitada como cuarta esposa.

—¿Cuatro esposas? Ni siquiera Mirza Hussain, que tuvo tres.

Mirza Hussain y su lamento de amores idos. Tres esposas tuvo cuando era rico y joven, mismas tres que perdió al volverse pobre y viejo. Fátima, la que cantaba, Zéliz, la que sonreía, y Zaida, la que bailaba... Qué risa y qué suave nostalgia, Zahra Bayda y yo en el patio del Oasis repitiendo de memoria las letanías de Mirza Hussain, el viejo que vende alfombras y evoca a las tres amadas que le arrebató el destino, *Zaida, Zéliz, Fátima, a todas van mis pensamientos en esta dulce noche de Safar, perfumada por todos los sueños, por todos los deseos...*[41] Tres amores que se fueron para siempre, Zaida, la que sonreía, Fátima, la que cantaba, Zéliz, la que bailaba...

—La que baila es Zéliz, y no Zaida. Zaida es la que sonríe.

—Zaida sonríe, Fátima canta, Zéliz baila... Y Hanani se vuelve cuarta esposa de un jeque del norte.

—No primera, ni segunda, ni siquiera tercera, sino cuarta.

Será la última en jerarquía y tendrá que arreglárselas con las otras tres. Eso desmejora sensiblemente la oferta. Algo tiene que fallar en la bella Hanani, tan inteligente y preparada... pero con un notorio hándicap: es madre soltera de un hijo de dieciséis años. Y ella misma ya tiene treinta y cuatro, casi el doble de la edad que se considera apropiada para la novia.

Debido al embarazo indeseado y a la maternidad, sus padres no pudieron casarla a tiempo: desgracia y ruina para cualquier mujer, que queda relegada a la eterna soltería y convertida en un peso inútil, un cero a la izquierda. El traspié ha marcado de por vida a Hanani, y no sólo a ella, también a su familia, que ha mantenido el secreto durante años. Secreto a voces, desde luego; no podía ser de otra manera en una sociedad cerrada y volcada sobre sí misma. Pero al menos apariencia de secreto, que en algo ayuda; en últimas no se trata de que las cosas no se sepan, sino de pretender que no se saben. Para justificar la existencia de Layal, el niño que nació, escondieron a cal y canto el embarazo de Hanani, y cuando el parto tuvo lugar, se lo atribuyeron a Hannah. Desde entonces, la abuela funge de madre y Hanani, de hermana mayor.

Quien no se confunde al respecto es el propio Layal. Quiere a su abuela y la llama *um*, mamá, pero está muy apegado a Hanani, su amiga, su cómplice. Yo sé que tú eres mi madre, le dice cuando nadie los oye.

Hannah, tan aficionada a las telenovelas, se vio privada del placer y el orgullo de escoger para su única hija a un galán joven y guapo que le garantizara felicidad y numerosa descendencia. Grandes preparativos y festividades en torno a la boda: nada de eso habrá. Hannah había soñado con los cuatro días previos a la ceremonia, durante los cuales su Hanani se habría pintado el cuerpo con henna y lucido cuatro trajes diferentes, uno para cada día y de color específico, verde para el primero, turquesa para el segundo, rosa para el tercero y amarillo para el cuarto, cada uno más suntuoso que el anterior, hasta llegar al traje rojo carmesí de la propia boda, tan majestuoso que sería digno de la reina de Saba.

Abdel, su marido, ha sido un buen hombre y un padre devoto, pero es veinticinco años mayor, y para Hannah nunca ha habido lo que ella llama un sueño de amor. Tampoco lo habrá para su hija: es el precio que tendrán que pagar para saldar tropiezos del pasado. El momento de gloria de Hannah hubiera sido ver a Hanani con la tiara Nur Ul Ain, que ella misma lució cuando se casó, en la cabeza. No sucederá: las ceremonias nupciales con cuartas esposas son discretas, sin grandes despliegues ni gastos.

La tiara Nur Ul Ain, un gran rubí bordeado por arabescos en oro y engastado en medio de dieciocho topacios y una profusión de brillantes, ha pertenecido durante generaciones a la familia de Hannah, que, aunque pobre, hace parte de los clanes nobles del Yemen; ser poseedores de la tiara Nur Ul Ain les ha conferido estatus especial. Décadas atrás, el matrimonio de Hannah fue negociado por sus padres con el clan de Abdel, de larga tradición como joyeros. Sin ser aristócrata como Hannah y los suyos, Abdel era rico. Lo uno por lo otro. Pese a la diferencia de fortuna, la alcurnia de Hannah posibilitó que sus padres pusieran como condición que su hija fuera primera y única esposa, situación privilegiada que a Hannah le ha permitido usufructuar de protección y fortuna sin tener que compartirlas con otras. Hanani, más bella de lo que nunca fue Hannah, hubiera merecido una situación similar. No se pudo. Pero la vida, que trae esos dolores, también trae compensaciones que hay que saber aprovechar. Algo es algo, peor es nada. Ahora la familia podrá recuperar la dignidad y el buen nombre gracias a esta oferta matrimonial que parece caída del cielo. En últimas no importa la rebaja a cuarta esposa, lo fundamental es que Hanani será por fin mujer legítimamente desposada. Dados su edad y su pecado, se comprende que la propuesta no sea óptima; aun así, sus padres la han aceptado con júbilo y alivio. Además, han acordado un monto considerable para la dote que el postulante tendrá que entregarles a cambio de la mano de su hija. El pasado quedará enterrado y el oprobio borrado.

Las cosas son como son, y al mismo tiempo son distintas. Una cosa es la historia tal como la cuenta Hannah, y otra, como la ha vivido Hanani. Lo que fue tragedia para la madre ha sido salvación para la hija, que pudo formarse como mujer preparada y libre. Ante la imposibilidad de casarla, sus padres le permitieron terminar sus estudios secundarios, asistir a la universidad de Sana'a, donde se graduó como psicóloga, y posteriormente viajar a Jordania, donde terminó estudios de postgrado; sólo le falta la tesis para obtener el máster. Aunque sigue viviendo en casa de sus padres y respeta costumbres como andar en público de rostro cubierto, hoy Hanani es una profesional políglota que atiende en su consultorio, recibe sus propios ingresos y se desplaza a donde quiera en su propio coche.

Ahora todo eso cambiará.

Al casarse con aquel hombre, tendrá que mudarse al norte y vivir en sus dominios, donde siguen predominando las costumbres feudales. Tendrá que renunciar a su profesión. Ya no podrá ejercer, ganar dinero, conservar su biblioteca, ni su ropa occidental, ni siquiera tendrá acceso a Internet. De nada le servirán su inglés y su francés, porque no tendrá libros que leer ni con quien conversar. Quedará encapsulada en las rutinas de la vida doméstica. No conducirá su automóvil; sólo podrá ir, bajo vigilancia, a donde la lleven los choferes y guardaespaldas del marido. Permanecerá aislada de su propia familia y recluida en un palacete enorme y ajeno, junto con las otras tres esposas y los veintiún hijos e hijas de éstas. Será como enterrarse en vida.

En últimas, todo eso podría soportarlo, haciendo el monstruoso sacrificio en aras de la paz y felicidad de su familia. Pero este matrimonio significa otra renuncia, una mucho peor, imposible de aceptar, que le hará trizas el alma y la hundirá en una tristeza mortal. Y no sólo a ella, también a Layal, su hijo, porque tendrá que renunciar a él. No podrá llevarlo consigo a casa de su marido, el rico amo del norte. Layal no será mencionado siquiera, habrá que hacer de cuenta que no existe.

En aquel ático donde agasajan a Hanani, ella no es, sin embargo, el centro de la animación. Está sentada hacia el fondo, retraída y un poco apartada de las demás, con la mirada volcada hacia adentro, incapaz de centrarse en nadie ni nada que no sea en sí misma y las aguas turbulentas que se agitan en su interior. Hace esfuerzos por simular agrado y guardar las apariencias, pero la sonrisa fingida delata amargura, rabia, secreta rebeldía.

—¡Vamos, Hanani! —tratan de alegrarla las amigas, que conocen su dilema—, arriba ese ánimo, que esto parece un velorio.

Ella llama aparte a Zahra Bayda. Se encierran las dos en un baño, y Hanani se viene abajo. Empieza a temblar, sufre un ataque de pánico.

—Veo la muerte en los ojos de ese hombre —dice.

Zahra Bayda esgrime mil razones para convencerla de que no se case. Le plantea alternativas, explicaciones de cómo la vida puede ser distinta. Le ruega que no renuncie a su hijo, a su libertad, a su inteligencia, le ofrece apoyo para escapar. Hanani sólo tiembla. Y llora. Y tiembla.

Le pido a Zahra Bayda que me la describa. Quiero saber cómo es ella, cómo es Hanani físicamente; me ha cautivado aunque no la conozco, no veo la hora de escribir su historia, desde ya la convierto en una reina de Saba que tiembla al presentir la muerte dibujada en los ojos del rey lejano que la pretende. Zahra Bayda me dice que Hanani es muy bella, pero eso ya lo sé. Necesito detalles, el retrato hablado sigue siendo vago y Zahra Bayda no ayuda, no se esmera como fisonomista, tengo que arrancarle cada dato, cada rasgo. Lo que ella no dice yo lo invento, y así voy armando la imagen con piezas sueltas. Ojos claros como el agua; mirada inmersa en premoniciones nefandas; frente estrecha, o que parece estrecha por estar parcialmente cubierta por el pelo. Palidez ultramundana. Nariz afilada y boca de fruta madura, tal vez demasiado madura, o sea, sensual y jugosa, pero con un dejo de amargura. Como era de esperarse, el rasgo más notorio en ella viene siendo el pelo. Definitivamente, el pelo. Ya sé, digo lo mismo de toda mujer árabe, el *niqab* que las oculta a mis ojos me obliga a imaginar cuerpos estilizados a lo Giacometti y rematados por frondosas cabelleras, como si fueran jóvenes árboles. En este caso, la asociación con un Giacometti no parece arbitraria, Zahra Bayda dice que Hanani es alta y huesuda, sobre todo por estos días, porque come tan poco que ha perdido diez kilos en dos meses, y si ya de por sí era delgada, ahora está flaquísima. Aunque, según palabras textuales de Zahra Bayda, pese a la consunción, Hanani sigue teniendo un cuerpo envidiable. Así dice ella: cuerpo envidiable. Luego viene el remate, la copa del árbol, es decir la cabellera. Cuenta mi informante que la de Hanani es espectacular, realmente espléndida, de un volumen asombroso, color castaño oscuro, ondulada y lustrosa, partida en medio en cortinas que caen a lado y lado de la cara. Impresionante.

Imagino a Hanani como la atormentada Proserpina pintada por Dante Gabriel Rossetti, en ese cuadro que siempre me ha fascinado. El paralelo me llega así porque sí, pero tiene sentido. De hecho, tiene mucho sentido: a la Proserpina de la mitología clásica la raptó Plutón, rey del Hades, para casarse con ella, y la arrastró consigo a los infiernos. Algo semejante le ha ocurrido a nuestra Hanani. Jalando la punta de esa madeja —me gusta jalar las puntas de las madejas—, llego a analogías llamativas, como que aquella despedida de soltera que le hacen las amigas a Hanani recoge resonancias de los misterios eleusinos, esas celebraciones secretas, cargadas de ecos de muerte, con que los griegos despedían del mundo luminoso a una Proserpina que tendría que partir, para reunirse con su marido en las tinieblas subterráneas.

—Pero qué diablos le pasa a esta Hanani —me indigno—, ¿acaso no es psicóloga? ¿No puede revisar su Freud para desmontar toda esa mecánica trituradora de culpa y vergüenza? ¿Por qué no manda todo al demonio y dice que no? Así, como suena: no. Que no se case, que se largue con su hijo a algún lado, que desaparezca y si te he visto no me acuerdo.

Zahra Bayda me llama a la calma; quiere que intente ponerme en los zapatos de los demás. Todo este teatro absurdo y retorcido, me dice, se explica por el peso que tiene el *shame*, la vergüenza, en la tradición yemení. La presión sobre las mujeres deshonradas puede ser tan grande que llegan a suicidarse prendiéndose fuego. *She brings shame*, ella acarrea la vergüenza. Los hombres la señalan con el dedo y se mesan la barba.

—¿O sea que primero muelen a la chica y luego se mesan la barba, como los patriarcas del Antiguo Testamento?

—Aquí se viven tiempos bíblicos.

She brought shame and disgrace to us. Ella nos trajo la vergüenza y la desgracia. Pecado imperdonable. Condena irrevocable.

El sol está a punto de ocultarse detrás de las cúpulas, y en el *mafraj* las invitadas parecen despertar de una ensoñación. Ya dieron cuenta de los pasteles, ¿y ahora se lamen los dedos untados de miel? Quién sabe. En todo caso guardan en sus bolsos los frasquitos de perfume y demás regalos, y se estiran como gatas para desentumir las piernas. Como a la voz de un llamado, se levantan todas a la vez, tardan apenas minutos en volver a cubrirse de pies a cabeza con sus atuendos negros y descienden por las escaleras como procesión de sombras, otra vez entregadas a la invisibilidad. Al llegar a la calle se dispersan en distintas direcciones, esfumándose antes de que acabe de caer la tarde. Aparición que se desvanece.

Unos meses después, andaba yo trabajando en el huerto cuando escucho que Zahra Bayda me llama a gritos, ¡Boss Muuutaaas!, y veo que viene corriendo hacia mí, blandiendo en alto el móvil que trae en la mano. ¿Qué habrá ocurrido? Seguro malas noticias...

—¿Recuerdas a Hanani? —me pregunta cuando llega acezando—, Hanani, la de la despedida de soltera.

—Claro que la recuerdo, te refieres a Proserpina.

—No, menso. Hanani, la de la *tafrita* en el *mafraj*...

—Ya sé, la cuarta esposa del ricachón del norte.

—Cuarta esposa de nadie. Acaba de enviarme un e-mail. Mira. Un e-mail desde Amman. ¡Al fin no se casó! Huyó a Jordania con su hijo cuando faltaban días para la boda. Dice que se encuentra bien. Allá trabaja en su tesis y consiguió una pasantía. ¿Puedes creerlo?

—¿Cómo logró escapar?

—Dice que arrinconó a su madre en un lugar donde pudieron conversar a solas.

Al cabo de dos horas había logrado conmoverla, y su madre le hizo, por primera vez en la vida, aquella pregunta que tanto hubiera querido escuchar ella misma décadas atrás: ¿qué quieres hacer tú? ¿Qué te gustaría a ti? Asombroso, siglos de incomunicación y sometimiento que se derrumban de repente, al pronunciar una sola frase, tan sencilla como ésa, ¿qué quieres hacer?

Hanani le respondió: quiero irme de aquí, quiero obtener mi grado y trabajar, perdóname, madre, pero no me caso. Me voy a Jordania y me llevo a Layal.

La madre le pidió que esperara, al rato regresó con un cofre de ébano y se lo entregó. Para que lo vendas donde estés, le dijo, con eso podrán mantenerse tú y el muchacho mientras consiguen trabajo. En el cofre, sobre una almohadilla de terciopelo vinotinto, reposaba la tiara Nur Ul Ain.

Hannah le puso una doble condición a su complicidad: que el padre no se enterara del plan de fuga hasta que estuvieran lejos, y que nunca nunca se supiera que ella había mediado.

—¿Y el rico terrateniente? ¿Montó en cólera y exigió que le devolvieran la dote que había pagado?

—Qué va. El rico terrateniente no había pagado nada, ni tonto que fuera. No iba a aflojar el dinero hasta no tener la mercancía en la mano.

—¿Y la vergüenza, el *shame*? ¿Qué hizo la familia con el *shame*?

—Tragárselo entero, supongo. En estos tiempos de catástrofe, el *shame* pasa a segundo plano.

—¿Y el padre de Layal?

—Qué importa quién sea. Sólo a ti se te ocurre preguntar eso.

—Es la pieza que falta.

Zahra Bayda ladea la cabeza y me observa con extrañeza, a la manera de los perros cuando ven algo pequeño que se mueve.

—Esto es la vida, Bos Mutas —me alecciona—. Esto no son cuentos para que tú los escribas en tu cuaderno.

Zahra Bayda me cae bien, en realidad muy bien, reconozco mi efusión por ella. Pero a veces la encuentro francamente antipática. Tal vez antipática no sea el adjetivo, más bien poco empática. Y entre un término y el otro debe haber un calificativo que se me escapa. ¿Así que lo que escribo son cuentos? Me quedo callado.

Tal vez merezco la cuchufleta; mientras otros viven y luchan, se exponen al peligro, curan gente y hacen historia, yo soy el que va detrás, anotando cosas en un cuaderno. Yo, Bos Mutas, el buey mudo. Recuerdo cuando mis padres me regalaron mi primer cachorro, un mil leches que encontraron en la calle. Me apegué locamente a mi perro y puse en él todo el afecto de mi tristona infancia. Lo bauticé Mazinger Z, como el superhéroe de los monos animados, el nombre más impropio para un perrucho enano, enclenque y lanudo. Yo era un niño solitario, Mazinger era una bolita de alegría, y nos hicimos amigos inseparables. Un día escuché que alguien le preguntaba a mi padre por mí, y me dejó helado su respuesta.

—¿El niño? —dijo—, el niño se la pasa con ese perro, como un güevón con un peluche.

Un güevón con un peluche. Yo, un pobre güevón y Mazinger, un pobre peluche, eso éramos mi perro y yo para mi padre.

A ratos amo a Zahra Bayda y a ratos no. Son extenuantes los altibajos de mi pasión incierta, esa montaña rusa. Basta un gesto, una palabra, un silencio, para que me sienta en el cielo, y basta una palabra, un silencio, un gesto, para que caiga de un porrazo. La quiero mucho, poquito, nada, así ando últimamente, como deshojando margaritas. Quemo demasiada neurona en esa matemática improbable, por fortuna en este desierto no hay margaritas.

Busco a Zahra Bayda y me le planto de frente. Aunque ella es bien alta, yo le llevo una cabeza y puedo mirarla de arriba hacia abajo.

—Escucha —le digo—, debes saber una cosa: yo no soy ningún güevón con un peluche.

—De qué hablas...

—El hijo de Hanani está creciendo, ya no será un niño sino un hombre, va a querer saber quién es su padre, y va a indagar. Va a exigir que le cuenten ese cuento. Y yo no soy ningún güevón con un cuaderno.

—¿Tú? —dice ella y se ríe—, tú eres un hombre bueno, Bos, por eso te quiero.

Me ha dicho que me quiere porque soy bueno. La bondad, esa virtud devaluada. *Bueno* se ha convertido en un adjetivo aséptico y asexual. ¿Yo, un hombre bueno? Su comentario me hace sentir bobalicón y alado, como un querubín rubicundo.

—Eres muy bueno y estás muy bueno —se hace la coqueta, acercándose a mí para alisarme el cuello arrugado de la camisa. Luego da media vuelta y se aleja tarareando, yay le-le-le, yay le-le-le.

Yay le-le-le, qué avispada es esta Zahra Bayda.

La dinastía pedauque

Vello abundante en la hembra humana, el defecto que ocasionó la desposesión y el exilio de Pata de Cabra. Pero ¿es realmente un defecto abominable? Zahra Bayda conoce una técnica ancestral para eliminarlo, que consiste en esparcir por el cuerpo una mezcla de sulfuro de arsénico, miel y cal viva. Ojo, que tal ungüento puede ser peligroso. Puede inflamar y abrasar la piel si no se retira al instante, pero debidamente utilizado permite remover el vello de raíz... siempre y cuando la muzayyín, o depiladora, sea muy hábil en el manejo de una fina concha de mejillón, más afilada que el hambre, que hace las veces de cuchilla de afeitar.

—La gente les teme a las muzayyines —dice Zahra Bayda—, las margina y evita mirarlas, porque cree que su oficio es profano y de alguna manera perverso. Por eso casi siempre lo ejercen las extranjeras, que ya de por sí cargan con un estigma y por tanto no tienen nada que perder. Las muzayyines saben retirar del cuerpo ese ungüento cáustico suficientemente rápido para que no queme, y tienen la necesaria experticia para evitar cortar la piel con la concha afilada.

Y si era conocido el remedio, ¿por qué Pata de Cabra no solucionó desde el principio su problema de hipertricosis? Según una versión, lo habría impedido la propia Doncella, advirtiendo que la muzayyín que osara afeitar a Pata de Cabra sería degollada de un solo tajo y con la misma concha de mejillón que hubiese utilizado. Según otra versión, la propia Pata de Cabra se habría rebelado de plano, afianzándose en su propia condición peluda y negándose a dejarse afeitar.

No es de extrañar. Pelo sigue siendo pelo, vello sigue siendo vello, en tiempos míticos y en nuestros días, y a la par con Sheba, otra gran mujer defiende el derecho a lucir pelo indebido, y ésta es Patti Smith, mi cantante punkera, mi absoluta favorita, potente especie de reina de Saba contemporánea, irreverente e indómita, a quien no por nada llaman Punk Queen of Sheba, la reina punk de Saba. Patti Smith seleccionó para la carátula de uno de sus álbumes una foto suya en camiseta ceñida, mirada volcada hacia adentro, brazos en alto y axilas expuestas y sin afeitar. La casa disquera puso el grito en el cielo. ¡Pelos en el sobaco! ¡Cosa repugnante y nada femenina, verdadera afrenta para un público decente! Las tiendas se negaron a poner el disco en los escaparates. El álbum suscitó una furia irracional.

Vergüenza, *shame*. Pero no para Pata de Cabra, como tampoco para Patti Smith: ambas exhibieron sus respectivas pilosidades con admirable desparpajo.

El pelo, el pelo, el pelo. ¿Por qué aborrecer unos pobres pelos hirsutos que crecen en la axila y en la ingle, bien embadurnados de feromonas, y cuyo noble propósito es hacernos sexualmente atrayentes? ¿Por qué serán tan complicadas las cosas con el pelo, ésos en particular y todos en general?

He vivido el drama en carne propia, porque también yo, Bos Mutas, vine al mundo casi tan peludo como un osito, o como un osito medio pelado. Pero mi madre no me repudió por eso. Como yo era bebé de pelo en pecho, ella le decía a la gente: mi niño nació con un chalequito puesto, mi niño nunca va a tener frío. Pero no todos reaccionan tan alegremente. También a mí me han puesto requisitos onerosos al respecto. La primerísima novia que más o menos tuve, poco antes de entrar al seminario, me dijo que me daría un beso si me hacía depilar, así que me dejé llevar por ella a un lugar llamado Conejo's, donde me hicieron gritar arrancándome con cera caliente los pelos del pecho y los hombros. Una tortura medieval, la parte física; el daño moral vino enseguida, cuando me sentí como un extraño en mi pobre piel ardida, y me vi a mí mismo pelado y blancuzco como el gusano de la guayaba.

Por otro lado, está el asunto del pie equino varo, o pata de cabra, segundo motivo de repudio y penalización por parte de la reina madre. Y es que la Doncella, inculta y arbitraria, no sabe nada acerca de la poderosa legión de las reinas pedauques, de la cual su primogénita es figura principal.

Pedauque, del occitano *pé d'auca*, pata de oca, y por extensión pata de ganso, pata de cabra, de águila, de zorro y en general de cualquier animal, es la marca de saber superior y talento que caracteriza a una serie de mujeres, las *big foot*, reconocibles por la cojera. Su saga empieza con criaturas prehistóricas como las yetis, de larga cabellera, garras letales y dificultad para caminar por superficies inclinadas debido a sus pies defectuosos. Los pastores de yaks, que pueblan territorios de las yetis y conocen su debilidad, aconsejan huir de ellas corriendo montaña abajo.

Entre las pedauques están las *sasquatch*, otra rama de las *big foot*. Son gigantescas mujeres de cuya existencia se duda, pese a las huellas que han dejado por cinco continentes. En Oriente Medio, las pedauques entran en escena con Pata de Cabra, princesa heredera de Saba, y posteriormente aparecen en Europa con la Reine Pédauque, de origen visigodo, proveniente de la región de Toulouse. Y con la diosa escandinava Freya, guerrera con pata de halcón y capa emplumada que le permite volar. O la diosa germánica Berchta, con un pie más grande que el otro, predecesora de la serie de Berthas que a lo largo de los siglos heredan la misma condición. Entre ellas, la histórica Bertrade de Prüm, llamada también Bertrada la Vieja, madre de Bertrada la Joven y abuela de Carlomagno. También Berthe au Grand Pied, o Berta la del Gran Pie, princesa suplantada por una impostora, pero a quien su madre, al comprobar que tenía unidos los dedos del pie, reconoció como única y legítima hija.

El mito femenino de las pedauques tiene equivalente masculino en la familia real de los Labdácidas, nombre que significa los cojos. Los Labdácidas reinaron en la ciudad de Tebas y su más notable integrante fue Edipo. El pastor que debía matar al Edipo recién nacido cambia de planes, lo deja vivo, le punza el talón y se lo atraviesa con una correa para cargarlo a la espalda, como se hacía con pequeñas piezas de caza; de ahí la tara legendaria que heredan sus descendientes.

La legión pedauque perdura y se reproduce a lo largo de los siglos y reaparece por estos días en representantes magníficas, como Frida Kahlo, gran Pata de Cabra mexicana, marcada desde niña con la seña inconfundible. A los nueve años la poliomielitis le ataca la pierna derecha, dejándosela más delgada y más corta que la otra, y ella se ve obligada a usar botines ortopédicos y calcetines superpuestos que disimulen la enjutez de la pantorrilla afectada. Más adelante, su condición pedauque volvería a marcarla de manera brutal. Niña de los Dolores, Madonnina del Sufrimiento, Virgen de las Diez Espadas, a los diecisiete años de edad, Frida viaja en un autobús que se estampa contra un tranvía en marcha. Del accidente, ella sale destrozada por una barra de hierro que la atraviesa de parte a parte, penetrándola por el costado izquierdo, rompiéndole la cadera y quebrándole la columna, para salir al otro lado por la pelvis, después de reventarle varios órganos internos. Años más tarde, su pierna derecha se gangrena y tienen que amputarla. *Unos cuantos piquetitos* de pájaro, así llamaría ella con un humor muy mexicano a las innumerables heridas, fracturas y derrames que nunca curan del todo y la martirizan de por vida, obligándola a llevar un eterno corsé de yeso, a andar en muletas o silla de ruedas y a permanecer durante largas temporadas inmóvil en cama.

Bella y velluda Frida, sufrida, rebelde y genial: prodigiosa pedauque que merece el título no sólo gracias al talento y la cojera, sino también a su condición peluda, que

254

lleva con orgullo y de la cual deja constancia en sus autorretratos, que la muestran fina y delgadísima, con corsé de yeso, flores en la cabeza, atuendo de china poblana y notable bozo sombreándole el labio. Cuando contrae matrimonio con Diego Rivera, gordísimo y gigantesco pintor, los amigos de la pareja dicen que es la unión de la paloma y el elefante, y que Frida envidia las tetas de Diego, mientras que Diego envidia el bigote de Frida.

En la tradición de las pedauques no podía faltar Patti Smith, incluida como miembro destacado a partir del concierto que da un 25 de enero en un coliseo deportivo de Tampa. Ya desde el inicio, la cosa corre fuera de control y el espectáculo rueda desquiciado. Patti parece resuelta a jugarse los restos para causar impacto memorable en las seis mil personas presentes, en un intento por contrarrestar el escaso éxito de su último álbum. Esta noche su banda toca con bríos endemoniados y ella se extralimita en la actuación. Quiere entregarse y cautivar. Revuela como posesa por la tarima, murmurando conjuros y soltando gritos de animal. Improvisa una coreografía frenética. Atraviesa el escenario dando vueltas sobre sí misma como derviche giróvago, con la cabeza echada hacia atrás y los ojos entornados. La intensidad de la música estalla y Patti Smith lanza uno de sus famosos desafíos, *C'mon, God, make a move!*[42] ¡Vamos, Dios, haz tu jugada! Justo en ese momento se le enredan los pies en uno de los parlantes, pintado de negro y camuflado en la penumbra. Patti Smith cae de cabeza al vacío como un ángel sin alas y se estampa contra el piso de cemento cinco metros más abajo. Daugherty, su baterista, dirá más tarde que al verla caer pensó: Dios mío, o está muerta, o va a volver a encaramarse al estrado de un brinco. Patti Smith no está muerta, pero casi. Ha recibido el impacto en la espalda y la cabeza y yace en un charco de sangre. Se ha quebrado las vértebras cervicales y varios huesos de la cara. Van a ser necesarios veintidós puntos para coserle el descalabro, la visión le queda nublada y ha perdido temporalmente la movilidad de las piernas.

Con todo lo cual queda demostrado que la cojera no es defecto odioso, como lo ve la Doncella, no es vergüenza ni *shame*. Por el contrario, es alto privilegio, marca de estirpe extraordinaria, de mucha cultura, energía, hermosura y poderío sexual. No por nada el aguzado Soleimán, o Salomón, se empeña en buscar a Pata de Cabra, y le manda proponer matrimonio tan pronto se entera de que ella es la heroína pedauque de Hadramaut. Ella, por su parte, sobrelleva resignadamente las dificultades y dolores que implica esa pierna rota, torcida, quebrada, pata de oca o pie equino varo, pero que al mismo tiempo, al ser señal inequívoca de vínculo con la divinidad, consolida por los siglos de los siglos el mito de la reina de Saba.

III. Nocturnos

... la noche sosegada
en par de los levantes de la aurora,
la música callada, la soledad sonora,
la cena que recrea y enamora.
JUAN DE LA CRUZ

Because the night belongs to lovers.
PATTI SMITH

Ardiente luna roja

Somalia, ardiente luna roja. Zahra Bayda nació en la capital, Mogadiscio, llamada Moga por sus habitantes, una ciudad desconcertante y erizada, peligrosa, electrizada en un aire saturado de polvo, con los edificios en ruinas y la vida al filo de la venganza. Meca de francotiradores. Partidos de fútbol que acaban a cuchilladas. Machetes que se desenfundan a la menor provocación. Locura inducida por el furor del sol, noches de pánico y sangrientas ceremonias de iniciación. Si les preguntas a los niños de dónde son, te responden imitando tiros de fusil al aire: ¡Moga! ¡Pum, pum, pum!

Matar como deber tribal. Campos arrasados por invasiones y guerras intestinas. Clanes que incendian las cosechas y violan a las mujeres de sus enemigos. No hay cómo vivir ni en qué trabajar, no queda más que hambre, arena, piedras... y armas. Armas en cantidades alarmantes. Los traficantes, los piratas, los ejércitos extranjeros han ido dejando allí un reguero de armas, suficientes para que la población local se extermine entre sí.

Me resulta difícil entender el orgullo somalí, su apego religioso a esos desiertos desolados y regados de sangre, que para ellos son el Jardín del Edén. ¿Cómo puedes enamorarte del infierno? Pese al clima de crueldad, Mogadiscio despierta en quienes la abandonan la nostalgia y el afán por regresar.

—¿También en ti, Zahra Bayda? —le pregunto—. ¿También tú sufres de añoranza?

—Me duele Somalia, la llevo por dentro como una herida, sueño con volver. Pero el orgullo nacionalista no va conmigo, el mundo es grande y redondo y está al alcance de mis pasos.

A todos derrota la indómita Somalia, pero a quien más derrota, castiga y desangra es a sí misma. Me recita Zahra Bayda un viejo dicho somalí: con mi hermano contra el resto de la familia; con mi familia contra mi clan; con mi clan contra los demás clanes; todos los clanes juntos contra el resto del mundo.

Zahra Bayda proviene de una de las llamadas tribus débiles de Baidoa, los rahanweyn, agricultores que no tienen armas y por tanto son arrinconados y masacrados por tribus fuertes, como los ogadeni y los marehan. Huyendo de Baidoa, la ciudad de los muertos vivientes, su familia buscó refugio en Mogadiscio, que junto con la propia Baidoa y con Kismayo conforman el triángulo del horror.

—Tanta muerte me infundió pasión por la vida —me dice Zahra Bayda—. Aprendes a sacar fuerzas de donde no tienes. Encuentras un equilibrio entre el miedo a morir y la euforia de seguir vivo pese a todo.

Es hija de la tercera esposa de un hombre pobre. Tuvo veinticuatro hermanos, diecisiete de ellos muertos: siete por hambre o enfermedad y diez por acto violento. Una vez al mes llama por teléfono a su madre y le pregunta: ¿cómo están las cosas, crees que puedo regresar? La madre siempre le responde: todavía no, hija, las cosas están feas, espera un poco más. Zahra Bayda vive pendiente del día y la hora en que su madre le diga: vente ya.

De adulta ha empezado a comprender a su sufrida y sometida madre e incluso a apreciarla, a reconocer su manera silenciosa de proteger a sus hijas del hambre, la ira del padre, la lujuria de los hombres y la violencia generalizada.

—¿Quieres contarme? —le pregunto.

—Qué cosa.

—Tu vida.

—Ni lo sueñes —siempre se niega.

Hasta hoy. Ella tiene que llamar a su madre a una hora convenida pero su móvil está descargado, así que le presto el mío. Un rato después, cuando viene a devolverlo, la noto preocupada. Ladea la cabeza y baja la vista de una manera que no le conocía, digamos que la siento vulnerable, o indefensa. Está irreconocible, ella que siempre te echa encima su seguridad en sí misma y su monumental autoestima, y de repente ahí está, como niña castigada. El atardecer cae fresco y le propongo ir de caminata hasta unas ruinas cercanas, desde donde se ve espléndida la puesta del sol.

Nos encaramamos a un montículo de piedras enormes, nos sentamos en lo alto con las piernas colgando sobre el vacío y ahí, en un impulso inesperado, ella rompe su hermetismo y deja escapar los recuerdos.

—Mi hija se llama Iftiin, que en somalí significa luz —dice—. Iftiin Ferrer. Está terminando Antropología Social en la Universidad de Barcelona.

—¿Te das cuenta? —le digo—. No te conozco. Ni siquiera sabía que tuvieras una hija...

—Tampoco mi madre lo sabe.

—¿Cuántos años tiene tu hija?

—Veinticuatro.

—¿Veinticuatro años, y tu madre todavía no lo sabe?

—Ni lo va a saber. A Iftiin la tuve siendo yo misma una niña. En Somalia, a los trece ya eres una mujer. Desde el momento en que mi hija nació, hice un juramento: ella no pasaría por las que había pasado yo. Y creo que así ha sido, bueno, en la medida de lo posible. Iftiin tuvo la infancia que yo nunca tuve. Ella y yo, las dos por el ancho mundo. Pobres de solemnidad, y aun así ella creció alegre, sana y libre. Nunca dejé que la maltrataran y hoy día es una buena muchacha, inteligente y bella, lo digo sin pudor porque es la verdad. Es la típica belleza somalí: alta y delgada, piel tostada, frente amplia, grandes ojos luminosos, dientes voraces y largas piernas de potranca; dicen que se parece a Iman, la esposa somalí de David Bowie; es muy frívola la comparación, ya lo sé, pero Iftiin realmente se asemeja a Iman. Y no es que quiera burlarme de ti, Bos Mutas, ni de tus fantasías, pero en la universidad a mi hija la llaman... la reina de Saba. Apenas un lugar común, a toda somalí o etíope atractiva le dicen así.

Zahra Bayda no quiere ser como su madre, pero se esfuerza por comprenderla.

—Para mi madre el sufrimiento forma parte de su ser —dice—. Yo decidí desde pequeña que eso no valía para mí. No me preguntes por qué, pero a diferencia de mis hermanas, yo sabía que no había nacido para sufrir. La vida era dura, de acuerdo, pero yo no iba a entregarme de manos atadas a la desgracia, como si no hubiera otra opción. Vivir es sufrir, ésa es la única máxima de mi madre. Pero para sus hijas, tal vez en el fondo siempre ha deseado otra cosa. Llevo años bregando por reconciliarme con ella, con su mente erosionada por cantidades inimaginables de injusticia y dolor. Ahora sospecho que en algún rincón de su cabeza hay una esperanza de felicidad, no para ella, pero sí para sus hijas. Me dejó eso como herencia, y se lo agradezco. Quiero regresar a Somalia antes de que ella muera. Quiero perdonarla y que me perdone, mirarla con nuevos ojos, verla de una manera más compasiva, menos distante.

Gerald Hanley, oficial británico afincado en Somalia durante la Segunda Guerra Mundial, quizá el único occidental que ha logrado arraigarse con afecto en aquellas soledades de vientos hirvientes, escribió que no podía recordarlas sin pensar en dagas y lanzas, en ojos fieros bajo marañas de pelo ensortijado, fanatismo tribal, aristócratas histéricos que esclavizan a las tribus del sur, camellos tercos y locos, rocas que queman al tacto, vendeta de sangre de origen olvidado pero que siguen saldándose a puñaladas. A sus habitantes los describió como *la gente más difícil, más orgullosa, más valiente, más vanidosa, más despiadada, más amistosa*.[43] ¿Así también Zahra Bayda, la más difícil de las mujeres, la más orgullosa, valiente, vanidosa, despiadada y generosa? Ya llevaba yo varios meses trabajando con ella y aún no acababa de descifrarla. Es una gran conversadora, como todos los somalíes, el pueblo enamorado del verbo y de la tradición oral; no por nada se llaman a sí mismos Amos de la Palabra. Así también ella, y sin embargo hermética. Detrás de alguien tan políglota y locuaz puede esconderse un gran silencio.

Su numerosa familia se apretaba en una de las chabolas de un inmenso arrabal, entre callejones de tierra con traqueteo de coches destartalados y pasitrote de burros que llevaban cargas más grandes que ellos mismos. El aire era una condensación de calor salado. La casa olía a incienso, humo de madera y guisos con comino, ajo y cebolla. ¡Niña, cierra la puerta, que se entra el polvo! Pero el polvo ya estaba adentro, el polvo entraba de todos modos y estaba ahí para quedarse.

En las mañanas Zahra Bayda iba a la escuela y en las tardes cuidaba cuatro ovejas de cabeza negra y cuerpo blanco, alejándose hacia las afueras para buscarles briznas de hierba. Como las demás niñas, vestía de rojo con telas que su madre y sus tías teñían con remolacha. Durante los veranos la temperatura subía de los cincuenta grados, la hambruna apretaba y moría tanta gente que su padre, sepulturero de oficio, acabó por caer enfermo de agotamiento y no pudo cavar más.

—Mi madre atendía a mi padre como si fuera su esclava —dice Zahra Bayda—. Todas las noches calentaba agua para que él se bañara, le refregaba la espalda y luego lo secaba. Hasta que mi padre se casó otra vez, trajo a casa a su nueva esposa y le exigió a mi madre que calentara el agua para ella también. Mi madre obedeció y le llenó la tina, pero la cuarta esposa, una muchacha muy joven, se quejó ante mi padre, le dijo que no podía bañarse porque el agua estaba fría. Mi padre le exigió a mi madre que volviera a calentarla. Mi madre se atrevió a protestar, que la caliente ella, dijo, ¿acaso es tullida? Mi padre castigó a mi madre hasta que se le hincharon las manos de tanto pegarle. Yo debía tener unos siete años cuando sucedió, y ese mismo día decidí que no me casaría. Yo no sería esposa de nadie. Yo estudiaría, me prepararía y me iría lejos, donde pudiera trabajar, para no tener que llevarle el agua caliente a ningún hombre ni soportar sus palizas.

Aconsejan que nunca pidas un deseo, porque corres el riesgo de que se te cumpla. Así le sucedió a Zahra Bayda de niña: tuvo que irse de casa a la fuerza y mucho antes de lo previsto.

Su madre y sus tías mantenían en el patio un nicho para Makeda, a quien le rendían culto. Makeda es el nombre que en su tierra recibe la reina de Saba. Makeda, la inmaculada, la inviolada, flor pura entre las flores.

—No sé si quieras escuchar esto, Bos Mutas, tú que la idealizas. No creo haya un culto más cruel que el de Makeda, ni rito de iniciación más salvaje.

Rito salvaje y, según Zahra Bayda, no del todo ajeno a la tradición occidental. Me dice que entre los suyos a la vulva le dicen *mandorla*, almendra, una palabra que, como *macchiato* y tantas otras, les dejaron de recuerdo las tropas italianas de ocupación, que trajeron consigo hasta Somalia el culto a la Virgen de la Almendra, patrona de los piadosos de Bérgamo, una figurita femenina enmarcada en un óvalo almendrado que simboliza su virginidad. Supuestamente la vulva tiene forma de almendra y la cáscara que la recubre es una cápsula hermética. En últimas, la Madonna della Mandorla es una diosa contenida en su propia vulva virginal.

Las mujeres somalíes asimilaron a esa deidad italiana, pero empezaron a decirle Makeda. Y a la vulva le dijeron *mandorla*. El cruce cultural no fue arbitrario, al fin y al cabo ambas tradiciones exaltan la pureza y la virginidad como principales atributos femeninos. Sólo que, a diferencia del rito de la Madonna, el de Makeda es un rito cruento, que implica tributo de sangre.

La mandorla, la vulva, el coño: punto nodal de todo lo que quiero contar ahora. La mandorla, estrella de los vientos en la tragedia de estos pueblos. La almendra, infinitamente amable y sufriente, escondida bajo las largas faldas de la abaya y escondida también en el lenguaje, que sólo la menciona con apodos domésticos que ocultan su verdadero nombre.

Dice Gérard de Nerval que basta con fijar la vista en un punto cualquiera para descubrir enseguida una trágica aparición. Cabe añadir que basta con fijar la atención en Makeda, Virgen de la Almendra, para descubrir enseguida una secreta historia de salvajismo y agresión.

Según la tradición, Makeda, primera soberana de Saba, juró permanecer pura hasta la muerte, por creer que la virginidad le permitiría reinar sin influencia de nadie. Para lograrlo, combatía en sí misma el despertar de los sentidos como a las fieras en la cacería, y al desconfiar de su propia fuerza de voluntad, tomó un cuchillo, extirpó el clítoris, los labios mayores y los menores de su propia vulva y luego cerró la herida con hilo de cáñamo, dejando un orificio tan pequeño que la orina y la sangre menstrual sólo podían escapar gota a gota.

Jakoub Mar, historiador etíope de principios del siglo XX, recogió una versión distinta, según la cual Makeda tenía los genitales intactos al visitar Jerusalén para conocer al rey Salomón, y cuando éste quiso tomarla por esposa, los sacerdotes judíos pusieron como requisito que antes fuera perpetrada la mutilación en ella.

—¿Bárbaras costumbres de tiempos pasados? —dice irritada Zahra Bayda—. ¡No! Bárbaras costumbres vigentes hasta la fecha, que afectan a la gran mayoría de la población femenina en Somalia, Etiopía, el sur del Yemen y otros países del área.

La almendra: objeto de una mezcla de odio y de apetencia. Venerada y repudiada, deseada con ansias y destruida con saña. Abierta y cerrada, profanada y cosida, prohibida y penetrada. Epicentro de todo amor y toda guerra. Desde su rincón oscuro, Mandorla ilumina, soberana y prisionera. Placer y terror de estos pueblos alucinados, obsesionados con ella. La vulva es el mito y el secreto, la víctima sacrificial y la diosa coronada. Tan primordial que se la considera origen del mundo, título de ese óleo de Courbet que por primera vez la enfoca sin tapujos y con gran angular. Y sin embargo tan recóndita e inexplorada que muchas mujeres llegan a considerarla algo un poco ajeno a su cuerpo.

—¿Buscas a la reina de Saba? —me pregunta Zahra Bayda—. Qué quieres que te diga, Bos Mutas. Mandorla es la verdadera reina de Saba, en el fondo no hay otra. No te falta razón cuando dices que la vulva es una protagonista encubierta y que su calvario encierra una historia clandestina.

El adentro de lo adentro, el corazón del diamante, el núcleo oculto que palpita. Quizá Zahra Bayda acierte al recalcarlo: mandorla bien puede ser lo que subyace tras toda esta épica desquiciada.

Una niña, su cuerpo pequeño y, entre sus piernas, ese delicado triángulo de sombra hasta donde nunca llega el sol. Una abuela con cuchillo de cocina, una mesa cualquiera y una tradición de siglos. Es todo lo que requiere la mutilación genital femenina, procedimiento casero al que no se le pone más higiene ni misterio que a la preparación de un plato de lentejas.

Dice Zahra Bayda que cuando alguna de sus hermanas se acercaba a los diez u once años, llegaba el día en que aparecía inflamada, adolorida, sin poder caminar, ni siquiera sentarse. Pero nadie decía qué le había pasado. La niña afectada también callaba; sufría en silencio. La única explicación no explicaba nada, simplemente se decía que estaba enferma y ahí moría cualquier pregunta. Está enferma, eso era todo.

La mutilación genital no tenía nombre, se le decía *aquello*.

Aquello: práctica secreta de la tradición femenina.

Zahra Bayda me habla de lo que fue la niñez de su hermana Alfarah, dos años mayor que ella.

Alfarah tenía doce años, llevaba el mismo nombre de su tía y era su favorita. Alfarah, la tía, cuidaba de Alfarah, la sobrina, y la protegía. Cuando a la sobrina le llega la hora del cuchillo, la tía intenta impedir que se repita la historia, convenciendo a su hermana —la madre de la niña— de que no hay para qué hacerle aquello, que es una barbaridad. Lo hicieron con nosotras, pero no hay por qué hacerlo con ella, dice la una, pero la otra no cede. Tras mucho insistir, la tía Alfarah logra que la madre acepte llevar a la pequeña Alfarah a un hospital, para que se lo hagan de manera menos dolorosa y más higiénica. En el hospital, una cirujana se lleva a la niña y la pica entre las piernas con un alfiler para sacarle apenas unas gotas de sangre, y la devuelve donde la madre. Ya está, le miente, tu hija ya está operada. La pequeña Alfarah regresa a casa y anda de lo más tranquila. No está abatida, como quedan las demás niñas. No llora ni se queda quieta; juega y sale a trabajar como si nada. Entonces la madre sospecha y le ordena: muéstrame. La obliga a abrir las piernas y, al darse cuenta de que la cirujana la ha engañado, arrastra a la niña a donde la abuela, para que la corte y la suture.

—Cuando vi que mi hermana Alfarah gritaba de dolor, no podía orinar y tenía una inflamación horrible —dice Zahra Bayda—, quise saber por qué. Y empecé a sospechar. Y a averiguar. Supe que la abuela le había hecho aquello. Supe también que una de mis hermanas casadas había quedado estéril debido a aquello, y que la muerte de otra se había debido a una septicemia causada por aquello. Por entonces yo ya tenía diez años y comprendí los crueles mitos de la sangre femenina: la sangre menstrual era asquerosa y motivo de vergüenza, en cambio la sangre de la pérdida de la virginidad era preciosa y más valiosa que el rubí. También comprendí otra cosa. Tuve claro que yo sería la próxima.

A partir de ese día, Zahra Bayda procura mantenerse lo más lejos posible de su madre. Tiene un buen pretexto, su obligación de pastorear a las cuatro ovejas cabecinegras en los valles de las afueras. Asoma por casa cada vez menos, apenas para lo indispensable, agarra algo de comer y vuelve a salir corriendo; en una familia tan numerosa, su ausencia pasa casi desapercibida. Toma la precaución de presentarse sólo cuando están allí sus hermanos varones, que la protegen; están en contra de aquello, opinan que es malo y que no van a casarse con mujeres mutiladas, porque son frías e indiferentes en la cama. Ellos, más modernos, quieren una esposa caliente y apasionada.

—Por ese tiempo yo andaba tan flaca que un día en la escuela no me reconocieron. A punta de no comer, me había vuelto mi propia sombra. Permanecía escondida y así me salvé de aquello —dice Zahra Bayda—, pero eso no quiere decir que me haya salvado del todo.

—Cómo fue. La violación, cómo fue —supe que había llegado el momento de preguntárselo.

—Pienso poco en eso. Lo llevo por dentro, pero lo pienso poco —me dice—. He tratado de alejarlo de mí. Incluso he intentado verlo a través de los ojos de esos hombres. Era brutal lo que hacían conmigo, y en cambio había mucha camaradería entre ellos, o más bien complicidad. Unos adultos en un juego sucio de adolescentes, como si el acicate sexual fuera más entre ellos mismos que conmigo. Todo esto te lo digo después de años de estar recomponiéndolo, descifrándolo, atreviéndome a recordar, aunque sólo retengo sensaciones borrosas. Los detalles se me escapan, o tal vez nunca los registré, ni siquiera en ese momento. Hay cosas que sí tengo claras, como que mi aniquilación era su victoria. Una ceremonia sucia, ¿entiendes? Un acto de guerra, o de venganza. ¡Pero te estoy echando encima mi vieja carga de desconsuelo! ¿Aguantas? Entonces sigo. Después de que eso ocurrió, de mí no quedó más que una nebulosa adolorida, una semiinconsciencia entre la indefensión y la rabia, y después sólo cansancio, un cansancio infinito y un río de niebla que me iba llevando, llevando. Un río que era mi propia muerte. No sé cuánto tiempo quedé tirada en el suelo, que era blando y húmedo, encharcado en mi sangre. La luz del cielo se apagó y volvió a encenderse, una o dos o más veces, y yo seguía allí, quieta y alejada, regalada a la oscuridad, como se quedan los muertos. Uno de mis tíos paternos, Tammam, era comerciante, viajaba mucho y al regreso nos traía regalos a los niños, pequeños amuletos que recogía por el camino. Yo lo quería y siempre esperaba su regreso, porque él sabía contar historias de los lugares lejanos que visitaba. Hablaba de montañas que se movían, palacios de cristal y otros prodigios, pero a mí me gustaba escucharlo hablar sobre Barhout, el Pozo del Infierno en medio del desierto de Al-Mahra, al este del Yemen. Era un agujero enorme, de más de doscientos cincuenta metros de hondo y treinta de ancho, y había existido ahí desde siempre, millones y millones de años sin que en él entrara nada, ni siquiera los rayos del sol. Tampoco salía de allí nada salvo vapores mefíticos, como si se pedorreara el planeta. Mi tío Tammam dibujaba un gran círculo en la arena y decía: mírenlo, es así, pero mil veces más grande, y redondo como la luna en su gran amplitud, y hondo como la torre más alta. Está horriblemente vacío y llega hasta el centro de la tierra, es el ombligo del mundo, *umbilicus orbis*. Según la gente, en el fondo había seres encadenados, porque el gran agujero Barhout era una prisión de demonios. Mi tío Tammam opinaba que ésas eran habladurías de ignorantes. Y se dirigía a mí, poniéndome la mano en la cabeza, y me preguntaba: dime, Zahra Bayda, tú, que eres una muchacha inteligente, ¿qué crees que hay en el gran pozo Barhout? Yo conocía de antemano la respuesta que él quería escuchar, y le decía: en el gran pozo no hay nada, respetado tío Tammam. Entonces él me decía: has dicho bien, Zahra Bayda, casi bien, pero no del todo, en Barhout no hay simplemente nada, lo que hay es la

Nada, y eso lo hace más inquietante. Ya ves, Bos Mutas. Si te cuento esta historia de mi tío Tammam es para que me comprendas: a partir del día de la violación, yo me hundí, me fui hundiendo cada vez más en una nada como la del pozo Barhout. ¿Entiendes? Mi residencia fue ese hueco profundo. Me volví nadie, o parte de esa Nada. Todavía hoy, cada tanto vuelvo a parar allá, al fondo, y cuando eso sucede me cuesta mucho salir. Si ves que pasa, no trates de ayudarme, Bos, sólo te traerá frustración. Eventualmente yo logro salir por mí misma.

—Volvamos al momento en que los hombres te dejaron tirada en un charco de sangre —le pido.

—Ahí permanecí algún tiempo, no sé cuánto, deseando que la arena me fuera tragando, creo que así estaba yo, así sin más, sin aprensión ni urgencia, más bien impávida. Hasta que me acordé de mis ovejas, ¿dónde estaban mis ovejas? Alcé la vista, no las vi y me entró una angustia que zumbaba como un moscardón, y no se iba, y se quedaba zumbando y me sacudía, me impedía dejarme llevar por el río del sueño. ¿Dónde estaban mis cuatro ovejas? ¿Se habrían perdido? ¿Se las habían robado? Me levanté como pude, tenía que encontrar a mis ovejas, caminé mucho llamándolas, pero no las encontré. No quería volver a casa sin ellas, por temor al castigo. ¿Cómo iba a explicar que las había perdido? Creo que lloré más por mis ovejas que por mí misma. No tengo memoria clara de los días o meses que siguieron. Algo en mí se había cerrado, como cuando una corriente de aire cierra la puerta de un portazo. Lo que esos hombres habían rasgado y roto se sellaba a cal y canto y en mi interior quedaba encapsulado ese tumulto, como un caballo acorralado que no para de patear hasta que destroza todo por dentro.

En algún momento sus abusadores regresaron y la recogieron, la llevaron a su propia aldea y allí la retuvieron durante un tiempo. Dispusieron de ella como quisieron y sólo la soltaron cuando quedó embarazada. Entonces sí, la niña Zahra Bayda tuvo un verdadero motivo para no regresar donde su familia.

—Tenía miedo de mi propia gente. La pérdida de las ovejas venía siendo lo de menos. Lo grave era que mis violadores pertenecían a un clan enemigo de mi familia. Yo no podía volver a casa embarazada, ninguna familia quiere tener vástagos de sus enemigos, y desde luego la mía tampoco. En Somalia, la violación no es sólo agresión contra la mujer, también es acto de guerra contra el clan de esa mujer. Se viola para ofender, para dañar, para deshonrar. Por eso se considera indeseable y peligroso el engendro de una violación; el hijo que nazca llevará sangre enemiga y no debe sobrevivir. No tuve más remedio que echarme al camino. Caminé y caminé, por días y días. Me uní a otras gentes que también huían. Marché a la cola de la multitud errante, ese animal inmenso y de un millón de pies que avanza sin saber a dónde va, sólo sabe que debe irse. Quedé rezagada cuando el embarazo me impidió seguir, y dejé de andar cuando me fallaron las fuerzas. Tuve a mi hija en medio de la lluvia, a orillas de un camino enfangado, donde no hubo quien me socorriera con el parto. Pero mi hija estaba naciendo lejos y eso era bueno, suficientemente lejos, y eso era lo único que me importaba. Por fortuna logré que creciera más lejos aún, donde mi gente nunca pudo encontrarla. Ni siquiera saben que existe, de lo contrario no estaría viva.

—¿Por eso nunca hablas de ella?

—Mi hija es mi alegría y mi secreto.

Hay que pensarlo bien

La Doncella, entusiasmada con la oferta del tal rey de Jerusalén y empecinada en casar a su hija la coja, ordena que ésta comparezca enseguida. Aunque a regañadientes, Pata de Cabra acata la orden. Pese a que ha llegado a ser más poderosa que su sinuosa madre, aún no se atreve a desafiarla abiertamente. En el fondo no pierde la esperanza de recibir un abrazo materno y acude al llamado desoyendo la voz de la prudencia, que le advierte que nada bueno le espera.

Decide emprender el viaje hasta Mamlakat Aldam a pie, y no a caballo, para darse tiempo de estar sola y dejar decantar el desorden de sus pensamientos. Se prepara para el camino envolviendo su cuerpo en tiras de tela negra como quien se amortaja, sin dejar expuesto ni un ápice de piel. Encima, la larga abaya. La cara cubierta con una tosca máscara de cuero a lo Hannibal Lecter. En la cabeza, un sombrero de paja de ala ancha y altísimo pico, y colgados al cuello todos sus amuletos. Así vestida parece bruja pintada por Goya en medio de uno de sus oscuros estados de conciencia. Pero la cosa es más sencilla, simplemente se ha vestido al uso de las pastoras del lugar, las del olor denso y ahumado en las axilas, las que deben soportar largas jornadas de calor agobiante, las que no encuentran sombra cuando guían sus rebaños en busca de pasto por aquellos valles fantasmales, sembrados de fortalezas derruidas y templos de sangre, donde sólo esa vestimenta brujesca puede protegerlas de la rabia del sol.

Con un brillo de desafío en el ojo derecho y en el izquierdo una nube de desconfianza, la princesa emprende la travesía a lo ancho de Hadramaut, su desierto amarillo sembrado de piedras negras, donde la muerte yace *como un leopardo tendido al sol.*[44] *Locus eremus*: mítico lugar yermo. Valle sagrado como un templo antiguo, donde —diría Nerval— el dios se esconde bajo la piel de las piedras.

Aunque el viaje será largo y la apuesta riesgosa, Pata de Cabra no va a farolear con despliegue de caravanas ni hará ostentación de guerreros armados. Llamará sólo al simún, joven viento rojo que tiene las propiedades de todo lo que gira, se invierte y se desdobla, y que desde siempre ha sido su cómplice y protector. Cuando el simún se arrebata, su fuerza es equiparable a la de un ejército. Los beduinos temen sus embates. Lo llaman Is-Tifl, ladrón de niños, y a sus hijos pequeños les cuelgan a la espalda mochilas con piedras, para que el peso impida que alce con ellos una ráfaga. También le dicen el Malandro, porque en las noches arranca las telas de lana que cubren los toldos, las echa a volar y los obliga a correr detrás para recuperar su techo. Hay épocas en que el simún sopla dulce y sigiloso y penetra en las carpas sin despertar a nadie, refrescando a los hombres, acariciando a las mujeres y ahuyentando las moscas de los ojos de los niños. Entonces los beduinos lo bendicen y lo llaman Rakhim, el Melodioso.

—¡Ven acá, Rojo! —Pata de Cabra lo llama por su nombre familiar—, ¡ven, Rojo, ven!

El simún atraviesa el desierto para acudir al llamado. Viene dócil, meloso, silbando sinfonías y girando sobre sí mismo en el sentido de las manecillas del reloj. Pata de Cabra le acaricia el cuello como si fuera un potro y se sumerge en sus turbulencias como en un arroyo. Si ella se cansa, él le insufla alientos, *¡Vamos, no te detengas, cabalga sobre el lomo del viento!*[45]

Se despiden ya llegando a Mamlakat Aldam. El simún se pierde en el horizonte y Pata de Cabra se adentra en el laberinto de callejones que van culebreando por entre las mil tiendas del zoco. Tintorerías, platerías, ventorrillos, joyerías, bazares de telas y de especias. Sobreexcitado avispero de comerciantes, marchantas, huérfanos, forasteros, cabras, gallinas, perros realengos. Sola y rengueando penosamente tras la larga caminata, Pata de Cabra atraviesa la efervescencia del gran mercado. En sus dominios de Hadramaut convive más con el silencio de los muertos que con el ruido de los vivos; aquí la aturden las músicas y los pregones, las humaredas, el picor de los condimentos, el brillo de los colores, el vaho agridulce de la carne expuesta en el zoco de los carniceros. La multitud la reconoce pese al atuendo brujesco y se abre para dejarla pasar. Hazte a un lado, susurran unos a otros, hazte a un lado, que es la hija coja de la Doncella, deja que siga de largo, es ella, ¿es ella? ¡Sí, es ella!

La princesa coja avanza por el aire infestado de una corte de los milagros, carnaval de muletas o baile de harapos en doble hilera macilenta. Leprosos, tullidos, comedores de bazofia, basuriegos que se agolpan a las puertas del palacio esperando una limosna. Exhiben sus llagas, sus brazos mutilados, sus piernas retorcidas como garabatos, sus dolores sin boca ni grito, sus lunares bermejos. Los podridos y las moribundas sacan de sus envolturas unas manos descarnadas que estiran hacia la princesa, esperando que se digne mirarlos y les tire las monedas del desdén.

Entre esa masa oliente y doliente, Pata de Cabra, la leona de melena negra, cree detectar una acechanza conocida, una figura que ya en otra ocasión, no puede precisar cuál, ha sentido muy cerca, ¿alguien que la sigue, o la persigue? Ahí está, entre ese arrume de seres en desahucio, ahí está aquella presencia, no como sensación sino como certeza, ahí está, no cabe duda. Ella lo distingue entre la turba, imponente sobre los demás, aislado en su propia tormenta, dandy de arrabal, despojo de la enfermedad, señor de miserias. Es él, otra vez él, aquel joven con fuego de fiebre en el ojo.

—¿Qué le pasa a ese hombre, por qué se retuerce de tan grotesca manera? —preguntan las alaleishos.

Sufre de una dolencia mercurial llamada mal de azogue. Propio de endemoniados y posesos, la enfermedad le dobla el cuerpo a ramalazos, desfigura sus facciones en un descontrol de muecas y descoyunta sus miembros en descargas eléctricas. A cada zarandeo de la cabeza, sus propios mechones ensortijados le azotan la cara.

Pata de Cabra escucha que los menesterosos lo llaman el Títere. ¿El Títere? Sí, parece que unas cuerdas tiraran desde arriba de sus brazos y piernas, forzándolo a sacudidas desarticuladas y movimientos violentos. También le dicen el Azogado, o el Príncipe: su dolencia es la misma que los reyes reciben como herencia de sangre. La misma que contraen sombrereros, talabarteros, mineros y todo el que se expone, debido a su oficio, al azogue temblorino, o sustancia mercurial.

Aunque él llega a los pueblos cantando con chirimía y crótalos, sus contorsiones espantan a los buenos vecinos, que lo ahuyentan a palos. Se llama Marcabrú.

Marcabrú, hijo de Marcabruna. Azogado el hijo, la madre leprosa.

Ahí está Marcabrú, en este preciso momento, ante una Pata de Cabra que lo mira perpleja. Es él: espasmo viviente de torturada belleza. Aires de rey derrotado o de león famélico. Desde su gran estatura, el mendigo inclina la cabeza. Todo él ojos rojos bajo el denso arco de las cejas, clavando la mirada en la princesa y dejándola flechada, o sea, como atravesada por flecha: su mirada da en el blanco y penetra.

Pata de Cabra percibe que los labios del hombre, carnosos, ¿sensuales?, se mueven como profiriendo palabras que no suenan. ¿La insulta? ¿Le grita mudas obscenidades? ¿Le revela secretos que ella no escucha?

Dominando los remezones, el Títere se le acerca a menos de un brazo de distancia. El corazón de Pata de Cabra se agita. No es un mendigo enfermo, es la enfermedad mendicante en persona la que avanza hacia ella. ¿Le traerá el contagio, la cubrirá de muerte? El instinto le ordena echarse hacia atrás y rehuir el contacto, y sin embargo se queda quieta. Hay en este hombre un algo sagrado que la paraliza. Él se ha acercado tanto que alcanzaría a empujarla o arrancarle las joyas, a arañarle el pecho, a lamerle las mejillas, a besarla en la boca. Pero no lo hace.

El aire bulle de expectativa. Se cuadricula el tiempo y el cielo gira en lentas espirales. Se enardece la luz y el sol exhibe su emblemática corona negra. Esta proliferación de signos ¿qué significa? ¿Serán nuevas señales? Las alaleishos discuten el asunto y no se ponen de acuerdo. ¿Este encuentro casual es en realidad una cita? (se preguntaría Borges). O sucede porque sí. Como en un tablero de ajedrez, se enfrentan cara a cara la Dama y el Alfil. Situación improbable: el Alfil es pieza menor y la gran Dama transita por casillas para él inaccesibles. Aun así, los dos se paran frente a frente y se rozan el uno al otro con el aliento. Soberbio el mendigo en sus harapos hediondos, la princesa modesta en su sombrero de paja y su túnica negra. Él altivo, ella serena.

Se produce un intercambio curioso. Ella le da una limosna y él le entrega un pequeño objeto, pesado y amarillo. Ella lo recibe, lo guarda sin mirarlo y más tarde va a olvidarlo; no recordará que en el bolsillo lleva ese objeto que palpita como un pájaro cautivo.

De la garganta del mendigo se escapa un ruido profundo que a todos deja con los pelos de punta. Es el bramido del ciervo, o el tono más oscuro del cello. Luego dice con voz cavernosa, como Edward Norton en *Kingdom of Heaven*: *I am Jerusalem*.

¿Eso ha dicho el mendigo? Pata de Cabra hace algo tan imprevisto como retirarse la máscara para permitir que él la mire durante un instante de confrontación, o reconocimiento, que habría podido prolongarse si las convulsiones no hubieran vuelto a él y lo hubieran descoyuntado, descongelando la escena. Pata de Cabra se recoge la abaya y sigue su camino, alejándose de allí para liberarse del hechizo.

Se detiene para tomar aliento ante las puertas del palacio rojo, la morada resonante de su madre. Aquí nació Pata de Cabra, en este ingrato lugar del que guarda más rencores que recuerdos. Trae el pecho oprimido por la vieja certeza: nada bueno puede provenir de la Doncella. A lo lejos canta un gallo y se escuchan aullidos de perros salvajes. Desde las almenas, los arqueros de la reina la apuntan con sus flechas, pero no logran intimidarla. Sin ventanas ni azoteas, la edificación permanece volcada hacia adentro, invadida por ecos, mientras por fuera presenta una solidez de montaña. Haciendo de tripas corazón, ella cruza el puente levadizo y abajo, en el foso, ve manadas de sombras carroñeras que se agitan inquietas porque se acerca la hora en que los guardias las alimentan.

Pata de Cabra cruza el portal, penetra en el interior y avanza con cautela: ha traspasado el umbral. Recorre galerías de trampantojos que reproducen falsos cielos y simulan paisajes verdes. Su imagen se ve reflejada en aquellos muros, que los esclavos refriegan a diario hasta dejarlos lisos y pulidos como espejos. Todo destila perfección y limpieza: la fobia a la mugre caracteriza a su madre. Se respira un tufo aséptico a vinagre, vapor de grandes calderos, humo de ramas que arden en los pebeteros, nubes de incienso. Un pasadizo rosáceo se estira como un cordón de paredes mórbidas que respiran: son materia viva. Se percibe una leve agitación de hélices girando en gelatina. Hay un borboteo celular de sustancia nutricia, la presencia materna impregna toda la morada y controla cada átomo. Pata de Cabra trastabilla un poco, se recompone, sigue adelante.

Al final de aquel cordón la espera la reina madre en persona. Pata de Cabra siente la misma desolación de la primera vez. Ya conoce el protocolo: no debe acercarse a la Doncella. Guardando una distancia de cincuenta pasos, se enfrenta una vez más al óvalo perfecto y enteramente depilado de la cabeza materna, su rostro impasible de eterna belleza, su manto flotante de espuma blanquísima. Del cuello le cuelga un collar de lágrimas, en la diestra sostiene una palma verde y en la siniestra una copa de agua del olvido. Está parada sobre charcos de fuego y a sus pies, como perro faldero, yace una salamandra.

—La paz sea contigo, *mater amantissima* —Pata de Cabra aprieta los dientes y profiere el saludo obligatorio.

Una vez más, la vida la enfrenta a su elusiva madre, que ejerce sobre ella un encantamiento de amor y de odio. Ante la visión de aquel manto blanquísimo, Pata de Cabra recuerda que siendo muy niña quiso envolverse en él —nube de espuma, resguardo etéreo—, pero la madre se lo impidió gritándole: ¡no lo toques, no quiero que impregnes con tu olor mi ropa! Pata de Cabra cierra los ojos buscando bloquear ese recuerdo.

La Doncella va al grano. Sin ocuparse de cortesías, presenta comunicación oficial del mensaje que ha traído el emisario del camello albino: desde un reino remoto, manda pedir oficialmente la mano de Pata de Cabra un tal monarca cantor y poeta llamado Soleimán, o Salomón, poseedor de grandes rebaños de ovejas, un palacio en construcción, siete esposas previas y treinta concubinas.

Salen del fondo del real salón las damas de la corte, comparsa de aduladoras y marrulleras que se alinea en abanico tras la Doncella. Previamente han memorizado falsas alabanzas al tal Salomón y ahora se sueltan a cantarlas con tono dulzón y delectación en los detalles, sobre todo los referentes a la belleza física del pretendiente y a su opulencia, que si sus ojos negros de mirada abisal, que si sus largas y curvas pestañas, su barba sedosa, su fastuoso séquito, su sabiduría admirable. Pata de Cabra recela tanta lisonja. Se pone en guardia. ¿Qué intención burlona se esconde tras el impávido rostro materno? La Doncella, que nunca se ha interesado por su primogénita, ¿de repente empeñada en casarla?

—Cuando nací, me mandaste a morir. ¿Ahora quieres casarme para deportarme todavía más lejos? —reclama Pata de Cabra, y enseguida se arrepiente y calla.

Ha olvidado la decisión de no revelar sentimientos ante su madre. Se contiene para no montar un numerito de quejas y agravios, se retira discretamente por donde vino y busca la salida atravesando el cordón neumático y la galería de espejos. Tras la larga travesía del regreso, ya en su propio campamento en Hadramaut, suelta una sarta de improperios, lanza escupitajos, patea los muebles y jura que no se casará jamás, y menos con ese reyezuelo de pipiripao, ese cantamañanas salido de ninguna parte.

—Quién ha dicho que la princesa está urgida de compañía masculina, ¿para qué la necesita? —reniegan las alaleishos, solteronas recalcitrantes o viudas satisfechas, hembras sin varón todas ellas—. ¿Sucumbe Pata de Cabra al hechizo de un macho? Ni tonta que fuera. ¡No, ella no! No está dispuesta. No quiere someterse a su mandato.

Pata de Cabra tiene opinión y vocación propias. ¿Acaso necesita macho, ella, la del espíritu independiente, la de la fuerza de carácter y la sexualidad ambigua? Ella, la generala de Saba, la de espalda musculosa, brazos bien tonificados y hábitos pendencieros, la que come con las manos y, al terminar, las frota en su kufiya azul en vez de lavárselas. Ha aprendido desde niña a degollar y desangrar bueyes a la manera antigua para purificar la carne; participa sin falta como jinete en la vertiginosa carrera anual de dromedarios y, aunque no gane, corona la meta y sale viva de la proeza, superando a tantos jinetes y bestias que mueren en el empeño.

Vale, vale. ¿Le disgustan entonces los hombres a Pata de Cabra? No necesariamente, hasta podría afirmarse que le atraen, sobre todo si son jóvenes y morenos, altos, silenciosos y de nariz prominente. Aun así, no se rebaja, no se enamora ni se entrega. De la Doncella ha aprendido a mantener distancias para imponer autoridad y don de mando, y así se ha ganado el respeto de las rudas gentes del desierto.

¿Ganarse el respeto? Las alaleishos no aprueban el término. Se trata de algo más duro, más radical. Como el león abisinio, Pata de Cabra quiere inspirar fascinación y pánico, e impone sometimiento a punta de látigo. ¿Látigo? Eso dicen las alaleishos, pero es sabido que exageran. Aseguran que con el látigo la princesa es tan certera que de un perrencazo puede matar una mosca parada en la oreja de un caballo, sin que el caballo se entere. ¿Una virgen guerrera, una criatura intacta y espléndida? Eso creen algunas abuelas, y aseguran que, en materia de coito, Pata de Cabra es tan austera como su señora madre.

Otras disienten. Dicen que, a diferencia de la Doncella, Pata de Cabra se da gusto a sus anchas y no se priva de placeres de catre. Tiene la suerte de Patti Smith, que se levanta a los flacos más llamativos y talentosos del East Village: Robert Mapplethorpe, Sam Shepard, Fred «Sonic» Smith, Tom Verlaine, Richard Hell, todos ellos artistas, genios en la escena bohemia, de carácter introvertido y melancólico. A Patti le gustan así: buceadores de aguas oscuras. Altos como postes; demacrados como bellos cadáveres; clasudos pero deliberadamente desarreglados, como si saliendo de una fiesta hipster hubieran dormido en el automóvil; propensos a las adicciones controladas o no tanto; hetero o bisexuales; carilindos y pelilargos y fuertemente erotizados. Todos los amantes de Patti están cortados con la misma tijera.

En cuanto a la princesa de Saba, tampoco ella puede quejarse por falta de escogencia. Entre los pastores, los escribanos, los sacerdotes, domadores, escultores y jinetes de su propio feudo, hay mucho muchacho estupendo, alegre y apuesto que aceptaría gustoso una noche con ella o, en un golpe de suerte, llevarla al altar. Y eso sin contar a los cargueros, matemáticos, luchadores, profesores de lenguas, astrónomos, médicos y panaderos. Y si tiene a su disposición a los chicos más bonitos del desierto, ¿para qué aceptar de afuera cosa que no ha menester? ¿Para qué convertirse en esposa de un monarca lejano si, venciendo a la Doncella, podría ser coronada por derecho propio y en su propio reino?

No lo piensa más, mandará al demonio al tal Salomón, o Soleimán, con todos sus tributos en oro, sus poemas, sus concubinas y esposas, su barba sedosa y sus ojos negros. A la mierda, dice, y pide que le traigan un odre de vino. Esa noche toma mucho y la borrachera le alborota una rara añoranza de amor verdadero. Como si ella ya no fuera ella sino alguien más, alguien distinto y arrobado, se deja arrullar por una canción muy antigua que debe haber escuchado hace siglos o más, durante su reclusión subterránea. Se trata de una música primitiva, al mismo tiempo dulce y feroz, ceremonial y pagana, que a veces se eleva en vuelo lírico y otras veces suena como simple tonada de muleros. Es un canto que anida en el fondo de su memoria y que ahora va regresando de a poco, por fragmentos inconexos, como jalonado por un hilo de nostalgia... Al rato Pata de Cabra se aburre de ensoñaciones, se olvida de tanta lírica y vuelve a ocuparse de sus caballos, de sus camellos, sus mercancías y sus caravanas.

Mientras ella perdía el tiempo suspirando por amoríos improbables, la noticia de la propuesta matrimonial se filtra por el reino de Saba y los súbditos se entretienen discutiendo y especulando. Cuál trono es más espléndido, ¿el de Salomón o el de Pata de Cabra? El de él, de marfil, con diez escalones flanqueados por leones hasta subir al cojín donde reposan sus pies, calzados en sandalias romanas. ¿Y el trono de ella? Ella se jacta de no ocupar otro que no sea la albarda de su caballo. Pata de Cabra, la mujer más rica de la tierra, se viste como paisano, mientras que Salomón compensa con elegancia lo que le falta en riqueza y luce los mantos más finos que produce la industria textil de la época, tan exclusivos que hasta nombre propio llevan: al de uso diurno lo llaman Nacimiento y es de color azul jacinto; al de uso nocturno lo llaman Agonía y su color, el púrpura de Tiro, se obtiene de la secreción de nueve mil caracoles machacados en mortero. Si a Pata de Cabra le echan en cara los palacios y templos que él construye en su ciudad de cúpulas blancas, ella revira diciendo que su única casa son los caminos y su solo techo la inmensidad del cielo. Si le cuentan que a Salomón lo llaman Corazón Candente, que no le teme al fuego y que su rostro está en llamas, ella dice con desdén: déjalo que arda, yo esparciré sus cenizas.

Lo que no puede ser, mejor que no sea. No conviene tratar de unir el agua y el aceite, lo blanco y lo negro, lo que está de este lado y lo que está del otro. La vida, como una moneda, mantiene sus dos lados contrapuestos, la cara y la cruz nunca se miran, el anverso y el reverso no se conocen, es incluso posible que ninguno de los dos sepa que a sus espaldas existe el otro. Así también la princesa nómada y el rey sedentario, porque es desconfianza y miedo lo que siente el que permanece por el que se mueve. Y viceversa.

Pata de Cabra se niega a participar en los preparativos que su señora madre ha puesto en marcha para la futura boda, no comparte la expectativa y el jolgorio. Ella no se casará, ya lo tiene decidido. Pero las dudas empiezan a rondarla cuando le llegan informes interesantes sobre la belleza furiosa de aquel rey, con fama de amante apasionado y despótico, de los que sufren y hacen sufrir. Es profeta y poeta, dueño de caballos y rebaños, olivares y trigales, y de algo que nadie más posee: un cultivo de *black baccara*, la rosa negra, la que sólo germina en cavernas, la rosa que sangra. Pata de Cabra conoce del tema y sabe bien que todas las demás rosas, cultivadas a ultranza, han ganado en tamaño y belleza, pero han perdido el aroma. Lo conserva en cambio la rosa negra, la de fragancia salvaje. Qué no daría ella por poseer esa rosa brava y cimarrona, la que se abre de noche, solitaria, encerrada en su propio círculo y oculta al ojo humano... A Pata de Cabra se le hace la boca agua, ¡sería capaz de cualquier cosa con tal de echarle mano a la *black baccara*, la rosa anárquica!

Pero no. Calma, calma, no hay que precipitarse ni dejarse seducir por caprichos pasajeros, aquel rey tiene demasiados nombres y eso preocupa a Pata de Cabra, que ha oído decir que lo llaman Salomón, Logos y Judá, también

Templo y Jedidiyah, y además Mesías, Señor, Israel, Soleimán. ¡Tanto título para un solo hombre!, reniega la princesa, y aun así los repasa tratando de recordarlos, Mesías, Israel, Judá, Soleimán...

También ella tiene su propio rosario de nombres y so-
brenombres, que al otro lado del mundo Salomón pronuncia en letanía desde su más alta torre: Pata de Cabra, Makeda, Shekhina, Iglesia, Torah, Bilkis y Sophia. Sabiduría,
Alma, María, Aurora, Ennoia y Anna-Livia. El rey lejano
saborea esos nombres, los encuentra exóticos y sonoros y
los repite en distinto orden: Aurora, Shekhina, Pedauque,
Torah, Anna-Livia, Ennoia, Sophia, Regina Sabae, Pata de
Cabra, hasta que la reiteración vuelve sacro lo profano y
convierte el enunciado en compromiso y promesa.

Salomón y Sheba, ¿futuros esposos? Por lo pronto todo
los separa, la lejanía, los hábitos, el idioma. Adoran divinidades rivales y vienen de tradiciones incompatibles. Sin
embargo, hay algo en la propia distancia que los acerca,
algo en la diferencia que los iguala, y en la extrañeza algo
que los intriga y los atrae: digamos que no se buscarían si
de alguna manera no se hubieran encontrado ya.

Pero todo en el amor es balancín de agotador sube y
baja, alternancia de dudas y certezas, arrebatos y destem-
planzas. Ahora resulta que lo referente a las riquezas de
aquel rey suena a fábula. En realidad, la nación de Salomón es más pequeña y más pobre que la que ella podría
recuperar, si quisiera, cuando la Doncella muera, o abdi-
que, o se aburra del cargo. El de Saba es reino milenario y
enclavado en los albores de la historia, mientras que Jerusalén es pueblo reciente de pastores guerreros, floreciente
gracias a que inflige derrotas militares a todos sus vecinos y
les impone tributos. ¡Ahí está! Por fin tiene claro Pata de
Cabra cuál es la treta de su señora madre. Lo que busca la
Doncella es arrebatarle el control del incienso, los perfumes y las caravanas, para eso la despacha hacia una tierra
perdida y la desposa con un pirata, un extorsionador, un

tirano belicoso que la mantendrá atrapada para siempre. ¡Maldita seas, Doncella, tú, la muy maligna!

Todo este asunto hay que pensarlo bien, se dice Pata de Cabra. Debe calcular, moverse con cautela, dar vuelta a la tortilla para que a la reina madre le salga el tiro por la culata. Aunque aquel Salomón no sea tan rico como pregonan, lo cierto es que domina un puesto estratégico en las rutas comerciales que unen Oriente con Occidente. Quiere decir, en términos mercantiles, que bien podría convertirse para Pata de Cabra en socio decisivo a la hora de extender hacia otras latitudes el comercio de sus mercancías. Si él le permitiera libre paso por sus territorios, ella tendría acceso a los ricos mercados de Damasco, Sidón y Tiro, y además al puerto de Gaza, clave por ser el acceso al Mediterráneo.

¿Y la haría feliz un enlace por conveniencia, una pragmática alianza comercial, aunque nada tenga que ver con esa música antigua que una noche la puso a soñar y le arrancó lágrimas? Además, no todas las noticias son buenas: ahora le vienen con que él es un personaje un tanto siniestro, de emotividad insaciable, que tiene siete esposas y pretende a una más; cuenta con riquezas propias y ambiciona las ajenas; ha sometido a los pueblos vecinos y ahora quiere hacer lo mismo con el pueblo sabeo; domina muchos saberes, pero no le bastan; posee tesoros, pero no le alcanzan; conoce los secretos de la tierra y pretende desentrañar también los del cielo.

Pata de Cabra anda dubitativa, sopesando pros y contras, inclinando la balanza ora hacia acá, ora hacia allá. Piensa en ese ambicioso pretendiente que todo lo tiene y no tiene nada. Piensa en él y se anima a escribirle un mensaje sobre un pliego de lino blanco, en lengua sudarábiga y caracteres musnad:

Respetado Señor, no es a la Reina de Saba a quien Usted busca; Reina de Saba es sólo el nombre que Usted le ha puesto a todo lo que busca.

Se lo envía junto con un regalo pequeño pero valioso, una caja de ébano que contiene lágrimas de incienso coagulado en resina blanca.

El mensaje y la cajita tardan eternidades en atravesar los grandes espacios del Rub al Khali hasta llegar a destino, y durante la tardanza, también Salomón ha estado experimentando sentimientos encontrados. Con tantas esposas y concubinas como ya tiene, hacerse con una más no parece relevante; de por sí no le alcanzan el tiempo o las fuerzas para atenderlas a todas. Y acerca de esta princesa de Saba, le han llegado rumores que lo inclinan al desencanto, que si esto, que si lo otro, que si es grosera y soliviantada, dominante y atrabiliaria, con un carácter arrollador que atrae y espanta. Claro que tampoco se le escapa que ella, dueña del precioso olíbano y de una gran industria perfumera, bien puede ser la mujer más poderosa del mundo. Razón suficiente, calcula Salomón, para mantener en pie su propuesta. Y sin embargo..., los rumores hablan de una hembra caprichosa, que fácilmente cae en la histeria si no la obedecen o cumplen en el acto sus deseos. Mala cosa, piensa Soleimán, también llamado Salomón. Su harem de esposas y concubinas es un nido de chismes, envidias y celos, como para traer a otra que acabe de alborotar el avispero.

Cuando por fin llega desde el remoto reino de Saba aquel mensajero con los regalos y la nota escrita en lino, el rey de las pestañas curvas y la barba florida la lee con complacencia. Se ve reflejado de cuerpo entero, como en un espejo, en ese par de líneas de fina percepción que Pata de Cabra le ha enviado a través de los siete climas y los ocho desiertos. ¿Así que no es a la reina de Saba a quien busco, reflexiona Soleimán, sino que reina de Saba es el nombre que le he puesto a todo lo que busco? Me suena, sí, ése soy yo, en efecto, me reconozco. Aguda percepción tiene la muchacha de Saba, no es tonta ella, no. Tonta no es, definitivamente. Tal como reza su fama, es demasiado lista, y a él nada lo seduce tanto como el vuelo de la inteligencia. Acaba de sucederle lo que tenía que suceder, lo que ya no tiene remedio: el beso de la reina lo ha picado en plena frente, como un aguijón. La frente roja y el corazón sangrando. Le ha llegado la hora de caer enamorado, a él, Salomón, ya de por sí *coeur blessé*, alma herida y propensa a recaídas sentimentales. La inteligencia de la muchacha lo ha conquistado, y no tarda en enviar hacia Saba, en señal de compromiso matrimonial, un pesado sello de oro que en el interior del aro trae grabada una frase: *Al destino*.

Al otro lado del mundo, Pata de Cabra recibe el sello salomónico y queda perpleja cuando lee las palabras grabadas en el aro. ¿Al destino? ¿Qué significa al destino? ¿Será realmente este casamiento el destino que le está esperando? No desea responder que sí, y no puede negarse; ni cancelar el asunto, ni refrendarlo. Astuta como una zorra, se inventa una treta para dar largas al *impasse* sin descartarlo, segura de que aquel rey pestañudo y lejano va a caer en el engaño. Ha escuchado murmurar que Salomón es como el cangrejo, misterioso pero pendejo. Así que lo piensa un rato y se deja venir con esta respuesta:

Yo, la princesa Pata de Cabra, Estrella del Sur y Lucero del Alba, ama del incienso y jefa militar de mil doscientas caravanas, te mando decir, ¡oh!, gran Salomón, que accederé a ser tu esposa, siempre y cuando seas capaz de producir un perfume más sutil, seductor y aromático que el que yo misma fabrico y patento.

Pata de Cabra está convencida de que Soleimán caerá en la trampa y pondrá a los sabios y científicos de su corte a experimentar con esencias y aromas, invirtiendo en ello meses y años y sin salir con nada, porque para ser perfumero de veras es imprescindible la experiencia que ella tiene.

¿Salomón es como el cangrejo, misterioso pero pendejo? La suposición es acertada pero sólo a medias, porque

Salomón, misterioso en efecto, no tiene gota de pendejo. No tarda en pillarse la treta, que lo sorprende y le hace gracia, y enseguida acepta el reto. Va a entrar en el juego y va a ganar la apuesta. Se echa a reír, divertido. Sabe que no podrá fabricar un perfume a la altura; no lo lograría ni triturando todas las rosas negras de su rosaleda. Y ante la trampa que le han tendido, concibe una contratrampa: si él no puede cumplir, tampoco podrá ella. Dado que aparte de sabio tiene fama de poeta, le envía a la marisabidilla de Saba una comitiva cargada de sedas suntuosas junto con esta respuesta:

> Respetada Señora del Sol Naciente, Predilecta del Viento Sur y Ama de los pueblos de la Aurora, Su poderosa y encantadora persona recibirá el perfume que me solicita, siempre y cuando me haga llegar un verso ingeniado por su propia cabeza y escrito de su puño y letra, y que debe ser más bello y sonoro que cualquiera de los que yo haya compuesto y se me acreditan.

Círculo de piedra

Zahra Bayda andaba callada, y ya ni siquiera irascible como sucedía a veces; lo de ahora parecía peor. Desde hacía un par de semanas rondaba por casa ausente y sombría, desentendida del resto del equipo. Murmuraba como para sí viejos conjuros de su tierra natal: era imposible saber si maldecía o rezaba. No había manera de acercársele. Pasaba las horas encerrada en sí misma, nadie lograba rescatarla de ahí, y yo menos que nadie. Era desconcertante verla así. Ella, que siempre anda metiendo bulla y hablando hasta por los codos en alguno de los varios idiomas y dialectos que conoce. Su silencio se había instalado en la casa como un habitante más. Si antes trabajaba dieciocho horas al día, ahora se la pasaba en pleno frenesí durante las veinticuatro. Atendía enfermos, se desplazaba de misión en misión, visitaba las zonas de desastre, se ocupaba de la logística, escribía informes. Pero de manera fría y robótica, como si los demás no existiéramos, o fuéramos tan sólo levemente humanos.

—¡Para! —le pedía yo—. Stop. Descansa un momento, siéntate a comer. ¿Sabes lo que pasa con las estrellas supernovas cuando se descontrolan y reverberan locamente? Pasa que se devoran a sí mismas y se vuelven agujeros negros.

Pero ella no hacía caso. Nada podía interesarle menos que el drama de las supernovas. Nada, salvo yo mismo. Yo le interesaba todavía menos, ante sus ojos yo era un agujero negro.

¿Agujero negro? Por ahí iba la cosa, tal vez Zahra Bayda había caído nuevamente al vacío de Barhout, ese pozo de la nada del que tanto le hablaba su tío Tammam.

291

—Déjala —me aconsejó Pau, porque me vio empeñado en obtener de ella alguna reacción—. Déjala, ya saldrá
sola... algún día.

—¿Del agujero aquel de Barhout? ¿Es allá donde está
metida?

—En ese pozo o en otro no tan profundo..., al menos
eso espero.

Vaya, vaya, este Pau Cor d'Or conocía demasiado bien
a Zahra Bayda... ¿Dónde había ido a parar la alegría conta-
giosa de esa mujer, su optimismo imbatible pese a toda
evidencia?

—Lo que no supo tu tío Tammam —le dije— es que
hay demonios encadenados en tu propio pozo de Barhout...

—Extraña forma de vida —masculló sin mirarme—,
aunque salgamos a flote, siempre estamos en el fondo de
algo.

Avasallada por la impotencia, así estaba ella. No era
para menos, el equipo realmente no daba abasto. A la multiplicación de contagios por la peste se sumaban los estragos de la guerra, la langosta, la sequía, el hambre, el fanatismo, el juego criminal de las potencias. Y esas otras caras
más etéreas de la muerte, que son la soledad, la niebla y el
olvido. *Apocalypse Now*. Porque lo que sucede en el Yemen
es el coletazo de un apocalipsis general, aunque Occidente
pretenda cerrar los ojos e ignorarlo con el pretexto de que
le pilla demasiado lejos. No entienden, o no quieren entender, que es en lugares como éste donde se decide la disyuntiva global entre vida y muerte.

Cuando parecía que la cosa no podía ser peor, la cosa
se puso peor. Las fuerzas de la Coalición bombardearon el
hospital de MSF en Haydan as-Sham, con el pretexto de
que allí estaban internados combatientes de Al Qaeda. Le
pedí a Zahra Bayda que me confirmara si esto último era o
no cierto.

—Qué cosa —ladró ella.

—Que en el hospital había gentes de Al Qaeda.

—No sé, puede que no, puede que sí. Cuando te buscan personas heridas o enfermas, no les preguntas de qué bando son.

Me inquietó su respuesta y estuve averiguando por ahí. Pau siempre decía que, como médico, tienes la obligación moral y profesional de atender a quien lo necesite. Lo busqué para que me explicara y me entregó un folleto sobre el derecho internacional humanitario, donde leí que el personal médico, los pacientes, los puestos de salud, los hospitales y ambulancias tienen que ser protegidos en medio del conflicto, y bajo ninguna circunstancia pueden ser objetivo en la guerra. Aun así, al hospital de Haydan as-Sham lo habían reducido a escombros.

Ya de por sí estábamos viviendo en un clima de gran inestabilidad y consternación cuando avisaron que acababa de ocurrir una matanza por la cuenca de Dhamar, a dos horas y media de donde nos encontrábamos. Hacia allá salieron Cor d'Or y Zahra Bayda, junto con otros dos médicos y personal de logística. No me llevaron por falta de cupo en las camionetas. Tuve que quedarme en casa muy contra mi voluntad.

Casi enseguida empezaron a llegarme los rumores que circulaban. Al parecer, se trataba de un robo de latas de conservas que había terminado de manera salvaje. Hacía unos meses, Naciones Unidas había hecho llegar una provisión de carne enlatada a un pequeño asentamiento temporal de mujeres etíopes y sus hijos. Las destinatarias de aquellas latas no se habían animado a tocarlas por considerar que el contenido era *haram* (sucio) y no *halal* (limpio): según la ley islámica, la carne comestible ha de provenir de ganado debidamente desangrado por un *sheik*. Pero la guerra y la epidemia habían agudizado el hambre y esas cajas con latas, amontonadas en un cobertizo, se habían convertido en un bien preciado. Para alzarse con ellas, unos hombres armados con dagas habían entrado a saco por la noche al asentamiento.

De paso, violaron a las mujeres y a las niñas, desataron la degollina y quemaron las viviendas en un arrebato de violencia desquiciada. Después se supo que tras la carnicería cargaron un jeep con las latas, y ya se iban con el botín cuando encontraron entre los destrozos una pelota de goma y se pusieron a jugar al fútbol un buen rato, hasta que se cansaron y se quedaron dormidos en los escombros del caserío, codo a codo con sus víctimas despedazadas.

Ya no había rastro de los asesinos varias horas después, cuando Zahra Bayda y los demás llegaron al lugar. Encontraron los cadáveres de nueve mujeres, cinco niñas y dos niños, esparcidos por un escenario de sangre, desolación y locura. Algunas de las mujeres habían sido decapitadas.

El equipo se dio a la tarea de averiguar la identidad de las víctimas, enterrar sus cuerpos y tratar de ubicar a sus familiares para avisarles. En ésas estaban cuando alguien se acercó a decirles que había sobrevivientes. Al menos tres personas habían logrado escapar y habían encontrado refugio en unas ruinas cercanas, pero estaban malheridas, una de ellas en estado crítico. Las camionetas de MSF llegaron a tiempo para atenderlas.

Se trataba, sí, de tres personas. Pero, cosa inesperada, los tres eran hombres. Pau confirmó una sospecha atroz: aquellos heridos no hacían parte de las víctimas, sino de los victimarios.

Las mujeres del caserío los habían herido en su afán por defenderse, y sus propios compañeros los habían dejado rezagados al escapar con el botín. Ahí estaban, inermes y urgidos de ayuda, esos seres que, por cuenta de unas latas de conserva, habían infligido dosis inimaginables de horror y dolor.

¿Cuánto va de un folleto a la realidad? Atender a cualquiera que lo necesite: eso indicaba el folleto de derecho humanitario. Y ahora el equipo tendría que socorrer a los verdugos de las mujeres y los niños de Dhamar. ¿De dónde sacar el temple? ¿Se podía sentir compasión por unos hombres que inspiraban asco? Belinda, una traumatóloga que hacía poco había llegado de Europa y estaba recién incorporada, tuvo náuseas y se apartó para vomitar. ¿Acaso las vidas de esos asesinos merecían ser salvadas? Pau dijo que no quería forzar a nadie, lo dejaría librado a la decisión de cada cual. Zahra Bayda y él se dieron a la tarea; los demás confesaron sentirse física y anímicamente incapaces.

El equipo regresó a casa bien entrada la noche. Zahra Bayda venía demudada, todavía más que antes. Por boca de ella no me enteré de lo sucedido, tuve que preguntarles a los otros. Pasaban los días y ella permanecía atrincherada en un rincón de su propia alma, hasta donde nadie, quizá ni ella misma, podía alcanzarla. No sólo no hablaba, sino que tampoco escuchaba, encapsulada en el frenesí de su trajinar.

Los inquilinos de las distintas casas de expats en el Yemen son amables conmigo, no tengo roces con ninguno, pero mi verdadero vínculo con el país es Zahra Bayda; ella es la razón y justificación de mi permanencia. Ahora, la obstinación de su silencio la convierte en un ser ajeno y a mí, en un extranjero entrometido. Pau la abriga y la disculpa, saca la cara por ella.

—Es comprensible su retraimiento —dijo al desayuno—. La tragedia de esas mujeres es de por sí horror suficiente, y Zahra Bayda debe asociarla con momentos similares de su propia historia.

La conoce bien, este Pau, demasiado bien como para no creer que hay algo entre ellos dos. Esa sospecha agrava mi decaimiento. Aun así, reconozco que él tiene razón cuando dice que Zahra Bayda tuvo que experimentar una contrariedad visceral al tener que socorrer a unos hombres tan parecidos a sus propios victimarios.

¿Cómo es que un simple robo se vuelve semejante orgía de sangre? ¿Qué puede haber detrás de un odio así? Hombres como niños, jugando a la pelota sobre los cuerpos que acaban de degollar, o niños como hombres, rendidos de cansancio después de tanto matar.

Me alegré cuando apareció con su camello Mirza Hussain y me pidió un café; por fin tendría con quien hablar de lo ocurrido. Como de costumbre, el viejo Hussain estaba al tanto y traía su propia versión.

—Aquellos hombres no eran ladrones de latas —dijo—, eran guerreros malencoii, los Cabeza de Cabra.

—Cómo lo sabes.

—Lo sé porque usaron dagas y degollaron al estilo malencoii. No fueron allí a robar. Las latas no hacían parte de sus planes, las descubrieron por casualidad y aprovecharon.

Según Mirza Hussain, los tipos fueron a cobrar una afrenta vieja, tan vieja que a lo mejor ni ellos mismos recordaban cuál.

—Así suele suceder —dijo, se tomó de un sorbo el café y me devolvió la taza—. Se olvida el motivo de la venganza, pero la urgencia de vengarse perdura en la memoria. Los Cabeza de Cabra no jugaron al fútbol, ésas son mentiras. No jugaron al fútbol. Bailaron su rito ancestral.

En las noches que siguieron, las palabras del vendedor de alfombras resonaban en mis desvelos. En secuencia sin fin, se proyectaban ante mis ojos las imágenes de esa supuesta danza malencoii, lenta, solemne y sangrienta.

Necesitaba conversar con Zahra Bayda; sólo ella podría aquietar mi pesadilla. Pero ella no hablaba conmigo de eso; ni conmigo, ni con nadie, ni de eso, ni de nada. Me tenía al lado, pero actuaba como si yo no existiera. Desempeñábamos nuestros oficios en silencio, cada quien por su lado, y su indiferencia me derrotaba. Es cierto que yo no había estado presente, como ella, en esa noche espantosa, envolviendo a las muertas en tela blanca y a los niños en mantas de lana. Yo no había tenido que buscar qué cabeza correspondía a cuál cuerpo para preservar la dignidad de aquellos cadáveres, y enterrarlos completos y amortajados. Yo no había estado presente. Pero el abatimiento caía también sobre mí.

Me volvió a la memoria la vez en que pasábamos mi madre y yo frente a una iglesia donde se oficiaba un entierro.

Adentro se apilaban muchas coronas funerarias y cirios encendidos, y por las puertas abiertas se escapaban hacia la calle la música del órgano, el olor de las flores y el humo del incienso, y mi madre y yo quisimos curiosear. Entramos y nos sentamos en uno de los bancos de atrás. Ante mis ojos de niño, todo aquello estaba revestido de una emocionante grandiosidad. Al ver que los deudos se abrazaban y se secaban los ojos con sus pañuelos, me contagié de su pena y empecé a llorar. Entonces mi madre me agarró del brazo con energía.

—No llores —me ordenó—, que no es nuestro muerto.

Su frase cortó en seco mis sentimientos, no llores, que no es nuestro muerto. Me sentí ridículo y me dio vergüenza.

Por los días de la matanza de Dhamar, volví a experimentar esa sensación de falsedad, o impostura, ante mi tristeza. Estaba en duelo por aquellas mujeres, ¿pero qué derecho tenía yo de llorar por ellas? ¿No estaba dándole protagonismo a mi propio dolor? Mi depresión me parecía impúdica, sentía que mi pena no era real y que mi ego experimentaba satisfacción al ser compasivo: qué sensible soy, cómo me afecta la tragedia ajena.

Andaba apagado y apático, sin saber qué estaba haciendo allí, en esa casa silenciosa. ¿Debía esforzarme por continuar con la investigación sobre la reina de Saba? Ya no tenía sentido, la reina de Saba no era más que un cuento de hadas inventado por Flaubert, Malraux y Hollywood para deleite de occidentales. Orientalismo del peor, diría Said. Aquí y ahora lo único real era lo aterradoramente cruel, y las únicas reinas de Saba habían sido degolladas junto con sus hijos por unos ladrones de latas.

Llevábamos más de dos semanas así. La situación estaba tan cargada que pensé en largarme. A donde fuera, no importaba. Escaparme a cualquier lugar con tal de alejarme de la lejanía. La lejanía impuesta por Zahra Bayda. Buscando algo así como un efecto homeopático —*similia similibus curantur*, lo similar cura a lo similar—, intentaría matar la distancia con una distancia todavía mayor. Pero ¿a dónde ir? Debido a la guerra y al contagio, las carreteras permanecían bloqueadas; las zonas, ocupadas o confinadas; los clanes, exacerbados; los enfrentamientos y atentados, a la orden del día. Cualquier desplazamiento requería desesperante planificación logística, chequeos y permisos, y yo necesitaba actuar solo y por mi cuenta.

Desde mis años de reclusión en el monasterio, había aprendido que cuando quieres ir a algún lado y no puedes, lo mejor es dejarte llevar por el sueño, o sentarte a escribir. El sueño y la escritura te transportan a donde quieras. Y yo iría a Dhamar, al lugar de la matanza.

Iría a Dhamar al encuentro con mi miedo, aunque más que miedo era pánico. Pánico implica terror ante el dios Pan, de ahí se deriva la palabra, y Pan es el inspirador de las carnicerías lascivas y las debacles de violación. Los malencoii habían bailado en charcos de sangre bajo los auspicios de un dios para ellos desconocido: Pan, el de los cuernos de chivo.

Me aperé de agua suficiente. No haría falta linterna, la noche levitaba en una claridad sobrenatural y en la piel de la luna había valles azules y oquedades de sombra. La invoqué. A la luna, la invoqué: tu luz revela, le dije, mientras que la luz del sol engaña. Necesitaba adularla y ganarla como cómplice.

Algo me guiaba hasta el lugar exacto de la matanza. De alguna manera lograba llegar, aunque la arena y el viento hubieran borrado el rastro. Me descalzaba antes de pisar ese suelo, que había sido regado con sangre de las víctimas y semen de los victimarios. Supe que allí se quebraba el espacio natural.

—Aquí las muertas están vivas —dije.

Sentí que ellas me husmeaban. Eran sombras húmedas que se arrastraban hasta lamer mis pies. Invoqué a algún dios lejano: haz que les pierda el miedo a las muertas, le rogué, y el dios me aconsejó que encendiera una hoguera. Lo hice, y las muertas se acercaron buscando calor. Entonces comprendí que lo aterrador no eran ellas, sino su dolor.

Yo llevaba puesta una camisa blanca (algo me había advertido que debía ser blanca) y empecé a repetir, a manera de mantra o plegaria, los nombres de las mujeres allí sacrificadas, Mahader, Maraki, Abigail, Anisa, Haset... La repetición lenta y rítmica hacía cuajar el ritual, Zenha, Barhane, Meseret... Iba creciendo la intensidad y se acercaba el momento. Anisa, Haset, Nigist, Barhane, Meseret. Nada me pasaría mientras continuara repitiendo Abigail, Anisa, Mahader, Haset...

La luz de la luna me permitía encontrar lo que andaba buscando: pequeñas cosas. Mínimas pertenencias abandonadas, objetos que les hubieran hecho llevaderos los días a aquellas mujeres y a sus hijos. No las míticas riquezas en incienso y oro de la reina de Saba, sino tesoros pequeños, invisibles, cotidianos, como una cuchara de palo que recogí y metí en mi mochila, o una manta ya deshilachada pero que conservaba los colores con que había sido teñida. Guardé también un peine al que le faltaban dientes. Unos utensilios de cocina, un juguete plástico, un par de botellas, los restos de una guirnalda de papel, un almohadón con el forro bordado, un atado de cartas, desechos de clasificación imposible, ropa convertida en harapos.

Y, desde luego, zapatos. Allí habían quedado regados varios zapatos sin compañero, de diversas formas y tamaños. Es sabido que algo pasa con los zapatos, porque siempre aparecen tras cualquier accidente, incendio, matazón o reyerta. No hay escena del crimen donde no figure al menos un zapato abandonado. Las víctimas los pierden al correr, ésa debe ser la explicación. Lo único cierto es que una estela de zapatos había quedado allí, en Dhamar, dando testimonio de la tragedia.

Yo recogía aquellos objetos y los iba guardando con delicadeza, porque eran únicos y benditos y latían como un corazón. Después, me encaminaba hacia la fosa donde yacían los cuerpos.

En medio del espacio bañado por la luna, una pieza grande de carrocería roja y oxidada señalaba el lugar del entierro. ¿La habría colocado allí nuestro equipo, a manera de lápida o señal? El gran trozo de chatarra roja tenía forma abigarrada de flamenco, pero también de alacrán, y de repente ya no la vi como chatarra, sino como una escultura metálica de Calder, semihundida en la arena y roída por el tiempo. Como monumento funerario, aquel tótem cumplía bien su papel.

Bufalino dice que la muerte es un biombo de humo entre los vivos y los otros, y que basta con introducir en él las manos para tocar las que nos extienden desde el otro lado. Sería tal vez por eso que yo me daba con devoción a la tarea de traer grandes piedras. Las iba colocando en torno a la escultura roja, contando una distancia de dos pasos entre piedra y piedra, hasta encerrar el espacio de la fosa en una circunferencia. Era un trabajo extenuante, una carga pesada aun para un hombre de mi tamaño. Aunque me dolía la espalda, logré terminar la faena antes del amanecer, cuando todavía espejeaban *la lenta ternura lunar y también el último beso del viento.*[46] Una vez cerrado el círculo de piedras, el camposanto quedaba acotado.

Allí dentro enterré los objetos familiares que había recogido en los escombros, para que guardaran la memoria de la vida vivida. Servirían de compañía y consuelo; representarían para las muertas y sus hijos la protección de una morada.

Por fin podía sentarme a descansar. Aquel cementerio ya no era una nada en medio de la nada; se había convertido en un sitio, un lugar con entrada y salida. Un hogar. Una guarida rodeada por un aro protector. Un corralito de piedra para el rebaño de restos humanos. Una marca duradera que permitiría decir: aquí yacen. *Hic sunt.* Un territorio propio donde las muertas podrían reconciliarse con su propia muerte, libre ya de todo horror. Allí reposarían en paz bajo la noche que las cobijaba.

Me quedé un buen rato sentado. El silencio era blanco y el sosiego también. Estaba a punto de marcharme cuando la vi aparecer. Era ella otra vez: la reina de Saba. Llevaba entre los pechos un escorpión de diamante. Su pelo plateaba bajo la luna y ondulaba al viento. Respiraba abriendo la boca como si le faltara el aire, y lloraba por aquellas mujeres. Luego desaparecía tan suavemente como había aparecido.

—Que la paz de hoy hable por el dolor de ayer —dije en voz alta, y me fui yo también.

Al llegar a casa, traía las manos lastimadas y la arena metida en las botas, el pelo y las orejas. Pero sentía un cierto alivio; por fin tenía yo derecho a llorar. Los muertos de estas tierras ya no eran ajenos: de ahora en adelante serían míos también. ¿Y si aquella ceremonia la hubiera llevado a cabo en sueños, y no en hechos? ¿Y si sólo la hubiera descrito, o puesto por escrito en mi cuaderno de notas? Pensé que daba igual. Al fin y al cabo, soñar es mi forma de estar y escribir es mi forma de hacer. Hechos, sueños, escritura, sepelios, llantos, despedidas: todos son rituales, y todo ritual es de por sí representación.

Además, los muertos no se enteran. Ni opinan. Ellos no participan en los ritos funerarios en su honor; su presencia no pasa de ser anhelo, o soplo fantasmal. Los muertos no nos ven, sino que nos sueñan, pero para ellos soñar es lo mismo que ver. Mahader, Maraki, Abigail, Nigist, Anisa, Haset, Zenha, Barhane, Meseret...

Quise darme una buena ducha antes de acostarme a dormir. En esa casa de expats, el mecanismo del baño era primitivo; la ducha consistía en una fila de cuatro cubetas de agua colocadas en alto, cada una con una cuerda que jalabas para que el cubo se volcara y el golpe de agua cayera sobre tu cabeza. Como las noches eran tan frías, el agua de las cubetas amanecía helada.

Ya había ido yo por mis chanclas, mi jabón y mi toalla cuando apareció Zahra Bayda, se me adelantó y tomó posesión del baño. No me hizo gracia que ella me saltara largo, pero no dije nada, para qué, si ella no iba a contestar. Me quedé cerca a la puerta, rumiando mi desagrado y esperando turno para ducharme, cuando escuché que adentro caía el primer cubetazo seguido por un grito de Zahra Bayda, que al parecer no había contado con lo gélida que estaría a esa hora el agua. Me dio risa. Al menos grita, la muda esta, pensé, no se le han comido la lengua los ratones, a lo mejor ese golpe helado le desatora la garganta.

No me equivoqué. Dos días después, Zahra Bayda me buscaba en el cuarto del depósito, donde me encontraba desempacando unos envíos de medicinas.

—¿Quieres café? —me preguntó.

No era una invitación cualquiera, ni una que yo dejara pasar, porque Zahra Bayda preparaba el café a la manera tradicional de los etíopes: un complicado ceremonial que requiere tiempo, paciencia y arte. Empezó lavando los granos de café verde, y luego, en cuclillas frente al brasero, los puso a tostar sobre un plato de peltre. Una vez tostados, los molió a mano con un mortero, los mezcló con agua hirviendo en una cafetera especial, la *yebená*, y añadió clavo y jengibre.

Yo observaba sus movimientos mientras ella permanecía concentrada en la tarea, sin dirigirme la palabra ni voltear a mirarme, pero dejando asomar su ladeada sonrisa de los buenos tiempos. Colocó entre los dos un plato de cerámica con palomitas de maíz y otro más pequeño con semillas de cardamomo. Me sirvió una primera taza de café fuerte, luego una segunda de café más suave, y como si nada hubiera sucedido, empezó a enumerarme las tareas pendientes. Su voz hizo que la vida detenida volviera a cobrar ritmo.

La pasión del ciervo

El olíbano, con su toque de dolor, es el primero de los cuatro componentes secretos que hacen incomparables los perfumes de Pata de Cabra, hasta la fecha imposibles de reproducir. El segundo componente, el que aporta la nota de pasión, lo obtiene Pata de Cabra de la glándula almizclera del ciervo rojo.

Animal místico, protagonista de salmos cabalísticos y de sueños obsesivos, el ciervo rojo, como el unicornio, sucumbe ante los encantos de la doncella.

A la hora del crepúsculo, la princesa Pata de Cabra sale a esperar su aparición. Ya presiente su presencia. Se acerca el portentoso animal, se esconde en la bruma, se mueve con sigilo, sobresalen en la maraña las altas cruces de sus astas. Asoma por fin el ciervo, mirando alrededor *con alzada y orgullo de hombre solo*.[47] Brama de sed y de amor, esparce por el aire el fértil caldo de feromonas que atrae y cautiva, y su llamado es hondo como el trueno lejano o como las notas graves del cello.

Sólo una doncella puede cazar al ciervo; no son los arqueros del reino, sino la propia Pata de Cabra quien lo atraviesa con una flecha. El perfumero mayor y demás alquimistas de Hadramaut le extraen la glándula, la ponen a secar sobre una piedra caliente y luego la destilan hasta lograr un bálsamo espeso, del color del té, untuoso al tacto y de sabor amargo. Es lo que hoy día se conoce como almizcle o *musk*.

Pata de Cabra, artesana y astuta como el dios Hermes, ha hecho el descubrimiento. Inmolando al ciervo, puede apropiarse de sus bríos y repartirlos gota a gota en pequeños frascos. El ciervo sacrificado cede su potencia y revela el quid de su *ars amatoria*: su fogosidad ilumina el perfume. Pero Pata de Cabra tendrá que pagar el precio. La diferencia entre el simple *musk* de ahora y el óleo erógeno de entonces está en la disposición que muestre la doncella para herir y ser herida: el ciervo deja en ella un estigma de amor perdido. La impronta de esa herida quedará atrapada en el perfume, convirtiéndolo en poderoso afrodisíaco.

El tercer componente secreto es la rosa negra. La *black baccara*, rosa esotérica y salomónica, tan esquiva, imposible de encontrar y única en su especie que el común de la gente cree que ni siquiera existe, y sólo el rey de Jerusalén ha logrado domesticarla. Pata de Cabra no la macera en mortero, sino que la aprieta en su propia mano hasta exprimirle el néctar, que no es inocuo, de los que sugieren promesas de amor o vuelo de palomas; es en cambio un néctar engañoso, pecaminoso, hasta podría decirse que en alguna medida venenoso, y gracias a él Pata de Cabra dota a sus esencias de un aura gótica y luctuosa.

Algo falta, sin embargo. La perfumera de Saba no está del todo satisfecha. Su fina nariz le indica que, pese a la magia de los tres ingredientes que ya tiene, sigue faltando un cuarto, el definitivo, el que completará la fórmula haciéndola inigualable. La revelación le llega tras varias noches de desvelo. Con suma discreción, para no difundir la naturaleza de su cuarto elemento, la princesa de Saba baja a los laboratorios, se acerca a los alambiques y deja caer adentro el filo recién cortado de una de sus uñas, la punta de uno de sus cabellos, una gota de sus fluidos corporales o leves escamas de su piel: mínimas partículas muertas de sí misma. Ha descubierto que los átomos de carne en descomposición infunden gran espíritu. Un ápice de muerte insufla vida, como hace la levadura con el pan.

Al igual que la levadura, el petróleo, los antibióticos, el asfalto y la cortisona, los perfumes de Pata de Cabra contienen una sombra de impureza cadavérica, sin la cual serían descifrables y en últimas reproducibles. En el dejo dulzón de la descomposición bacteriana reside el dramatismo liminal que los caracteriza, su cualidad arriesgada y aventurera, su condición de umbral. No hay perfume verdadero si el perfumero que lo produce no se deja la piel en ello.

Para finalizar, ya como por deporte, a la manera del cocinero que remata el estofado con unos últimos granos de pimienta y sal, Pata de Cabra le añade a su obra maestra una nota de vino y un toque de láudano. Ha logrado por fin lo que tanto buscaba: un perfume de sustrato épico y poético, que relata amoríos desesperados e historias de sangre vertida en antiguas batallas.

Una pizca de sensualidad y otra de pudrición, una gota de dulzura y otra de perversión: he ahí la fórmula que las grandes casas perfumeras del mundo siguen buscando hasta el presente. Su panacea es que baste con aplicar su producto detrás de la oreja, en la axila, la muñeca, la entrepierna u otras partes recónditas del cuerpo para que, cuando el calor de la piel despierte el alma del perfume, quien lo use sienta que adquiere un don especial.

No alcanzó a vivir Pata de Cabra lo suficiente como para saber que su receta secreta sería divulgada, al menos en parte, y que hoy la imitan algunos de los perfumes que ofrece el mercado. De ellos hay dos, entre los llamados orientales, que pueden llegar a parecerse, si bien tímidamente, a la fragancia que Pata de Cabra obtuvo mezclando la sangre blanca del olíbano, el almizcle dorado del ciervo y el extracto de la rosa negra, más esa migaja de muerte que se agazapa en todo lo vivo.

Uno de esos dos perfumes modernos es Gold, de Amouage, cuyo origen parece sacado de *Las mil y una noches*. La familia real de Omán, deseosa de capturar el jazmín, el almizcle, el frankincienso y demás aromas legendarios de las noches de Muscat, contactó al francés Guy Robert y le hizo el encargo con que sueña todo perfumero: póngale lo que quiera sin reparar en gastos, y produzca la esencia más suntuosa que exista. Guy Robert se le midió al reto, y produjo Gold.

El otro heredero del legado es L'Air du Désert Marocain, de Andy Tauer, un suizo discreto que maneja personalmente una perfumería artesanal, donde logró armonizar el *musk* con extractos de una piedra semipreciosa: el ámbar; más una especie de la América precolombina: la vainilla; una flor bisexual: el *styrax*, y una resina ritual: el frankincienso, para producir su poderosa esencia, a la vez íntima y ancestral.

Cuando ciertos grandes gatos en extinción, como la pantera nebulosa o el lince ibérico, se muestran apáticos y reacios a la hora de copular, es suficiente, según se dice, enjuagarlos con Obsession, la fórmula orientalista de Calvin Klein, para disparar en ellos un frenesí sexual. En fin. Jazmines de Omán, panteras enamoradas, extracto de flor bisexual, todo eso es cosa de ensueño, y son meritorios los perfumes que hoy persiguen la excelencia de los míticos de Hadramaut. Pero iguales a éstos, desde luego, no los hay.

Los ojos de un niño

En esta región todo es blanco.
MARCEL SCHWOB

El convoy con los niños heridos ya partió hacia acá. Son diecisiete, algunos con sus madres. Vienen de Ta'izz. Descrita como ciudad majestuosa por Ibn Battuta, el gran viajero árabe del siglo XIV, hoy Ta'izz está en ruinas, bloqueada y desabastecida, convertida en campo de batalla, con su único hospital bombardeado y el personal médico amenazado. Mueren sin atención mujeres de parto complicado, recién nacidos, niños famélicos, ancianos. Los pocos puestos de salud que siguen abiertos son objetivo de guerra, y la gente teme acercarse. La población está enferma de terror, un mal contagioso para el cual no hay cura.

Nos mandaron a los niños más graves en un intento por salvarlos. Aquí la situación es menos crítica que allá, aunque no se sabe hasta cuándo; la guerra va invadiéndolo todo como una niebla. Por el momento esta sede sigue funcionando, aunque con la mitad del equipo. Zahra Bayda y dos más tuvieron que partir para reforzar el trabajo en otro lado, y aquí su ausencia pesa y se traduce en duplicación de la carga para los que nos hemos quedado. Aun así, logramos construir un galpón provisional para los niños heridos de Ta'izz. Vienen en cinco camionetas y tras una semana de camino aún no logran llegar; las seis horas estimadas de trayecto ya se han convertido en seis días, y a saber cuánto falta. No pueden avanzar en fila india, como estaba planeado, porque se interponen proyectiles, largas esperas mientras baja la intensidad de los asaltos, puestos de control de las tribus, barricadas y líneas de los diversos frentes. De vez en cuando Zahra Bayda llama y yo vuelo a responderle la llamada, hablamos sólo unos minutos, hay tanto trabajo que el tiempo no da para más, pero son unos minutos intensos, su voz atraviesa todas las líneas de fuego y me llega de lejos.

Por radio nos avisan que han muerto tres de los niños; la precaria atención ambulatoria no dio para mantenerlos con vida. Recibimos por adelantado la lista de los demás, entre ellos, un niño de nueve años que perdió los ojos por las esquirlas de una bomba cluster. Según la lista, se llama Fahed. Su familia huía de un bombardeo cuando un ataque aéreo golpeó el autobús en que viajaban. El niño iba en la ventanilla y sufrió el impacto en plena cara. Sus heridas seguían sangrando y dejaban escapar trozos de vidrio.

Fahed se me ha incrustado en el alma desde antes de conocerlo. En la mente lo asocio con Eustacio, el pequeño ciego de «La cruzada de los niños», de Marcel Schwob, ese librito bello y terrible: ... *Hay aquí un niño que se llama Eustacio y que nació con los ojos cerrados. Mantiene los brazos extendidos y sonríe [...]. Algunas veces pasamos en medio de largas tinieblas. Otras veces caminamos hasta la noche por prados claros [...]. No sé a dónde vamos. Hace tanto tiempo que salimos [...]. En esta región todo es blanco, las casas y las ropas, y la cara de las mujeres está cubierta con un velo.*[48]

Por fin llegó Fahed, junto con los otros niños. El estallido le había reventado los globos oculares, dejándole dos oquedades y un mapa de destrozos en la cara. Mirza Hussain anda por aquí y lo he visto llorar ante el niño.

—¡Naciones idólatras que vomitan sobre el pueblo yemení su cólera de fuego! —clama al cielo, dándose golpes de pecho—. ¿Qué castigo habrá suficientemente grande para quienes lanzan sobre nosotros sus rayos de muerte y vacían las cuencas de los ojos de un niño?

Ya han sometido a Fahed a las dos operaciones básicas que pueden hacerle aquí, dadas las limitaciones de un hospital de campaña. Por lo pronto sigue en cuidados intensivos y no puedo entrar a verlo. Mi cabeza hilvana galimatías. Se me cuela el gusano de una música obsesiva, *Son tus ojos dos estrellas*, canta por bulerías Camarón de la Isla, hasta que ahogan su voz los ecos del desastre. Me invade esa palabra, desastre. Proviene de la astronomía y significa desastre, perder los astros. Un cielo pierde los astros, un niño pierde los ojos, ¿y quién responde, a quién le importa la magnitud de este desastre?

La madre me muestra una foto de Fahed antes de la desgracia, un niño muy bonito, muy serio, un par de años menor que ahora, con orejas redondas que sobresalen como asas de tazón, flequillo y grandes ojos negros y almendrados, iguales a los de la madre, pero chispeantes de vida.

Fahed ha salido de cuidados intensivos. Va recuperando fuerzas, ya puede hablar y por fin me lo presentan personalmente. Quiere saber qué ha pasado con sus hermanos. Le digo que hemos recibido buenas noticias, sus hermanos están bien. Trato de tranquilizarlo pero él exige precisiones, no se contenta con vaguedades. ¿Se cayó el techo de mi casa? ¿Están muertas las ovejas del abuelo? ¿Cuándo me van a quitar las vendas de los ojos? Si éstos se dañaron, ¿me pondrán otros?

Escuchándolo, me voy adentrando en la visión abisal de un niño ciego del Yemen. Fahed es experto en la geografía de la guerra y en la amplia gama del armamento. Todavía no ha aprendido a multiplicar, pero lo sabe todo sobre ataques aéreos. Distingue un Eurofighter Typhoon y dice que es el más ligero de los aviones porque está hecho en fibra de carbono y de vidrio (son sus palabras textuales). Sabe que los motores del Eurofighter Typhoon son fabricados en un país que se llama España, y que los vuelos salen de Arabia Saudita para bombardear el Yemen. Sabe que Arabia Saudita tiene una alianza con otros países, que uno de esos países se llama Estados Unidos y el otro se llama

Inglaterra. No sabe por qué atacan al Yemen; no lo sabe y no se lo pregunta, lo da por descontado, no conoce otra situación y la asume con naturalidad.

Va mejorando de sus heridas, y la asombrosa flexibilidad de su mente le permite irse acoplando a un mundo ahora en tinieblas para él. Lo acompaño mientras Olivia, la pediatra, le hace curaciones dolorosas. Fahed me agarra fuerte la mano. Olivia trata de simplificar los términos médicos para explicarle lo que ella llama su condición. El niño tiene una condición. Qué querrá decir Olivia con eso. ¿Se vale llamar condición a la sacralidad salvaje de esta prueba que ha sido impuesta sobre una criatura? Olivia es una excelente médica, delicada y cariñosa, pero demasiado joven; todavía confía en la resonancia de su jerga profesional, y términos como *trauma, hemorragia, sutura, palpebral* salen de su boca y le van llegando a Fahed como rezos misteriosos y fórmulas incomprensibles que él tendrá que aceptar sin preguntar, asumiéndolas como expresión de la naturaleza inexplicable de su sufrimiento.

Olivia será muy joven, pero no es indiferente. Creo que siente por Fahed tanto apego como yo, y entre los dos nos turnamos para no dejarlo solo.

—Parecemos la madrina y el padrino de este pequeño —decimos, y es verdad.

Le hablo de «La cruzada de los niños», de Schwob; le comento que me han vuelto a la memoria fragmentos enteros. Ella conoce el libro, es uno de sus favoritos, opina que es como si Schwob hubiera escrito la historia de Fahed. Me hace gracia esta muchacha, me gustan su piercing en la ceja, su cuerpo delgado, su bonita nariz y su pelo violeta. Me cuenta que pronto se irá de aquí, al menos por un tiempo, dos o tres semanas, algo así. Le urge regresar a casa para ver a sus sobrinos, los echa de menos, y quiere refugiarse en el diminuto apartamento que dejó en Belfast, ya no puede más con esta guerra, que le mantiene los nervios de punta.

—Quizá también yo me vaya —le digo—, MSF me está ofreciendo trabajo en mi tierra, donde necesitan un encargado de divulgación y prensa. La oferta me tomó por sorpresa y me descolocó por completo. Pero me lo estoy pensando, tal vez no sea mala idea, allá podría seguir con MSF pero aportando lo mío, Olivia, que es escribir. No sé, no sé, tengo un tumulto en la cabeza, ¿cómo me voy a ir de acá, si aún no he encontrado lo que vine a buscar?

—Qué viniste a buscar...

—Hasta que no lo encuentre, no voy a saber.

—Tal vez encuentres en tu país lo que viniste a buscar aquí.

—Puede ser. Me duermo seguro de que me voy, me despierto convencido de que no.

Olivia ya lleva acá dos años largos, está llegando al límite de su aguante y cree que podría desmoronarse si permanece mucho tiempo más. *I just need to take a break*, dice, todo lo que necesito es un descanso. Ansía dormir hasta tarde y desayunar en la cama frente al televisor, caminar por las calles de su barrio, reencontrarse a la noche con amigos en el bar de siempre. Aferrarse a lo familiar, recuperar el sabor de la normalidad, serenarse y hacer acopio de fuerzas para empezar de nuevo. Pero siempre le pasa lo mismo, llega a su casa y a los cuatro o cinco días ya se está sintiendo extraña, todo le parece un poco artificial, no ve la hora de estar otra vez acá.

Le digo que yo, que no soy ningún Batman, aprecio que ella no sea la Mujer Maravilla. Me dice que no sabe si después de la licencia laboral MSF volvería a destinarla al Yemen, o si la mandaría a otro lado.

—*We'll meet again*, Olivia —le aseguro—, volveremos a encontrarnos algún día, en algún lugar.

—*Yeah, I'll see you around*, nos veremos por ahí, Bos Mutas, el mundo es un pañuelo, como dice tu gente.

Nos damos un abrazo estrecho y prolongado. Nos hace bien la mutua compañía y es un alivio poder intercambiar dudas y miedos. El drama de los niños heridos es más de lo que uno puede aguantar en soledad, y entre ella y yo ya está dada la necesaria cercanía; supongo que nos une el amor por Fahed.

No sé si la propuesta proviene de ella o de mí, en todo caso sale con naturalidad, sin flirteo, ni tanteo, ni timidez, simplemente se impone por sí sola y, sin decir más, nos encerramos en su cuarto a hacer el amor.

El niño, que ha demostrado un valor y un estoicismo casi antinaturales, ahora se suelta a gemir. Gime porque no puede llorar. Junto con los ojos perdió también el llanto, y se queja quedito, sin palabras, sin lágrimas, sin parar, hilvanando el largo lamento solitario de una criatura desconsolada. Entra su madre, una mujer silenciosa que esconde su agonía bajo el *niqab* que le tapa la cara. Se sienta al lado del hijo y repite una misma frase como en letanía: todo dolor tiene su bálsamo, pequeño mío, todo dolor tiene su bálsamo. Otra fórmula hueca, otra vez el lenguaje mudo, sin significado. Todo dolor tiene su bálsamo, vuelve a decir la mujer, pero es tan dulce su voz, tan suave la manera como le acaricia el pelo al niño y le besa las manos que él va serenándose poco a poco, hasta que deja de gemir. Tal vez ella tenga razón. Tal vez sí haya un bálsamo para el dolor del niño: la voz de la madre.

Fahed come poquísimo, su madre se desvive para que acepte cada bocado. A él, en cambio, le gusta pintar. Pese a la pérdida de los ojos, pasa horas en ello. Le he conseguido un cuaderno y le sugiero una técnica que más o menos le funciona, y que consiste en mover el lápiz con la derecha mientras utiliza la izquierda como guía sobre el papel, para que la figura no se desborde y para no pintar sobre lo ya pintado.

Lo acompaño y lo incentivo; sospecho que le conviene tratar de registrar sus imágenes del mundo vivido antes de que se borren de su memoria. ¿O habría que hacer más bien lo contrario, dejar que la pérdida de la imagen visible propicie dentro del niño el florecer de otra, la imagen soñada? Por las dudas, le pido que pinte las ovejas del abuelo. Mi propuesta no le llama la atención; Fahed se inclina más bien por lo bélico. Garrapatea unas bolas y dice que son granadas, y retiñe unas rayas horizontales que son bazookas. Dibuja la silueta de un avión.

—Te salió muy bien ese avión —lo felicito.

—No es un avión, es una nave de vuelo supersónico de diseño delta/canard. Es un monstruo inteligente —me explica—. Esta nave sabe encontrar al enemigo.

Luego pinta unos palotes que son fusiles con alcance de tiro de hasta dos mil metros. Nada que hacer, Fahed es artista de batallas; su conocimiento de causa me deja perplejo. Mejor dicho, me aterra pero no le digo nada, al fin y al cabo ésa es su realidad, la que le ha tocado en suerte.

—¿Sabes qué es esto? —señala un garabato más sofisticado—, es un Eurofighter lanzando bombas cluster.

Bombas cluster, como las que a él lo cegaron. Me pregunta si me gusta y no puedo contenerme, esto está llegando demasiado lejos.

—No me gusta —le digo, y él se sorprende—, parece un pato ridículo que tira huevos podridos desde el aire.

—Entonces lo rompemos —dice, arrancando la hoja del cuaderno.

Le pido que dibuje a alguien al que quiera mucho, por ejemplo su madre, y accede. Le ayudo a colocar ojos, nariz y boca dentro del óvalo de la cara, y alrededor el pelo, pero bien largo, según ha especificado. Cuando termina, escribe debajo la palabra *um*, madre.

—¿Se parece a ella? —me pregunta.

Le respondo que sí aunque en realidad no lo sé, a su madre sólo le he visto los ojos, todo lo demás lo lleva oculto bajo el *niqab*. Para mis adentros, me complace que Fahed no la recuerde cubierta sino con las facciones completas, la sonrisa en los labios y el pelo largo y suelto, como la habrá visto siempre en casa.

—Es muy bonita, mi madre —dice, y ella, que está aquí al lado, se rebulle inquieta; se supone que nadie debe mirarla ni saber cómo es, ni siquiera a través del retratico que ha pintado el niño.

Le pido que ahora retrate a su padre, pero sacude el lápiz en el aire, como dudando.

—No recuerdo cómo es mi padre, la última vez que lo vi fue hace mucho.

—¿Murió tu padre? —cometo la imprudencia de preguntar. Aquí esas cosas no se andan indagando.

—Se lo llevó la guerra —corta la madre enseguida, como para impedir que el niño suelte alguna imprudencia—. El padre de mis hijos es soldado.

Con eso cancela el tema; no va a decir más, es extremadamente cautelosa. Como todas las yemeníes, esconde cualquier expresión tras el velo y cierra la boca. Sabe que, al caminar, un paso en falso puede llevarla a pisar una mina antipersona, y que, al hablar, una palabra equivocada puede significar la muerte. Tanto ella como el niño se cuidan de no dar pistas que los impliquen. En el Yemen la gran guerra, orquestada desde fuera, estalla internamente como una bomba de racimo, dividiendo y subdividiendo a la población en una multiplicidad laberíntica de guerras parciales. No conviene aclarar si el padre de Fahed pelea con las tropas gubernamentales o con los rebeldes hutíes, si es chiita o sunita, salafista o takfirí, si su contienda es regional o tribal. Basta con decir que es soldado, lo cual no depara gran información; la guerra ha acabado con los agricultores, los albañiles, los maestros, los camelleros y los pastores, convirtiendo a todos los hombres en soldados.

—Puedo pintarte a mi abuelo —ofrece Fahed, y dibuja una figura con barbas y turbante.

Le aseguro que salió bastante bien, cualquiera se daría cuenta de que ése es su abuelo, pero que habría que corregir el zapato izquierdo porque quedó lejos de la pierna.

—¿Quieres ponerlo más cerca, para que empaten? —le sugiero.

Fahed lo intenta, pero lo que hace es ponerle doble zapato a la pierna derecha; le cuesta entender que la izquierda suya no es la misma izquierda del abuelo que acaba de dibujar.

—No te preocupes —le digo—, pon el zapato en la pierna que está a *tu* izquierda...

—Mejor lo dejamos así —dice con un dejo de resignación, suelta el lápiz y cierra el cuaderno.

Me equivoqué otra vez, no debí forzarlo. Me gustaría haber sido terapeuta, o psicólogo, para poder guiarlo como corresponde; Fahed cuenta conmigo en estas primeras semanas decisivas de su vida como ciego. Ya le han curado lo que en las actuales circunstancias era susceptible de ser curado, ya está fuera de peligro y, salvo Olivia, los médicos se vuelcan exclusivamente sobre los niños que siguen en estado crítico. Le pido a Fahed que me disculpe por no ayudarlo más.

—¡Forza, tú puedes! —me hace reír, porque me aplica la misma fórmula que yo uso para animarlo a él.

No basta con actividades sedentarias, es hora de que Fahed aprenda a desplazarse. Recorremos una y otra vez y de la mano este lugar, sus construcciones, sus carpas y sus descampados, contando los pasos de un lado a otro.

Me asombra su percepción intuitiva del espacio; a los pocos días ya es capaz de orientarse por sí solo, ayudándose con un palo de escoba que le he improvisado como bastón. Me parece que los golpecitos del palo al andar le transmiten una cierta representación *visual* del espacio y una sensación física de distancia y profundidad; algo así como lo que logra el murciélago con su radar. Nos hace reír a todos porque esgrime su palo como si fuera una espada, con tal energía y expresividad que quien se descuida se gana un palazo.

—¡Anoche la vi! —me cuenta.

—A quién viste.

—A Amira, mi hermana mayor.

—¿Vino a visitarte?

—No, se quedó cuidando a mis hermanos.

—Pero la viste...

—Sí, soñé con ella.

—La viste en el sueño...

—Sí. Pero ella era transparente.

¿Se puede ver lo transparente? Fahed me pone ante serios dilemas epistemológicos. Las transparencias que a él se le aparecen en sueños ¿pueden devolverle la imagen de lo que antes vio y ya no ve?

—Transparente como qué —le pregunto—. ¿Transparente como un vidrio?

—No. Como un vidrio no.

—Transparente como... ¿un fantasma?

No me entiende. No sabe qué es un fantasma y no logro explicárselo. Olivia está escuchando nuestra conversación.

—Ésas son cosas del cristianismo —interviene—, los fantasmas sólo se les aparecen a los cristianos.

—¿Cosas de cristianos? —protesto—, pues en *Las mil y una noches* hay mucha historia de fantasmas.

—Pero Fahed no ha leído *Las mil y una noches*.

Las mujeres me derrotan con sus retruécanos de lógica ilógica. Olivia se burla de lo que llama mi cultura libresca, aunque ella misma es buena lectora; anoche vi una novela de Hanif Kureishi sobre su mesa de luz.

Pau me ha relevado de parte de mi trabajo logístico y de oficina, así dispongo de tiempo para Fahed. Le agradezco esa deferencia y la aprovecho, ha ido creciendo el apego entre el niño y yo. Trato de figurar esa transparencia que dice ver. Debe ser la idea de algo que le llega a la mente pese a no verlo. La imagen transparente de su hermana en el sueño, por ejemplo. Releo *Recuerdos de una mañana transparente de verano*, de Whitman: ¿Qué es esto?, me dijo un niño, mostrándome un puñado de hierba. ¿Qué podía yo responderle? Tampoco yo sé qué es la hierba.

Vamos a ver si el viejo Whitman nos ayuda. Temprano por la mañana llevo a Fahed al huerto, donde entre los tomates, los pepinos y las cebollas crecen escondidos unos cuantos hierbajos.

—Es pasto, tócalo —le digo al niño entregándole un manojo—. ¿Puedes *verlo*?

—Un poco.

—Es verde, ¿te das cuenta?

—Es verde y también transparente —dice.

—¡Sí, Fahed, así es! Recuérdalo siempre, lo que *ves* transparente puede ser verde. Lo transparente puede ser de todos los colores, los que tú quieras.

Rebuscando, consigo en el zoco una caja de colores y se la regalo. A cada lápiz le hago pequeñas muescas para que él pueda reconocerlos, una muesca horizontal para el negro, dos para el azul, una vertical para el rojo, dos horizontales y dos verticales para el amarillo, y así con todos. Él aprende a identificar por las muescas el color de todos sus lápices.

Lo llevo arriba y abajo para que palpe lo que nos rodea y le ponga nombre; de ahora en adelante las manos y las palabras serán sus ojos. Vamos a *ver* la cría de camello que acaba de nacer, y los peroles de la cocina, el agua del estanque, el fuego de la hoguera, el camión de juguete que le han regalado. Le *muestro* lo que sucede en el campamento, la gente que entra y sale, los remolinos de aire, el atardecer que llega con el frío, el sol insoportable del mediodía. Él me pide que le *muestre* el desierto.

—Me la has puesto fácil —le digo, y nos vamos hacia los montes de arena, nos hundimos en ella, la tiramos hacia lo alto, nos metemos a la boca unos cuantos granos, luego los escupimos y bajamos dando volantines hasta el fondo de la duna.

Hoy, Olivia le ha quitado las vendas de la cara.

—¿Cómo me veo? —pregunta él.

¿Qué le respondes a una criatura con la cara desfigurada? Se te paraliza el pensamiento, se te refunden las palabras, las buscas en el fondo de la pena sólo para comprobar que ahí no las encuentras, ahí ni siquiera hay silencio, hay algo peor: un ruido desarticulado.

—Veo que vas mejorando rápido —es mi cobarde y evasiva respuesta. Alguna vez supe de una niña de cinco años que quedó ciega, como él, en un accidente, y al otro día le dijo a su madre: mamá, no puedo despertar.

Fahed palpa con las yemas de los dedos la red de cicatrices que le arruga la piel en torno a las cuencas vacías.

—¡Qué feo! —dice—, quedé muy feo.

Olivia saca del bolso sus propias gafas de sol y se las regala. Son unas gafas costosas, futuristas al estilo Matrix, tan chics como la propia Olivia, que de alguna manera se las arregla para verse muy *fashion* aun aquí, en las estrecheces y severidades de este desierto. En Europa, estas gafas *Matrix Reloaded* deben hacer tendencia, supongo yo, que de eso sé poco; lo cierto es que aquí, cuando Olivia las usa, causan sensación entre los jóvenes yemeníes de ambos sexos.

Fahed se las coloca enseguida.

—Ahora estoy guapo —dice.

Le han dado el alta médica y mañana se irá con su madre hasta un campamento de ACNUR, donde lo esperan el abuelo y los hermanos. El viaje es absurdamente largo y riesgoso, pero la madre no quiere permanecer por más tiempo lejos de los otros hijos. Le digo a Fahed que lo extrañaremos. Él dice que quiere pintar mi retrato para no olvidarme.

—Tienes barba y pelo largo —pasa las manos por mi cara y mi cabeza— y también tienes pelo en los brazos. ¿Así es la gente de tu país? Yo sólo tengo pelo en la cabeza.

Le cuento la historia de los dos hermanos gemelos, Esaú y Jacob.

—Esaú, el mayor, era muy peludo, como yo, y Jacob, el menor, era lampiño, como tú.

Y tal y tal, sigo hasta llegar a la parte en que Jacob, el lampiño, se cubre con pieles de cabrito para hacerse pasar por Esaú ante su anciano padre, que está ciego.

—¡Ya sé! —dice Fahed—. El padre se confunde cuando toca a Jacob. Pero tu pelo sí es de verdad, Bos Mutas, no es de cabrito.

—¿Tu mano te dice que mi pelo es de verdad?

—Sí, mi mano me dice eso.

Hoy se va. De ahora en adelante tendrá que afrontar, en su nueva condición de ciego, la vida que a él y a su familia les espera, ya de por sí difícil, por no decir imposible. Pero él es un niño inteligente y fuerte y eso jugará a su favor. Para empezar, aquí se los ha echado a todos al bolsillo, y el equipo completo ha salido en comitiva a despedirlo. Le entregamos de regalo un bastoncito de ébano hecho a su medida por un artesano local, que por iniciativa propia le talló cabeza y cuello de cisne a modo de empuñadura. Fahed nunca ha visto un cisne, y antes de subir a la camioneta que lo transportará se devuelve para preguntarme cómo es un cisne. Guiándole la mano, le ayudo a dibujar uno con la punta del propio bastón sobre la arena: el pico, el ojo, el cuello largo y arqueado, las alas recogidas, las patas. No nos sale demasiado bien, parece un elefante alado, pero Fahed queda satisfecho.

—De qué color es —pregunta.

—Por lo general, los cisnes son blancos, pero en ocasiones especiales nace un cisne negro. Este tuyo, como es de madera, es un cisne negro.

—Pero este mío no tiene alas ni patas —dice pasando la mano por la empuñadura para inspeccionarla con detenimiento—, éste no es un cisne, es medio cisne.

Fahed reparte abrazos, se encasqueta la cachucha y se encaja las gafas futuristas que Olivia le ha regalado.

—Las vas a echar de menos —le digo a ella; aquí la resolana produce irremediables jaquecas y toda protección es poca contra este sol que incendia a la gente y la hace arder en fiebre.

—Más falta le harán a él —me responde.

Olivia tiene razón. Esas gafas le cuadran a Fahed, porque al ser anchas y curvadas, de vidrio negro polarizado, ocultan por completo los daños de la cara.

—¡Eres más popular que una *rock star*, Fahed! ¡Adiós, adiós!

—¡Vuelve cuando se acabe la guerra, Bos Mutas! —me grita, y se aleja esgrimiendo su bastón con una mano, y apretando fuerte su cuaderno y su caja de lápices con la otra.

Caballo verde

El cielo nocturno del Yemen late y ondula, como el mar, y la cantidad de estrellas es tan compacta que se comprende por qué Azophi, el astrónomo persa del siglo x, aseguró que se tocan unas a otras, como formando collares de luz. Nos habían trasladado temporalmente a la sede de la misión de MSF en Al-Hudayda, sobre el mar Rojo, y en una noche serena, sin drones ni des-astres —*cielo líquido con astros vivos*—,[49] Zahra Bayda y yo salimos después del trabajo a caminar por la orilla.

Soplaba una brisa tibia, el tiempo parecía detenido y nosotros nos descalzamos para meter los pies en el mar. Avanzamos por la playa hasta llegar lejos, demasiado lejos, bastante más de lo que convenía por seguridad. Pero seguimos adelante, era bueno olvidarse por un rato de los peligros y conversar así, con los pies en el agua y los cuerpos muy juntos, enlazados en un abrazo cómplice y fraternal. El momento era grato, y hasta podría decirse que para mí era feliz.

Zahra Bayda hablaba de cosas del trabajo, como de costumbre, y de repente, vaya sorpresa, ¿qué pasa aquí?, sentí que ella metía su mano bajo mi camisa y la dejaba ahí, en mi espalda, a la altura del cuadrado lumbar. Ojalá no note, fue mi deseo, ojalá ella no note que el pulso se me acelera... Qué clase de gesto era ése, su mano bajo mi camisa y en contacto directo con mi piel, ¿qué querría decir? ¿Era algo casual?, ¿intencional?, ¿insignificante?, ¿significativo? Mi jefa me estaba mandando señales contradictorias y yo no sabía qué pensar ni qué hacer.

Esa mano seguía en mi espalda mientras Zahra Bayda llevaba cuentas de las cantidades de arroz, leche en polvo y demás alimentos que tendríamos que comprar al día siguiente en el zoco para suministro del hospital. Seguían como si tal las caricias saltarinas de su mano en mi espalda y yo entretanto disimulaba, haciéndome el que no se da cuenta y asintiendo, que sí, que sí, que arroz sí, que sal y azúcar también, que garbanzos desde luego. Pero su mano nada que se iba, se movía suavemente por mi espalda como en la inocencia de un roce no premeditado, y yo sin saber cómo ni qué.

También había que conseguir yodo, alcohol, algodón, no sé qué más, vaya maña esta que tiene Zahra Bayda de estar siempre haciendo listas de tareas pendientes, lo que hay que hacer, lo que no hicimos ayer, lo que tendremos que hacer en un mes..., pero esta vez sus palabras me decían una cosa y su mano me hablaba de otra, su mano arañaba tiernamente mi espalda, pellizquito por aquí, cosquillita por allí, como un cangrejillo burlón que se hubiera colado bajo mi camisa mientras su dueña no paraba de contabilizar las cantidades indispensables de arroz, de pasta, de yodo, de alcohol... Y yo diciendo que sí y que sí, yo bebiendo agua de estrellas, incapaz de concentrarme en nada que no fuera esa mano que se escondía en mi espalda como jugando al cuclí, cuclí, quién está detrás de mí.

—Caballo verde —le dije de golpe.

Ella no reaccionó y siguió enumerando tareas; al parecer no conocía el cuento del caballo verde, que va más o menos así, érase una vez un caballero que deseaba locamente a una cierta dama pero no hallaba cómo decírselo, así que planeó una estrategia. Pintaría su caballo de verde y se pararía en el lugar por donde ella pasaba cada mañana camino a la iglesia. Al ver ese extraño caballo, la dama preguntaría: noble caballero, ¿por qué has pintado tu caballo de verde? Y él respondería: bella dama, porque verde es el color de la esperanza. Y ella: ¿esperanza, dices? ¿Y qué esperáis, noble caballero? Y él: espero el glorioso día en que pueda gozar de vuestro amor. Ya con el plan trazado, el caballero pinta su caballo de verde y se para cerca de la iglesia. Pasa la dama y pregunta: noble caballero, ¿por qué has pintado tu caballo de verde? Y él responde enseguida: para acostarme con vos.

Zahra Bayda siguió impávida, el caballo verde no la conmovió, evidentemente no conocía ese cuento y pasó por alto la indirecta insinuación de cama. Intento fallido de mi parte. Mejor así, mejor dejar la cosa de ese tamaño, olvidarme de la mano juguetona, abandonar las especulaciones inútiles y concentrarme más bien en la lista del mercado. El mar había empezado a rugir. Nos habíamos alejado demasiado de la casa y urgía volver atrás.

Mientras regresábamos, Zahra Bayda se apartó de mí y echó a caminar un paso más adelante. Sin voltear a mirar empezó a contarme, no sé a raíz de qué, algo que me dejó perplejo en ese momento y hasta el día de hoy. Tenía que ver con el pasado episodio de la matanza en el campamento etíope. De la primera parte de su relato ya me había enterado yo por otra vía; ya sabía que ella y Pau Cor d'Or habían encontrado heridos a tres de los asesinos y los habían curado. Pero no había sucedido sólo eso, ahora me enteraba de más.

—En realidad no curamos a los tres —me aclaró Zahra Bayda mientras recogía caracolitos y los tiraba al mar—. Sólo a dos.

—¿Y el otro?

—El otro era el más viejo. Estaba muy malherido, con las costillas rotas y el cráneo tal vez también. Las mujeres habían alcanzado a propinarle una paliza mortal. Pau y yo hicimos lo que pudimos, pero el viejo murió al rato. A los otros dos tipos se los habían llevado ya y Pau y yo no sabíamos qué hacer con el muerto, o sea, no nos poníamos de acuerdo sobre dónde debíamos enterrarlo. ¿Junto con las mujeres y los niños? O lejos de allí... Finalmente lo enterramos con ellas.

—¡¿Con las víctimas a las que él mismo había violado y masacrado!? —me espantó la idea—. No entiendo. Pero por qué...

—Por ninguna razón, en realidad. Lo debatimos bastante, Pau y yo, sin llegar a una conclusión. ¿Qué nos llevó a enterrarlo allí, al lado de ellas? No sé. Lo hicimos por intuición, supongo; algo parecía indicar que era lo mejor. Enterrarlo lejos de ellas hubiera sido como dejar abierta la acechanza, la presencia amenazante de ese verdugo que iba a permanecer a la espera, ahí afuera, eternamente... En cambio, si estaban juntos, tal vez...

—¿Tal vez el viejo podría pedir perdón? ¿Tal vez las mujeres llegarían a conocerlo, e incluso a perdonarlo? ¿Algo así?

Zahra Bayda no dijo más, y todavía hoy yo sigo meditando en ello. Tal vez en otra vida, en otro tiempo, en otro mundo, aquel viejo cruel hubiera podido convertirse en un padre para esas mujeres y en un abuelo para sus hijos. Tal vez.

¿Cuántas veces por minuto pronuncia Zahra Bayda esa frase, *Pau y yo*, que me lastima los oídos? Pau y yo, Pau y yo.

—Confiésalo, hay algo entre Pau y tú —le solté a bocajarro.

—Cómo se te ocurre.

—Se me ocurre. ¿Y ese pésimo óleo, en el que te pintó con el hombro descubierto?

—Qué te disgustó, ¿el óleo o el hombro?

—Buen hombro, mal óleo.

—No es tan malo el retrato ese.

—Se parece tanto a ti como mi abuela a una bicicleta.

—Pero bien que me reconociste, ¿no? Dónde lo viste.

—En el fondo de unos anaqueles, en la otra casa. Yo andaba buscando unos alicates y encontré el rollo de los lienzos de Pau, gran artista, todo un Picasso.

—No te burles.

—Yo ya sabía que él era aficionado a la pintura, pero no sabía que te pintara en poses insinuantes. Ahí estaba tu retrato, escondido entre los otros, todos feos y melodramáticos.

—Feos tal vez. ¿Melodramáticos por qué?

—Curtidos rostros árabes con un punto blanco en la pupila a manera de destello; niños solitarios; mujeres perdidas en lontananza. Sólo le faltó el payaso que llora.

Me había sorprendido que Cor d'Or mantuviera tan escondidas sus pinturas, y le había preguntado a Mirza Hussain si él permitiría que alguien hiciera un retrato al óleo de su persona. Sin titubear me había respondido que no, nunca jamás, porque, según la ley islámica, las imágenes pertenecen a la idolatría. Me había explicado que en el Yemen se habían venerado ídolos hasta el día de la aparición del Profeta, que, inspirado por el Altísimo para difundir la luz en las tinieblas, censuró la difusión de imágenes de hombres o mujeres, de animales, plantas o astros, y con palabras de fuego encendió una hoguera que redujo a cenizas todas las grotescas representaciones.

La explicación de Mirza Hussain dejaba en claro por qué Pau era artista clandestino: a Turbante Negro no le hubiera gustado conocer sus cuadros.

—No me mientas, Zahra Bayda —le dije esa noche, a orillas del mar Rojo—, confiesa que entre Pau y tú hay algo.

—Hace mucho. Algo.

—¿Algo, o una relación?

—Si quieres saber, puedes hacerme preguntas. Pero sólo voy a responder sí o no.

—Va la primera pregunta: una relación, tuya con Cor d'Or.

—Quién es Cor d'Or.

—El hombre al mando, el catalán del corazón de oro. ¿No lo recuerdas? Cor d'Or, tu ídolo.

—No le digas así, se llama Pau.

—Debes contestar sí o no.

—¿Cuál es la premisa?

—Una relación entre Pau y tú.

—La respuesta es sí.

—Una relación larga y feliz.

—No.

—Corta e infeliz.

—No.

—¿Corta y feliz?

—Larga, un poco feliz y un poco infeliz.

—En el presente o en el pasado.

—Sólo respondo sí o no.

—Presente.

—No.

—¿Pasado?

—Sí.

—¿Y ya no queda nada?

—Nada.

—¿Nada de nada?

—*Rien de rien.* Cuando llevas este tipo de vida, el amor es..., ¿cómo te explico?... El amor es otro tipo de amor. No es apego a alguien específico, es más bien un encoñe ambiental.

—¿Encoñe ambiental?

—Andas enamorado de todo y de todos, de vivir al filo, de la relación tan estrecha con la gente, de la posibilidad de ayudar, de las realidades desbocadas...

—Lo que Rilke llamó la sangre del máximo giro...

—Eso es. Te vuelves adicto a ese clima, a ese máximo giro, ¿entiendes?

—Más o menos. Te encoñas con el clima y follas con el máximo giro.

—O con alguien que comparta contigo todo ese tumulto y lo viva con la misma intensidad.

—Y qué pasa con el cuadro aquel, el del hombro desnudo...

—Sí.

—¿Sí qué?

—Sí, nada. Estás de chacota y no voy a responder más. Cambiemos de tema.

No insistí, y cambiamos de tema. Ya estábamos frente a la casa y a punto de entrar cuando a Zahra Bayda le dio por meterse más bien al mar. En el agua oscura la tela de la abaya se le pegaba al cuerpo y la hacía parecer más desnuda que si estuviera desnuda; *draperie mouillée*, velo drapeado que les da fluidez a las formas y las vuelve más insinuantes y misteriosas.

Superada la sorpresa, me quité la ropa, corrí hasta la orilla y me zambullí yo también. A Zahra Bayda verme correr desnudo le produjo hilaridad: risa de niña en cuerpazo de mujer.

—¡Qué grande eres y qué peludo! —me gritaba—, pareces un oso, Bos Mutas.

—*Ursus mutas sum... Ursus mutas et nudus in mare et in noctis medio sum!*

Zahra Bayda inclinaba hacia delante la cabeza y la hundía en el mar para volver a sacarla echándola hacia atrás de un solo envión, haciendo que su pelo largo y mojado se desplegara en el aire como la aleta dorsal de un pez. La abaya flotaba en torno suyo como la umbrela de una medusa. Bajo el agua y al vaivén de la marea, sus piezas anatómicas se mecían libres y formidables.

—El hombre, como el oso, entre más feo más hermoso —me gritó.

—Reconoces que te parezco hermoso.

—Sólo dije que pareces oso.

El agua acerca los cuerpos y genera leyes del contacto distintas a las de la tierra. En el agua, como en el baile o en la infancia, se pierden las restricciones y los humanos se tocan unos a otros y sin reservas ni implicaciones. Esa noche en el mar, Zahra Bayda y yo fuimos dos monstruos marinos que jugueteaban y chapoteaban. Era pura delicia la sensualidad de su espalda rematada en nalgas calipigias, que asomaban entre la espuma y brillaban con la luna. *Calipigio*, fundamental adjetivo que no figura en nuestros diccionarios. Proviene del griego *kallos*, bello, y *pyge*, nalgas, y en ese momento pensé que era el único adjetivo apto para describir su trasero glorioso, redondo y firme; no por nada los griegos lo utilizaron para calificar a la marmórea Afrodita Calipigia, que se levanta el peplo hasta la cintura y mira hacia atrás, como invitando a la observación de sus nalgas olímpicas.

—Tus nalgas no figuran en el diccionario —le grité a Zahra Bayda.

—Qué te pasa con mis nalgas —gritó ella, y seguimos echándonos agua a manotazos.

Era una diversión de lo más infantil, meros chapuzones de piscina, pero a mí todo el asunto me resultaba muy erótico, como retozo de delfines cachondos. En ésas estábamos cuando nos sorprendió ver a lo lejos, en el agua y en medio de la noche, grandes pájaros negros de chapoteos nerviosos. ¿Fantasmas en la niebla? Nos fijamos más: eran mujeres. Se bañaban en el mar con la ropa puesta, según la restricción obligada: las yemeníes se bañan a oscuras, tapadas y cuando nadie puede verlas. Estaban tan lejos que no alcanzaban a detallar nuestras facciones ni a reconocernos, pero tan cerca que las mismas olas que pasaban por sus cuerpos venían a reventar contra los nuestros.

Zahra Bayda lo entendió como señal de alerta.

—¡A casa! —soltó una de sus órdenes de sargento, me dio la espalda y se alejó hacia la orilla con un bonito contoneo, notable para ser de sargento.

—Vaya, vaya, señora —le grité—, quién iba a saber que era usted tan bella.

Las olas, antes apacibles y juguetonas, habían ido creciendo hasta convertirse en blancos muros de espuma. Zahra Bayda, que había entrado a la casa, regresó trayendo una toalla para que yo me secara al salir del agua. ¿Se divertía confundiendo mis sentimientos? A veces era autoritaria como un militar y otras veces bienhechora como una madre: mezcla inquietante.

El rato transcurrido con ella en el mar había logrado difuminar la carga reciente de dolor y muerte. Cerré los ojos y pensé: esta noche no volverá a repetirse, y la euforia de momentos antes se volvió melancolía.

—Tuve un amigo, era preso político —me contó ya en casa Zahra Bayda, después de ducharse.

Se había puesto la enorme camiseta con el logo de Batman, ya molida por el uso, que usaba como piyama. Llevaba el pelo envuelto en una toalla, venía olorosa a agua de lavanda y, fiel a su costumbre de echarse talco en los pies, iba dejando huellas blancas por el piso. Me gustó. Me gustó la sabrosa desenvoltura de su estar doméstico.

—¿Quieres té? —dijo.

—¿Quiero qué? —pregunté con demasiado énfasis, como si me hubiera ofrecido otra cosa.

—Té, menso, ¿quieres té? —repitió alzando el brazo hacia la repisa para alcanzar la tetera. Me entusiasmó la visión de su axila, tan desnuda y peligrosa como una flor carnívora.

—Qué pasó con tu preso político —le pregunté poniendo azúcar en mi taza y unas gotas de leche en la suya.

—Estuvo en la cárcel hasta que murió. Poco antes, me había mandado una postal que decía: siempre habrá un mar para lavar el alma.

—¿Siempre habrá un mar?, ¿estás segura?

—Sí, siempre habrá.

La tomé de la mano.

—Y qué más habrá —le pregunté.

—Tú dirás.

Tú dirás: ése fue el santo y seña que dio entrada a lo que siguió, el aluvión de deseo que estalló como pólvora navideña en fiestas de barrio. Tú dirás. Sí, Zahra Bayda, yo diría. Y yo haría, y tú dirías y harías, y sin saber cómo ya estábamos juntos y encerrados en mi cuarto, y por fin empezaba aquello tan esperado, tan largo tiempo represado, y que, según me enteraba ahora, había sido recíproco casi desde el principio. La mucha ansiedad, constreñida en un espacio de tres metros por cuatro, producía movimientos ávidos y avances atropellados; eso, más cierta torpeza corporal propia de la gente muy alta, que cuando hace el amor tiende a conformar geometrías obtusas y coreografías más bien cómicas. Cómo puedo describir esa noche, *¿Furia de titanes?* Pues eso, *Clash of the titans* en un catre estrecho que aguantaba mal el impacto y crujía, mientras nosotros celebrábamos cada victoria con gritos tribales que la almohada no alcanzaba a ahogar. A todas éstas, allá, muy en el fondo de mi cerebro, trataba de abrirse campo un pensamiento fugaz: Pau nos va a matar, una noche de amor no debe ser ruidosa cuando compartes vivienda con otros cuatro.

Pau nos iba a matar, si no por celos, sí por ese escándalo en esa pequeña casa donde el resto de los inquilinos intentaban dormir, y donde los tabiques de pladur eran el débil resguardo de la intimidad. En algún momento, Zahra Bayda y yo atravesamos en puntillas el corredor para mudarnos de mi cama a la suya, que estaba al otro lado pero era doble y más apta para una última ronda, ya menos impulsiva, más decantada. Pero antes pasamos por el baño y después por la cocina a tomar agua, y entre una cosa, la otra y la otra, se nos fue la noche y la madrugada nos encontró dormidos y abrazados.

Pau nos despertó poco después, golpeando a la puerta de la habitación. La entreabrió y vio a Zahra Bayda entre mis brazos, su cuerpo erizado por el soplo del ventilador y su piel oscura más oscura aún por contraste con lo blanco de las sábanas. Pau traía un par de tazas de café que colocó sobre una mesita, sin decir nada. Luego, procurando no hacer ruido, dejó una hoja de papel a los pies de la cama y volvió a cerrar la puerta.

Por la ventana entró la luz rosa del amanecer, hora hermética según los griegos, porque Hermes nace en ese primer instante del día, cuando el sol despunta tiñendo el cielo del resplandor más dulce.

Zahra Bayda leyó la nota en voz alta. Era un aviso de los talibanes. Anunciaba muerte para la mujer que andaba de noche en la playa con un hombre que no era su marido.

Nos vestimos para hablar con Pau, pero había salido ya. La gente de la casa, discreta como siempre, no se quejó del escándalo que habíamos armado a la noche, ni siquiera lo mencionó. O tal vez sí, tal vez hubo protesta, pero nosotros no nos dimos cuenta; a Zahra Bayda y a mí todo nos parecía irreal, salvo nuestra propia felicidad. Andábamos tan contentos que todo nos daba risa, hasta la amenaza talibán. En cambio, a Pau aquello no le hacía gracia, según nos enteramos hacia el mediodía, cuando pudimos sentarnos a conversar con él y acordamos evitar un atentado adelantando unos días el viaje que Zahra Bayda tenía pendiente a Barcelona, donde participaría en una reunión general de MSF y asistiría al grado de su hija Iftiin. Antes, ella y yo haríamos escala en Addis Abeba y pasaríamos cinco días en Etiopía; yo la acompañaría en ese tramo de la gira. Por el momento, teníamos que emprenderla por carretera hasta Sana'a; lo fundamental era salir lo antes posible de donde estábamos.

Para no llamar la atención, Zahra Bayda se cubrió enteramente en ropa negra, como una yemení. Se veía extraña y se movía distinto, como si fuera otra. Yo no veía la hora de que se quitara ese luto y volviera a ser ella, en una de esas coloridas túnicas africanas que le liberaban los brazos, le agilizaban el paso y le devolvían ese quiebre de cadera que tanto me enamoraba. No importaba, nada importaba, nada podía ensombrecer ese instante en que el mundo nos parecía un lugar alegre. Aunque iba vestida como una viuda o una monja, Zahra Bayda me miró y soltó la risa, exactamente la misma risa que soltaba cuando iba vestida de africana.

Llegamos a Sana'a a tiempo para tomar el avión. Dejamos atrás la ciudad hundida en su guerra contra el enemigo invisible, como en una secuencia de *The Twilight Zone*, cuando a la hora del desayuno alguien, en algún país remoto, aprieta un botón y aquí un niño muere. En Sana'a ardía el aire y quedaban estampadas grandes bocas negras bajo el bombardeo. Un joven le decía a su novia muerta: vas a tu destino, amor mío. En el centelleo de un instante, las torres trituraban entre escombros a sus habitantes. Los muertos eran tantos que no había ceremonia para ellos. El humo subía en espirales y el polvo se posaba en las almohadas. Esa misma rutina se repetía a diario, sencilla, sin remordimientos, como cuando un niño abúlico se aburre de sus juguetes y los patea.

La Liga del Hacha

... con toda su muerte a cuestas.

FEDERICO GARCÍA LORCA

La luz de un eterno otoño tiñe el desierto de tonos excrementicios: los ocres terminales, el rojo sangre, el negro tierra, el verde tornasolado de los procesos de descomposición, el morado de las vísceras, el rubio cenizo de la arena, el azul inexistente del éter, el dorado luminoso del ámbar, el dorado venenoso del escorpión. Los cargamentos de incienso valen su peso en oro y, para eludir asaltantes y emboscadas, Pata de Cabra encauza sus caravanas por rutas secretas y parajes ocultos donde el aire y la arena, bailando en espirales, han ido esculpiendo arquitecturas góticas. Por fuera, la sucesión de mogotes y altos picos parece desfile de caballeros antiguos. Por dentro, se abren cavernas y cuevas trogloditicas que sirven de refugio y trinchera natural. Algunos de estos picos presentan silueta de torre o de alfil, otros se retuercen amelcochados o se achatan acampanados. Los hay rebuscados o sutiles, rematados en forma de colmena o nido de cigüeña, geométricos como domos geodésicos, orgánicos como hongos enormes o helechos prehistóricos. Blancas lunas de piedra iluminan el cielo y abajo el paisaje es mero artificio: cara elegante de la nada.

Mientras Pata de Cabra —Señora del Olíbano y Gran Agá Caravanera— se ocupa de perfumes, inciensos, travesías y mercadeos, en el reino de Saba se ha gestado una confabulación a sus espaldas. Lo que se veía venir ya vino: el Matarife y la Doncella han pactado en secreto contra ella, en alianza *non sancta* que en los círculos clandestinos se conoce como la Liga del Hacha. Un simple intercambio de frases cortas les ha bastado a esos dos para sellar alianza. Apenas un par de frases, cargadas de implicaciones:

—Pata de Cabra es la cabra —sentencia el Matarife.

—Sí, Pata de Cabra es la cabra —asiente la Doncella.

La rivalidad entre la reina madre y la princesa desheredada se viene desgastando en un eterno empate, pero ahora la entrada de un tercero en escena desnivela la báscula.

El Matarife, que empezó despiezando borregos y de ahí saltó a oficiar ritos cruentos, ha dado un paso más en su ascenso vertiginoso y ahora dirige el Ejército. Listo como el hambre, ha descubierto la urgencia de complementar lo religioso con lo militar. La fe con la fuerza. La fuerza con la fe. Aun así, su plan todavía no sale redondo; algo le sobra y algo le falta. Está clarísimo qué es lo que le sobra. Le sobra Pata de Cabra, que controla toda la riqueza del reino mientras que a ella nadie la controla. Liquidando a Pata de Cabra, el excarnicero podrá completar la tríada del triunfo: fe, fuerza y riqueza. ¿Y qué le falta? Le falta tradición y legitimidad. Como todo advenedizo, el Matarife carece de esas dos condiciones indispensables, que ahora pretende conseguir ganándose el respaldo de la Doncella, jefa del viejo régimen y cabeza de la monarquía milenaria.

En cuanto a atributos personales, el excarnicero cumple a cabalidad con el perfil de tirano. Es un camaján alto y grueso, patán y violento, que escupe por el colmillo y exuda sudor rancio. Un gorila de pelo en pecho.

—Pero carilindo al mismo tiempo —señalan las alaleishos—. ¿Cómo no dar crédito a sus ojitos de capulí, a sus pestañas en abanico, su nariz respingona y su sonrisa sarcástica de labios finos y dientes casi completos?

Hipersexual y hormonado, el Matarife es adicto también al juego, a la comida y a la sangre. Por naturaleza abundantoso y carnudo, rezuma virilidad por cada poro: es lo que se dice un gordo buenón. *Boccato di cardinale*. Polvazo fenomenal, insaciable, exorbitante. Modales brutos de macho tóxico. Guerrero inclemente y dotado para el mando, ha reclutado al ejército más profesional que se conoce hasta entonces, tan disciplinado y sanguinario que a su paso se estremecen los cimientos del desierto. El Matarife conduce sus huestes blandiendo con la zurda la hachuela de carnicero. De joven no aprendió básicamente nada, salvo a manejar esa herramienta, burda si las hay, pero que le ha permitido llegar hasta donde está. Dicen que no derramó una lágrima al perder la diestra de un mal golpe de machete; hombre que no sabe llorar es propenso a hacer llorar a los demás. Se ha desembarazado de todo título rimbombante, ya no demuestra interés en ser Hijo de Antares, ni Rey de la Luz, ni su puta madre. Ahora va directo al grano: se ha hecho nombrar Sumo Pontífice y Comandante en Jefe del Ejército confabulado. Ya no carga con la parafernalia superflua que lo sedujo en sus tiempos de arribista y *amateur*, ¡fuera alto tocado púrpura, casulla, cinturón litúrgico, alba y estola! Lo que no sirva que no estorbe. Ya no quiere andarse con disfraces, está aquí para vencer y no para jugar a los soldaditos de plomo. Tiene suficiente con el hacha bien afilada, el alarido horrendo, el gorro de amotinado y el viejo mandil negro, apestoso a mortecino y entrapado en sangre. Cuando oficia de pontífice, ya no anda incómodo con casullas, cíngulos, estolas ni altísimos capirotes. Ha comprendido que no hace falta inspirar amor, admiración o respeto: basta con fomentar la culpa y meter miedo. Culpa y miedo, ésa es su fórmula ganadora. En épocas posteriores, los emperadores romanos optarán por pan y circo. Pero eso será después; el Matarife, caudillo primitivo, se queda con culpa y miedo. Cuenta con la complicidad de los dioses, que con rayos iracundos fomentan el temor a las alturas, el remordimiento de conciencia y la confianza en el sacrificio como fuente de perdón y redención. Que las gentes se confiesen, se arrodillen, se azoten y no paren de confesarse, que caigan en un círculo de culpabilidad neurótica que no se pueda pagar ni se logre lavar.

En cuanto a la Doncella, la otra pata de la liga justiciera, ¿qué la lleva a pactar con el canalla, precisamente a ella, tan fina y altiva y de sangre tan azul, ella, la más dediparada de todos, la más tiquismiquis? Si el rey de Jerusalén le pareció insignificante, en el carnicero de marras tendría que ver poco más que un insecto, una larva, una baba. Pero las alaleishos aseguran otra cosa. Dicen que, aunque un poco tarde, la Doncella descubre en el Matarife los estremecimientos del deseo y los placeres de la carne, y que ante el llamado del macho se ha vuelto toda melindres, se deshace en flirteos, se entrega a una sexualidad desfachatada. No se perdona el haber desperdiciado tanta belleza y juventud, tanto tiempo invertido en pudores y virginidades, tanta suavidad de piel sin una mano que la acariciara. Ése es el chisme que riegan las alaleishos, y aseguran que la Liga del Hacha se ha pactado más en la cama que en el campo de batalla.

Quienes eso dicen no conocen a la Doncella. Su corazón de hielo y cristal no se permite flaquezas ni se presta a tropiezos sentimentales. Para ella, el Matarife no pasa de ser un asesino, un mal tan repugnante como necesario, un instrumento que ella utiliza para su propio propósito: acabar con Pata de Cabra. El odio hacia la princesa es la única afinidad entre la Doncella y el carnicero, a quienes no une el amor, sino el espanto, dice Borges. ¡Qué equivocadas están las alaleishos! No comprenden que la furia perdurable no está en él, sino en ella. En su altiva quietud, la Doncella es la auténtica tolvanera que todo lo tritura. El verdadero poder reside en ella y en su matriarcado atávico. Un recién llegado como el Matarife cumple con un papel apenas circunstancial. En el eterno reino de Saba, la intromisión masculina es tan pasajera como una nube solitaria en un cielo despejado. La Doncella es la papisa roja, el odio más ardiente, el corazón que más late. El Matarife desparrama sangre, ingiere carne cruda, encabeza desfiles y ceremonias: monta el show. Pero tras bambalinas, es la Doncella quien orquesta el trance, la oleada histérica, la posesión divina o demoníaca. Ella permanece en su sitio y deja que el Matarife se agite, se crezca, se exponga y se engolosine con el espejismo de su propia gloria. Ella lo tiene ahí para que borre a Pata de Cabra de la historia y del mapa, y una vez cumplido el encargo, adiós al esbirro, si te he visto no me acuerdo, ya puedes volver a tu sucio callejón y al fétido degolladero de donde saliste. *¿Boccato di cardinale*, el Matarife? Sí, porque la Doncella piensa engullirlo de un bocado, o como quien dice: se lo tragará, escupirá la pepa y *se pasará la lengua por los labios, lenta y gozosamente se pasará la lengua por los labios.*[50]

Todo eso sucederá, probablemente. Más adelante vendrá ese pulso a muerte entre el Matarife y la Doncella. Pero eso será después, en otra leyenda. Por ahora, la Liga del Hacha sigue atada y bien atada, acumulando fuerza y preparándose poco a poco, sin prisa, paso a paso, sembrando el desierto de aras que se volverán altares, que serán ermitas y después capillas, sinagogas, mezquitas, iglesias que luego serán templos, mecas y catedrales, y más adelante basílicas y vaticanos. Y al lado irán surgiendo las barricadas y trincheras, los cuarteles que luego serán brigadas y fortalezas, cárceles que devendrán en panópticos, campos de concentración, altos muros, alambradas. Los confesionarios y flagelaciones darán lugar a interrogatorios e inquisiciones, tribunales supremos y juicios sumarios, delaciones y lapidaciones, patíbulos y hogueras, sótanos de tortura y centros de inteligencia, *secret services*, operaciones especiales, Mossads, KGB, CIAS, DEAS.

Todo eso vendrá. Vendrá con paciencia y un ganchito. Vendrá con el tiempo y un palito.

Pata de Cabra, que no es tonta ni está desinformada, va montando su propia defensa, que de hecho ya tiene activada desde hace tiempo; sus cuadrillas de caravaneros operan como fuerza guerrillera. Atacan acá y enseguida se esconden. Dan un golpe allá y se hacen humo. Revolotean como la mariposa, pican como el mosquito, tiran el *uppercut* y esconden el puño. Su movilidad desconcierta al paquidérmico Ejército de la Liga. A Pata de Cabra, la princesa nómada, la tiene sin cuidado la defensa del territorio, lo suyo es el control de los caminos, de las vías de acceso, los estrechos, las rutas marítimas. Ha descubierto regiones ignotas donde el olíbano se da tan bien como en el Hadramaut originario y ahora diversifica la producción, descentraliza. Divide las rutas únicas en una telaraña de vías subsidiarias y ya no transporta la carga sólo por tierra y en camellos, también por mar y en naves mercantes. Ha extendido el comercio hacia otras latitudes, conquistando el mercado egipcio, el babilónico y el mediterráneo.

Sus cuadrillas móviles cuentan con poderosos aliados naturales como el simún, el siroco, la rosa de los vientos, los temblores de tierra, los diluvios, los incendios. Si el enemigo pretende atacar de frente, le caen por detrás; su ubicuidad lo anonada. Pata de Cabra elude la batalla campal y le apuesta en cambio a la pequeña escala, con hostigamientos sorpresivos y enervantes. Sabe volverse invisible: durante el día la luz la encubre y en las noches la oscuridad la arropa. Opera con la liviandad de una aparición: centellea, deslumbra, golpea y desaparece. Emboscadas, incursiones y sabotajes son su especialización. La continua resistencia contra piratas, atracadores de caminos y grandes clanes ha sido escuela insuperable. Poco puede hacer la Liga del Hacha contra las tácticas fantasmales de Pata de Cabra y su tropa inasible de guías, avanzadillas y retaguardias, camelleros, arrieros, jinetes, pastores y aguateros, que conocen el desierto como la palma de la mano y están acostumbrados a sus rigores. Años de trashumancia les han enseñado a ser ágiles e impredecibles.

El escenario está montado. En los prolegómenos de la batalla, antes de dar la orden de ataque, Atru, el Matarife, inmola al ciervo blanco frente a las filas de su ejército. El sacrificio de la criatura inocente evoca de antemano la sangre que correrá en la brutalidad de la batalla, la caída en una confusión de rabia y pánico, el horror del frenesí asesino.

Una vez oficiado ese ritual, estalla la guerra en pleno furor. Se borran los límites entre la vida y la muerte, el orden y el caos. No hay pautas que regulen la virulencia del enfrentamiento; la población entera, hombres y mujeres, ancianos, jóvenes y niños se ven arrojados a la barbarie y el exterminio. La violencia, una vez desatada, no necesita razones ni respeta cauces: se desboca por caminos imprevistos y se esparce por todo el desierto, convirtiéndolo en una gran llanura de furia y llamas.

Si Pata de Cabra no tuviera corazón, nunca la habrían derrotado.

—Pero tiene un corazón que la hizo vulnerable —lloran las alaleishos—, su corazón es su talón de Aquiles.

—¡Ay, ay, ay! ¡Tiene un corazón de Aquiles que la hace en extremo vulnerable!

Una anciana nodriza se le filtra por entre las filas de la defensa. Nadie desconfía de la vieja ni le tranca el paso, porque dice traer un mensaje de vida o muerte de parte de Alegría para Pata de Cabra, quien ordena vía libre enseguida. ¡Que pase la nodriza! ¡No la detengan! Trae noticias de Alegría, su adorada hermanita Alfarah, que ha logrado escapar de Mamlakat Aldam para ponerse a salvo de su aborrecible madre, y ahora envía a esta emisaria pidiendo auxilio. Según la nodriza, Alfarah está escondida en una cueva profunda y solicita que su hermana, la invicta Pata de Cabra, venga lo antes posible a rescatarla. Pero debe venir sola, sin ruido ni aspavientos, sin escoltas ni cuadrillas que den la voz de alerta, el encuentro tiene que llevarse a cabo con el mayor sigilo. La vieja y noble nodriza guiará a Pata de Cabra por trochas de montaña hasta el lugar donde Alfarah la espera.

¡Mi hermana Alegría corre peligro! El corazón de Pata de Cabra se encoge de sólo pensarlo. La vieja nodriza, mujer de buena fe y de toda confianza, se acerca a Pata de Cabra con un objeto que pone en su mano para que no dude de la autenticidad de la encomienda. Se trata de aquel escarabajo de amatista con una leyenda inscrita, el mismo que hace mucho Pata de Cabra le regaló a su hermana, objeto secreto y sagrado, pacto de amor entre ellas. Prueba suficiente.

Pata de Cabra accede. Acudirá a la cita propuesta, claro que acudirá, aunque tenga que desoír las advertencias de sus ministros y el consejo de sus generales, que sopesan los peligros y son conscientes del riesgo de una emboscada. Ella los ignora. Acudirá a esa cita como sea y donde sea, lo decide sin pensarlo dos veces, y en el instante en que toma la decisión, lanza al aire la moneda de su destino.

Que sea lo que tenga que ser, al diablo precauciones y recelos, Pata de Cabra hace mucho que no ve a su hermana adorada, no ha sabido nada de ella durante estos tiempos tormentosos e inseguros, y la incertidumbre la mantiene angustiada. La posibilidad del reencuentro enternece su alma curtida y revive en ella una chispa de felicidad que la guerra ha ido apagando. Además, siempre había sabido que tarde o temprano Alfarah la buscaría y que seguirían juntas de ahí en adelante; la confirmación y prueba de veracidad de que el momento ha llegado está en ese escarabajo de amatista que la vieja acaba de entregarle. No hay engaño. Alfarah ha crecido, y se ha convertido en una hermosa muchacha de espíritu independiente y corajuda que ha hecho credo y divisa de la leyenda del escarabajo: no tengas temor del universo. Su hermana mayor siempre ha sido su fascinación, su ídolo ausente, su modelo a seguir. Opuesta a la conflagración traidora de la Liga del Hacha, Alfarah ahora busca a Pata de Cabra para ofrecerle su compañía y respaldo incondicional. Las hermanas juntas podrán vencer a quien se interponga. En el abrazo de ambas está la derrota de la Doncella y su cómplice. A Pata de Cabra no le interesa recuperar el poder, un bien que no ansía, por el contrario, lo desdeña como lastre y atadura indeseable. No ha olvidado las palabras del cuarto Rey Mago, llamado el Hereje: un trono es una prisión. Acudirá a la cita con su hermana, lo hará inmediatamente, pero sólo por amor.

—Tan sabia nuestra Pata de Cabra, tan recorrida y experimentada —suspiran las alaleishos—, ¿y aún no sabe medir el alcance de la maldad de su madre?

Parte de las palabras de la nodriza son verdaderas, es cierto que Alegría ha huido de Mamlakat Aldam para buscar a su hermana, el constante presentimiento de Pata de Cabra tiene fundamento. Hasta ahí hace bien en confiar, recuerda bien la valentía con que las viejas exponían el pellejo para llevarle a la pequeña al encuentro, sabe que siempre han estado de su parte como cómplices incondicionales.

—¡Detente, Pata de Cabra! —le ruegan las alaleishos—. ¡Tu próximo paso puede ser fatal!

Pese a la advertencia, el raciocinio de Pata de Cabra sigue por el camino equivocado, su inteligencia se nubla y las consecuencias se le escapan. *Wishful thinking*, se le dice en inglés al pensamiento teñido de deseo: Pata de Cabra anhela el reencuentro, ergo cree que se dará. Pero la verdad es otra y es perversa, la verdad es que la Doncella se ha percatado del intento de fuga de su hija menor y ha ordenado que la persigan hasta alcanzarla. En la carrera loca por escapar, Alegría se cae del caballo y el golpe la mata.

La muerte de la hermana pequeña, ese dolor sin fondo ni nombre, ¿acaso Pata de Cabra no lo adivinaba ya? Tenía que haberlo sabido desde los tiempos en que los sueños se adelantaron a mostrarle el galope desbocado. Había augurios de tragedia en el exceso de belleza y brío del potro, en la chispa de fuego de sus ojos. Pata de Cabra venía escuchando el ruido de sus cascos como un eco insistente y sintiendo en carne casi propia el golpe seco en tierra como un crac de cántaro que se rompe. De antemano había experimentado la contusión en la cabeza, el tronar de la espina dorsal, el estertor de un cuerpo que era el mismo suyo, aunque no lo fuera. Todo, todo lo vio Pata de Cabra en un centelleo sonámbulo que olvidó enseguida al despertar, espantando la pesadilla como quien saca del dormitorio una mariposa negra que se ha colado por la ventana abierta.

Lo que Pata de Cabra no adivina es que cuando la Doncella se entera del accidente mortal de su hija preferida enseguida convierte la pena en venganza: la muerte de Alegría será la tumba de Pata de Cabra. Entonces trama la mentira del encuentro, monta la patraña y manda a la vil nodriza con el escarabajo de amatista y el falso mensaje.

Si la maldad y la astucia de la Doncella son cosa sabida, y si una triquiñuela de este tipo era más que previsible, ¿qué pasa con los reflejos de Pata de Cabra? ¿Se han adormecido? ¿Por qué acude ciegamente a la cita nefasta? ¿Por qué se entrega de tan estúpida manera, ella, que es la zorra del desierto, la potranca del cielo, la indomable?

—Lo hace por cumplir con su destino —aseguran las alaleishos.

—¿Y cuál es su destino?

—El de todo mito que encarna.

Todo mito que encarna termina sacrificado. Jesús en la cruz, Prometeo encadenado para que un águila devore sus entrañas, Odín colgado bocabajo de la rama de un árbol, Osiris ahogado en el Nilo, Perséfone hundida en el Hades, el Fénix calcinado.

—¿Y Pata de Cabra?

—Pata de Cabra cae en la emboscada y es tomada prisionera. Sus dos enemigos celebran la captura a grandes voces y se apresuran a preparar el patíbulo.

Pata de Cabra será el cordero pascual, la víctima propiciatoria, y sobre su sangre derramada las dos facciones enfrentadas pactarán la paz. Se acabará el conflicto en el reino de Saba. El fin de la guerra quedará sellado con esta ceremonia, la inmolación de Pata de Cabra en un altar colocado sobre un montículo y a la vista de los dos Ejércitos en formación paralela, con los estandartes en alto y las armas depuestas. Sobre ellos se eleva la violencia, ingrávida y etérea como un himno, que se esparce elegante y abstracta por el aire. La violencia se ha olvidado ya de la guerra que hace un rato la ocupaba y ahora se centra exclusivamente en la víctima sacrificial.

A Pata de Cabra la llevan atada como al corderito aquel de Zurbarán. La han vestido de blanco, el color de la inocencia: ella es la cabra, el chivo purificador. Por orden expresa de la Doncella, que quiere ocultar la belleza de la hija, le han cubierto el rostro con un velo tupido. Disimulando su cojera lo más posible para no dar una imagen lastimera, Pata de Cabra avanza dignamente, en medio de los cánticos fúnebres, por un camellón bordeado por cien antorchas y otros tantos pebeteros humeantes. Sucede en la noche de Safar —o en las mil y una noches de Safar—, con el cielo teñido por las refulgencias rojas de Antares, la estrella conocida como Corazón que Sangra. El aire gélido del desierto se condensa en nubes de incienso. Incienso ritual, fragante, embriagador. Su propio incienso, el de Hadramaut, proveniente del olíbano que la propia Pata de Cabra descubrió, procesó y repartió por el mundo. ¿Acaso no dicen: siembra vientos y recogerás tempestades? Y también: cultiva el olíbano y serás sacrificada. Así estaba escrito, y así está sucediendo. Todo pasa por algo, nada pasa para nada.

Según las alaleishos, Pata de Cabra camina hacia el cadalso como abstraída, en estado extático, en plena comprensión del significado. ¿Significado de qué? De algo, de todo, de nada. Sabe que su tiempo ha concluido, este tiempo del ahora, y que tendrá que bajar hasta el fondo para volver a emerger y recomenzar. Ya conoce el centro más oscuro de la tierra, ya ha estado allí, no se amedrenta. Aprieta en la mano el escarabajo de amatista y asume el mandato que encierra, *no tengas temor del universo*, y tampoco de la muerte, que es parte del todo, doble cara de una misma moneda, vieja y mansa muerte que a ella le es familiar. Pata de Cabra es pionera del *ars moriendi*, el arte del buen morir, o sabiduría de entregarse con elegancia a una partida que nunca es terminal sino apenas transitoria, puerta abierta hacia otro lugar.

Sí, sí, todo eso está claro, más claro que el agua, pero ¿y el dolor? ¿El pavor que se adueña de un cuerpo que va a ser atormentado? ¿Cómo aguantar el dolor, ese bautizo de fuego, esa pena que corroe los huesos, ese lento taladro que va penetrando? Una muerte rápida, vaya y pase. Pero el dolor, ¿qué hacer con el martirio del dolor? El cuello de Pata de Cabra presiente la caricia del filo, el tajo del hacha, y un instante de pánico la paraliza. Un solo instante. Enseguida se recompone y avanza erguida ante la mirada de todos los pueblos del desierto, los que la veneran y los que la aborrecen, los que la persiguen y los que la obedecen, mezclados unos con otros en la multitud expectante que cubre la inmensa planicie en torno al montículo.

¿Así que éste es el triste desenlace de la larga historia, el innoble final del mito? No, es apenas su repetición, cíclica y *ad infinitum*. Las criaturas míticas son eternas, al igual que los dioses, siempre y cuando paguen por ello una alta cuota de padecimiento: la repetición de la muerte una y otra vez, año tras año. Como Jesús en la cruz. Como Perséfone, obligada a habitar en las profundidades del Hades. Como el Fénix carbonizado, o Eneas sometido a un *descensus ad inferos*. Osiris, ahogado en el Nilo. Odín, colgado patas arriba de un árbol. Así también Pata de Cabra, princesa de Saba, degollada con hacha de carnicero.

Todo mito quema.

Todo mito quema y se quema.

Pero ahí no queda la cosa. El dios que muere en Viernes Santo resucita en Domingo de Pascua. Si Proserpina baja al Hades cada invierno es para ascender jubilosa en primavera. El ave Fénix renace de sus cenizas. A Osiris, el descuartizado, vuelven a armarlo como un rompecabezas. Eneas regresa ileso y triunfal del infierno, y Odín se descuelga del árbol iluminado por el Conocimiento. Así también Pata de Cabra, princesa de Saba, mi Reina Mora, Señora del Sol Naciente, Madonnina della Mandorla y Heroína de los Pueblos de la Aurora, que será degollada como un corderillo cada vez que Antares enrojezca el cielo, pero volverá a surgir a la mañana siguiente en plenitud de belleza, vitalidad y fuerza.

Arriba, desde los techos de su palacio, la Doncella presencia la ceremonia del degüello. Se arropa en el manto de espuma, sobre el pecho lleva el collar de lágrimas, en la diestra sostiene la palma verde y en la siniestra la copa de agua del olvido. El óvalo perfecto de su rostro, de impasible belleza, no denota ningún sentimiento. Abajo, frente al altar, el Matarife se hincha de orgullo porque va a ser él quien ejecute personalmente la sentencia. Por todo atuendo ceremonial trae el mandil negro de siempre, pero en la cabeza, en lugar del gorro frigio, luce la prenda de la infamia, el disfraz de la muerte solapada: el capuchón del verdugo, que le cubre toda la cara, salvo sendos agujeros para los ojos, que chispean. Lo extraño del caso es que el Matarife se quita el capuchón de un manotazo antes de retirarle velo y túnica a Pata de Cabra y recogerle el pelo para despejar la nuca que va a hendir con la hachuela. Contra todo el protocolo requerido, el Matarife se ha quitado la capucha y ha descubierto su rostro ante la mirada de la concurrencia. ¿Para qué este gesto inusitado? ¿Para acentuar la crueldad, o en señal de respeto hacia la víctima?

Según las alaleishos, fue un ademán instintivo ante la sorpresa que le produjo la belleza desnuda de la muchacha. En la palidez del trance, con las manos atadas atrás, desnuda hasta la cintura y ofreciendo con altivez su cuello de cisne, Pata de Cabra debía ser una aparición deslumbrante. Toda una revelación para quienes sólo la conocían encarajinada y envuelta en trapos negros. Al Matarife, varón erotizado, no se le pasa por alto la feroz sensualidad de la ocasión.

—Tú eres la muerta —le susurra al oído a Pata de Cabra—, y yo soy la Muerte.

Luego ejecuta el tajo casi con dulzura, como acto de seducción y en últimas de posesión, mientras Pata de Cabra se desgonza con levedad, sin espasmos ni lamentos. *Going gentle into that good night*, diría Dylan Thomas, entrando con suavidad en esa noche amable, como si dejara caer el cuerpo en brazos de alguien, como si la tierra que la recibe fuera blanda, como quien se despide desde un barco que se aleja mientras el viento agita el pañuelo del adiós. Es tan extrañamente armoniosa la escena, tan etérea en su coreografía, que la Doncella, desde su palacio, siente como si la traicionaran. ¿Debido a la rabia o a los celos? Eso nunca se sabrá.

¿Victoria para la pareja ruin? ¿Al final salen ganando los dos malvados, la Doncella y el Matarife? Más o menos, más o menos, también ellos morirán, si no es hoy, será mañana. Mal de muchos..., ya se sabe. Pero hay una diferencia: cuando éstos mueran, será para siempre. En cambio, Pata de Cabra emergerá de su martirio victoriosa, abrigada por la eternidad y convertida, gracias al filo del hacha, en ser mítico y sobrehumano. Al menos eso creen las alaleishos y se alegran por ella, porque saben que aquí no termina su historia.

Una de las tantas paradojas de Pata de Cabra, reina de Saba, es que en realidad nunca llega a ser reina, al menos no en esta vuelta de la espiral del mito; quizá en alguna de las próximas sí, aunque no es probable, porque corona y trono son bienes que ella no ansía ni ansiará. Además, el presente ciclo no se cierra aún, a Pata de Cabra le queda por cumplir un compromiso pendiente. Hay una cierta apuesta casada, que nadie ha perdido ni ganado.

Oración a Lucy

La peste llegó a Addis Abeba. La ciudad atraviesa por una cuarentena que en realidad pocos tienen en cuenta; los cafés y negocios siguen abiertos, la gente circula por las calles entregada al contagio, y en cambio en las noches, después del toque de queda, la policía arremete a bolillo contra los rezagados. Zahra Bayda y yo debemos entrar mañana en contacto con los equipos etíopes de MSF para empezar a trabajar con ellos, así que hoy tenemos la tarde libre y decidimos hacerle una visita de cortesía a Lucy.

Me refiero a Lucy Australopithecus Afarensis.

—Salve, abuela, así te saludo aunque eres casi una niña, porque pese a tus tres millones y tantos años, se calcula que debiste morir a los quince —Zahra Bayda reza ante la urna que contiene los restos de la primerísima mujer de la que se tenga noticia—. Pero qué pequeñita eres, Lucy, *llamita naciente y mutante*,[51] y qué graciosa también, una mujeruca de apenas un metro diez, y eso que estás erguida, porque inauguraste la costumbre de andar de pie, y una vez parada aprendiste a mirar cada vez más lejos. Por ahí vas tú, observándolo todo desde la altura que ganaste, muy garbosa y desenvuelta en dos patas, o mejor dicho piernas, según las llamamos hoy día: esta negrita que va caminando, esta negrita tiene su tumbao, te cantaría Celia Cruz, la gran guarachera cubana, celebrando tu recién adquirido garbo.

»He llegado a Addis Abeba y te tengo ante mí, Lucy, remotísima madre —le dice con devoción Zahra Bayda—, tú, primera hembra humana del planeta, yo aquí afuera y ahí adentro tú, resguardada en tu urna de vidrio en medio

347

de este museo polvoriento. Y aquí vamos las demás, abuela Lucy, a ratos bien plantadas y a ratos a gatas, todo el mujererío del mundo siguiendo tus pasos.

»Mira no más, Lucy, abuela nuestra, alaleisho, grandma, nonna, àvia, aljada, amona —reza Zahra Bayda—, mira no más qué muchedumbre, somos miles y miles las que recorremos los caminos de esta tierra todavía buscando, como hiciste tú, un lugar donde una vida amable nos abra la puerta. Y con nosotras van nuestros Selams, que así se llamó el primer niño, Selam, también expuesto en este olvidado museo de Addis Abeba, acurrucado y aterido en la urna de cristal contigua a la tuya. Igual a este crío, o por el estilo, debiste parir unos cuantos, fecunda Lucy, y cuando le pregunto al guía cómo se sabe que fuiste mujer, si estás en los meros huesos, me responde que por la amplitud de tu pelvis. O sea que fuiste caderona, abuela, como todas nosotras, y también tú sufriste las agonías del parto.

»Porque tú eres el Alfa y el Omega, vieja Lucy, tú madona y tú *pietà*, contigo empieza el drama inmemorial de la raza humana, esta paridera y esta moridera en que andamos montadas, tú, yo, todas las demás. En una calle desolada de Sana'a, a la sombra de las altas torres de barro, se acurruca una anciana a la que no le vi el rostro. ¿Pero acaso existe todavía Sana'a, la ciudad más bella, ¡ay!, la más antigua del planeta, o ha desaparecido ya bajo el tronar de los misiles y el zumbido de los drones? ¿Tienes un nombre?, le pregunté a la mujer que se ovilla en la Sana'a desierta, y ella no dijo nada. ¿Tienes un sueño?, insistí. Tengo un sueño, respondió, uno pequeñito, sueño que alguien me da una limosna.

»Una muchacha llamada Eliana debe atravesar en su vieja motocicleta el largo puente del Morro, que une las dos mitades de Tumaco, puerto de población negra sobre el océano Pacífico. Atraviesa ese puente para llegar a la floristería donde trabaja. A la entrada del Morro la tumban de su moto los hombres de un comando guerrillero y la violan en grupo. Eliana se escabulle como puede, se arregla el pelo y la ropa, vuelve a montar en su moto y logra atravesar el puente. Al otro extremo la esperan unos policías que también la violan.

»En la isla de Lesbos, en un campamento de refugiados, conocí a una muchacha siria llamada Fátima —sigue diciendo Zahra Bayda—. Fátima mira constantemente hacia la costa turca, que espejea al otro lado del Egeo. Su bote de caucho se hundió al intentar el cruce y ella logró ponerse a salvo a nado, socorriendo a Huna, su hermanita menor, apenas una bebé de meses a quien ahora arrulla en brazos. La madre y las otras hermanas sucumbieron ahogadas. Ay del Egeo, mar de la Muerte. Cuando los pescadores de Lesbos tiran las redes, de tanto en tanto sacan cadáveres en vez de peces.

»Pero para qué contarte todo esto, Lucy leona, inicio de la estirpe, fierecilla indómita en su lucha por la supervivencia. Mejor será que me despida de ti en silencio, pequeña abuela, mejor así —suspira Zahra Bayda—. Con qué palabras podría yo explicarte lo que te resultaría incomprensible, si, según dicen, tenías el cerebro del tamaño de un durazno, andabas peluda como un monito y te encantaba encaramarte a los árboles, como se deduce de la fortaleza de tus brazos. Cómo explicarte entonces que has dejado un interminable reguero de descendencia porque te multiplicaste como los conejos, y fuiste la primera en defender con tu vida la de tus crías, tal como hacemos todas siguiendo tu ejemplo, Lucy leona.

»Y ahora con qué palabras puedo yo explicarte lo que te resultaría incomprensible, pequeña abuela, que todo eso ha estado muy bien, pero en el fondo no tanto, la cosa no ha salido tan bien al fin y al cabo, porque eres el Alfa, sí, pero también el Omega, principio de la historia y a la vez anuncio del final. Hoy tu celo tropieza contra enemigos demasiado grandes, ni te imaginas cuánto, te ves mínima y encogida frente a la magnitud del drama, hasta risa daría si no fuera asunto de lágrimas, piensa que te estoy hablando de guerras, hambrunas, odios, racismos, pobreza, fascismo, sequías, pogromos, catástrofes y peste, para no hablar de las tres caras más antiguas de la muerte: la tempestad, la soledad y la bruma.

»Danos tu fuerza, madre milenaria, pequeña Lucy —le pide de rodillas Zahra Bayda—. No habrás sido virgen, ni siquiera reina, apenas una mujeruca del montón, la más arrugada y chuchumeca, y sin embargo qué bríos los tuyos, abuela, qué resistencia y qué poderío, qué inquebrantable ha sido tu compromiso. Ante ti me inclino, ya ves, y si no fuera por este vidrio que nos separa besaría tus pies, infantiles, requemados, mínimos, pero incansables, empecinados, trashumantes. Cuánto no habrás trajinado tú, vieja andariega, para arriba y para abajo por esta tierra tan bella y tremenda. ¿A lo mejor puedes vernos, allá desde el fondo de tus ojos huecos? Aquí vamos nosotras, Lucy Australopithecus, míranos, pues, y sonríe, muestra esos dientes que ya no te quedan, con los que ahuyentabas la adversidad a tarascazos. Llora y ríe con nosotras, somos el río desbordado de tus tátara, tátara, tátara, tataranietas. Diminuta y poderosa homínida, échanos la bendición con tu manita enjuta. Cuentan que los arqueólogos que te descubrieron escuchaban en el momento del hallazgo *Lucy in the Sky with Diamonds*, LSD, la canción de los Beatles, y de ahí el nombre que para ti eligieron. ¿Allá arriba tú, Lucy coronada de diamantes, como en un delirio alucinógeno? ¿Acaso eres santa, entonces, y de veras estás en el cielo? De acuerdo, pues. Haremos relicarios con los cincuenta y dos huesillos que nos has dejado por herencia. Dale, Lucy Afarensis, dulce abuela, hoy que cumples años (tres millones y medio de ellos) acuérdate de nosotras, dinos cómo honrar tu ejemplo y seguir tu huella, hoy que la mano viene brava y el futuro es tan incierto, ay, abuela, ay, ay, ay, mira que la vaina se está poniendo fea.

El latido de la vida

Hace horas dejamos atrás Addis Abeba, y sin embargo nos persigue su hacinamiento. A lado y lado de la carretera deambula un hervidero de gente, burros, vacas y cabras, como si avanzáramos por un larguísimo mercado lineal donde se venden y se intercambian cosas inverosímiles, latones, sillas desfondadas, medallas, camisetas del Barça, trozos de mangueras, periódicos de ayer. Se recicla lo ya reciclado, se reutiliza lo que nunca tuvo uso. Los animales se apropian del carril asfaltado; esquivamos vacas que sin inmutarse dormitan en medio del tráfico. Ha llovido mucho, la gente chapotea entre el barrizal y hacen su agosto los chicos que trabajan de limpiabotas. Las afueras de Addis Abeba estiran su tumulto kilómetro tras kilómetro, impidiendo que la visión se abra hacia las grandes sabanas silenciosas del África imaginada. Qué montonera de gente, no en balde Etiopía, uno de los países con mayor tasa de natalidad, ha triplicado su población en los últimos cuarenta años hasta llegar a más de cien millones de habitantes. Donde pongas el ojo ves mujeres y niños; Lucy y Selam han evolucionado y se han multiplicado a ritmo exponencial. Pero sus vidas siguen siendo cortas; si aquí la tasa de crecimiento es alarmante, también lo es la de mortandad materna e infantil.

Mujeres gallardas y esbeltas, de cabeza coronada con altos tocados de tela, se mueven con lentitud majestuosa de reinas de Saba. Con razón se dice de ellas que bien pueden ser las más bellas de la tierra. Elegantes de por sí, sin marcas, ni modas, ni tendencias, y en cambio dotadas de la natural desenvoltura y la dignidad imperial que logran arrancarle con las uñas a la pobreza. Y niños de pestañas de muñeco y mirada adulta, y todo el gentío por igual con el notorio rasgo común de sus grandes dientes: paradoja borgiana, la del Creador que les dio al mismo tiempo tanta dentadura y tanta hambre.

Tras doce horas de viaje, anoche llegamos al poblado de Mejo, en la woreda de Aroresa, al sureste de Etiopía. Hoy, a las ocho de la mañana, salimos con dos integrantes del equipo local en el Toyota 4×4 de MSF para emprender un *outreach*, o recorrido por comunidades aisladas que no tienen acceso al puesto de salud.

Caen cortinas de agua, como en todo trópico, y las trochas rurales están hundidas en barro. En mitad de la nada sale de la lluvia una mujer empapada, temblando de frío, muy embarazada. En realidad es casi una niña. Con un hilo de voz dice que se llama Barakat, que no sabe cuántos años tiene, que no sabe desde cuándo está encinta. Lo que sí sabe es que no da más; viene exhausta. Ha caminado desde su caserío en busca de ayuda y ya no puede con su alma. La acostamos en una camilla y la subimos a la parte trasera de la camioneta.

Un olor insoportable invade el vehículo. ¿Qué pasa con esta niña, que despide ese olor tremebundo? Zahra Bayda la examina.

—Mírame, Barakat —le pide—, contéstame, ¿cuántos días llevas con contracciones?

Con los dedos ella indica que dos, que tres, que dos, y se deja ir hasta el borde del desfallecimiento. Las ráfagas de dolor la hacen volver en sí, pero cuando la contracción amaina se desmadeja de nuevo, como si se rindiera. Hagan ustedes algo por mí, que yo ya no puedo, dicen sus ojos hablando por ella, porque ella no dice nada, apenas susurra como en rosario ese ay, ay, ay tan ancestral, tan casi animal, tan igual en todas las lenguas.

—Está a punto de dar a luz y tiene una fístula —dice Zahra Bayda—, hay que llevarla enseguida al puesto de salud.

Pero el lodazal hace que se alargue angustiosamente el regreso; la camioneta se atasca y no avanza. Zahra Bayda me explica qué es una fístula obstétrica: una herida entre las piernas que permanece abierta, como un estigma. Es la consecuencia de largos e improductivos trabajos de parto sin la atención debida, en una agonía que puede durar días enteros, mientras el sufrimiento fetal es enorme. El bebé, al no poder salir, presiona contra la pelvis con la cabeza, con el codo o las nalgas, presiona y presiona hasta que produce un desgarro y deja en la madre una rasgadura que va desde la abertura vaginal hasta el ano: los tres agujeros convertidos en uno. Una verdadera maldición. Son pocas las posibilidades de que el niño sobreviva, y si la mujer se salva, le esperan las infecciones y la permanente incontinencia.

—Esta nena debió tener un embarazo anterior, el que produjo la fístula.

—Sí, tuve un embarazo anterior —dice Barakat—, pero el niño nació muerto.

—¿Nadie te atendió?

—Mi suegra.

—¿Y estás mal desde entonces?

—Desde entonces.

—¿Y cómo es posible que no hayas venido antes a buscar ayuda?

—Vivo lejos —indica a señas con la mano, porque se le va el aliento.

Zahra Bayda me dice que docenas de mujeres en zonas rurales sufren de este mal, sobre todo las que se embarazan muy jóvenes, como esta nena Barakat. Quedarán baldadas y aisladas. Inspiran asco y casi siempre las abandona el marido y las repudia la comunidad, por su incapacidad para trabajar y por el hedor que despide la infección y el permanente goteo de orines y heces. Entre ellas es frecuente el suicidio, que aparece como única salida. Lo más cruel es que la fístula es evitable. Puede prevenirse con la debida atención médica durante el parto, y si se produce puede curarse mediante cirugía, siempre y cuando se tenga acceso a un hospital. Ay, nena Barakat, yo ya te conocía, ¡tú eres la Madonnina della Mandorla!

Vamos ya por la media mañana y el niño de Barakat no logra salir. Es un torito que embiste, cansado de buscar escape dando cabezazos contra un muro. Ya lucha poco, se ha quedado sin fuerzas. A esta muchacha habría que hacerla llegar enseguida a donde puedan practicarle una cesárea, pero el camino se borra bajo la lluvia y no logramos avanzar.

Parirás con dolor, dice la Biblia. ¿Pero *tanto* dolor? ¿Tanto tormento? ¿Tanta muerte evitable de la madre y del niño?

¿Y no pontificabas hace un rato que ya somos demasiados y no conviene que sigamos reproduciéndonos?, me digo a mí mismo. De acuerdo, eso dije, lo reconozco. Pero aquí y ahora, lo único que importa es que este bebé lo logre. Este bebé, éste. Que este bebé salga vivo, y que esta chiquita que es su madre deje de sufrir y no muera, que le cierren esa herida espantosa y que se cure, que pueda seguir su vida y que su hijo crezca, y estudie, y conozca la felicidad, y llegue a ser un hombre bueno. Sólo eso me interesa. Que la camioneta salga del fangal y que lleguemos a tiempo, Dios mío, que lleguemos. Y que la madre tierra se las arregle como pueda con la sobrepoblación, que por ahora es apenas una serie de cuadros estadísticos y cálculos demográficos.

El puesto de salud de MSF no sólo atiende partos; también abortos, que en Etiopía son semilegales, y además desarrolla todo un programa de control natal.

—Educamos a las mujeres, a cada una la convencemos de que debe planificar su familia y le facilitamos lo necesario para que lo haga —me ha dicho Tsegaw, el coordinador etíope de este proyecto—. La planificación es algo fundamental para nosotros, somos plenamente conscientes del drama de la sobrepoblación en esta área. Pero eso no obsta para que cada vez que atendamos un parto pongamos en ello todo de nuestra parte y lo hagamos como si esa madre y ese niño fueran los únicos sobre el planeta.

Nos cruzamos con una procesión de gentes ataviadas con túnicas blancas de ribetes verdes, los hombres con gorros ceremoniales y las mujeres con adornos de chaquiras en la frente y alrededor del cuello. Esto es tan irreal como en los sueños: un río de almas de blanco que circula bajo la lluvia y por el barrizal. Vienen cantando, o rezando, y van hacia un lago, según me dicen, donde celebrarán la fiesta anual de la fertilidad. Pertenecen a la casta de los oromos y tributan al Dios de las cosechas copiosas, le agradecen el envío de muchos animales, le ruegan por la fertilidad de sus mujeres. No podía ser de otra manera: la vida en el campo depende de la abundancia. La escasez y la muerte van de la mano. Los hijos se necesitan como fuerza de trabajo. ¿Entonces en qué quedamos, fertilidad o control poblacional? ¿Cómo se maneja la disyuntiva?

—Yo conozco a varias de las mujeres que participan en esta procesión, ahí van, míralas, te las podría señalar con el dedo. Las he atendido personalmente —dice Zahra Bayda, que visita con frecuencia estos campamentos—. Sé que varias de ellas usan planificación familiar. Pero no por eso van a dejar de participar en la fiesta de la fecundidad, es una gran ocasión y no se la pierden por nada del mundo. Ya ves, ellas tienen una manera salomónica de saldar la disyuntiva.

Ya son las nueve y media, el puesto de salud sigue fuera del alcance y los signos vitales de Barakat se debilitan. Zahra Bayda sabe que no puede esperar más. Introduce los dedos índice y del corazón en el canal del parto, los abre y los hace girar: la medida indica que hay los necesarios diez centímetros de dilatación. El niño está en tercer plano, o sea en período expulsivo, y eso anula la eventualidad de una cesárea. Aun si llegáramos a tiempo, ya no podrían practicarla. Los dolores de la muchacha se vuelven insoportables, y en el niño se apaga el latido de la vida.

A las diez y veinte llegamos por fin al puesto de salud. No sé cómo, pero aquí estamos. A Barakat la llevan corriendo a la sala de cirugía, el personal médico revuela a su alrededor, hay conmoción y tensión... y por momentos un silencio abisal, el que se instala cuando la partida parece perdida. Todo está en juego aquí: es cósmico y brutal este duelo entre la vida y la muerte.

Yo registro cada pinza, aparato, olor, color, gesto, grito. Baldosas amarillas enmarcan el drama en un escenario aséptico. Barakat me agarra fuertemente de la mano, ha encontrado un punto de apoyo en mí, o en mi mano, y Zahra Bayda me pide que no me retire. Nunca he presenciado un parto, esto es lo más feroz que he visto en la vida, se me dispara la taquicardia y me flaquean las piernas. Aun así, sostengo la mano de la muchacha y no me separo ni un segundo mientras ella se debate en el filo, por momentos perdida, recuperada por momentos.

No me atrevo a moverme, ni siquiera a parpadear, como si de mi vigilancia dependiera el resultado. De quien sí depende es de Zahra Bayda, y puedo comprobar con cuánta seguridad y serenidad practica este oficio de partera al que le ha dedicado la vida. De repente, una nueva maniobra suya resulta eficaz, y como por milagro sale la criatura: una niña diminuta, tan gris que parece de cera. No se mueve, no llora, tal vez ni siquiera respira.

—Está viva —anuncia Zahra Bayda, y en la sala se escucha un suspiro de alivio colectivo.

Está viva, pero viene agotada tras una lucha colosal y aún no sabe que ha ganado la partida. Los minutos corren tensos y angustiosos. Como si de repente comprendiera que se trata de estar viva y de habitar en este mundo, la criatura empieza por fin a llorar, primero quedito, como ensayando, y después muy fuerte, afianzando su grito de victoria. ¡Ya estás aquí, torito bravo, campeona nuestra, ya pasaste el Rubicón, bienvenida seas, invencible abridora de agujeros con esa cabeza tenaz, ante la cual no hay obstáculo que se resista!

La madre se relaja y pregunta por su hija.

—Está bien —le dicen—. Nosotros cuidaremos de ella, tú descansa. Duerme, Barakat, puedes dormir si quieres.

Ya pasó: salimos al otro lado. Yo por mi parte cumplí con mi presencia y, ahora sí, me quedo sin fuerzas. Como si de repente me desconectaran de la corriente eléctrica, las piernas no me responden, la sangre huye de mi cara y se me van las luces. Antes de que vaya a parar al piso, alguien se da cuenta y me sostiene. Me da vergüenza que noten mi flojera pero es inevitable, debo estar pálido como un cadáver y desgonzado como un títere. Entre dos me sostienen por los brazos y me sacan a tomar aire.

—Ni que el parturiento fueras tú —me dicen y se ríen.

En el fresco corredor abierto a la vista, me sientan en un banco y me traen agua con azúcar. Me han ahorrado el papelón de un desmayo, situación por demás ridícula en un hombre tan grande.

La bebé está bien, la madre también, Zahra Bayda y el equipo se han lucido y yo he cumplido: al menos no desfallecí antes de tiempo. Aquí afuera, el aire fresco y recién llovido me llena los pulmones con bocanadas de vida. Ya está. Ya pasó. *All is well that ends well*, dice Shakespeare, bien está lo que bien termina. Del diluvio sólo queda una leve llovizna, y yo, sentado en mi banco bajo el alero, tomo sorbos de agua con azúcar y puedo detenerme a mirar, ahora sí, el paisaje.

Llega a mis narices el olor a café recién tostado —deben estar moliéndolo por aquí cerca— y observo la belleza de las fértiles montañas cafeteras. Pero si esto es igual a mi tierra natal, pienso, y me siento en casa. Me es familiar el vaho aromático de la tierra mojada. Conozco esta sensación de estar en la humedad. Reconozco el verde oscuro de los cafetos y la manera como se entrevera, en el sube y baja de las lomas, con el verde-amarillo de las matas de plátano. Todo esto lo he vivido y lo añoro. Si la ceguera hace olvidar el color rojo, como dice Borges, el desierto hace olvidar el color verde, y qué alegría me invade ahora, al recuperarlo. Quién iba a saber que al sur de Etiopía verdeaba esta tierra dulce y cafetera, tan igual a la mía pero del otro lado del mundo. A través de la garúa asoma un sol blanco, y el paisaje del mediodía queda enmarcado por el arco iris.

A la noche cenamos con el equipo local, compuesto por expats y nacionales. En una hoguera preparan el *shiro*, un estofado de garbanzos, y celebramos el éxito de la jornada con *tej*, vino de miel. Empieza entonces una de esas veladas alrededor del fuego, tradicionales en Etiopía, durante las cuales se cuentan viejas historias de guerreros a caballo y se abren rondas improvisadas de música y poesía. Sobra decir que el hazmerreír y la gran diversión de la fiesta soy yo; me han apodado *gizufi*, el gigantón que se desmaya cuando ve sangre.

Ya de madrugada, Barakat, la joven madre que estuvo a punto de morir en la Toyota, anda lavada y sonriente, con su bebé en brazos y en la cabeza un vistoso tocado de tela amarilla que la hace ver todavía más joven: apenas una niña. Una niña contenta. En unos días van a transferirla con su criatura a un hospital especializado en cerrar fístulas obstétricas.

—¿Qué nombre le pondrás a tu niña? —le pregunto.

—Birihani —me responde.

—¿Birihani?

—Quiere decir *luz* en amhárico —alguien traduce.

Yo miro a la joven Barakat, miro a la mínima Birihani, y diría que se escucha flotar en el aire cierta canción de cuna de Pedro Salinas: y parece que se siente rodar la tierra muy lenta, sin más vaivén que el preciso para que se duerma la niña...

Regresamos a Addis Abeba en la fecha fijada para que Zahra Bayda tomara su vuelo a Barcelona. Antes de salir hacia el aeropuerto, aprovechamos un par de horas libres y pasamos por el Lion Park de la ciudad, donde mantienen a los últimos ejemplares del león abisinio, animal mitológico en negro y oro, rey destronado que languidece en la desidia de su prisión.

Quien insistió en visitar el zoológico fui yo, empecinado en ver una leona de melena negra; después de tanto escribir sobre ella, necesitaba verla en carne y hueso. Zahra Bayda se oponía, diciendo que los zoológicos son los lugares más tristes del mundo. Dijo también que no hay tal cosa como leonas de melena negra, porque sólo los machos de la especie tienen melena. Advirtió que no alcanzaría el tiempo y que se le haría tarde para el vuelo. Y tal cual. Acertó en toda la línea.

Tuvimos que hacer el recorrido a contrarreloj, indignados al ver a las portentosas fieras constreñidas en unas pobres jaulas, y agobiados por el olor penetrante a amoníaco. Desde luego, no había tal cosa como leona de melena negra. En el taxi hacia el aeropuerto me gané el merecido *te lo dije* que me soltó Zahra Bayda, ¿no te dije que se haría tarde? ¡Te mato, Bos Mutas, si pierdo el avión! ¡No voy a llegar al grado de mi hija! Para colmo me llamaba por mi nombre completo, ¡te lo dije, Bos Mutas! Cuando ella me quiere me llama Bos, y cuando me quiere mucho me llama Bosi. Cuando no me quiere, recalca un *Mutas* que me suena hiriente, algo así como a callar, quédate mudo, no digas más.

A pesar de ello, me alegra haber ido al zoológico: fue como presenciar un prodigio instantes antes de que se desvanezca, porque el león abisinio, en vías de extinción, ya no existirá mañana. El magnífico soberano etíope. La fiera de Addis Abeba. El máximo *ambessa*, la *Panthera leo massaica*, el león de Masái. El león de Judá, al que ningún otro lo iguala, ni el león de las llanuras del Serengueti, ni el león del desierto del Kalahari. Vale adaptar el célebre cuento corto: cuando despertó, el león abisinio todavía estaba allí.

Pensar que en otros tiempos este monstruo carnívoro, el de la negra cabellera rastafari, vagó manso por las calles como una oveja disfrazada de león, alimentándose con las sobras de comida que buenamente le daban y lamiéndole las manos al emperador Selassie, último descendiente directo de Salomón y la reina de Saba... Y ahora, olvidado y enjaulado, seguía pareciendo una oveja disfrazada de león. Mientras nos miraba con infinito desinterés, Zahra Bayda y yo le hicimos un juramento solemne: el día del Armagedón, antes de que todo sucumba bajo el hongo nuclear, nosotros vendremos a abrir la puerta de su jaula para dejarlo escapar.

Lo malo fue que Zahra Bayda tuvo también razón en la tercera y última de sus advertencias: nos costó trabajo conseguir taxi, y pese a la carrera vertiginosa con un chofer suicida al volante, llegamos muy retrasados al aeropuerto. ¿Y quién estaba esperándonos a la entrada, furioso como un tití? Ni más ni menos que Pau Cor d'Or. Gesticulaba gritando que estaban a punto de perder el avión, que por la pandemia estaban cancelando muchos vuelos, que se iban a joder si perdían éste, ¿acaso qué creíamos? La verdad, yo nunca había visto a Pau tan descompuesto.

—Es que fuimos a ver los leones —trataba de justificarse Zahra Bayda.

—*A la merda els lleons!* —Pau agarró a Zahra Bayda de la mano y los dos corrieron hacia la terminal.

¡Ey! ¡Alguien que me explique qué está pasando! Yo me quedé viendo un chispero. ¿Qué hacía Pau aquí? ¡Alguien que me diga algo! Pero ellos ya se alejaban sin decir nada y sin despedirse, ni siquiera se dieron vuelta para tirarme un adiós con la mano. Yo no entendía nada. O casi nada, al menos una cosa me quedaba clara: Zahra Bayda se iba a Barcelona con Pau. ¿Ellos dos juntos de viaje, y yo aquí plantado? Vaya, vaya, sobre esos planes nadie me había informado.

Debió ser en ese instante cuando me pillé el contagio; se me debieron bajar las defensas y me pillé el contagio, aunque seguramente lo traía desde antes, la cosa es que una hora después, cuando llegué al hotel, ya tenía fiebre. A lo mejor no había drama en la partida de aquellos dos, era posible que a última hora Pau hubiera decidido asistir a la junta en Barcelona, quizá sólo se trataba de eso, tal vez no fuera traición, aunque quién sabe. En todo caso, la fiebre ya me producía escalofríos.

Hotel Bàtà, de tres estrellas, en el centro de Addis Abeba. Al menos dos de esas estrellas las había ganado en una rifa, porque era un hotel ruinoso. Allí habíamos quedado de encontrarnos con Zahra Bayda días después, cuando ella regresara..., si es que regresaba. Me adjudicaron una de las pocas habitaciones con baño, fue una suerte contar con ese baño estrecho de baldosas rosadas, grifos dorados y oscuras manchas de humedad en el techo, una verdadera suerte. Algo malo pasaba y pesaba en esa habitación, algo agorero, ¿pero qué? Me tomó un rato comprender que era la enfermedad que yo mismo llevaba por dentro. Al día siguiente, la fiebre ya había subido tanto que me producía alucinaciones, los objetos se achicaban ante mis ojos hasta volverse insoportablemente pequeños y luego se agrandaban de una manera desesperante. Por momentos la calentura bajaba, pero sólo para regresar después. Fiebre, de *febris*, de *februare*, purificar. ¿Fiebre purificadora que permite ver a Dios, como el aura epiléptica? Yo sólo veía cosas pequeñas, demasiado pequeñas, y con la mirada las hacía crecer. Las miraba con fijeza hasta que se inflaban y estallaban, y yo estallaba con ellas.

Me sentía agotado, necesitaba dormir, pero se cortó la electricidad en la ciudad y todo se apagó, empezando por el ventilador. Mi habitación se volvió un horno, las paredes reverberaban y yo sudaba a chorros, latía una fiebre que se ensañaba conmigo. Mis tripas se deshacían en agua, me quedaba sembrado en el retrete como planta en maceta.

Los pasos de alguien se acercaban por el corredor pero seguían de largo, nadie golpeaba a mi puerta, debían saber que yo traía el contagio. Es ley del desierto que el leproso no se acerque al pozo de agua. Yo era el extranjero y traía el síntoma. Llevaba días sin comer, la fiebre se alimentaba de mi hambre. Bebía el agua que salía de aquel grifo dorado. Abría la ventana, pero el calor era mayor afuera que adentro. Vi cómo un hombre se desplomaba en plena calle. En las alcantarillas el virus hacía sus fiestas entre las heces.

Fiebre y anemia. De día el agotamiento, de noche el hervor. Zahra Bayda no regresaba y yo perdía la cuenta de los días. De un cable pelado colgaba un único bombillo con zumbido de moscardón: *tinnitus* en mi oído. Me enredaba en alucinaciones, ¿y si el contagio se transportaba de cuarto a cuarto por los cables de la luz? ¿Y si cada inodoro era un pequeño pozo de pestilencia? Si al menos alguien hubiera pintado esas paredes de blanco, si la lluvia que golpeaba las tejas de zinc no sonara como xilófono en retreta...

Me sentía horriblemente solo. Se habían ido para siempre las tres esposas de Mirza Hussain, abuelo mío, vendedor de alfombras y relator de amores perdidos, Zaida, la que sonreía, Fátima, la que cantaba, Zéliz, la que bailaba, *a ellas iban mis pensamientos en esa noche de Safar*.[52] Fátima, la que reía, Zéliz, la que bailaba, Zahra Bayda, la que traicionaba. En ese aeropuerto había aparecido Pau para enquistarse en mi malestar. Pau Cor d'Or, entrometido. Pau en Barcelona con Zahra Bayda. Vamos a ver, Bos Mutas, me decía a mí mismo, serénate, estás en una situación difícil. ¿A lo mejor exageras? Ojo con los celos, que también son un virus.

Las ambulancias aullaban a carcajadas hirientes, como las hienas de Rimbaud en Harar. Patti Smith, adoradora del poeta adolescente, quiso visitar Harar para rastrear sus pasos, pero no lo hizo por miedo a las hienas. No la culpo, también yo las temía, las sentía trepar por los muros, invadir las calles, olfateando, agachando la cabeza, rastreando nuestra huella. Algo bueno tendría ese animal, algo bueno debía haber en la hiena, diva de ambos sexos, también ella una de las *cosas de Dios*, como dijo Miguel Hernández de la nube, el borrico, la manzana. ¿Qué hacéis aquí, cosas de Dios? ¿Lo hubiera dicho Miguel también de las hienas, al verlas merodear por la antigua ciudad de Rimbaud?

Desde mi ventana vi que abajo trajinaban escuadrones enfundados en plástico, como astronautas en el aire malsano. ¿Sacaban enfermos o cadáveres? Dicen que cuando la muerte se acerca, te trae el recuento de tu vida pasada. Como cine mudo, te muestra imágenes, pero borra los diálogos. En aquella habitación de hotel había un margen de confusión, los miasmas me acosaban en manada.

Me empapaba una humedad espesa que no dejaba respirar: sudor de la ciudad enferma. Calma, me recomendaba a mí mismo, calma. De no ser por el cansancio, habría bajado a la calle a buscar medicinas, algo que calmara el malestar, o al menos la sed. Si Zahra Bayda viniera a ayudarme..., si al menos supiera que yo andaba mal... Me encontraba realmente enfermo, ojalá pudiera advertirle, hubiera sido oportuno que ella lo supiera.

Sonaron pasos en el corredor, pero esta vez con fuerza. Pisadas enérgicas, apuradas. Era ella.

—Ven, Zahra Bayda, no respiro bien, todo me duele.

Me pregunta los síntomas. ¿Los síntomas? Pirógenos a todo vapor y mucho calor, escalofríos, corazón a mil, mucha sed, temblores, dolor muscular, cansancio, cabeza nublada, pérdida de olfato y apetito, dificultad para respirar. Sácame de esta jaula, Zahra Bayda.

Ella conduce como una loca, ¿quiere matarnos? Acelera como si no hubiera mañana. No hay mañana, Zahra Bayda, para mí no habrá mañana. Está bien, está bien, dejemos el frenesí. Mirza Hussain decía: de qué sirve tanto trajín, si no es para encontrar más pronto la misma muerte. Adiós, Mirza Hussain, querido abuelo, vas achicándote en la distancia. Qué bueno que estés aquí, Zahra Bayda, ¿me llevas a casa? ¿A cuál casa?

—Pillaste el contagio —me decía ella—, dejaste pasar los días sin pedir ayuda, el virus se afianza, el delirio se multiplica.

—Te fuiste con Pau.

—Pau es el padre de mi hija —ella trataba de explicarme—. Te llamé muchas veces y no contestabas.

—Se descargó el móvil, se cortó la electricidad...

—Pau fue a Barcelona conmigo al grado de mi hija, de nuestra hija, sólo eso.

—¿Pau, el padre de tu hija?

—Pau, el padre de mi hija.

—No fue lo que me dijiste. Dijiste algo sobre tu embarazo, la historia de una violación...

—Que también es cierta. Pau la adoptó cuando ella tenía nueve años. Iftiin vive ahora en Barcelona con sus abuelos, los padres de Pau.

—Por qué no me dijiste...

—Te lo dije, te conté que mi hija se llama Iftiin Ferrer.

—¿Y?

—Ferrer es el apellido de Pau.

—Pau Ferrer, Iftiin Ferrer. Vaya acertijo.

Zahra Bayda me llevó al hospital y cuidó de mí durante varios días, no supe cuántos. Allí no se estaba del todo mal, me habían conectado a una máquina que respiraba por mí y yo flotaba en una semiinconsciencia que tal vez sería amable si esa placidez no se sintiera como antesala de la muerte.

Resultó no ser la muerte sino un intermitente regreso a la vida, que va entrando gota a gota por mis venas. Zahra Bayda me hace levantar, vestir, peinar. Todo vuelve a girar al compás. Me calzo las botas, ya convaleciente, un poco menos aturdido. Me dirijo hacia la salida apoyado en ella cuando me viene el sobresalto.

—¿Traes mi mochila? —le pregunto.

No, ella no la trae. Yo tampoco. ¿Mi mochila no había llegado al hospital? Zahra Bayda no recordaba haberla sacado del Hotel Bàtà. Caemos en cuenta: al salir corriendo hacia el hospital, dejamos la mochila olvidada.

Mi mochila, mi vieja mochila, la habíamos dejado olvidada. Zahra Bayda había encontrado mi pasaporte sobre la mesa de luz y se lo había echado al bolsillo, al menos eso no está perdido. Algo es algo, pero no es suficiente, es terriblemente insuficiente, es una desgracia, la pérdida de mi mochila es un absoluto desastre, adentro quedaron mis cuadernos de notas... Todos mis escritos, mi diario de viaje, el borrador de mi tesis, las anotaciones deshilvanadas que ya iban tomando forma... Todo perdido. Las historias de la reina de Saba y sus mujeres migrantes: todo, todo perdido.

Zahra Bayda llama al Hotel Bàtà, sabiendo de antemano que será inútil. Me aferro a una brizna de esperanza.

Del Bàtà nos dicen que, por reglamento contra la pandemia, antes de recibir al siguiente inquilino limpian y desinfectan la habitación, quemando cualquier cosa que haya quedado olvidada.

Colgamos. Han quemado mis cuadernos.

No vale la pena reclamar, no hay remedio. Yo quedo postrado. Todo lo que había escrito: incinerado, comido por las llamas, perdido.

Al demonio se fue mi biografía apócrifa de la reina de Saba, ¿le habría fastidiado a ella tanto invento que me saqué de la manga? ¿Se indignó la reina con tanta mentira que yo contaba? Dirán que los mitos valen por sí solos, gravitan en el éter sin que nadie los incordie, que no hace falta que un espontáneo como yo venga a bajarlos a tierra. ¿Traicioné a Pata de Cabra? Quise contar sus hazañas y me quedé en comadreo. Quise tocarla y ella era intocable, quise escribir sobre ella y acabé escupiendo espuma. La miré a la cara y ella era una gorgona. Intenté nombrarla y era innombrable, volé para alcanzarla y me quemó las alas. La empujé a la hoguera, el patíbulo, la cruz, el deshuesadero, la derrota. La reina de Saba se impacientó y se largó. Ya no existe más, o sólo en la mente psicótica de un alucinado. Mi pasión fue idolatría. Queriendo alabarla, acabé blasfemando. Desapareció cuando intenté domarla. Quise descifrar sus secretos y se me aplastó su misterio. No debí nombrarla, me faltó cautela.

Señora de Saba, Virgen de la Almendra, Regina Makeda, Reina de la Mañana, ¿ves, Zahra Bayda?, el mito se hizo carne y mostró su rostro, que era demasiado humano. Quedó comprobado: todo mito que encarna termina sacrificado.

—Deliras otra vez, Bos —dice Zahra Bayda, para quien cualquier decaimiento es síntoma de fiebre—. Perdiste tus cuadernos, pues sí, los perdiste y ya está, *get over it*, Bosi, supéralo.

—¡Ay, mamita linda! —invoco a mi madre, la pérdida de mis escritos me vuelve otra vez huérfano—, yo soy el que escribe, qué quieres que le haga, yo soy lo que escribo, y ahora no soy nadie.

—Ya basta, Bos. Quemaron tus cuadernos para evitar el contagio. Es lo que hay. Más se perdió cuando quemaron Roma —Zahra Bayda pierde la paciencia.

Ella es mujer que sabe salir de los agujeros negros, y la desquicia que yo me hunda. La hipocondría no es lo suyo, su filosofía se condensa en esa frase que hoy me suena despiadada: es lo que hay. ¿Quemaron tus escritos? Es lo que hay, empieza de una vez a escribirlos de nuevo, por el camino recogerás otras historias, otras gentes te las irán contando.

Así es ella. Zahra Bayda es la realidad que se impone. ¿Que las mujeres vinieron mutiladas y cosidas? Pues ella las descose y las recompone. ¿Que un niño perdió los ojos? Hay que enseñarle a ver con el tacto. ¿Que aquellos hombres están enfermos? Pues a curarlos. Se hace lo que se puede, dice Zahra Bayda, y si no se puede, se hace de todas maneras. ¿Mil estrellas de mar mueren calcinadas en la playa? Todas menos una, porque ella la salva. Es lo que hay. Pero no, Zahra Bayda, después de esta pérdida, tal vez yo no sea estrella que tú puedas salvar.

Si al menos hubiera podido conservar los mensajes, todos esos papelitos que las mujeres me fueron entregando... Ya no vocifero, ni siquiera me quejo; he quedado lelo.

Noqueado por el golpe. Derrotado y demudado. Bos Mutas, el buey mudo.

Zahra Bayda me trae un café, me acaricia la cabeza, prepara una tortilla de papa, no sabe qué hacer para consolarme, a mí, el sin consuelo. En todo el día no le dirijo la palabra. A la noche vuelvo a la jeremiada.

—Todo lo que he escrito, ¡lo quemaron!

Zahra Bayda se levanta y me abraza. Se ríe de mí, compasiva.

No le falta razón, mi melodrama ya raya en comedia. Al cuarto o quinto día por fin aterrizo, medio me recompongo, me doy por vencido, asumo el desastre. En realidad, no eran más que papeles. Papel, papel y más papel. Papel, mis cuadernos de apuntes. Papel, mi tesis y todas mis notas, y las historias, y los testimonios. Papel, las cartas de las mujeres migrantes, sus ilusorios anuncios de vida, tan vagos como el S. O. S. que un náufrago echa al mar en una botella. Señales de humo que el viento dispersa.

Se acercan las once de la noche. Desentendida de mí, Zahra Bayda se entrega a su ritual nocturno, siempre religiosamente el mismo, ejecutando con devoción desde los gestos más sencillos, como prender varitas de incienso o repasar las tareas en la agenda, hasta los más complicados, como el trabalenguas que repite a manera de oración, conjuro o puro trabalenguas. Se desnuda con lentitud ceremonial, revelando los valles y lomas del paisaje secreto de su cuerpo. Se ducha con agua tan caliente como para pelar pollos, se seca con su propia toalla —no le gusta usar la mía ni que yo use la suya— y se enfunda en una de sus viejas camisetas de algodón raído y desteñido. Siguen el talco y las chanclas para los pies. Para la cara, un ungüento artesanal de algas marinas que ella misma prepara; en cambio, suaviza sus bellas manos con una crema de rosas exclusiva y costosa que su hija le envía desde Europa. Luego viene un bálsamo para el pelo, larga ceremonia que implica repasar mechón por mechón. Mientras ella está en ésas, yo le miro la espalda, ancha y poderosa. Espalda de molinero.

Hierve agua en el infiernillo y se prepara un té de jengibre con limón y miel. A esas alturas, la habitación ya flota en un vapor cargado, de penumbra de iglesia, y ella abre la ventana de par en par. El contraste de las temperaturas interior y exterior le produce un estremecimiento y le eriza la piel. Para concluir, se apoya en el quicio de la ventana y mira largamente hacia la noche, dejando que la luna la envuelva en su halo. Yo la observo y espero. Permanece absorta en su propio silencio, como esas mujeres que toman baños de luz en los cuadros de Bonnard.

—Ven, vamos a la cama —me dice por fin, dándome un beso en la frente.

Y mi frente arde con el beso de la reina.

Una noche de amor mil años antes de Cristo

Cette chanson d'amour, qui toujours recommence.
GÉRARD DE NERVAL

Había una vez... En épocas muy antiguas había una vez lo que había y también lo que no había, y lo que iba a suceder sucedía y no sucedía. Fue en la noche de Safar, no una noche sino mil, tras la segunda —o enésima— resurrección de Pata de Cabra, también conocida como Sheba, la princesa degollada tiempo atrás con hachuela carnicera.

La memoria de los muertos, ese cofre cerrado. Pata de Cabra yace todavía enterrada tras su ejecución cuando sus recuerdos se activan de golpe, abren la tapa del cofre y escapan, se sueltan a revolar con aspaviento de alas. Los primeros son apenas pálpitos, vagas ansiedades, fragmentos de una vieja letanía que llega hasta ella tras rodar por siglos y generaciones, insistente como un sonsonete, una tonada, una canción de amor que le habla de un rey lejano.

Algo ha quedado pendiente, algo, ¿pero qué? Pata de Cabra estruja su cabeza tratando de precisarlo, ¿un compromiso incumplido?, ¿una promesa?, ¿una apuesta casada? Un rey lejano..., ¿cómo se llamaba?

—Voy a buscarlo —se dice a sí misma—. Voy a buscarlo, tengo que encontrarlo, le debo algo.

Echa a andar trastabillando, coja ya de por sí, entumida para más inri y medio congelada después de tanta quietud bajo tierra, tan perpleja como Lázaro ante el no solicitado milagro de su resurrección. Así va también Pata de Cabra, en peregrinación extraviada. ¿Reina de Saba?

Reina de nada. Todo perdido, todo, salvo sus manos vacías y sus pies descalzos. Ha muerto su hermana adorada. Se han desvanecido su imperio, sus caravanas de olíbano y su comercio de perfumes, inciensos, objetos valiosos. Tampoco tiene ya manadas de camellos o dromedarios, ni siquiera un caballo, su caballo, ¿qué fue de su potro negro, el de soles en las ancas y en el ojo una centella? Todo, todo se lo han quitado, de su existencia anterior sólo le quedan destellos, súbitas desapariciones; ha regresado al mundo indefensa y desnuda como un recién nacido.

La invade un terror antiguo, un hedor que la hace retroceder: el inframundo todavía la llama. Nunca la defunción es definitiva, el ciclo de su vida ya ha recomenzado pero todavía falta, aún va a medio camino, la sepultura no acaba de liberarla, Pata de Cabra no logra derrotar del todo a la muerte, como hiciera Scheherezade; por ahora debe atravesar Haceldama, el pestífero valle de Haceldama, a donde vienen a desembocar los ríos de sangre y el revoltijo de entrañas que escurren de los altares sacrificiales, recorren la ciudad por caños destapados y salen por la puerta de los Desperdicios.

Pata de Cabra recorre el vertedero recogiéndose la abaya para que no se le impregne de podredumbre. ¿Abaya? ¿Acaso no va desnuda? Ya no. Ahora viste el lienzo burdo, los trapos negros y el alto capirote de las brujas-pastoras de Hadramaut, y se aleja de Haceldama hasta que el miasma se dispersa, y entonces sí, entra en sus pulmones el aire dulce, vuelven los bríos a su cuerpo, recupera la confianza, saca a relucir su belleza incandescente y arranca a caminar, dispuesta a dar con el rey así tenga que andar hasta el horizonte. En realidad se encuentra más cerca de lo que cree, pero no lo sabe.

Intuye proximidad de gentes, cree escuchar balido de ovejas. Al parecer ha llegado a un valle de pastoreo. Siente un latir tenue y amable, una presencia mansa a su lado.

—¡Latif! ¡Mi corderito suave, el de las pestañas largas! —grita Pata de Cabra al reconocerlo, y lo estrecha contra su pecho.

El contacto de ese cuerpo tibio le devuelve la calidez de un cariño y la hace llorar sin saber bien por qué, extraña cosa, esto de llorar, ¡es tan misterioso el país de las lágrimas!, dice Saint-Exupéry.

—Nadie va a inmolarte en un altar, pequeño cordero —le dice—, nadie. No serás ofrenda para ningún dios, para ninguno, no serás víctima pascual, nunca más, no va a correr tu sangre hacia los sumideros de Haceldama, no, ni tu sangre ni la mía.

El aire brilla oscuro, claramente es de noche, pero la noche es blanca. Pata de Cabra echa a correr con un solo propósito en mente: voy a encontrarlo. Va tras el rey aquel, pero cómo saber dónde, refundido como está entre la bruma. ¿Y cómo se llamaba? ¿Salomón o Soleimán, Jedidiyah, Templo, Israel? ¿Todos esos nombres o ninguno? Pata de Cabra se ríe recordando los perfumes empalagosos que él le enviaba creyendo que con eso le ganaría la apuesta. La vieja apuesta casada entre ellos, según la cual Pata de Cabra tenía que componer un verso tan bello, o más, que los del rey poeta, y él tenía que producir un perfume tan seductor, o más, que los fabricados por ella. Ella nunca cumplió con su parte del compromiso; lo intentaba, pero a último momento se arrepentía; no lograba componer algo convincente, apenas fragmentos con resonancia pero sin sentido, nada que sirviera, vagos balbuceos que le harían perder en la competencia, así que no los mandaba, no valía la pena someterlos a escrutinio. En cambio él, jugador empedernido, empeñado en ganar la apuesta y de paso conquistar la mano de la princesa, había persistido en hacerle llegar los almíbares y pachulíes que obtenía machacando todas las rosas de media rosaleda: explosiones de aroma floral con un toque de canela, a veces, otras veces de miel o jengibre, según ella a duras penas útiles como para postres o jabones. Cuando los experimentos enviados por él no eran dulzones y frívolos, entonces resultaban demasiado intensos: petróleos dorados en lenta combustión interna, más cercanos al óleo de consagrar que al perfume. Este Salomón no da una, pensaba desdeñosa Pata de Cabra.

Desde entonces ha pasado el tiempo y han sucedido cosas, algunas buenas, otras no tanto, y en esta noche de Safar, ella considera llegado el momento de cumplir con su parte de la apuesta. Viene a entregarle a Salomón unas cuantas frases rotas que hablan de ciertas apariciones o presentimientos con los que sueña de forma recurrente.

Va dando palos de ciego, o sea: camina a ojo cerrado. ¿Ciega? No, medio dormida. Sonámbula. Se dice que el sueño es el camino regio hacia la memoria arcaica y enamorada, y ella avanza a tientas hacia el advenimiento de algo grande. Entra en un estado de agitación pasional. No puede comer ni beber, se le cierra la garganta, ansía otro tipo de alimento, como las novias que adelgazan para caber en el vestido entallado, de seda blanca, que oprime el torso como un corsé y entrecorta el aliento.

—¡Oh, amor de carne demasiado! —suspira Pata de Cabra (como Teresa).

El lóbulo temporal del cerebro, sede de funciones mnémicas y sensoriales, deja de lado la visión y el oído y propicia en cambio olores, tactos y sabores que alborotan los recuerdos y el instinto: exacerba el olfato y el gusto, los dos sentidos del alma gourmet y caníbal. Pata de Cabra va a morder al rey lejano cuando lo encuentre, se lo va a comer a besos, o acaso no es propio de los amantes devorarse mutuamente. Se diría que ella está enamorada, ¿pero por qué ahora, y no antes? Porque el amor no viene cuando lo llaman, sino cuando él quiere.

—Si ven a mi enamorado, díganle que lo espero —les pide a los pastores que pernoctan con sus animales en los establos.

—No podrá ser —le responden—, él está vivo y tú, muerta, existen en zonas que no se tocan.

Al otro lado del espectro se encuentra Salomón, vivo y espléndido, gobernando sus dominios desde un trono sostenido por leones, caprichoso y malcriado, hijo predilecto de Israel, luciendo sobre los hombros el manto tornasolado y la cabellera negra, amo y señor de las praderas verdes y las escabrosas soledades de Judea.

Hace uso gozoso de vitalidad plena, Salomón, el rey de la belleza indómita. Disfruta bañándose con agua perfumada en una gran fuente de bronce que llama Mar. Ama el calor de los cuerpos femeninos; el olor de la leña en la hoguera, del musgo y del ámbar; ama la conversación, la lectura, el ajedrez y el vino. Se embelesa con la música de címbalos y cítaras. Ama a Jerusalén, su ciudad blanca, y se vanagloria cada vez que el bramido del *shofar* proclama su grandeza.

Todo eso, sí. Pero ya no tanto, no tanto. Ni el tiempo ni el calor fluyen hacia atrás, no pueden hacerlo, ambos corren hacia delante y se encuentran en el frío. De su flujo inexorable no se escapa ningún hombre, tampoco los reyes, ni siquiera Salomón, el rey de reyes. También a él le han ocurrido desgracias, una de ellas demoledora: la noticia de la muerte brutal de Pata de Cabra. El rey de Israel se mesa las barbas y rasga sus vestiduras. Se torna sombrío y huraño, desatiende sus deberes de soberano y recorre el palacio como un fantasma, convertido en el tenebroso, el viudo, el sin consuelo.

Junto con el duelo, han llegado la derrota, la deshonra, el destierro, la muerte simbólica. Salomón ya no gobierna, su gloria es asunto de otros tiempos. Lo han corrido a palos, acusándolo de partir en dos el reino y de enemistar entre sí a las doce tribus originarias. Ha caído su trono de leones, ya no tiene rosaleda ni mantos de colores deslumbrantes, todas sus esposas andan fugitivas y sus treinta concubinas languidecen en las mazmorras.

Todo tiene su momento y cada cosa, su tiempo bajo el cielo, incluso para Salomón, el de los siete nombres benditos, el Bello, el Antiguo, el Uno, el Donador, el Peligroso, el Primero y el Último, a quien le ha llegado la mala hora y ahora lleva los siete nombres del proscrito: ha pasado a ser el Idólatra, el Apóstata, el Desterrado, el Abominable, el Olvidado, el Solitario..., el Desheredado, también él, al igual que Pata de Cabra.

Todavía puede leerse grabada en una piedra de la vieja Jerusalén esta leyenda: Amó a una mujer extraña y oscura, y el amor por ella fue su perdición.

Salomón, el rey melancólico, se ha hundido en la depresión al enterarse de las circunstancias de la captura de la princesa de Saba y su degüello con hacha de carnicero en ceremonia vitoreada por sus adversarios. Ella, su preferida, a la que más ama, la misteriosa Pata de Cabra, Señora de los Pueblos de la Aurora, su prometida, su amor distante, su sueño insistente. Dicen que la muerte de ella lo empuja a la locura.

Como corresponde a una soberana inmolada, la proclama oficialmente diosa coronada y símbolo sagrado, y en calidad de tal la entroniza en el altar del gran templo. Considerando que el patíbulo la ha hecho inmortal y le ha concedido luminosidad eterna, la rodea de diosas veneradas por otros pueblos y en otros tiempos, presentes, pasados o futuros, inaugurando así el culto a la deidad femenina, llámese como se llame: Sheba, gloria de Saba; Asherah, madre ugarítica; Ishtar, prostituta venerable de Mesopotamia; María, estrella que más brilla; Hagia Sophia, cabeza de suma sabiduría; Lucy Australopithecus, primerísima mujer; Shekina, puerta del cielo; Temaxcaltechi, corazón de la tierra; Kukulkán, serpiente emplumada; Perséfone, novia del Hades; Kali, energía destructora; Palas Atenea, doncella de la guerra; Bachué, salida de la laguna cada madrugada.

—Mi casa será llamada casa de oración para los pueblos —declara Salomón—, y nuestro Dios será el Dios de muchos, y atenderá los ruegos de todo extranjero que aquí comparezca.

No sólo ensalza en el templo deidades foráneas en honor de Pata de Cabra, sino que abre de par en par las ocho puertas de la muralla y puebla las calles y construcciones de Jerusalén con mujeres de todas las naciones, cada una con su parentela y todos sus hijos y sus hijas, sus perras con cachorros, sus gatas con gatitos, sus vacas con terneros. Entran las moabitas del este del mar Muerto; las amonitas, falsamente acusadas de incestuosas y borrachas; las edomitas, de cabello rojo como el fuego; las fenicias, las hititas, las egipcias.

Maimuna la nebulosa, Fattuma la vaporosa, Simsima la inconsistente, Rihana la inaprensible, Sakina la fugitiva, Rabia la irrompible, Zumurrud la que se funde, Nafissa la fugaz.[53] Salomón la busca a ella por las blandas ondulaciones de un sueño y la va encontrando en cada extranjera; cada una de ellas es ella. El rey, loco de amor, permite esa invasión de mujeres que desbordan Jerusalén como pájaros migrantes y la llenan con sus cantos, sus risas y sus llantos, sus riñas y sus fiestas. No hay dos que se vistan igual o se peinen acorde. De cada cocina proviene un olor distinto, según la variedad de alimentos y condimentos que usa cada familia, trigo o cebada, manzanas o granadas, cúrcuma o canela, comino o jengibre. De algunos hornos sale el pan ácimo, de otros, el pan fermentado. Pan es pan, dice Salomón, desoyendo las protestas de los magistrados, y deja que ellas lo hagan como quieran: comida es comida y toda es alimento, que cada cual hornee el pan como le venga en gana.

De las hititas se dice que lavan la ropa con agua de alhucema y de las moabitas, que curan dolencias con vapores de eucalipto. Salomón se alegra. Abre su corazón a todos los usos, porque nada de lo humano lo espanta. Ha descubierto el gusto por lo otro, las lenguas desconocidas, los olores y sabores sorprendentes. Deja que el viento sople y barra los claustros, libera a los leprosos que se pudren en el lazareto, saca a los presos de las cárceles. Se ve a sí mismo en todo aquello que es lo otro, lo distinto a él y a su mundo, lo que se fortalece donde lo suyo es endeble, lo que emite voces de alerta donde lo suyo se consolida en certezas, lo que envía señales de vida cuando lo suyo acusa decadencia. Exhibe el envés del tapiz, los nudos de la realidad que se muestran al descubierto. Disfruta de todo aquello, en fin, de todo lo que no podría dar fe su corazón si le prohibiera el acceso.

Pero cada acción trae consecuencias y tiene un precio, y las excentricidades del monarca le acarrean enemigos acérrimos. Despiertan sospechas sus paseos constantes por el jardín de árboles traídos de los confines. Corren rumores sobre las largas horas en que permanece contemplando la luna, inmóvil, transportado, como en éxtasis. Ha cambiado la corona de oro por el gorro de lana del pastor y en vez de cetro porta el cayado, prefiere dormir al aire libre y se lo ve alejarse al galope en sus caballos árabes por las rutas sin ruta del desierto, donde dice comandar a los demonios y los genios.

¿Qué le pasa a Salomón, que ya no aparece por la sala del trono y se niega a permanecer bajo techo? Se murmura que está medio loco, o loco y medio. Se baña desnudo en la fuente de bronce exponiendo sin pudor su atributo admirable, que cuelga alegre entre sus piernas como roja flor de anturio, o campana con badajo. Se dice que come flores y conversa con los pájaros, en cuyos trinos asegura distinguir cuatro tonalidades: la aparente, la interior, la mística y la prosaica. Se solaza con la algarabía de las mujeres y a todas las diosas les rinde homenaje con incienso de olíbano y mirra.

Nuevas filosofías y formas inéditas de pensar renuevan los aires de la ciudad. Músicas y bailes exóticos abren los oídos y despiertan el entusiasmo. Las inmensidades celestes y las honduras terrestres son revisadas con curiosidad por los sabios. De sus lugares remotos, las mujeres han traído oficios novedosos y habilidades desconocidas, maneras distintas de hilar la seda y la lana, de bordar las sábanas, de lavarse los dientes, pintarse los ojos, pulir las piedras, esculpir el mármol y trabajar el oro. Aparecen ladrillos más resistentes para los muros, mejores tejas para los techos, métodos más higiénicos de desagüe.

Jerusalén, ciudad de las mujeres, santuario de la difunta y venerada Pata de Cabra, a quien el rey no logra olvidar ni de día ni de noche, poseído por un delirio pasional y convencido de que mantiene una relación íntima con ella. La idealización romántica lo lleva a leer gestos y mensajes sutiles que le revelan su presencia. Todo para él se ha vuelto signo, todo le habla de ella, siente que puede verla, tocarla y escuchar su voz, y esa cualidad casi corpórea lo arroba de tal manera, se le vuelve tan imperiosa, que monta una fastuosa ceremonia para desposarla simbólicamente y *post mortem*. Y eso ya viene siendo la tapa de la olla, la gota que colma el vaso.

La situación resulta altamente irritante para muchos. Los adustos patriarcas se apandillan para conspirar, escandalizados y ardidos de rabia ante esta invasión de hembras solivantadas que andan con los pechos al aire y menean el trasero sin el menor respeto. Ni qué decir del fastidio que sienten ante las hordas de niños y niñas negros, morenos, amarillos y rojos que andan chillando y alborotando, ¡maldita canalla! ¿De cuándo acá este tropel de advenedizos sucios y muertos de hambre? Si no saben acatar el silencio, la compostura y la decencia, que se vayan a otra parte, que se larguen de una vez a las tierras salvajes de donde vinieron.

Se va armando la conjura, señalando a Salomón como responsable de la situación y murmurando que perdió la chaveta y se ha vuelto loco de cojones. ¡Abajo Salomón, el apóstata! Se reúne el conciliábulo de los jefes más prestantes. Se presentan envueltos en capas negras y altos bonetes, la mirada turbia y la decisión tomada. Pedirán la cabeza del tirano. ¡Fuera Salomón! El rey será destronado y desterrado de Jerusalén, que se largue con todo su carnaval de forasteras invasoras y corruptoras de la tradición, y que ellas se lleven consigo a sus falsas diosas, que son afrenta para el Dios único.

Los adustos patriarcas aprietan los dientes y resguardan bajo el brazo los libros de antigua sabiduría, dispuestos a defender sus saberes y costumbres hasta con la propia vida, si es necesario. Ya están hasta la madre con el desmadre. ¡Muerte a Salomón, con todo su bochinche y su barahúnda!

El veredicto es inclemente. En el Libro queda registrado el pecado y dictada la condena en los más duros términos: Salomón cayó en la idolatría, las mujeres extranjeras desviaron su corazón. Veneró a otros dioses, introdujo varias diosas, se postró ante ellos y ellas y les rindió culto, profanando el templo y atrayendo el mal sobre Jerusalén. Se le reconoce que supo amontonar el oro como si fuera estaño y que como plomo multiplicó la plata, pero se le acusa de entregar su cuerpo a mujeres impías y dejarse dominar por ellas, profanando así su propia gloria y deshonrando el linaje. Acarreó la ira sobre sus hijos y los afligió con su locura y sus despropósitos.

Tras el juicio y la sentencia, el gran rey es destronado, despojado de bienes y riquezas, arrojado fuera de la muralla y conminado a no regresar nunca. Salomón, el melancólico, derrama muchas lágrimas y profiere lamentos. De ahora en adelante tendrá que contentarse con contemplar desde lejos su bella ciudad blanca, que parece un corralito de piedra vista desde la distancia.

Y en cuanto a la princesa Pata de Cabra, que surca la oscuridad y la mucha bruma en busca de aquel rey azul, ¿cómo, con qué mapa o brújula pudo llegar por fin a orillas de la ciudad santa? Saramago tiene la respuesta: pudo llegar porque *siempre acabamos llegando a donde nos esperan*.[54]

Momento crucial, este del acercamiento entre él y ella. Pata de Cabra y su rey lejano lo han esperado desde siempre y ya está a punto de suceder, pero no será fácil, nunca es fácil, el encuentro con el otro *es un enigma, una incógnita, más aún, un misterio.*[55]

Pata de Cabra ve a lo lejos, en medio de la negrura, una pequeña esquina de la noche alumbrada por una hoguera, y se acerca con la esperanza de hallar algo de calor y compañía. En torno al fuego se agrupan los pastores y tocan una música tenue y reiterativa. Uno de ellos se ha puesto de pie y baila en estado hipnótico, entre sueños, la mirada volcada hacia adentro y la cabeza echada hacia atrás. Gira sin parar sobre sí mismo en estado de borrachera sacra, los brazos extendidos, la palma de una mano vuelta hacia el cielo y la otra vuelta hacia la tierra.

Pata de Cabra se queda absorta observándolo. Pese a su gran tamaño, el pastor danzante se mueve con suavidad de vuelo, como si el tiempo se detuviera en sus vueltas, como si sus pies no tocaran la tierra. Es alto y hermoso, de hecho es muy alto, contra la noche estrellada se recorta inmensa su silueta, que sin embargo parece ingrávida. Sin parar de girar, el pastor cruza los brazos sobre el pecho, y en ese momento Pata de Cabra podría jurar que aquel hombre está quieto y que el domo de estrellas gira en torno a él.

—Sigue durmiendo —le dice en voz muy baja para no despertarlo—, deja que yo te contemple mientras tú duermes y giras...

—Ven, quien quiera que seas, ven —le dice él, percatándose de su presencia.

—No puedo ir contigo, vengo a casarme con el rey de Jerusalén.

—Yo soy Jerusalén —le dice el pastor, y ella enseguida lo reconoce.

Lo ha visto en el pasado, lo ha tenido al lado, incluso ha hablado con él, ha recibido objetos de su mano. Es él, sin duda es él, siempre el mismo. Aunque con identidad cambiante y bajo otro aspecto, este pastor que ahora baila al pie de la hoguera es el mismo mago de los ojos de lynx y la melena como nudo de serpientes, y es también el mendigo encendido en fiebre, el espasmo viviente.

—Sé que eres el mago y el mendigo —dice ella—. ¿Pero eres también tú, rey, el único amante y el postrero?

—¿Y eres tú, reina, la primera y la última?

Rey y reina, sí, pero ahora transformados en pastor y pastora. El amor cortesano entre reyes, ese elegante cortejo a distancia, sólo puede llegar a la erotización de los cuerpos y al arrobamiento de los sentidos si los reyes se convierten en pastores, quizá porque los reyes no saben ni pueden amar, o porque su rigidez soberana los priva de los placeres de los simples mortales.

—Te he buscado por doquier —le dice ella al pastor.

—No me buscarías si no me hubieras encontrado.

—A donde tú vayas iré yo.

—En donde tú vivas viviré yo.

No hace falta más diálogo, se han reconocido y la distancia queda disuelta. El lazo se estrecha; el encuentro ha ocurrido.

Todo sucede vertiginosamente y también con la lentitud asombrosa con que rotan los astros en el espacio. Lo que sigue no tiene secuencia lógica, se desenvuelve en los ires y venires del sonambulismo, la conciencia difuminada, la embriaguez del amor y la mente en delicioso trastorno. Todo parece más real que lo real y al mismo tiempo fulgura como fenómeno de luces y espejismos, o como sucesión de imágenes proyectadas al azar sobre la pantalla cósmica. Apariciones que centellean por un instante y enseguida se apagan, dándoles paso a las siguientes.

Los amantes bajan juntos hasta las albercas de Hesbón para darse un baño. Pata de Cabra se suelta la melena, que le cae ondulando hasta la cintura, negra y roja como bandera pidiendo guerra. Él se maravilla ante su hermosura, pero un presentimiento enturbia por un instante su ánimo. ¿Y si fuera cierto lo que tantas veces escuchó decir, que Pata de Cabra es peluda como un animalito? Entonces se quitan la ropa para la inmersión ritual, y la desnudez aparece como lugar de iniciaciones. Salomón la mira detenidamente, comprueba lo que quería comprobar y se dice a sí mismo, complacido: *lo que debe ser velludo es velludo, y lo que debe ser pétalo de rosa es pétalo de rosa, y cada cosa es en ella como la ha hecho el Ordenador de la belleza.*[56] El cuerpo de la amada es aterciopelado, apenas cubierto de pelusa suave: piel de durazno. Ella a su vez comprueba que es falso lo que ha escuchado decir por parte de quienes le advertían que él ya era un anciano falto de energía e inútil en el lecho. No es así. Salomón posee el don de la eterna fuerza y la juventud renovada: es un amante imaginativo, impetuoso y generoso.

Todo es favorable para el abrazo.

¿Pero cómo se puede contar lo que de verdad sucedió de ahí en adelante? ¿Es posible saber cómo fue una noche de amor mil años antes de Cristo? Milagrosamente lo sabemos. Lo sabemos porque quedó escrito. Subsiste el texto donde se registra ese preciso evento, la noche de amor más antigua de la que se tenga memoria. A los protagonistas de esta historia, los dos reyes pastores, les corresponde cerrar el ciclo mítico del Cantar de los Cantares, ese delirio erótico de cadencia ambigua, fastuosa y mágica, testimonio de aquella noche de noches que se prolonga a lo largo de los siglos. Juntando las estrofas que Salomón crea y las que la reina de Saba recuerda, componen entre ambos el poema, ese diálogo íntimo de la amada y el amado, esa canción de amor que siempre recomienza y que es fósil preciosísimo, resguardado del tiempo y del olvido entre las capas geológicas. Y protegido de la censura: sorprende que en el Cantar no hay castigo ni arrepentimiento, condena ni sacrificio: sólo celebración plena y gozosa del acto de amar, convertido en única verdad infinita.

El ritual es aromático, hormonal: hay en esas estrofas arcaicas un vivo olor de seducción, sustancias afrodisíacas, secreciones. La leche que se derrama, la miel y la mirra que corren entre los dedos, el nardo que exhala un perfume que convoca. Penetrar a la amada es entrar a un jardín vallado, a una fuente sellada. El fruto del amado es dulce al paladar. Los besos embriagan más que el vino.

El universo entero es el territorio imantado donde se lleva a cabo el juego del amor, y la naturaleza se abre en complicidad con los amantes para entregarles sus prodigios: uvas, manzanas, palmeras, cedros, valles fértiles, montañas verdes, viñas, huertos, lirios y nardos... y agua, mucha agua, deliciosa abundancia de agua, en las fuentes, los ríos, las acequias, los pozos, el rocío, las cascadas. Ya no hay resequedad, todo renace en el agua viva, el tesoro más preciado para un par de reyes del desierto, que es lo que son, a fin de cuentas, este par de pastores. Y están también, recónditos, los lugares secretos del abrazo: la sombra del manzano, la penumbra de la alcoba, el lecho florido, la cueva de leones, el monte de leopardos, la cena que recrea y enamora, los pastizales al mediodía, la verde fronda, la casa de cedro.

Aparecen de nuevo los objetos suntuarios que Pata de Cabra transportaba en sus caravanas, saquitos con joyas, perfumes, inciensos, oro, plata, collares, pendientes, marfil, zafiros y mármol. Pero ya no se compran ni se venden, ahora alumbran con luz simbólica, como piedras preciosas de las grutas del sueño.

En la noche abisal del poema todo es tan oscuro que se borran los colores, el escenario amatorio parece una película en blanco y negro: el negro de la tinta y el blanco de la página. Una película antigua y muda: el único sonido en el Cantar es la música callada, la soledad sonora de las que hablara Juan, o quizá también Chopin al componer sus *Nocturnos*, que todavía no existían, pero que ya desde entonces venían en camino.

El amado es el ciervo que pasta entre lirios, tan ágil para esconderse como para mostrarse, bramando de sed y deseo y esparciendo en libertad su fértil caldo de feromonas sin temor a ser sacrificado. La amada ya no es el chivo expiatorio, ahora es la cabra montés y es también el rebaño entero, las ovejas que apacientan, las gacelas de los campos, las cabritillas que brincan por las laderas, y a la vez es Latif, el corderillo infinitamente amable del cuadro de Zurbarán.

La amada besa los pechos del amado. Hembra y macho se amalgaman en un solo ser, mezclando *atributos masculinos y caricias femeninas en una ambigüedad extenuante.*[57] Con la misma gozosa ductilidad, los amantes se refunden con lo vegetal y se disuelven en el reino animal, ellos son los huertos y son las granadas; son a la vez ovejas y pastores; son el ciervo y son el monte, rozan lo divino sin dejar de ser humanos.

Un rumor de aguas rueda entre sueños invitando al lento baile sonámbulo. Los amantes recorren descalzos caminos escondidos, perdiéndose y buscándose con una ansiedad que no da respiro. Corren el uno en pos del otro como si la naturaleza entera dependiera de su enlace, como si no hubiera mañana, porque es cierto que no habrá mañana si los amantes no logran enlazarse.

El vuelo, que se ha remontado a las alturas más placenteras, desciende de golpe en picada hacia zonas turbulentas donde el amor es extremo. La sangre alcanza el máximo giro y los amantes se entregan a la agonía de buscar y no hallar, a la dialéctica del preguntar y no obtener respuesta. Desfallecen, van heridos: han llegado al fondo, donde el amor es tormento. El latido es tan intenso que se vuelve letal y vital, el lenguaje amatorio es el del sacramento. La pasión deviene gozo o sufrimiento, los celos arden, la ansiedad es fuego interior que los ríos no logran apagar. El vacío suplica ser llenado, se vive la agonía de encontrar para luego perder y volver a encontrar. El deseo es carbón en ascuas y devora como la tumba, porque el amor es tan fuerte como la muerte.

Y es así como sucede. Por entre los resquicios de la ira de Dios y las guerras de los hombres se han colado Salomón y la reina de Saba y han logrado juntarse en la proclama más bella de todos los tiempos: la envoltura erótica externa, el misterio interior y la palabra borracha de totalidad[58] del Cantar de los Cantares. La pasión que arrulla y que devora. El amor de los amores, ese misterio terrible y fascinante.

Epílogo

El fuego no devuelve lo que devora, y mis escritos originales se perdieron para siempre. Pero en alguna medida logré reconstruirlos y convertirlos en esta novela de ficción, donde he dicho lo que tenía que decir. Ya no soy el buey mudo.

Pata de Cabra regresó cuando menos la esperaba.

Todo mito que nace renace.

Todo mito que encarna reencarna.

Agradecimientos

A Médicos Sin Fronteras, por propiciar los viajes que han dado lugar a esta novela de ficción, en parte inspirada en la actividad de sus equipos en el Yemen, Etiopía, Somalia y varias otras zonas del planeta. Gracias en particular a tres de sus integrantes, Javier Sancho Mas, Juan Carlos Tomasi y Habiba, queridos amigos e invaluables compañeros en estos recorridos.

A mi abuelo Enrique Restrepo, escritor, quien asoma en estas páginas como Mirza Hussain.

A Thomas Colchie, una vez más.

A Pedro, por supuesto.

A Gabriel Iriarte y a Pilar Reyes, mis editores desde hace ya casi treinta años.

También va mi gratitud por la ayuda y el apoyo de Carmen Restrepo, Carolina López, María Candelaria Posada, Carolina Reoyo, Sebastián Estrada, Daniel Mareco, Stéphane Chaumet, Annette Passapera, Daniel Samper Pizano, Dora Cioban, los danieles.

Reconocimiento a los siguientes autores y fuentes consultados

Gerald Hanley, Mahmud Darwish, José Watanabe, Edward W. Said, ACNUR, Ali Jimale Ahmed, Yasmina Khadra, Wolfgang Schuller, Samuel Johnson Rasselas, Santiago Fillol, Miguel F. Brooks, Kiros Habte Selassie, Maruan Soto Antaki, Hans Urs von Balthasar, Adonis, Carlos Freire, Thierry Savatier, Cristina Morató, Bru Rovira, Mithu M. Sanyal, Camille Paglia, Adam M. McKeown, Boubacar Boris Diop, Nura Abdi, documentos de MSF, Hans Magnus Enzensberger, Oliver Sacks, Mircea Eliade, Yves Coppens, Umberto Eco, Julia Kristeva, Rauda Jamis, Gustave Flaubert, C. G. Jung, Jorge Luis Borges, Bruno Bettelheim, Joseph Campbell, Pierre Michon, J.-M. G. Le Clézio, Gesualdo Bufalino, Jacques Attali, Gérard de Nerval, Albert Béguin, Roberto Calasso, Jean-Pierre Vernant, Erika Bornay, Nicholas Clapp, Teresa de Ávila, Tomás de Aquino, Gaston Bachelard, Carla Makhlouf, José Saramago, Enrique Restrepo, Patti Smith, Casey Rae, Richard Hell, Arthur Rimbaud, Thomas de Quincey, Théophile Gautier, Hugues Fontaine, Enid Starkie, Jamie James, André Malraux, Olivier Todd, Timothy S. Miller, Altaïr cuadernos de viajes, Carolyn Han, David Nott, Fray Luis de León, Juan de la Cruz, Lola Josa, Ryszard Kapuściński, Pietro Citati, Guido Ceronetti, Victoria Finlay, Frédérik Portal, Thomas Cahill, James Hillman, Simon Sebag Montefiore, William H. McNeill, A. Alvarez, Arthur Zajonc, Marcel Schwob, Georges Didi-Huberman, T. S. Eliot, René Girard, Terry Eagleton, Luca Turin, Tania Sánchez, Tessa Korber, J. C. Mardrus, William J. Hamblin, David Rolph Seely, José Luis Serrano, Carlos

Roca, Philip Gardiner, Jordi Esteva, Lyn Webster Wilde, Robert Graves, Natalia Aguirre Zimerman, Israel Finkelstein, Neil Asher Silberman, Álvaro Mutis, Santiago Mutis, João Guimarães Rosa, Charles Baudelaire, Valentine Penrose, Fernando Pessoa, Claudio Magris, Alejandra Pizarnik, Santiago Caruso, Dylan Thomas, Victor Bockris, Julio Cortázar.

Notas

¹ Georges Didi-Huberman: *Fasmas. Ensayos sobre la aparición 1.* Traducción de Julián Mateo Ballorca. Santander, Contracampo Shangrila, 2015, pp. 11 y 13.

² Cantar de los Cantares, 4:18.

³ João Guimarães Rosa: «Niñina de allá», en *Primeras historias.* Traducción de Virginia Fagnani Wey. Barcelona, Seix Barral, 1971, p. 50.

⁴ Pietro Citati: *La luz de la noche.* Traducción del italiano de Juan Díaz de Atauri. Barcelona, Acantilado, 2011, p. 259.

⁵ Charles Baudelaire: «La giganta», en *Las flores del mal.* Nueva edición bilingüe de Enrique López Castellón. Madrid, Abada Editores, 2013, p. 117.

⁶ Valentine Penrose: *La condesa sangrienta.* Traducción de María Teresa Gallego y María Isabel Reverte. Madrid, Ediciones Siruela, 2006, p. 100.

⁷ Fernando Pessoa: *Un corazón de nadie. Antología poética (1913-1935).* Traducción, selección y prólogo de Ángel Campos Pámpano. Barcelona, Galaxia Gutenberg, 2013, p. 11.

⁸ Claudio Magris: *No ha lugar a proceder.* Traducción de Pilar González Rodríguez. Barcelona, Anagrama, 2016, p. 13.

⁹ T. S. Eliot: «The Burial of the Dead», sección I de *The Waste Land.* Traducción propia.

¹⁰ Gustave Flaubert: *La tentación de san Antonio.* Traducción de Luis Echávarri. Buenos Aires, Losada, 1999, p. 97.

¹¹ Thomas Cahill: *Mysteries of the Middle Ages.* Nueva York, Nan A. Talese, Doubleday, 2008, p. 257.

[12] Arthur Zajonc: *Capturar la luz.* Traducción de Francisco López Martín. Girona, Ediciones Atalanta, 2015, p. 331.

[13] Patti Smith: *Devoción.* Traducción de Ana Mata Buil. Barcelona, Lumen, 2018, p. 23.

[14] Fotografía de Patti Smith, en Patti Smith: *Complete 1975-2006.* Nueva York, Ecco, Harper Collins Publishers, 2006, p. 68.

[15] Arthur Rimbaud: «Iluminaciones», en *Poesías completas.* Traducción de Cintio Vitier. Madrid, Visor, 2018, p. 425.

[16] Patti Smith: *The New Jerusalem.* Traducción propia. Ámsterdam, Nexus Institute, 2018, p. 26.

[17] Patti Smith: *The New Jerusalem, op. cit.,* p. 33.

[18] Guido Ceronetti: *El silencio del cuerpo.* Traducción de J. A. González Sainz. Barcelona, Acantilado, 2006, p. 103.

[19] Pietro Citati: *Il silenzio e l'abisso.* Traducción propia. Milán, Mondadori, 2018, p. 80.

[20] Alejandra Pizarnik y Santiago Caruso: *La condesa sangrienta.* Barcelona, Libros del Zorro Rojo, 2009, p. 34.

[21] A. Alvarez: *The Savage God: A Study of Suicide.* Nueva York, Londres, W. W. Norton & Company, 1990, p. 131.

[22] Julia Kristeva: *Sol negro. Depresión y melancolía.* Traducción de Mariela Sánchez Urdaneta. Girona, Wunder-Kammer, 2017, p. 169.

[23] Terry Eagleton: *Radical Sacrifice.* Traducción propia. Gran Bretaña, Yale University Press, 2018, p. 22.

[24] Roberto Calasso: *El ardor.* Traducción de Edgardo Dobry. Barcelona, Anagrama, 2016, p. 319.

[25] Terry Eagleton: *op. cit.,* p. 21.

[26] Álvaro Mutis: *Empresas y tribulaciones de Maqroll el Gaviero.* Madrid, Alfaguara, 2007, p. 30.

[27] Guido Ceronetti: *El Cantar de los Cantares.* Traducción de J. A. González Sainz. Barcelona, Acantilado, 2006, p. 147.

²⁸ Arthur Rimbaud: «Una temporada en el infierno», en *Poesías completas*. Traducción de Gabriel Celaya. Madrid, Visor, 2018, p. 295.

²⁹ Patti Smith: *Éramos unos niños*. Traducción de Rosa Pérez. Barcelona, Debolsillo, 2010, p. 33.

³⁰ Enid Starkie: *Arthur Rimbaud*. Traducción de José Luis López Muñoz. Madrid, Ediciones Siruela, 1990, p. 17.

³¹ Jamie James: *Rimbaud in Java. The lost voyage*. Singapur, Editions Didier Millet, 2012, p. 92.

³² Pierre Michon: *Rimbaud el hijo*. Traducción de María Teresa Gallego Urrutia. Barcelona, Anagrama, 2001, p. 11.

³³ Enid Starkie: *op. cit.*, p. 429.

³⁴ Gérard de Nerval: *Viaje a Oriente, Mujeres de El Cairo, Egipto, sueño de dioses*. Traducción de Esmeralda de Luis. Madrid, Círculo de Tiza, 2019, p. 107.

³⁵ *Ibidem*, p. 120.

³⁶ Enid Starkie: *op. cit.*, p. 430.

³⁷ Arthur Rimbaud: «Infancia», de «Iluminaciones», en *Poesías completas*; *op. cit.*, p. 367.

³⁸ Arthur Rimbaud: «Tras el diluvio», de «Iluminaciones», en *Poesías completas*; *op. cit.*, p. 364.

³⁹ Arthur Rimbaud: «Una temporada en el infierno», en *Poesías completas*; *op. cit.*

⁴⁰ Gustave Flaubert: *op. cit.*, p. 97.

⁴¹ Enrique Restrepo: *En el nombre de Alah*, manuscrito inédito.

⁴² Citado en Victor Bockris: *Patti Smith*. Traducción propia. Londres, Fourth Estate, 1999, p. 136.

⁴³ Gerald Hanley: *Warriors. Life and death among the Somalis*. Traducción propia. Londres, Eland, 2004, p. 225.

⁴⁴ Lord Dunsany: *Cuentos de un soñador*. Traducción de R. O. Madrid, Alianza, 1987, p. 7.

⁴⁵ Mahmud Darwish: *Poesía escogida (1966-2005)*. Traducción de Luz Gómez García. Buenos Aires, Editorial Pre-Textos, colección La Cruz del Sur, 2008, p. 245.

[46] Alejandra Pizarnik: «Donde el mal no bebe», en *Poemas dispersos* (1957); patriciaventi.blogspot.com.

[47] José Watanabe: *Elogio del refrenamiento (1971-2003)*. Sevilla, Renacimiento, colección Azul, 2003, p. 64.

[48] Marcel Schwob: «La cruzada de los niños», en *Cuentos completos*. Traducción de Mauro Armiño. Madrid, Páginas de Espuma, 2015, pp. 639-640.

[49] *Ibidem*, pp. 639-640.

[50] Julio Cortázar: *Cuentos completos/1*. Madrid, Alfaguara, 1994, p. 326.

[51] Yves Coppens: *La rodilla de Lucy*. Traducción de Nuria Viver Barri. Barcelona, Tusquets Editores, Metatemas, 2005, p. 151.

[52] Enrique Restrepo: *op. cit.*

[53] J. C. Mardrus (comp.): *La reina de Saba*. Traducción de Esteve Serra. Palma de Mallorca, José J. de Olañeta, Editor, 2003, p. 63.

[54] José Saramago: *El viaje del elefante*. Traducción de Pilar del Río. Diseño e ilustraciones de Manuel Estrada. Madrid, Alfaguara, 2018, p. 9.

[55] Ryszard Kapuściński: *Encuentro con el Otro*. Traducción de Agata Orzeszek Sujak. Barcelona, Anagrama, 2007, p. 33.

[56] J. C. Mardrus (comp.): *op. cit.*, pp. 58-59.

[57] Guido Ceronetti: *El Cantar de los Cantares, op. cit.*, p. 112.

[58] *Ibidem*, pp. 78 y 122.

Índice

Este libro se terminó
de imprimir en
Móstoles, Madrid,
en el mes de
abril de 2022